KB107504

바다 도시의 아이들 2
난파선의 섬

ORPHANS OF THE TIDE : SHIPWRECK ISLAND

Text Copyright © Struan Murray, 2021
Illustrations copyright © Manuel Šumberac, 2021
The moral right of the author and illustrator has been asserted

Korean translation copyright © 2021 by WENEEDABOOK
Korean translation rights arranged with PENGUIN BOOKS LTD through EYA (Eric Yang Agency).

이 책의 한국어판 저작권은 EYA(Eric Yang Agency)를 통한
PENGUIN BOOKS LTD와의 독점계약으로 '위니더북'이 소유합니다.

저작권법에 의하여 한국 내에서 보호를 받는 저작물이므로 무단전재 및 복제를 금합니다.

바다 도시의 아이들 ②

난파선의 섬

글 | 스트루언 머레이   그림 | 마누엘 슘베라츠   옮김 | 허 진

ШВ
위니더북

최후의 도시 방향

부두

떡갈나무 여관

궁

계시의 대로

벌집촌

리올리 해안

라파엘라 시장

로렌 광산

시아 시장

돌밭

아브라미 해안

난파선의 섬

새로운 섬

상어의 매끈한 등이 반짝거렸다. 소년의 입에 침이 고였다. 소년은 달빛 아래서 조용히 물살을 갈랐다.

잔잔히 퍼져나가는 물결 위로 새까만 물체가 어렴풋이 보였다. 소년은 배가 고팠지만 먹어선 안 된다는 것을 본능적으로 알았다.

대신 상어를 먹기로 했다.

소년의 거대한 꼬리가 수면을 내리쳤다. 굉음이 울리며 물거품이 사방으로 튀었다. 상어는 왼쪽, 오른쪽 다시 왼쪽으로 헤엄쳤다. 소년은 코끝에서 지느러미까지 전율을 느꼈다. 상어의 턱을 잡았다. 상어가 버둥거리며 턱을 뺐다. 다시 잡았다. 소년의 이빨이 상어의 가죽을 스치자 주위가 붉게 물들었다. 뻑뻑한 핏물이 퍼져나갔다. 이번에는 상어의 꼬리가 소년의 얼굴을 쳤다. 소년도 달려들어 상어를 물었다. 상어의 살이 갈기갈기 찢기고 뼈가 바스러지면서….

7

"세스! 이거 놔!"

엘리가 드라이버 손잡이로 세스의 머리를 쥐어박았다.

"응?"

세스의 눈이 커졌다.

"팔을 물고 있잖아!"

"뭐?"

세스는 두리번거리며 뒷걸음질 쳤다. 뗏목이 기우는 바람에 엘리는 돛대를 꼭 잡아야 했다. 잇자국에 묻은 침이 달빛에 번들거렸다.

"미안!"

"괜찮아. 꿈꿨어?"

엘리가 소매로 팔뚝의 침을 닦았다.

"잠든 것 같지 않았는데…. 배 아래에 뭔가 있었어. 커다란 무언가."

세스가 머리를 긁적였다.

엘리는 물에 담근 다리를 재빨리 들어올렸다.

"아팠겠다."

살짝 희미해진 잇자국을 보며 세스가 멋쩍게 웃었다.

"엄청."

엘리는 손보던 작은 시계를 든 채로 드러누웠다. 세스도 털썩 주저앉으며 손에 얼굴을 파묻었다.

"배가 고파서 머리가 잠시 어떻게 됐나봐."

"세스, 음식 생각 좀 그만해. 너 식인종 되기 직전이야."

"꿈에서 먹은 건 네가 아니라 상어였어."

"상어?"

"상어를 봤어. 나는 내가 아니라 다른 생명체였지만."

"또 바다야?"

세스가 고개를 끄덕였다. 엘리는 세스가 바다 꿈을 꿀 때마다 움츠러들었다. 자신을 피하려는 것 같아 눈치가 보였다. 둘은 부쩍 사소한 일로 자주 부딪쳤다. 금세 화해했지만 종일 함께 지내는 건 힘들었다. 엘리의 계산으로는 바다에서 적어도 세 달을 함께 보냈다.

"너부터 해."

엘리가 말했다.

돛대가 삐걱거리고 돛은 미지근한 바람에 펄럭였다.

"좋아, 알았어."

세스는 미간을 찌푸리며 몸을 일으켰다.

"내 소원은⋯."

"소원이 아니라 바람."

엘리가 세스의 말을 고쳤다. 소원이라는 단어는 더 이상 듣고 싶지 않았다.

"그래, 바람."

세스는 수평선을 바라보았다. 달빛이 내려앉은 세스의 얼굴이 펜으로 그린 그림 같았다. 날카로운 턱 선과 헝클어진 검은 머리.

"새로운 섬에는 푹신한 침대와 베개가 있으면 좋겠어. 늑대에게 잡아먹힐 걱정 없이 해가 중천에 뜰 때까지 자고 싶어."

"저번에 말했던 거잖아."

"아직도 꿈에 그 늑대가 나와. 붉은 눈을 이글거리는 늑대."

"눈이 붉은 것까진 아니었어."

엘리도 늑대가 무섭긴 했다. 한 달 전, 작은 섬에 도착한 엘리와 세스는 늑대 울음소리에 밤새 잠을 설쳤다.

"좋아, 이제 내 차례야."

엘리가 두 손을 맞잡고 비볐다.

"새로운 섬에는 날 필요로 하는 사람이 많았으면 좋겠어. 정확히는 내 발명품이 필요한 사람. 나는 놀라운 물건을 만들어 섬을 낙원으로 만들 거야. 아무도 고통 받지 않고 모든 사람이 행복한 섬."

세스가 엘리를 물끄러미 보았다. 세스의 커다란 눈동자는 겨울 공기처럼 시리게 푸른색이었다. 꼭 고양이 눈망울 같았다.

"이번엔 내가 이긴 것 같지?"

엘리가 낡은 코트에서 주머니칼을 꺼내며 명랑하게 말했다. 그러고는 배 한쪽 구석으로 기어갔다. 바닥에는 점수가 새겨져 있었다. 엘리의 e자와 세스의 s자 아래에 빗금이 그어져 있었다. 엘리는 주머니칼로 e자 밑에 빗금을 하나 더 그었다.

"섬이 이미 낙원일 수도 있잖아."

세스가 말했다.

"응?"

엘리는 얼굴에 붙은 머리카락을 불었다.

"왜 낙원으로 바꿔야 할 섬에 가야 한다고 생각해? 이미 낙원인 섬을 찾으면 되잖아."

"그럼 내가 할 일이 없지 않겠어?"

엘리가 콧잔등을 찌푸렸다.

세스는 엘리를 빤히 보더니 어깨 너머로 힐끔 고개를 돌렸다.

"이제 섬 찾는 데 집중하자. 가능한 빨리 찾아야 해."

"세스, 아무도 우리 안 따라와."

"돛을 봤어, 까만 돛. 재판관들이 분명해."

"재판관이 왜 따라오겠어? 내가 죽었는지 알 텐데."

"지금쯤 네가 꾸민 일을 알아챘을 수도 있지. 분명 배였어. 느낄 수 있었어."

"모든 배가 다 우릴 쫓아오는 건 아냐. 자, 진정하고 다시 게임하자."

세스는 바다에서 눈을 떼지 않은 채 한쪽 구석으로 몸을 홱 숙였다.

"이번엔 또 왜? 재판관이 돌고래 등이라도 타고 나타났어?"

"아니, 돌고래가 아니라 물고기 떼야."

"어떤 물고기?"

"전에 말했잖아. 물고기들이 날 따라온다고."

세스의 말이 빨라졌다.

엘리는 세스를 향해 살짝 눈을 흘겼다.

"한 마리 잡는 건 어때?"

"뭘로? 손으로?"

"네 힘으로. 물을 통제하는 법을 잊지 않으려면 연습 좀 해야 하지 않을까?"

세스는 바다에 벌레가 우글거리기라도 하듯 인상을 썼다.

"글쎄."

"그럼 계속 배고픈 채로 있든지."

세스는 엘리를 노려보고는 물을 가만히 바라보았다. 눈을 감고 배의 끄트머리를 힘껏 잡았다. 손톱이 통나무를 파고들었다.

팔에 검은 소용돌이가 나타났다. 세스가 얼굴을 찡그렸다.

"세스?"

세스는 눈을 번쩍 뜨고 파도 위로 손을 내밀었다. 물이 철썩 소리를 내며 속살에 감춰둔 작고 반짝이는 것들을 내보였다. 세스는 팔을 더 길게 뻗었다.

"대단해!"

엘리가 박수를 쳤다. 세스는 돛대를 향해 물고기를 획 던졌다. 파닥거리던 물고기는 이내 축 늘어졌다. 세스가 주머니칼을 꺼내 재빨리 물고기의 배를 갈라 엘리에게 보여주었다. 하얀 살이 달빛에 빛났다.

"불을 피울 수 있을 때까지 기다려야겠지?"

엘리는 꼬르륵거리는 배를 부여잡았다. 세스가 두툼한 살을 덥석 물었다.

"웩."

엘리는 얼굴을 찡그렸다.

세스가 아무렇지 않다는 듯 어깨를 으쓱했다. 엘리는 세스에게 슬그머니 다가갔다.

"어떻게 한 거야? 바다에게 물고기를 뱉어내라고 한 거야? 물고기한테 물 위로 뛰어오르라고 한 거야?"

"글쎄. 근데 진짜 안 먹을 거야?"

세스가 입 안 가득 흰 살을 넣고 우물거렸다. 잔가시 하나를 입 밖으로 빼내며 살점이 여기저기 떨어진 물고기를 엘리의 눈앞에 흔들었다.

엘리는 미심쩍은 눈으로 물고기를 들여다보았다.

"익히지 않고 먹으면 탈이 날 수도 있어."

"아무것도 먹지 않으면 죽을 수도 있지."

엘리는 물고기를 받아 들었다. 가느다란 뼈대에 대가리가 비스듬히 달랑거렸다. 엘리는 냄새를 맡은 후 한입 물었다. 짜고도 달았다. 부드러운 살이 입에서 녹았다.

세스가 활짝 웃었다. 그러고는 눈을 스르르 감았다. 바다 앞에 서고 나면 늘 지쳤다. 새로운 섬을 찾아 떠나면서 내내 거친 바다를 잠재우고, 바람이 없는 날에는 물을 움직여 배가 나아가게 했다. 세스는 털썩 주저앉았다. 피부가 새벽 서리처럼 차가웠다.

"한 판 더 할까?"

엘리는 세스가 그대로 잠들지 않길 바랐다. 혼자 깨어있고 싶지 않았다. 이기적이라고 생각했지만 어쩔 수 없었다. 구불구불한 골목길에서 쫓기는 꿈을 꾼 이후로 혼자 있을 때면 귓가를 스치던 목소리가 들렸다.

"세스, 제발."

세스는 눈을 반쯤 감은 채 엘리를 보았다.

"알았어. 새로운 섬에서는…, 네가 이 의미 없는 게임을 같이 해줄 친구를 꼭 만났으면 좋겠어."

"세스, 장난하지 마."

엘리는 세스의 팔을 툭 쳤다.

세스가 졸음기 가득한 눈으로 바스스 웃었다.

"새로운 섬에서는 고기 잡는 법을 배우고 싶어. 나의 그… 그것 없이도. 무슨 말인지 알지?"

세스의 팔에 여전히 푸른 안개가 어른거렸다.

"왜 네 능력을 쓰지 않으려는 거야?"

"내가 소진되니까."

"고기 낚는 법을 알려줄 새로운 친구를 사귀면 되겠네."

세스가 다리를 끌어안았다.

"난 사람을 믿지 않아."

"새로운 섬에서 만나는 사람들은 다를 거야. 분명 좋은 사람들일 거야. 너, 나 믿잖아. 네 동생들도."

"동생들은 사람이 아니라 신이야. 게다가 다 죽었어. 악마만 살아남았지."

엘리가 움찔했다.

"신들이 다 죽었는지는 확실하지 않아. 도시 사람들도 악마만 남았다고 생각했지만 네가 나타났잖아. 만약 우리가 다른 신들을 찾는다면 네 기억이 돌아오도록 도와줄지도 몰라. 그럼 네가 진짜 누군지 알게 될 거야."

"난 내가 누군지 알아. 난 세스야. 그걸로 만족해. 자, 이제 네 차례."

세스가 퉁명스럽게 말했다.

엘리는 세스를 흘겨보았다.

"좋아. 새로운 섬에서는…."

엘리가 숨을 골랐다.

"나 같은 사람들, 엄마 같은 사람들이 있으면 좋겠어. 세상을 바꾸려고 새로운 것을 만드는 사람들. 내가 특별한 아이인 걸 알아보는 사람들이 있으면 좋겠어."

엘리는 목소리가 떨렸다. 가슴이 따끔거렸다. 세스가 손가락의 작은 상처를 골똘히 들여다보았다.

"뭐 해?"

엘리가 무심하게 물었다.

"이 게임이 너에게 별로 도움이 되지 않는 것 같아. 넌 점점 더 많은 걸 바라고 있잖아. 새로운 섬에서 무엇을 만나게 될 지는 아무도 몰라. 심지어 섬이 있긴 한 건지도 모르겠어."

"세스, 재판소에 걸린 지도에서 분명히 봤잖아."

"그 지도를 과연 믿어도 될까? 재판소를 믿어도 된다고 생각해?"

이미 몇 번이나 반복된 대화였다. 세스가 재판소에 붙잡혀 산 채로 불에 타 죽을 뻔 했던 일을 생각하면 이해는 할 수 있었다.

"어쨌든 그 섬이 실제로 존재한다면 분명 위험한 섬일 거야. 그렇지 않고서야 재판관들이 숨길 리 없잖아."

세스가 툴툴거렸다.

"엄청나게 아름다워서 비밀로 한 것일 수도 있지. 도시의 사람들이 모두 이주해 버릴까봐."

"전혀 그럴듯하지 않은 소리네."

엘리는 세스를 쏘아보았다. 더 이상 세스의 얼굴을 보고 싶지 않다는 듯 돌아섰다.

"어쨌든 이번 판은 내가 이긴 거지?"

엘리가 배 바닥의 e자 밑 서른 개의 빗금 옆에 하나를 더 그었다. s자 아래에는 빗금이 고작 여섯 개였다.

"세스, 너 좀 분발해야겠다."

"난 아무렇지도 않은데."

약이 오른 엘리는 먹다 남은 물고기를 세스에게 집어 던졌다. 세스가 몸을 휙 수그리는 바람에 두 사람은 함께 바다에 빠졌다.

첨벙 소리와 함께 물이 치솟았다. 수면 아래로 반짝이는 시커먼 덩어리 하나가 지나갔다. 덩어리는 이내 반으로 쩍 갈라졌고 날카로운 이빨과 분홍색 두툼한 혀가 보였다. 물고기 떼가 그 속으로 사라졌다. 검은 덩어리는 잠시도 가만히 있지 않고 물 위로 솟아올랐다. 매끈한 표면에서 하얀 물보라가 뿜어져 나왔다. 뗏목이 요동쳤다. 둘은 간신히 뗏목 위로 올라왔지만 검은 덩어리가 하얀 배를 내보이며 옆으로 떨어지는 바람에 또다시 바다에 빠졌다. 소금기 가득한 물이 엘리의 코와 입속으로 밀려들었다. 옷과 피부 사이 모든 틈으로 물이 들어찼다.

엘리는 간신히 눈을 떴다. 어두컴컴한 물속에 검은 덩어리가 보였다. 범고래였다. 옆구리에 하얀 반점이 나 있고 꼬리지느러미가 길었다. 고래는 엘리를 힐끗 보더니 몸을 비틀어 물보라를 일으키며 멀리 헤엄쳐 갔다. 고래가 어둠 속으로 완전히 사라진 후에야 엘리는 안도의 한숨을 쉬었다. 엘리가 위쪽을 향해 세게 발을 구르며 아래쪽을 힐끔 보았다. 소동에 이끌려서 온 것인지 상어 한 마리가 기웃거렸다. 그 아래는 모든 빛을 집어삼킨 듯한 깊은 어둠이었다.

엘리는 눈이 따가워 깜빡거렸다. 텅 빈 것 같은 아래쪽에 무언가 보였다.

세상의 어떤 암흑보다 캄캄했지만 느낄 수 있었다.

사람 형체였다.

엘리는 헛것인지 아닌지 한참을 보았다. 형체는 엘리의 시야에 나타났다 사라지기를 반복했다. 나타날 때는 미동도 하지 않았다. 헤엄을 치지 않고도 물속에 가만히 서서 엘리를 바라보았다.

엘리는 눈만 끔뻑거렸다. 아무것도 보이지 않았다. 그때 무언가가 아래쪽에서 엘리를 향해 솟구쳤다. 엘리는 점점 떠올라 수면 위로 올라갔다. 따뜻한 밤바람이 엘리의 살갗을 감싸고 허파를 부풀렸다. 달빛이 엘리를 비추었다. 세스의 눈빛도 엘리를 향해 반짝이고 있었다.

세스가 범고래 등에서 엘리를 끌어올려 코트를 어깨에 걸쳐주었다. 검은 꼬리가 두 사람 위로 떠오르며 물보라를 일으키고는 사라졌다.

"괜찮아?"

세스가 엘리의 등을 쓰다듬었다. 엘리는 기침을 했다. 코에서 바닷물이 흘러내렸다. 엘리가 고개를 저었다.

"범고래는 사람을 해치지 않아. 아마 나 때문에 왔을 거야. 램프에 불을 켜두자."

"세스, 고래만 본 게 아냐."

엘리는 턱을 덜덜거리며 세스 옆에 바짝 붙어 앉았다.

"그걸 본 것 같아."

"그거?"

엘리가 떨리는 한숨을 내쉬었다. 세스는 마른침을 삼켰다.

"아…."

세스는 잠시 숨을 골랐다.

"네 동생의 모습이었어?"

"아니, 핀의 얼굴로 나타날 수는 없을 거야. 모든 기억을 바로잡았으니까. 그림자 같았어. 하지만 분명… 그것이었어. 날 똑바로 보고 있었어."

"다시 나타난다고 해도 널 괴롭히지 못 할 거야. 네가 이겼으니까. 네가 소원을 빌지 않는 한 다시는 힘을 얻지 못 할 거야."

"그래."

엘리가 힘없이 웃어보였다.

"그날 이후로 어떤 소원도 빌지 않았잖아. 앞으로도 그럴 거고. 그러니 다시는 널 괴롭히지 못 할 거야."

"고마워, 세스."

엘리는 코트를 단단히 여미며 고개를 끄덕였다. 다시 한번 바다 깊은 곳을 흘깃 보았지만 물결 위로 자신의 모습만 보일 뿐이었다.

고개를 들었을 때, 세스는 여전히 엘리를 보고 있었다. 짓궂게 웃으며 얼굴을 일그러뜨렸다.

"나는 새로운 섬에…"

세스가 게임을 다시 시작했다.

"우릴 받아줄 사람들이 있었으면 좋겠어. 먹을 것도 주고 따뜻하게 맞아주었으면 좋겠어. 넌 거기서 새로운 친구를 사귀고 놀라운 발명품도 만드는 거지. 재판관들이 우릴 절대 찾지 못 했으면 좋겠어. 그곳 사람들이 악마의 악자도 모른다면 더 바랄 게 없겠어."

"이번 판은 네가 이긴 것 같네."

엘리가 눈가에 붙은 젖은 머리카락을 떼면서 웃었다.

"너는 안 해?"

"세스, 그걸 이길 만한 건 없어."

엘리는 주머니칼을 꺼내 s자 아래에 빗금을 그었다.

세스가 엘리의 어깨 너머를 경이로운 표정으로 바라보았다. 엘리가 뒤를 돌았다.

수평선 위에 검은 형체가 삐죽하게 솟아 있었다.

새로운 섬이었다.

찬미하라

수평선 위에 놓인 섬이 더 이상 커 보이지 않았다. 섬은 코앞에 있었다. 엘리가 코트 주머니에서 망원경을 꺼내 엄지손가락으로 렌즈를 닦았다. 눈을 가늘게 뜨고 망원경을 눈에 갖다 댔다.

"저 위에 뾰족하게 솟은 게 보여."

"산인가?"

"산이라고 하기에는 작아. 사람이 만든 것 같은데. 그러니까…."

엘리는 세스에게 망원경을 넘겼다.

"배 아냐?"

세스가 말했다.

"그래. 거대한 배야!"

"섬 꼭대기에 왜 배가 있지?"

"글쎄. 처박힌 것 같기도 해. 하지만 어떻게?"

엘리는 손에서 땀이 났다.

"잠깐! 세스, 혹시 방주 아닐까. 대홍수의 날에 사람들이 타고 탈출했던 방주 네 척 중의 하나!"

해가 떠올랐다. 동쪽 하늘이 옅은 오렌지 빛으로 물들었다. 섬 꼭대기에서 드리운 거대한 그림자가 조금씩 물러났다. 배는 거의 초승달 모양이었다. 마치 하늘에 떠있던 달이 땅으로 고꾸라진 것 같았다. 엘리와 세스는 마주보았다. 방주라는 것은 의심의 여지가 없었다.

섬은 안개로 둘러싸여 있었다. 방주 때문에 작아 보이기는 했지만 산도 있었다. 방주는 산 위로 그림자를 드리울 수 있을 만큼 높이 올라간 것 같았다. 뗏목이 자욱한 안개를 통과했다. 엘리와 세스의 얼굴에 차가운 물방울이 맺혔다.

한 아주머니가 문을 열었다. 문에 달린 풍경에서 댕그랑 소리가 났다.

"좋은 아침이에요, 알리."

아주머니는 현관 앞 흔들의자에 앉은 노인에게 손을 흔들었다.

"좋은 아침. 여왕을 찬미하라."

"여왕을 찬미하라."

엘리와 세스가 탄 뗏목이 집 아래를 지나갔다.

"너희 꼴이 왜 그 모양이니?"

아주머니가 웃으며 말했다.

"바깥 섬에서 여기까지 그걸 타고 왔어?"

노인이 물었다.

"아, 그게…."

엘리가 얼버무렸다.

"네, 뗏목으로 왔어요. 바깥 섬에서."

세스는 짐짓 아무렇지 않은 척 명랑하게 대답했다.

"머물 곳은 있겠지? 당장 목욕도 좀 해야겠는걸?"

"네, 좀 그렇죠."

엘리가 억지 미소를 지었다.

"얼굴이 너무 야위었어. 뭘 좀 먹긴 한 거야? 보아하니 아침거리는 준비가 된 것 같은데."

아주머니는 뗏목 뒤를 가리켰다. 물고기 떼가 따라오고 있었다. 맑고 푸른 수정 구슬 같은 비늘이 반짝거렸다.

"물고기 떼가 섬 가까이 온 것을 오랜만에 보는군. 좋은 일이 생기려나? 신을 찬미하라."

노인이 우렁차게 말했다.

"여왕을 찬미하라."

아주머니가 화답했다.

"찬미하라."

엘리는 왠지 그래야 할 것 같아 따라서 외쳤다.

뗏목은 해초가 감싼 기둥 사이로 유유히 흘러갔다. 밧줄 다리와 판자 길을 떠받치는 기둥이었다. 세스는 쭈그리고 앉아 이집 저집을 정신없이 쳐다보았다.

"작살을 가져왔으면 좋았을걸."

세스가 말했다.

"그러게. 어쨌든 이곳 사람들인 것처럼 행동해야 해."

물고기 떼가 지나갈 때 한 노부인이 판자 길 아래로 늘어진 긴 줄을 잡아 당겼다. 통발에 가득한 물고기를 보고 활짝 웃던 부인은 엘리와 세스를 발견 하고는 눈을 부릅떴다. 세스가 두 팔을 벌리고 엘리 앞을 막아섰다. 엘리는 세스를 밀쳤다.

"웃어. 자연스럽게 행동해."

엘리가 속삭였다.

세스는 뗏목 모서리를 꽉 잡았다. 통나무가 쪼개지며 손을 찔렀다.

"아야."

"세스, 괜찮아?"

엘리가 주머니에서 핀셋을 꺼냈다.

"노려보는 사람들은 나도 모르게 경계하게 돼."

"모두가 나쁜 건 아냐."

엘리는 세스의 손바닥에서 나뭇조각을 뽑았다. 엘리는 웃어 보였지만, 세 스는 팔에 난 흉터를 쓸어내렸다. 하그레스 재판관에게 당한 심문의 흔적이 었다.

"세스, 이제 괜찮을 거야. 넌 혼자가 아니니까."

뗏목은 마을로 더 깊숙이 들어갔다. 고양이들이 위쪽 길에서 살그머니 따 라오며 물고기 떼를 향해 입맛을 다셨다. 한 남자는 뒤에서 그물을 드리운 채 카누의 노를 저었다.

마침내 기둥 사이로 기다란 캐러멜 빛 해변이 보이기 시작했다. 해변 위로 는 황금빛 돌집들이 섬을 감싸듯 늘어서 있었다. 집들은 거대한 방주를 향해 오르막을 빼곡하게 채웠다. 알록달록한 식물이 심긴 화분이 집집마다 걸려 있었다. 그리고 나무, 진짜 나무가 보였다. 도시에서 표본으로 기르던 앙상한 나무가 아니라 거대한 야자수였다. 무성한 잎을 늘어뜨린 채 통통한 코코넛을 품고 있었다.

"멋지다. 뭐, 물론 안심하긴 이르지만."

엘리가 말했다.

뗏목이 해변을 따라 출렁거렸다. 환한 연두색 나무집이 나타났다. 꼬마 여자아이가 문 앞에 걸터앉아 풀잎을 질겅질겅 씹었다.

"여기 사람들은 편안해보여."

엘리가 말했다.

세스는 여자아이가 작살포라도 숨기고 있다는 듯 눈을 가늘게 떴다. 엘리가 돛대를 잡고 자리에서 일어섰다.

"이제 뗏목에서 내리자. 여기서 더 할 것도 없잖아."

"누가 훔쳐 가면 어떡해?"

엘리와 세스는 동시에 뗏목을 보았다. 마른 덩굴로 묶은 통나무 그 이상도 이하도 아니었다. 둘은 마주보고 웃었다. 이렇게 볼품없는 배에서 세 달이나 지냈다는 게 믿기 어려웠다. 바다로 나온 지 이 주 만에 타고 나온 잠수함은 녹슬어 버렸다. 잠수함은 누가 뭐래도 엘리 최고의 발명품이었다. 비록 악마가 고장난 잠수함을 고친 덕분에 딱 한 번 제대로 작동한 것이지만. 엘리와 세스는 잠수함을 바위섬에 두고 가야 했다. 연장 상자와 엘리가 최후의 도시에서 챙겨온 책들도 가져갈 수 없었다. 그날 이후 엘리가 가진 건 입고 있는 코트와 주머니에 든 물건들뿐이었다. 칙칙한 회색 코트는 군데군데 물개가 죽이 덧대어져 있었다. 축축하고 볼품 없는 코트였지만 엘리는 익숙한 무게에 편안함을 느꼈다.

"너 안 더워?"

세스가 말했다.

엘리는 세스를 슬쩍 흘겨보았다. 세스가 어깨를 으쓱하며 고개를 끄덕였다. 코트를 입으면 엘리는 왠지 더욱 발명가다워졌다. 엄마와 연결되는 것 같기도 했다. 가장 중요한 것은 끔찍한 비밀과 힘겨운 현실 사이에 엘리만의 세계가 생긴다는 점이었다.

"자, 여기."

세스가 길고 매끈한 막대를 내밀었다. 잠수함에서 가져온 것이었다.

"고마워."

엘리는 막대를 지팡이처럼 짚고 뗏목에서 내렸다. 세 달 전 재판관들에게 쫓기면서 오른 다리를 다쳤다. 다리는 쉬이 낫지 않았다. 악마가 낸 상처가 아닌지 두려웠다. 그때 악마는 엘리의 몸을 뚫고 나가기 직전이었다. 세스와 안나가 아니었다면 목숨을 잃었을 것이다.

엘리는 절뚝거리며 세스를 따라잡았다. 둘은 해변을 따라 걸었다. 맨발 아래 모래가 보드라웠다. 돌집 앞에 나무로 만든 커다란 여자 조각상이 있었다. 보라색 머리카락이 허리에 닿았고 황금빛 눈은 온화한 미소를 띠고 있었다. 라일락 나무가 발 주변을 감싸고 머리에는 시든 데이지 꽃 왕관이 씌여 있었다.

"저 여자는 누구일까?"

세스가 말했다.

"혹시 사람들이 찬미한다는 여왕일까?"

엘리가 조각상 가까이 다가갔다. 조각 솜씨에 감탄하며 허리를 굽혀 자세히 들여다보았다.

"그렇게 하는 거 아냐."

한 꼬마가 엘리와 세스 사이에 끼어들어 조각상 앞에서 무릎을 꿇었다.

"신성하신 여왕님, 우리에게 베푸신 은총에 감사드려요. 물고기를 우리 섬으로 보내주세요. 꽃이 활짝 피게 해주세요. 그리고 혹시 강아지 한 마리 주실 수 있나요? 할머니 허리도 꼭 고쳐주세요."

꼬마는 둘을 빤히 보았다. 입가에는 풀잎이 여전히 붙어 있었다.

"여왕님은 어떤⋯."

엘리가 입을 떼자 세스가 엘리의 얼굴 앞에서 손뼉을 치며 엘리를 잡아당겼다.

"그런 걸 물어보면 어떡해? 여기 사람 아니라는 거 광고해? 이상하게 생각하면 어쩌려고?"

세스가 속삭였다.

엘리는 코를 찡그렸다.

"꼬마인데 뭘. 그리고 바깥 섬은 아무도 경계하지 않는 것 같아."

"둘이서만 속닥거리는 건 무례한 행동이야. 그것도 여왕님 앞에서."

꼬마가 눈을 흘겼다.

"미안. 음⋯, 여왕을 찬미하라."

꼬마의 얼굴이 환해졌다.

"여왕을 찬미하라."

꼬마도 화답하며 허리를 굽혀 모래에서 해초 한 뭉치를 주웠다.

엘리와 세스는 다시 해변을 따라 걸었다. 가다가 뒤돌아 꼬마를 힐끔 보았다. 꼬마는 조각상 앞에서 한 번 더 무릎을 꿇었다.

"저 여자가 여왕인가?"

세스가 말했다.

엘리는 고개를 끄덕였다.

"꼬마가 그 앞에서 기도했잖아. 도시에서 성인에게 기도하는 것처럼. 세스, 혹시 아까 그 할아버지가 말하는 거 들었어?"

"여왕을 찬미하라?"

"그 전에 분명 '신을 찬미하라' 라고 했어."

엘리는 주위를 힐끔 둘러보았다.

"여왕도 신일까? 너처럼?"

엘리가 마른침을 삼켰다.

"선한 신인지 악한 신인지가 중요해."

세스가 어두운 표정으로 조각상을 돌아보았다.

꼬마는 데이지 꽃을 따서 화관을 만들었다. 조각상 머리에서 시든 화관을 벗기고 새 화관을 씌웠다.

엘리에게 신은 둘이었다. 생명을 빼앗으려는 신과 생명을 살리려는 신.

"당신은 어떤 신인가요?"

엘리가 혼잣말을 뱉었다.

레일라의 일기
-부활호, 4753일째 항해 중

울고 싶지만 울 수 없었다. 잊기 전에 일기를 써놓아야 했다. 엄청난 일이 있었다.

푸른눈의 상태가 안 좋았다. 물개가 바로 옆을 스쳐갔지만 잡아먹기는커녕 눈길조차 주지 않았다. 주술사 노파를 찾아가야겠다고 생각했다. 푸른눈이 배로 돌아올 때까지 물이 흥건한 단 위에 서서 지켜보다 펄쩍 뛰어버렸다.

"노파를 데려와."

나는 발목까지 오는 물을 참방이며 외쳤다. 티모시가 놀란 얼굴로 돌아보았다.

"당장!"

티모시는 삐걱거리는 계단을 뛰어올라 갑판으로 향했다. 푸른눈을 제대로 살펴보려고 옆에 무릎을 꿇고 앉았다. 가죽은 평소처럼 새까맸지만 옆구리의 하얀 띠가 빛바랜 종이처럼 누렇게 변했다.

삐걱거리는 소리에 고개를 들었다. 노파였다. 하얗게 샌 머리는 숱이 적어 휑하고 얼굴에 주름이 천 갈래 만 갈래로 나 있었다. 등에는 커다란 혹이 있고 눈가의 잔주름은 쪼글쪼글한 호두살 같았다.

"어떻게 이렇게 금방 왔어요?"

"노파가 계단을 내려오고 있었어."

뒤에서 티모시가 말했다.

"푸른눈이 아파요."

노파가 목발을 짚고 절뚝거리며 푸른눈 곁으로 다가갔다.

"아가, 네 고래는 아픈 게 아니란다."

29

"상태가 안 좋은걸요. 그리고 아가라고 부르지 마세요. 13년 하고도 8일이나 살았어요. 아기가 아니라고요."

"아무튼 네 고래는 아프지 않아."

"그럼 왜 아무것도 먹지 않죠?"

"나이가 많아서 그래. 고래 나이로는 오래 살았어."

"노파는 주술사니까 푸른눈을 좀 고쳐주세요."

노파가 눈을 감고 골똘히 생각에 잠겼다.

"늙으면 죽는 거야. 고래도 그렇지."

"그럴 리 없어요. 푸른눈과 저는 절대 헤어질 수 없어요. 제가 노파처럼 꼬부랑 할머니가 될 때까지 같이 바다를 누빌 거라고요. 푸른눈은 죽지 않아요!"

"이미 죽은 것 같은걸."

"아니에요. 그럴 리 없어요. 숨을 쉬잖아요. 보세요!"

나는 솟아올랐다 가라앉기를 반복하는 옆구리를 가리켰다.

"고래가 숨을 쉬는 게 아니야. 고래에 깃든 생명의 숨이지. 우리가 도와야 해."

노파가 재빨리 움직였다. 번쩍이는 날이 보였다. 순식간에 푸른눈의 옆구리가 깊게 베였다. 붉은 속살이 드러났다. 나는 노파를 밀치려고 손을 높이 들었다. 그 순간 고래의 벌어진 옆구리에서 무엇인가가 튀어 나왔다.

손이었다.

난파선의 섬

"가자, 엘리. 음식 냄새가 나. 배고파서 쓰러질 것 같아."

엘리는 여왕 조각상에서 눈을 떼지 않았다.

"뭐? 아, 그래."

그때 바다 저 멀리에 무엇인가 떠 있는 게 보였다. 시커먼 형체였다. 자욱한 안개 때문에 흐릿한 실루엣만 겨우 알아볼 수 있었다.

"배일까?"

세스는 엘리보다 멀리 있는 것을 잘 보았다.

세스가 눈을 찌푸렸다.

"맞아. 까만 돛을 달았어."

"우리를 쫓아온다고 한 그 배는 아니겠지?"

엘리가 물었다.

"글쎄…. 잘 모르겠어."

엘리와 세스는 멀리서 배가 해안가로 들어오는 광경을 지켜보았다. 작은 배였다. 많아봐야 두세 명이 타기에 적당해 보였다. 덩치가 큰 사람들이 갑판에서 뛰어내려 주위를 두리번거렸다.

"봤어?"

엘리가 속삭였다. 파도 아래에서 보았던 시커먼 형체가 생각났다.

세스는 고개를 끄덕였다. 희뿌연 실안개 속을 눈을 가늘게 뜨고 바라보았다

"빨리 가자. 어떤 사람들인지 모르니까."

둘은 해변을 따라 달려 낮은 언덕에 난 나무 계단에 다다랐다. 토마토 굽는 냄새와 달콤한 바닐라 냄새와 장미향이 풍겨 왔다. 시끌벅적한 소리가 울려 퍼졌다. 배에서 내린 사람들은 저 멀리서 가만히 멈춰 서 있었다.

"저 사람들, 우릴 보는 건가?"

엘리가 세스의 손을 잡고 계단 위로 이끌었다.

언덕 위에서는 아이들이 서로 오렌지를 던지며 우당탕탕 뛰어다녔다. 신바람 난 강아지처럼 노란 돌길 위에서 공중제비를 하며 엎치락뒤치락 레슬링을 했다. 시장 광장도 보였다. 거리는 낙엽 색 옷을 입고 장을 보러 나온 사람들로 붐볐다. 사람들은 저마다 입가에 미소를 띠고 이야기를 나누었다. 레이스 천을 덮은 가판대에는 주름진 가죽 신발과 반짝이는 진주와 모자가 쌓여 있었다. 가판대마다 사람들이 삼삼오오 무리지어 흥정에 열을 올렸다.

광장 한 가운데에 고래가 있었다.

고래는 꼬리를 쳐든 채 바닥에 배를 대고 있었다. 머리도 꼬리와 맞닿을 정도로 들려 있었다. 몸통에는 따개비 같은 보석이 박혀 반짝거렸다. 초록색

과 파란색 종이테이프가 수염처럼 휘날렸다. 눈은 새카만 석탄, 몸은 잿빛 나무였다. 입은 동굴처럼 떡 벌어졌고 안에서 플루트와 기타, 바이올린으로 구성된 작은 악단이 연주를 했다. 그 옆에서 바닥까지 끌리는 자수 드레스를 입고 노란 리본으로 머리를 묶은 여자 두 명이 노래를 불렀다. 이들의 목소리는 목각 고래의 배 속 깊은 곳에서부터 울려 퍼졌다. 마치 고래의 노랫소리 같았다. 꼬마들은 고래 옆 그늘에 앉아 넋을 잃은 채 노래에 귀를 기울였다.

엘리는 그 광경을 눈에 담으려는 듯이 눈을 깜빡거렸다. 이렇게 유쾌한 분위기는 처음이었다. 세스도 조심스럽게 한 걸음씩 다가갔다. 몸을 잔뜩 움츠린 채 주먹을 꼭 쥐고 숨죽여 걷던 세스는 곧 어깨에 힘을 빼고 손가락 관절이 하얗게 될 정도로 꼭 쥐었던 주먹도 풀었다.

"이 섬에는 우리가 바라는 모든 것이 있는 것 같아."

엘리가 말했다.

"아무도 우릴 쫓아오지만 않는다면."

"그렇다고 해도 사람으로 북적거리는 이 섬보다 숨기 좋은 곳이 있을까? 재판관 삼백 명이 온다고 해도 수많은 사람들 틈에 숨으면 될 것 같은데?"

세스도 고개를 끄덕였다.

"어쨌든 마음에 들어."

화로에서 닭다리가 노릇하게 익어가며 냄새를 풍겼다. 엘리는 배를 움켜잡았다.

"하지만 돈은 좀 있어야겠다."

엘리가 말했다.

"돈?"

세스는 긴 막대를 짚고 서서 아이들에게 꽃을 뿌리는 여자를 바라보며 물었다.

"돈이 있어야 음식을 사먹을 거 아냐!"

"낚시해서 먹으면 되잖아."

세스가 어깨를 으쓱했다.

"물고기 말고도 필요한 게 많아. 우린 신발도 없다고. 잠은 어디서 잘 거야? 일을 구해야 해. 그럼 돈도 벌고 이곳 사람들과 친해질 수도 있을 거야. 누군가 진짜로 우릴 쫓아올 경우를 대비해서."

세스가 눈을 가늘게 뜨고 먼 곳을 내다보다 손을 뻗었다.

"저기 좀 봐. 온통 고깃배야. 항구인가봐. 가보자!"

사람들은 세스가 지나가도록 길을 터주었다. 세스를 향해 고개를 끄덕이며 미소 지었다. 그 다정함이 엘리에게까지 이어지지는 않았다. 엘리의 몰골을 보고는 눈살을 찌푸리며 뒤로 물러섰다. 엘리는 세스를 쫓아가 숨을 헐떡이며 세스의 얼굴을 찬찬히 살펴보았다. 티 없이 맑은 피부와 큰 눈, 균형 잡힌 이목구비. 세스의 외모가 매력적이라는 것을 인정할 수밖에 없었다. 엘리는 묘한 열등감이 들었다.

"저기 좀 봐."

세스가 말했다.

언덕 꼭대기에 서자 발아래 푸른 바다가 환하게 빛났다. 섬의 분위기와 꼭 닮은 생동감 넘치는 색색의 배들이 보였다. 배에는 화려한 그림도 그려져 있었다. 항구는 마치 물기가 촉촉한 꽃밭 같았다.

"저기서 일을 구할 수 있을 거야."

세스가 말했다.

"아."

엘리는 너덜너덜한 코트 소매를 걷으며 배에서 일하는 둘을 상상했다. 세스가 산더미처럼 쌓인 물고기 더미를 끌고 가는 동안 엘리는 그물에 엉켜 꼼짝달싹 못 한다. 선원들은 엘리가 도대체 뭐 하는 애인지 질문을 퍼붓는다.

"세스, 여자는 낚시를 못 하게 할 거야. 캐스티언 아저씨는 여자를 배에 태우지도 않았으니까."

세스가 부두를 가리켰다.

"봐, 선원들 반이 여자야."

"흠⋯. 난 한쪽 다리를 다쳤는데."

엘리가 지팡이를 들어올렸다.

"저 여자는 다리가 하나밖에 없어. 봐."

세스가 무너질 듯한 나무 계단으로 엘리를 이끌었다. 바닷물이 에메랄드처럼 투명했다. 잔잔한 수면 아래 반짝거리는 작은 물고기와 붉은 산호가 보였다. 사방을 둘러봐도 최후의 도시처럼 뾰족하게 솟은 첨탑 따위는 없었다. 모든 건물이 대홍수 이후에 지어진 게 틀림없었다.

엘리와 세스는 부둣가를 걸었다. 선원들이 번쩍거리는 물고기가 가득 든 나무 궤짝을 끌었다. 궤짝을 도르래에 걸어 언덕 위로 운반했다. 그 모습이 아슬아슬해 엘리는 손에 땀이 났다. 더 나은 아이디어가 없을지 머리를 굴렸다. 둘은 부두 끝까지 걸었다. 덩치가 큰 남자가 벤치에 앉아 있었다. 머릿결이 거칠고 팔 다리는 나무껍질처럼 가무잡잡하고 상처투성이였다. 사람들

눈에 띄는 게 귀찮다는 듯이 종이로 얼굴을 가리고 있었다.

"혹시 여기 일 없을까요?"

세스가 말했다.

남자가 끙 소리를 내며 눈 밑을 긁었다. 그러고는 세스를 위아래로 훑어보았다.

"배 청소나 좀 하든지. 비올라가 돌아왔을 때 갑판이 깨끗해야 하니까."

"청소 말고 고기를 잡고 싶은데요."

남자는 세스에게 눈을 흘기며 조끼 주머니에서 파이프 담배를 꺼내 담뱃잎을 꾹꾹 눌러 담았다. 엘리에게는 눈길조차 주지 않았다.

"바깥 섬에서 왔나?"

"네."

세스의 목소리에 조금도 주저함이 없었다.

"그 섬 사람들은 우리 섬에 오면 일이 하늘에서 뚝 떨어질 거라고 생각하더라. 막 도착했어? 꼭 꼬마 신랑신부 같군."

남자가 처음으로 엘리를 보았다.

세스는 어처구니 없다는 듯 웃었다. 엘리도 얼굴을 찡그렸다.

"신랑신부라뇨?"

엘리는 세스를 팔꿈치로 툭 찔렀다.

"제 이름은 엘리 랭…."

엘리가 움찔했다. 바다에서 본 검은색 형체가 생각났다.

"엘리예요. 얘는 세스고요. 우리는… 남매예요."

"그래?"

남자는 눈이 휘둥그레졌다.

둘에게 닮은 구석이라고는 하나도 없었다. 세스는 키가 크고 건장했다. 엘리는 왜소하고 병약해보였다. 머리카락조차 힘이 없었고 커다란 코트를 입은 몸은 곧 사라질 것 같았다.

"아, 얘는 입양한 동생이에요."

세스의 말에 엘리는 눈을 흘겼다.

"누가 우리 집 대문 앞에 두고 갔어요. 부모님이 엄청나게 놀랐죠."

"이유를 알만하군."

남자가 킬킬거렸다.

엘리는 남자도 노려보았다.

"아무튼 청소 말고 다른 일은 없어. 하든지 말든지 마음대로 해."

그때 돛이 두 개 달린 배 한 척이 방파제를 따라 천천히 들어왔다. 선원이 밧줄을 끌어당겼다. 뱃머리에는 화가 잔뜩 난 돼지가 새겨져 있었다. 선원 둘이 갑판에서 나무 궤짝을 내렸다. 남자가 배 가까이 다가갔다. 궤짝 안을 보고 움찔했다.

"반밖에 안 찼잖아!"

"아빠, 물고기가 거의 없었어요."

배에서 마지막으로 내리던 여자아이가 말했다. 엘리 또래로 보이는 아이는 새까만 머리카락을 찰랑거렸다. 피부는 짙은 구릿빛에 기다란 팔은 안나와 팔씨름을 해도 이길 것 같았다. 어깨에는 작은 회색 고양이가 걸터앉아 있었다. 엘리는 옷에 핀으로 고정한 인형일 거라고 생각했지만 곧 고양이가 가냘프게 울었다.

"오늘만 그런 게 아니에요. 어제도 그랬고 지난달 내내 공쳤죠. 바다만 상황이 안 좋은 것도 아니에요. 제시카 엄마네 농장도 죽 쑤고 있대요. 보리 가격이 너무 많이 올라서 몰워스는 가을까지 맥주가 남아나질 않겠다고 하더라고요."

"생명의 축제 이후에는 나아지겠지. 여왕이 우리에게 자비를 내리실 테니까. 여왕을 찬미하라."

남자가 초조하게 손을 비볐다.

"여왕은 자신을 위해 그러는 것뿐이에요. 아마 지금쯤 누군가의 식량을 약탈하고 있을걸요. 궁에 사는 높은 사람들이 굶으면 안 되니까."

아이가 코웃음을 치며 말했다.

고양이가 동의한다는 듯 크게 울었다.

"불경한 말 당장 집어치워. 또 잡혀가고 싶어서 그래?"

남자가 소리쳤다.

"됐고, 얘는 누구예요?"

아이가 세스를 보며 말했다. 엘리는 보이지도 않는 것 같았다.

"몰라. 남자애한테 갑판 좀 닦게 하려던 참이었어. 바깥 섬에서 왔다는군. 돈을 엄청 달라고 할까봐 망설여지긴 해. 그런데…."

남자가 여자아이에게 몸을 기댔다.

"그렇게 똑똑한 것 같지는 않아."

"제가 저 배를 타고 한번 나가볼게요. 고기가 어디에 몰려있는지 찾을게요. 저한테 특별한 기술이 있어요."

세스가 말했다. 아이는 퉁명한 얼굴로 세스를 보았다. 세스는 굴하지 않고

38

덧붙였다.

"우리 섬에서 제일가는 어부였어요. 저녁 내기를 해도 좋아요."

엘리가 세스의 손목을 꽉 잡았다.

"세스, 사람들이 네 능력을 알면 우릴 의심할 거야."

"물론 능력을 쓰진 않을 거야. 그러지 않아도 고기떼가 날 쫓아올 테니까. 아까도 그랬잖아. 고래가 쫓아왔지. 내 힘은 쓸 필요도 없어."

남자는 이미 흥미를 잃은 것 같았다. 다시 반밖에 안 찬 나무 궤짝을 보고 투덜거리기 시작했다. 아이만이 호기심어린 눈으로 세스를 보았다.

"어떤 저녁을 살 건데?"

"비올라, 저 허여멀건 해면 같은 녀석이랑 말 섞지 마. 다시 바다로 나가서 고기나 더 잡아와."

남자가 윽박질렀다.

아이는 하품을 하며 기지개를 켰다. 어깨에 앉아 있던 고양이가 팔을 따라 기어갔다.

"좋아요. 저 해면 같은 녀석을 데려가게 해주면요."

"뭐?"

"저 녀석 말이 진짜라면 고기를 많이 잡을 테고, 그냥 미친 소리 지껄인 거라면 적어도 오늘 저녁 걱정은 안 해도 되잖아요. 참, 내 이름은 비올라야. 이쪽은 우리 아빠, 얀센."

비올라가 세스를 향해 슬쩍 미소를 띠며 손을 내밀었다.

"세스라고 해."

세스가 비올라의 손을 잡고 흔들었다.

"나는 엘리야."

하지만 엘리의 말은 아무도 귀담아 듣지 않았다.

비올라가 세스에게 따라오라고 손짓하며 배를 향해 성큼성큼 걸어갔다. 세스가 엘리를 돌아보았다.

"같이 갈 거지?"

"아, 나는….."

엘리가 비올라와 다른 선원들을 슬쩍 쳐다보았다. 그물에 걸려 우왕좌왕하는 자신과 이것저것 물어대는 선원들이 눈앞에 그려졌다.

"난 여기 있는 게 좋겠어."

"왜?"

세스가 놀란 얼굴로 물었다.

"그게… 해가 너무 뜨거워. 또다시 바다에 나갔다간 몸이 녹아내릴 거야. 자, 이거나 받아."

엘리는 주머니를 뒤적이더니 연필 몇 개와 양의 피가 든 작은 유리병을 건 넸다. 구멍 난 장갑도 꺼냈다.

"고마워. 하지만 장갑은 내 복장과 어울리지 않는 것 같아."

"네 손에 푸른 소용돌이가 생기면 가려줄 거야, 이 해면 같은 녀석아. 혹시 무슨 문제가 생기면 네 능력을 써야할 지도 모르잖아."

엘리의 시선이 세스의 맨 팔로 향했다.

"아니다. 그냥 이걸 가져 가."

엘리가 코트 깃을 잡고 흔들었다.

"엘리, 진짜 그럴 필요 없어."

"또 장작더미 위에 올라가는 것 보다는 낫지 않겠어?"

엘리는 코트를 벗어 세스에게 내밀었다. 그러고는 두 팔로 몸을 감쌌다. 뒷목에 바람이 스쳤다.

세스가 엘리의 코트를 입었다. 엘리에게 벙벙하던 코트가 꽉 끼었다. 하지만 소매는 충분히 길었다. 엘리는 갑자기 마음이 텅 빈 것 같았다. 늘 몸에 지니던 많은 것들이 사라지자 왠지 자신이 사라진 것 같았다.

"얘, 어서 와. 조수 방향이 바뀌고 있어."

비올라가 손짓했다. 세스는 배를 향해 달려갔다.

악마의 섬

엘리는 배가 바다로 나가는 것을 멍하니 바라보았다. 지팡이로 애꿎은 방파제를 툭툭 쳤다.

"몸이 불편하니? 다리는 왜 그런 게냐?"

얀센이 걸걸한 목소리로 물었다.

배는 빠른 속도로 멀어져 수평선 위의 점처럼 보였다.

"어쩌다 고꾸라졌어요."

엘리는 홰에 걸터앉은 독수리처럼 섬 꼭대기에서 위세를 떨치는 방주로 시선을 돌렸다. 중앙 부분이 이끼처럼 생긴 것들로 뒤덮여 있었다. 자세히 들여다보니 거대한 발코니에 조성된 정원이었다.

"혹시 저곳에 여왕이 사나요?"

"몰라서 묻는 거냐?"

"바깥 섬에서 왔으니까요. 혹시 여왕을 본 적 있어요?"

얀센이 코웃음을 쳤다.

"그걸 말이라고. 물론 먼발치에서 뵈었을 뿐이지만. 나 같은 사람이 여왕 가까이 다가가는 건 있을 수 없는 일이지. 나는 여왕과 같은 공간에서 숨 쉴 주제가 못 된다고. 물론 여왕도 숨을 쉬어야 한다면."

얀센은 신문을 펼쳤다. 대화가 끝났다는 뜻이었다. 엘리가 옆에 서서 머리 기사를 훑어보았다.

로렌이 익사 직전의 선원을 구했다.
선원은 그의 영웅을 만난 것에 몹시 흥분했다.

엘리가 다시 방주로 눈을 돌려 곰곰 생각에 잠겼다. 어떤 특별한 장치를 발명했기에 저런 공중정원을 만들 수 있었을까? 정원 안에는 어떤 장치가 숨겨진 걸까? 여왕의 모습도 상상했다. 키가 크고 멀리서 보아도 광채가 나며 사람들에게 식량과 치료약을 나눠주는 자비로운 여왕. 배를 곯은 채 지팡이를 짚고 절뚝거리는 모습이 아니라 주머니가 백 개쯤 달린 새 코트를 입고 여왕 옆에 선 자신을 머릿속으로 그렸다.

얀센의 코 고는 소리에 엘리는 정신이 퍼뜩 들었다. 물에 비친 자신을 힐 끔 내려다보았다. 파도 아래서 보았던 검은 그림자와 해변에서 본 형체들이 떠올랐다. 갑자기 겁이 덜컥 나서 방파제를 따라 바다 반대편으로 달렸다. 낡은 오렌지색 덧문이 바람에 덜컹거리는 집들을 지나쳤다. 노부부가 집 앞 벤치에 앉아 차를 홀짝였다. 다른 집 대문 앞에서는 아이들 셋이 놀고 있었다. 셋 중 가장 큰 여자아이가 남자아이를 가리켰다.

"감히 반역죄를 짓다니! 널 참수형에 처하겠다. 젬마, 머리 좀 줘봐."

작은 여자아이가 인형 얼굴을 끼운 작은 자루를 건넸다. 죄인 역할을 맡은 남자아이가 씩 웃으며 티셔츠를 얼굴 위로 끌어올렸다. 여자아이가 남자아이 머리 위에 자루를 기울어지지 않게 놓았다. 그러고는 기다란 막대를 높이 들어 머리를 내리치는 시늉을 했다. 남자아이가 키득거렸다.

"하지만 이건 말이 안 돼. 여왕은 인자한 분이야."

작은 아이가 말했다.

"항상 그렇지는 않아. 염소를 훔친 사람의 목을 벤 적도 있어."

"여왕이 그랬을 리 없어. 절대."

엘리가 뒤에서 헛기침을 했다.

"미안한데 뭐 하나만 물어봐도 될까?"

아이들이 고개를 돌려 엘리를 보았다. 그러고는 엉거주춤 뒤로 물러섰다.

"너 유령이야?"

큰 여자아이가 말했다.

"몸이 많이 아파?"

작은 여자아이가 말했다.

"아니."

엘리가 발끈했다.

"그냥 여왕이 어떻게 생겼는지 궁금해서."

"어떤 여왕이나 왕보다 더 자비롭고 아름다운 분이지. 절대 사람의 목을 베는 분이 아니야."

작은 아이가 목소리를 높였다.

"필요할 때는 그러기도 해."

큰 여자아이가 쏘아 붙였다.

"도둑과 살인자. 그리고 아주 먼 섬에서 온 사람들."

여자아이가 입술을 깨물며 인상을 찌푸렸다.

"악…, 악…."

아이는 단어를 입에 올리는 것조차 꺼림칙해했다.

"악마."

남자아이가 소곤거렸다. 옷이 얼굴을 덮고 있어 겨우 소리가 들렸다.

"그래, 맞아. 악… 악마의 섬."

아이는 엘리의 귀에 대고 속삭였다.

엘리는 비틀거리며 가슴을 움켜쥐었다.

"괜찮아?"

작은 아이가 엘리의 어깨를 어루만졌다.

"괜찮아."

실은 그렇지 않았다. 날카로운 얼음 조각이 엘리의 가슴을 찔렀다. 숨도 쉬어지지 않았다.

"걱정 마. 악마의 섬에 사는 사람들이 끊임없이 우리 섬을 기웃대는 건 맞아. 그 섬은 끔찍하니까. 그 섬의 신은 악하거든. 하지만 여왕이 그 섬에서 온 사람들을 모두 처형했어. 여왕이 있는 한 악마는 우리 섬에 절대 발도 못 붙일 거야."

큰 여자아이가 자랑스럽다는 듯 어깨를 쫙 폈다.

"잠시만, 그게 무슨 말이야?"

45

엘리가 말했다.

"너 바깥 섬에서 온 촌사람이구나?"

아이가 거들먹거리며 웃었다.

"여왕 안에 사는 신은 생명과 창조의 신이야. 어떤 이름으로도 그 고귀함을 다 표현할 수 없지. 악마는 죽음과 파괴의 신이야. 여왕을 두려워 해."

아이의 말이 엘리의 마음속에 박혔다. 두려움은 사라지고 가슴이 두근거렸다.

'여왕 안에 사는 신이라⋯.'

여왕은 신이 아니었다. 화신이었다.

엘리가 지팡이를 들고 부둣가로 다시 달려갔다.

"아저씨! 얀센 아저씨!"

엘리는 부두 끝에서 미끄러지듯 멈췄다.

"깜짝이야!"

얀센이 육중한 몸을 일으키며 구시렁거렸다.

"여왕 안에 신이 산다는 걸 어떻게 알죠?"

"바깥 섬 사람들은 진짜 무식하다니까. 바다의 물고기와 들판의 밀이 증명하잖아. 어렸을 때 생명의 축제에서 여왕이 기적을 베푸는 걸 두 눈으로 똑똑히 보았다고."

"생명의 축제요?"

"하⋯ 첩첩산중이네. 여왕이 자비를 베푸시는 축제. 여왕이 몇십 년에 한 번 궁 밖으로 나와 사람들의 병을 고치고 들에 곡식이 차고 넘치게 하는 기적을 베풀지. 정원에는 꽃이 만발하고 바다에 물고기 떼가 몰려와. 내 어머

46

니도 여왕의 은혜를 입었어. 중병에 걸려 몸이 나날이 쇠하고 있었는데 여왕이 찾아와 어머니의 손을 잡아주었지."

얀센이 잠시 말을 멈추고 눈물을 닦았다.

"그 후로 어머니는 십 년을 더 살았어. 자그마치 십 년! 여왕 덕분에 내가 소년에서 남자로 자라는 것도 다 지켜보셨지. 여왕을 찬미하라! 그런데 그거 아니? 기적을 행할 때마다 여왕이 가진 생명의 에너지가 소진된다는 것. 여왕은 내 어머니에게 자신의 일부를 내어주신 거야. 이제 새 여왕이 우리를 위해 또다시 그 일을 하실 거야. 6주 후에 있을 생명의 축제에서. 바다에 물고기가 넘치고 들판에 알곡이 가득할 거야. 여왕을 찬미하라!"

얀센은 의자에 털썩 주저앉아 여왕의 이름을 몇 번이고 불렀다.

부두에 나무 궤짝이 쿵 하고 떨어졌다. 얀센이 놀라서 소리를 꽥 질렀다. 엘리도 움찔했다. 두 사람은 배가 돌아왔다는 것도 모르고 있었다.

비올라와 세스가 갑판에서 훌쩍 뛰어내렸다. 비올라의 고양이가 개선가를 부르듯 힘차게 울어댔다.

얀센이 나무 궤짝을 들여다보았다.

"오, 자비하신 여왕이여!"

엘리도 까치발로 섰다. 궤짝 안에 배가 하얗게 빛나는 물고기가 가득했다.

"기적이로군!"

얀센이 소리쳤다.

"아빠, 배도 한번 보세요."

비올라가 얀센의 등을 툭 쳤다.

얀센은 배를 돌아보더니 너털웃음을 터뜨렸다. 세스는 손으로 얼굴을 가린 채 씩 웃었다.

갑판 가득 물고기가 파닥거리고 있었다.

레일라의 일기

부활호, 4754일째 항해 중

방주 안쪽 깊숙이 노파의 정원이 있었다. 햇빛도 들지 않는 곳에서 어떻게 식물이 자라는지 아무도 알지 못 했다. 사람들은 온통 다른 데 신경이 팔려 있었다. 끝없는 항해에 선장의 인버심이 바닥나고 있다는 사실이었다. 설상가상으로 방주 안에 악마가 있다는 소문까지 돌았다.

"그 아이는 어디 있죠? 버 고래에서 나온 아이요. 가만 두지 않을 거야."

나는 노파에게 말했다.

정원은 덥고 습했다. 흙냄새와 땀 냄새가 진동했다. 노파가 허리를 구부려 식물을 들여다보았다. 사람 키만 한 나뭇잎을 손가락으로 문질렀다.

"그 아이가 네 고래를 죽인 게 아냐. 사실 넌 그 아이를 네 고래라고 불러야 할 거야."

"어디 있는 지나 알려줘요."

노파가 한숨을 쉬며 램프를 들어 올렸다. 콩 싹과 산딸기 덤불 사이로 날 이끌었다.

"아이를 다치게 해선 안 돼. 이 항해에서 살아남으려면 그 아이가 꼭 필요해."

아이는 바닥에 대자로 뻗어 있었다. 마르고 날렵한 얼굴에 구릿빛 피부, 헝클어진 새카만 머리카락. 아이는 몸이 다부져 보였다.

"왜 저 아이를 돌보는 거예요?"

"믿기 어렵겠지만 저 아이는 신이야."

"말도 안 돼요. 신들은 다 죽었다고요."

"믿기 어려울 거라고 했잖아."

"저 아이가 버 고래라는 것도 말이 안 돼요. 푸른눈은 사냥을 잘 해요. 물개와 물고기를 잡아서 가져다준다고요. 아이가 할 수 없는 일이에요."

"얘야, 이 아이는 우리에게 필요하다면 바다의 모든 물개와 물고기를 몰고 올 수도 있어. 바다 그 자체니까."

"이 아이는 바다야. 이 아이는 고래야. 이 아이는 신이야. 도대체 이 아이는 무엇인가요?"

"진정해라."

"버 고래가 죽었어요."

나는 노파를 쏘아보았다.

"우리는 늘 함께 했어요. 함께 먹잇감을 사냥했죠. 푸른눈 없이 이제 버가 뭘 할 수 있겠어요?"

"정원 가꾸는 걸 도우면 어떠냐?"

"저는 사냥꾼이에요. 식물에 물이나 주라고요? 그리고 이 아이가 어딜 봐서 버 고래라는 건가요?"

노파가 웃으며 아이에게 다가갔다.

"잘 봐."

노파는 흙투성이 손으로 잠든 아이의 눈꺼풀을 살짝 들췄다. 질푸른 바다색 눈동자가 드러났다. 나는 뒤로 한 발자국 물러났다.

"푸른 눈…. 이게 어떻게 된 거죠?"

"네 고래는 화신이었어. 불멸의 영혼이 고래에 깃들었던 거지."

"말도 안 돼요. 도무지 이해가 안 돼요. 그게 무슨 말이에요?"

"내 눈에는 보여. 나는 누구보다 그들을 잘 알아볼 수 있으니까."

"어떻게요?"

노파가 아이의 빰을 부드럽게 어루만졌다.

"나도 화신이니까."

떡갈나무 여관

세스의 얼굴에서 웃음이 걷혔다.

눈은 초점을 잃고 무릎이 꺾였다. 엘리가 달려가 세스를 붙잡았다. 세스가 감자 자루처럼 힘없이 쓰러졌다.

"세스, 괜찮아?"

엘리는 세스를 떠받치느라 안간힘을 썼다.

"뙤약볕 아래서 물을 못 마셔서 그런 것 아니냐? 여기 물 좀 가져와!"

얀센이 권투 선수 코치나 된 마냥 세스를 놓고 수선을 떨었다.

"괜찮아요. 그냥 좀 피곤해서 그래요."

세스가 힘겹게 눈을 떴다. 얀센은 고개를 격렬히 끄덕이며 동전이 쨍그랑거리는 지갑을 비올라에게 툭 던졌다.

"떡갈나무 여관으로 데려가."

비올라가 세스와 엘리에게 따라오라고 손짓 했다.

세스는 부축하려는 엘리에게 손사래를 쳤다.

"괜찮다니까. 혼자 걸을 수 있어."

"왜 그래? 네 능력을 쓴 거야?"

엘리가 목소리를 낮춰 물었다.

"아니, 그런데 뭔가를 봤어. 나는 다시 고래가 된 것 같았고 내 옆에 한 여자아이가 있었어."

"혹시 꿈 꾼 거 아냐?"

"멀쩡히 깨어 있었어."

세스가 잘라 말했다.

"얘, 어서 와. 또 기절하면 어쩌려고?"

비올라가 저만치에서 소리쳤다.

"기절한 거 아니라니까!"

"하여간 바깥 섬 사람들은 죄다 약해빠졌어. 그러지 말고 혁명당에 합류하는 건 어때?"

"뭐래는 거야?"

세스와 엘리가 마주보았다.

"여왕의 권한이 지나치게 커. 들고 일어나서 우리 권리를 되찾아야 해."

비올라는 방주를 향해 손가락질을 했다.

"혁명당에 몇 명이나 있는데?"

"나랑 아치, 둘. 참고로 아치는 얘야."

비올라가 고양이의 귀를 쓰다듬었다.

"이런 일을 꾸미는 걸 사람들이 알면 날 가만두지 않을 거야. 하지만 신이 우리를 다스리는 건 부당해. 신은 일개 인간들에게는 관심도 없으니까."

"확실해? 네가 모르는 걸 수도 있어."

세스가 말했다.

"여왕 추종자가 또 하나 늘었군. 네게 기대가 컸는데."

비올라는 혀를 차며 한숨을 길게 내쉬었다. 그러고는 세스의 팔을 한 대툭 치고 짓궂게 웃으며 앞장서 뛰었다. 세스가 팔을 문질렀다. 눈은 웃고 있었다. 엘리는 가슴이 따끔거렸다.

"세스, 할 말이 있어."

세스가 엘리를 보았다.

"여왕에 대해 알아낸 게 있어. 여왕은 신이 아니라 화신이었어. 여왕 이전의 여왕과 왕들 모두 같은 신을 모셨어. 대를 이어 오며 유산처럼 물려받은 거지. 여왕도 화신이야. 나처럼!"

세스는 잠자코 듣고만 있었다.

"뭐야?"

엘리가 세스의 얼굴을 살폈다. 생각이 딴 데 가 있는 것 같았다. 마치 머릿속으로 복잡한 계산을 하는 듯한 표정이었다.

"반응이 뭐 이래?"

"여왕은 너와 달라. 여왕이잖아."

"하지만 여왕 안에도 신이 있어. 네 형제자매 중 하나가 여왕 안에 살고 있다고."

"엘리, 우리가 유일하게 만나본 나의 형제는 널 죽이려고 했어. 비올라가여왕을 믿지 않는 데는 이유가 있을 거야."

"여왕에게 깃든 신은 달라. 악마가 여왕을 두려워한다고 했거든. 여왕은 이 섬에서 가장 강력해. 아니 어쩌면 이 세상에서. 여왕이 나를 도와줄 수 있을지도 몰라!"

세스는 안쓰러움과 애정이 뒤섞인 표정을 지었다.

"엘리, 우린 여왕에 대해 잘 몰라. 어느 날 갑자기 나타나 '안녕하세요, 저도 화신이랍니다. 그런데 여기 제 친구는 신이에요.' 라고 말하면 여왕이 뭐라고 대답할 것 같니?"

"글쎄, 확실한 건 난 절대 그렇게 말하지 않을 거라는 사실이야."

"엘리, 힘을 가진 사람은 위험해. 재판관 생각 안 나?"

엘리가 팔짱을 꼈다.

"모두가 그런 건 아냐. 너도 힘을 가졌지만 위험하지 않잖아."

세스는 또다시 엘리를 물끄러미 보았다.

"아무튼 우린 시선을 끌어선 안 돼. 쫓아온 사람이 있을 지도 모르니 무조건 조심해야 해."

세스의 말에 엘리가 어깨를 으쓱했다.

"정말 누군가 쫓아왔다면 그들도 조심해야 할 거야. 과거에 최후의 도시에서 온 사람들은 모두 처형당했대."

세스의 눈이 툭 불거져 나왔다.

"그럼 우리도 조심해야겠네."

"다 왔어!"

비올라가 외쳤다.

방주의 그림자가 길에 길게 드리웠다. 수직으로 솟은 언덕 위에 방주가 비스듬히 처박혀 있었다. 언덕에는 색색의 집들이 빼곡하게 들어차 있었다.

"벌집촌이야."

비올라가 말했다. 엘리는 적절한 이름이라고 생각했다. 아찔한 경사면을 따라 집들이 뒤죽박죽 지어져 있었다. 마구잡이로 쌓은 퍼즐 같기도 했다. 문을 함부로 열고 집을 나섰다간 굴러 떨어져 죽을 수도 있을 것 같았다.

비올라와 아이들은 좁은 계단을 올랐다. 돌 벽 위로 닭들이 벼슬을 쳐들고 걷다가 오묘한 색깔의 작은 애벌레를 쪼아 먹었다. 야자수는 보이지 않았다. 대신 어마어마하게 큰 떡갈나무가 있었다. 방주를 제외한다면 섬의 그 무엇보다도 수명이 오래되어 보였다. 거대한 가지가 집을 뚫고 사방으로 자랐다. 나무 사이에 집이 끼어 있다는 표현이 더 정확했다. 가지마다 집을 움켜쥐었고, 나무의 몸통에는 나선형 계단이 나 있었다. 가지 끝에 새둥지처럼 얹힌 통나무집까지 계단이 연결되었다.

한 나뭇가지 끝에 철로 된 간판이 걸렸는데 '떡갈'이라고 쓰여 있었다. 나머지 글자는 녹슬어서 알아볼 수 없었다.

"떡갈나무 여관이야!"

비올라가 자랑스럽게 외쳤다.

"촌스러운 이름이군."

세스가 말했다.

"진짜 이름은 따로 있어. '팰리스 떡갈'. 물론 아무도 그렇게 부르지 않지. 여관 주인 몰워스만 빼고. 몰워스는 여관 이름을 제대로 부르지 않으면 몹시 화를 내."

나무 몸통 가장 아래쪽에 입구가 나 있었다. 문을 열자 종소리가 딸랑 하

고 울렸다. 김빠진 맥주와 오렌지 향이 훅 끼쳤다. 나무가 자라면서 허물어진 벽이 보였다. 틈새는 가지들이 메웠다. 데스크 뒤편에 작은 소년이 서 있었다. 동그랗고 뽀얀 얼굴로 아이들을 슬쩍 보았다.

"괜… 찮네. 여관 주인은 어딨어?"

엘리가 말했다.

"저기."

"어디?"

"여기."

소년이 자리에서 일어섰다. 눈망울이 호수 같고 머리카락은 얇고 새까맸다. 새하얀 이마에 머리카락이 한 가닥 달라붙어 있었다. 은 단추가 달린 고급스러운 검정 재킷을 걸쳤지만 바지는 해져 보였다.

"이쪽은 몰워스야. 여관 주인."

비올라가 말했다.

"몇 살?"

엘리의 눈이 커졌다.

"열두 살. 그러는 너는 몇 살?"

몰워스의 목소리는 놀라울 정도로 굵었다.

"열세 살. 어떻게 열두 살짜리가 여관을 운영해?"

"열세 살짜리가 어떻게 그렇게 멍청한 질문을 해? 그리고 너희 둘은 왜 맨발로 다니지? 비올라, 왜 이런 땅거지 같은 애들을 여관에 데려온 거야? 그리고 너도 출입금지라고 하지 않았니?"

"우리 거지 아냐."

세스가 투덜거렸다.

"내가 카드 게임을 좀 해. 이 별장도 게임에 이겨서 손에 넣었지."

몰워스는 팔짱을 끼며 말했다.

"아니, 네가 이긴 게 아니라 네 아버지가 네 앞으로 넘긴 거지."

비올라가 눈을 흘겼다.

"아빠와의 내기에서 이겼으니까. 너희는 신발 살 형편도 안 되는데 여관에서 묵을 돈은 있을지 모르겠군. 그리고 애들한테는 맥주 안 팔아."

몰워스가 한 박자 쉬고 말을 이었다.

"오늘부터는."

"아빠가 저 멀쩡해 보이는 애한테 일을 줬어. 얘네 꼭대기 층 방을 빌릴 돈은 있어."

비올라가 동전 지갑을 짤랑거렸다.

"멀쩡해 보이는 애?"

엘리가 눈을 흘겼다.

몰워스는 끙 하고 긴 한숨을 내쉬었다.

"좋아, 열쇠를 가져오지."

데스크 뒤편에 커다란 여왕 조각상이 보였다. 그동안 본 어떤 조각보다도 정교했다. 작은 조각상들도 여기저기 놓여 있었다. 노란 눈동자에 보라색 머리카락을 휘날리는 여왕 초상화가 벽에 여러 장 붙어 있었다. 그림 중 하나에는 **'몰워스, 9세'**라고 적혀 있었다.

"여왕을 정말 사랑하나봐."

세스는 입이 떡 벌어졌다.

"여왕을 안 사랑하는 사람도 있어?"

몰워스가 데스크로 돌아오며 말했다.

"나."

비올라가 외쳤다.

"그래서 내가 너 여기 못 오게 하는 거야."

몰워스는 눈을 흘겼다.

"비올라처럼 모자란 애 빼고는 모두가 여왕을 사랑해. 여왕은 우리의 보호자야."

몰워스는 데스크 위로 뛰어 올라가 두 손을 번쩍 치켜들었다. 엘리는 최후의 도시의 노신부가 떠올랐다.

"여왕은 신의 화신이야. 자비로운 신이 여왕 안에 살고 계셔. 들판 곡식과 바다의 고기를 우리에게 주시는 분이지. 여왕은 우리 섬 수평선의 수호자이자 생명의 근원이야. 여왕의 은혜에 감사할 뿐이야. 성스럽고 아름다운 여왕이 6주 후 생명의 축제에서 다시 우리 섬을 풍요롭게 하실 거야."

"제발 입 좀 다물어 줄래?"

비올라가 쏘아붙였다.

"싫은데?"

몰워스는 혀를 쏙 내밀었다.

"그리고 또 하나. 혁명인지 뭔지 포스터 좀 테이블에 두고 가지 마. 그 말도 안 되는 일에 아무도 관심 없다고. 넌 배은망덕한 변절자야. 내 언젠가는 네 고양이를 데려다가…."

비올라가 몰워스에게 달려들어 겨드랑이를 꼬집었다.

"안 돼! 하지 마!"

몰워스는 숨넘어가게 웃으며 발버둥쳤다.

"삶에서 중요한 것은 여왕 외에도 많아."

비올라가 몰워스의 손에서 열쇠를 낚아챘다. 바닥에 널브러진 몰워스를 그대로 둔 채 계단으로 향했다.

"너나 시간낭비하지 마."

뒤에서 몰워스가 외쳤다.

엘리와 세스는 비올라를 따라 떡갈나무를 빙빙 타고 도는 좁은 계단을 올랐다. 은은하게 빛나는 이파리가 팔랑거렸다. 고래 몸통만큼 두꺼운 가지는 기다란 통나무집을 세우기 위해 평평하게 깎여 있었다. 통나무집은 긴 복도를 중심으로 방이 늘어서 있었다.

"너희 방은 저기 맨 끝 방이야."

비올라가 세스에게 열쇠를 건넸다.

"난 이만 갈게, 세스. 물때를 맞춰야 하니 내일 동틀 무렵에 부두에서 만나. 참, 이 포스터 두고 갈게. 읽어볼 만할 거야. 제니퍼, 너도 푹 쉬어."

비올라가 엘리를 보며 손을 흔들었다.

방은 배의 객실과 비슷했다. 문을 열자 소나무 냄새와 담배 냄새가 물씬 풍겼다. 천장이 낮아서 세스는 몸을 구부려야 했다. 엘리가 코트를 벗어 벽에 붙은 고리에 걸었다. 걸자마자 고리가 떨어졌다. 엘리는 바닥에서 코트와 고리를 주웠다. 주머니에서 검은 용액이 새어 나왔다.

"엘리, 이 방은 깨끗하게 쓰자."

"일부러 그러는 거 아니잖아."

엘리가 톡 쏘아 붙였다.

"그리고 여기서 실험 같은 건 안 했으면 좋겠어."

세스가 능글맞게 웃으며 말했다.

엘리는 씩씩거리며 방을 둘러보았다. 선반 위에 대충 그린 말 그림이 놓여 있었다. 그림의 한쪽 구석에 **몰워스**라고 휘갈겨져 있었다.

엘리는 코트를 들고 주머니를 뒤적였다. 말린 물개 창자 꾸러미에서 그림을 한 장 꺼냈다. 그림은 약간 물에 젖어 있었다. 붉은 머리 여자아이와 금발 여자아이, 초록 눈의 남자아이가 조각배를 탄 그림이었다. 엘리는 그림을 선반 위에 놓고 물끄러미 바라보았다. 안나 생각에 목이 메어 고개를 돌렸다.

한쪽 벽에 엉성한 나무문이 볼품없이 달려 있었다.

"문이 있어!"

엘리가 말했다.

"창문도 있는걸."

세스가 창문을 열어젖혔다. 바깥에서 둥지를 틀던 갈매기들이 언짢은 듯 끽끽 울어댔다. 세스는 침대 두 개 중 하나에 벌러덩 누웠다. 얼굴 위로 황금빛 햇살이 드리웠다.

"이상해. 이제 더 이상 숨지 않아도 된다는 게."

세스의 말에 엘리가 슬며시 미소 지었다.

그러고는 절뚝거리며 다른 침대 앞으로 갔다. 깃털 베개가 놓인 작은 철제 침대였다. 철 프레임이 오렌지색으로 녹슬어 있었다.

"침대야, 진짜 침대. 세스, 멋지지 않니?"

세스는 이미 입을 쩍 벌린 채 코를 골고 있었다. 엘리가 하품을 하며 세스에게 이불을 덮어 주었다. 엘리의 침대가 달이 바닷물을 당기듯 엘리를 끌어당겼다. 엘리도 쓰러지듯 침대 위에 드러누웠다.

쾅.

엘리와 세스는 동시에 벌떡 일어났다.

문 앞에 얀센이 싱글벙글 웃으며 서 있었다. 얀센의 팔 밑에서 몰워스가 세스를 가리켰다.

"우리의 은인, 푹 쉬었나? 오늘 같은 날 그냥 넘어가면 섭섭하지."

"전 이제 가도 되죠?"

몰워스가 얀센의 겨드랑이 사이에서 소리쳤다.

"아빠, 방에 들어간 지 얼마나 됐다고…. 쟤들 얼굴 좀 봐요."

뒤에서 비올라가 나타났다.

얀센은 세스를 일으켜 번쩍 들었다. 세스와 몰워스를 양 팔에 하나씩 끼고 문을 쾅 닫았다. 엘리는 방에 혼자 남겨졌다.

정적이 감돌았다. 소란스러웠던 조금 전 상황이 꿈같았다. 엘리는 세스가 누웠던 빈 침대를 바라보다 코트를 걸치고 얀센을 살금살금 따라갔다.

여관 일 층 펍이 북적거렸다. 생선 냄새가 진동하고 노랫소리와 떠드는 소리가 뒤섞여 시끌벅적했다. 찢어진 바지와 조끼를 입은 선원들이 세스에게 차례로 자신을 소개했다. 그 숫자가 족히 쉰 명은 될 것 같았다. 세스는 머리를 쓸어 넘기며 겸연쩍게 웃었다. 가끔 세스가 한 마디 던지면 주위가 웃음바다가 되었다. 엘리는 세스가 사람들과 어울리는 모습이 낯설었다. 도시에서는 모두가 세스를 경계하며 죽이려고 했으니까. 처음에는 안나조차도.

엘리는 안나 생각에 울적해졌다. 레스토랑 한쪽 구석에 혼자 서 있는 자신

62

이 처량했다. 외톨이 같은 모습을 누군가에게 들킬까봐 불안했다. 갑자기 손이 어색하게 느껴졌다. 어떤 동작을 해도 부자연스러웠다. 그때 높은 테이블에 기댄 비올라가 보였다. 고양이 아치의 우유 접시를 들고 있었다.

"안녕, 난 엘리야."

엘리가 서둘러 다가갔다.

비올라가 어리둥절한 표정으로 고개를 갸웃거렸다.

"알아. 우리 만난 적 있잖아."

"아, 그렇지? 난 그러니까… 네가 잊었을까봐."

엘리는 머리가 점점 하얘지기 시작했다. 안나가 친구를 사귀려면 농담을 하거나 공통점을 찾으라고 조언한 적 있었다. 엘리는 농담을 할 줄 몰랐다. 농담을 잘 이해하지도 못 했다. 생각이 너무 많았다. 엘리는 무슨 말을 하려고 입을 뗐다가 다시 닫았다. 마른침을 삼키며 머리만 긁적였다.

"너… 혹시 생선 좋아해?"

엘리의 말에 비올라가 얼굴을 찡그렸다.

"이거나 한번 먹어봐."

비올라는 설탕 묻힌 둥근 빵이 담긴 접시를 내밀었다.

"예전에 엄마가 종종 해줬던 빵이야. 이건 아빠가 마음대로 만든 거지만."

엘리가 하나를 집어 먹었다.

"요즘은 왜 안 만드셔?"

"돌아가셨거든."

"오, 정말?"

엘리의 눈에 반가운 기색이 스쳤다. 비올라가 얼굴을 찌푸렸다.

"아, 내 말은… 우리 엄마도 돌아가셨거든. 남동생도 하늘나라에 있고."

"잠깐, 세스가 네 남동생 아니었어?"

엘리가 움찔했다.

"아, 세스는 오빠야. 남자 형제가 둘이야. 아, 둘이었지. 아니, 잠시만."

비올라는 고개를 갸우뚱거렸다.

"세스가 괜찮은지 가봐야겠어."

엘리가 황급히 자리를 빠져나왔다.

세스는 아무 문제없었다. 문제가 없는 정도가 아니라 좋아 보였다. 선원들은 세스를 둘러싸고 박수를 치며 왁자지껄하게 떠들었다. 세스는 자기에게 말을 걸고 싶어 안달 난 선원들의 이야기를 가만히 들었다. 선원들은 세스를 이미 동료로 받아들인 것 같았다.

"자, 이제 속 시원히 말해봐. 네 비법이 뭐야?"

선원 하나가 세스를 졸랐다.

"아, 그거요."

세스는 뒤통수를 긁으며 씩 웃었다.

"그냥 물고기들한테 정중하게 부탁했어요."

사방에서 웃음이 터졌다. 엘리는 귀를 막으며 얼굴을 찌푸렸다. 하나도 재미가 없었다. 세스의 한 마디 한 마디에 왜 다들 열광하는지 이해할 수 없었다.

비올라가 선원들 사이로 비집고 들어갔다.

"백상아리 얘기도 했니?"

"아, 맞다. 아까 배에서 백상아리를 봤어요. 이빨이 무시무시한 창 같았죠.

배 바로 옆까지 왔다고요."

엘리는 가슴이 따끔거렸다. 세스는 왜 상어에 대해 한 마디도 하지 않았을까?

"세스가 상어 입 속으로 물고기를 던졌어요."

비올라는 팔을 들어 흉내를 냈다.

"그러다 덥석 물릴 뻔 했지 뭐예요. 세스, 너 목구멍도 봤지?"

선원들이 귀를 기울였다. 세스와 비올라는 그 자리에 둘만 있다는 듯이 이야기를 주고받았다.

"그럼. 몸길이도 엄청났잖아. 이 여관만 하지 않았어?"

"맞아. 눈은 또 어떻고. 게슴츠레한 것이 생기가 없었지. 꼭 무언가를 보려고 물 위로 뛰어오른 것 같았어. 난 늘 바다에서 상어와 겨루는 꿈을 꿨어. 상어의 머리를 제대로 한 방 먹이고 나서…."

"나도 백상아리 본 적 있어."

엘리가 불쑥 끼어들었다.

"아, 그래?"

비올라는 눈을 깜빡거렸다.

선원들의 시선이 엘리에게 향했다.

"죽은 상어."

"아…."

비올라가 웃음을 참았다. 세스는 뒤통수를 긁적였다. 선원들이 수군거렸다.

"악취가 코를 찔렀어."

엘리는 목소리가 점점 기어들어갔다.

정적이 흘렀다. 레스토랑에 백상아리가 있다면 엘리는 당장 입 속으로 뛰어들고 싶었다.

"잠깐 실례할게. 나무를 좀 살펴보고 싶어서. 그러니까… 밖에 나가서."

엘리가 절뚝거리며 문 밖으로 나갔다.

"네 여동생은 좀 독특한 것 같아."

얀센이 말했다.

엘리 뒤로 문이 닫혔다. 그제야 세상이 고요해졌다. 엘리는 바다를 내려다보며 타는 듯한 햇살 속으로 발걸음을 내딛었다.

마음 속 깊은 곳에서 끈적한 비웃음이 들려왔다.

염탐

엘리는 정처 없이 걸었다. 그저 여관만 아니면 됐다. 첫 번째로 만난 골목에서 길을 꺾었다. 벌집촌과 조금씩 멀어졌다. 섬의 반대편으로 향하고 있었다.

"얘야, 외투가 더워 보이는구나."

한 남자가 짚 더미에 앉아 말했다. 무릎 위에서 고양이가 가르랑거렸다.

엘리는 남자를 쏘아보며 옷을 더 단단히 여몄다. 이 섬이 마음에 들지 않았다. 눈썹에 땀이 맺히는 후텁한 공기와 세스를 떠받드는 사람들이 싫었다. 엘리는 자신이 꿔다놓은 보릿자루 같았다.

발걸음은 섬에서 가장 높은 곳으로 향했다. 방주가 있는 언덕이었다. 엘리는 잠시 멈춰 서서 뺨 위로 흐르는 눈물을 닦았다. 애꿎은 하늘만 노려보았다. 방주의 머리가 하늘을 향해 고개를 쳐들고 있었다. 만약 이 섬에서 엘리를 이해할 수 있는 사람이 한 명 있다면 여왕일 거라고 생각했다. 여왕은 현명하고 사람들을 아꼈다. 그리고, 화신이었다.

엘리는 계속 걸었다. 다리가 아픈 것쯤은 신경쓰지 않았다. 아이들의 함성이 들렸다. 보라색 깃털을 단 곡예사가 장대를 타고 껑충껑충 뛰어다녔다. 곡예사가 비틀거릴 때마다 아이들은 박수를 치며 까르르 웃었다. 번쩍거리는 은색 갑옷을 입은 남자와 여자들이 보였다. 머리에는 화려하게 장식된 붉은 원뿔 모양의 모자를 썼다. 모자에도 깃털이 달려 있었다. 엘리는 해변에서 본 수상한 사람들이 나타날까봐 거리를 계속 힐끔거렸다.

떡갈나무 여관이 있는 벌집촌보다 부유한 사람들이 사는 동네 같았다. 집이 번듯하고 색깔도 다양했다. 화려한 고래잡이 어부들도 이 동네에서는 기를 펼 수 없을 것 같았다. 사람들은 성당 종처럼 생긴 옷을 입었다. 사프란 꽃의 노란색과 거북의 푸른색, 앵무의 초록색 옷이 거리를 알록달록하게 수놓았다. 커다란 모자에는 보석이 박혀 있었다.

방주는 섬의 가장 높은 곳에 있었지만 항상 보이는 것은 아니었다. 높이 솟은 빼곡한 건물들에 가려 지붕과 지붕 사이로 나타났다 사라지길 반복했다. 한 시간쯤 언덕길을 올랐을 때에야 눈앞에 방주의 형체가 온전히 드러났다.

방주는 마치 하늘로 마지막 항해를 떠날 준비를 하는 것처럼 고개를 쳐들고 있었다. 고래잡이 배 백 척을 한 데 모은 크기였다. 나무로 만들어졌지만 시간이 지나 화석처럼 단단해진 방주는 여왕이 머무는 궁으로 쓰였다.

수직 벽이 된 갑판에는 벽화가 그려져 있었다. 정원에서 열매가 잔뜩 달린 아름드리나무를 수백 명의 사람들이 둘러싼 그림이었다. 열매가 어찌나 탐스러운지 엘리는 군침이 돌았다. 뱃머리 바로 아래 벽화 꼭대기에는 정원을

68

사랑스럽게 내려다보는 천사가 그려져 있었다. 남자도 여자도 아니었다. 백조 날개처럼 생긴 거대한 날개를 펼쳐 사람들을 감싸고 있었다. 깃털은 벽화 속에서 잎과 덩굴, 땅속을 파고드는 뿌리로 바뀌었다.

엘리는 벽화 아래쪽 아치 모양의 거대한 문을 향해 걸어갔다. 문 아래로 계단이 혓바닥처럼 나 있었다. 계단 맨 아래쪽 끝에는 철문이 있었고 옆에 갑옷을 입은 보초병이 보였다. 철로 된 장갑을 낀 손으로 박자를 맞추며 조용히 콧노래를 불렀다.

"저기요, 들어가도 되나요?"

엘리가 물었다.

"왕실 일로 온 거니?"

보초병은 엘리를 보지도 않고 대답했다.

"아, 여왕께 드릴 말씀이 있어요. 중요한 일이에요."

"안 되겠구나."

엘리는 투덜거리며 철문을 두 손으로 잡고 철창 사이로 머리를 욱여넣었다. 벽화 아래 닫힌 거대한 문을 노려보았다.

"그만해라. 내가 이 문에서 얼마나 많은 어린애들을 떼어냈는지 상상도 못할 거다."

"여왕이 궁에서 나오기도 하나요?"

"그럼."

"여기서 기다리면 여왕을 볼 수도 있다는 말이죠?"

"어쩌면? 여왕은 널 보지 못 할 가능성이 크지만."

보초병이 어깨를 으쓱했다.

엘리는 한숨을 쉬고 철문을 흔들었다. 그때 한쪽 구석의 쪽문이 열리더니 여자아이 여덟 명이 줄지어 나왔다. 똑같은 옷을 입고 똑같은 표정을 짓고 있었다. 은색 분으로 화장하고 어깨에 까만 꽃이 그려진 보라색 긴 원피스를 입고 있었다.

"누구예요?"

"알려주면 질문 그만 할 거냐?"

엘리가 끄덕였다.

"시녀들이야. 여왕 곁에서 일거수일투족을 수발하지."

"일거수일투족이요?"

"질문 같은데?"

시녀들은 완벽하게 똑같은 자세로 아치문을 향해 계단을 올랐다. 은색 갑옷을 입은 보초병들이 문을 열었다.

문틈으로 궁의 안쪽이 보였다. 새하얀 대리석 벽과 빛나는 까만 타일 바닥, 눈부신 크리스털 샹들리에. 엘리는 숨이 턱 막혔다. 여왕의 시중을 드는 시녀들이 얼마나 똑똑해야 할지 상상조차 되지 않았다. 여왕은 최후의 도시보다 큰 섬을 다스렸다. 엘리는 턱을 한껏 치켜들고 여왕 곁에서 궁을 거닐며 해박한 지식으로 여왕을 놀라게 하는 자신을 상상했다. 뒷덜미의 솜털이 쭈뼛 섰다.

아치문이 쾅 닫혔다.

"다시 올 거예요."

엘리는 보초병을 보며 외쳤다.

"기다리마. 다음에는 신발도 좀 신고 와라."

엘리는 거리를 터덜터덜 걷다가 상점 앞에서 멈춰 섰다. 시계가 텅 빈 성당을 울리는 것처럼 심장이 세게 뛰었다.

세스가 생각났다. 엘리가 아닌 다른 사람들을 향해 웃던 얼굴. 그러다 그만 엉덩방아를 찧었다. 머리카락이 붉고 부스스한 여자아이가 옆을 지나갔다. 안나 생각에 코끝이 찡해졌다. 지금 안나가 함께 있다면….

안나는 먼 곳에 있었다. 도시에서는 모두 엘리가 죽었다고 생각했다. 아니, 죽었기를 바랐다. 안나의 말이 떠올랐다. 떨어져 있어도 마음으로 함께 있을 수 있었다. 둘의 우정은 시간과 거리를 뛰어넘었다. 죽음까지도. 안나는 엘리에게 그 사실을 가르쳐 주었다. 그 사실이 엘리를 살렸다. 엘리는 그 자리에 함께 있는 안나를 마음속으로 그리려고 애썼다.

하지만 잘 되지 않았다.

엘리는 긴 한숨을 내쉬었다. 가슴이 따끔거렸다. 고개를 떨군 채 지팡이를 짚고 걸었다.

그때 길에 무언가가 반짝였다. 한 두 개가 아니었다.

피 묻은 발자국이었다.

엘리가 옆에 맨발을 나란히 대보았다. 크기가 얼추 비슷했다. 발자국은 골목길을 따라 나 있었다. 모퉁이를 돌아 막다른 길까지 따라 갔다. 발자국은 나무 궤짝 더미 옆에서 사라졌다. 엘리는 위를 흘긋 보았다. 궤짝 맨 꼭대기에 여자아이 하나가 무릎을 꿇고 앉아 있었다.

피부가 가무잡잡하고 짙은 고동색 머리카락은 길고 부스스했다. 비에 젖은 푸른색 망토를 두르고 검정 양말과 신발을 신고 있었다. 아이는 창문 안으로 뭔가를 보고 있었다.

"저기, 혹시 다친 아이 못 봤니?"

엘리가 물었다.

여자아이가 찌푸린 얼굴로 엘리를 돌아보았다.

"조용히 해."

아이는 소리 없이 입모양으로 말했다. 그리고는 다시 창문 안을 응시했다.

"발자국 못 봤어?"

엘리는 다시 한번 물었다.

아이가 팔을 휘저었다. 그 바람에 망토가 떨어졌다. 망토 아래쪽에 엷은 라일락이 보였다. 아이가 고개를 돌렸다. 오른쪽 귓불 아래에 은색 화장 자국이 있었다.

"너 여왕의 시녀구나."

엘리는 숨이 턱 막혔다.

"쉿!"

아이가 눈을 가늘게 떴다.

엘리는 궤짝 쪽으로 슬금슬금 다가갔다. 아이 가까이 서니 꿀과 라벤더 향이 났다. 아이는 엘리의 또래 같았다. 엘리도 창문 안쪽을 들여다보았다. 소박한 부엌이 보였다. 벽에는 아이들 그림이 붙었고 코코넛 껍질과 토마토 씨앗, 생선 가시가 쌓인 조리대와 각종 양념병과 허브 병이 선반에 놓였다.

엄마와 아빠, 세 딸이 식탁에 둘러앉아 있었다. 아빠는 셋 중 가장 어린 딸에게 펠트로 만든 돌고래 인형을 건넸다. 꽃으로 장식된 모자를 쓴 아이가 인형을 품에 꼭 끌어안았다. 남자가 의자에 등을 기대고 앉아 흐뭇하게 딸을 바라보다 창문 쪽을 힐끔 쳐다보았다.

"너!"

남자의 고함 소리에 유리창이 떨렸다. 남자는 벌떡 일어나 집 밖으로 뛰쳐 나왔다. 푸른색 망토가 엘리의 얼굴을 스쳤다. 여자아이는 궤짝에서 뛰어내 려 쏜살같이 큰길 쪽으로 달렸다.

커다란 그림자가 아이 앞을 가로막았다.

"한번만 더 남의 집 염탐했다가는 경비대장한테 알리겠다고 했지?"

여자아이는 그대로 얼어붙었다. 손이 덜덜 떨렸다. 엘리는 아이와 남자를 번갈아 보다 주머니를 뒤졌다. 작은 구슬이 손에 잡혔다. 바다에서 몇 달을 보냈지만 제대로 작동하길 바라면서 남자의 발치로 힘껏 던졌다.

연막탄은 곧바로 터졌다. 골목길이 거대한 구름 같은 연기로 자욱해졌다. 엘리는 재빨리 달려가 가녀린 손과 팔을 찾았다. 손이 엘리의 손을 꽉 잡았 다. 남자가 온몸을 부들부들 떠는 게 흐릿하게 보였다. 두 아이가 연기 구름 을 더듬더듬 빠져나왔다. 햇살이 머리 위로 쏟아졌다.

둘은 뒤도 안 돌아보고 길을 건너 다른 골목으로 달렸다. 뒤에서 남자가 악을 썼다. 엘리는 여자아이에게 뒤처지지 않도록 이를 악물었다. 오른쪽 다 리가 찌르듯이 아팠다. 모퉁이를 돌다 빈 화분에 발이 걸려 고꾸라졌다. 주 머니에서 못과 드라이버가 쏟아져 나왔다. 지팡이는 길 건너편까지 날아갔 다.

남자의 고함 소리가 점점 가깝게 들렸다. 골목길을 따라 한 무리가 종종걸 음으로 걸어갔다. 여왕의 시녀들이었다. 엘리는 낮은 탄식이 흘러나왔다. 여 왕을 만날 기회가 멀어지고 있었다.

여자아이가 어깨 너머로 힐끔 뒤를 보았다.

넘어진 엘리를 보고 주저하다 지팡이를 주우러 달려갔다. 엘리를 일으켜 손을 잡고 다른 골목으로 뛰었다. 빨랫줄에 대롱대롱 매달린 옷가지들과 건조대에서 말라가는 생선 사이를 통과했다. 마침내 둘은 여왕 조각상의 서늘한 그늘 아래 멈춰 섰다. 여자아이가 털썩 주저앉았다. 얼굴이 벌겋게 달아올랐지만 눈빛은 흔들리지 않았다. 엘리는 지팡이를 짚은 채 기침을 했다.

"도와줘서 고마워."

엘리가 가쁜 숨을 몰아쉬었다.

"아까 그 시커먼 연기는 어떻게 된 거야?"

여자아이가 미심쩍은 눈길로 엘리를 보았다.

"아… 그거?"

엘리는 여전히 숨을 헐떡였다. 주머니에서 작은 구슬을 꺼냈다.

"연막탄이라는 거야. 설탕이랑 질산칼륨, 탄산수소나트륨이 혼합되어 있어."

엘리는 여자아이의 입이 떡 벌어질 거라 생각하며 뜸을 들였다. 하지만 아이는 엘리를 가만히 쳐다볼 뿐이었다. 아이의 눈은 크고 황금빛을 띠는 갈색이었다.

"내가 직접 만들었어."

여전히 아이는 말이 없었다.

"나는 발명가거든."

엘리는 입이 바짝 말랐다.

"이름은 엘리야."

아이는 귀만 조금 실룩거릴 뿐 조각상처럼 미동도 하지 않았다.

"네 이름은 뭐야?"

"나는 케이트. 저기, 엘리. 그거 한번 볼 수 있을까?"

엘리가 연막탄을 케이트에게 건넸다. 케이트는 손바닥 위에서 이리저리 굴리며 골똘히 들여다보았다.

"케이트, 너 궁에서 일하지?"

케이트가 고개를 들며 목소리를 낮추라는 듯이 눈으로 주의를 주었다.

"내 말은 그저, 음… 실은 나도 여왕을 도와서 일하고 싶어."

케이트가 눈을 천천히 깜빡거리며 엘리를 응시했다.

"여왕을 어떻게 도울 건데?"

"아까 말한 것처럼 나는 발명가야. 연막탄 같은 것도 만들지만 잠수함도 만들 수 있어. 혹시 여왕에게 물어봐줄 수 있어? 혹시… 나도…."

"왜 여왕을 돕고 싶은 거야?"

"음…, 나는 발명에 꽤 소질이 있어. 내 능력이 의미 있게 쓰이면 좋겠어. 너도 여왕을 돕고 있으니 내 말이 무슨 뜻인지 알지?"

케이트는 여전히 한쪽 고개를 비스듬히 젖혔다. 생각에 잠긴 얼굴이었다.

"엘리, 여왕은 믿을 만한 사람이 아니야."

케이트가 연막탄을 바닥에 던졌다.

연기가 엘리의 콧속으로 솟구쳤다. 엘리는 연신 기침을 해대며 짙은 회색 연기 속으로 손을 뻗었다. 하지만 손이 닿은 곳은 벽이었다. 연기가 걷혔을 때는 사방이 고요했다.

엘리는 텅 빈 골목에 덩그러니 혼자 서 있었다.

레일라의 일기

부활호, 4756일째 항해 중

노파에게 물을 가져갔다. 식물에 물도 주어야 하고 소년이 마실 물도 필요했다. 노파는 직접 기른 비트와 양파를 주었다. 이걸 어부들에게 가져가서 물고기와 바꿀 것이다. 푸른눈이 죽었으니 나는 더 이상 어부 조합에 속하지 않았다. 노파가 준 채소는 찌르면 즙이 줄줄 나올 것처럼 싱싱했다. 농부 조합에서 기르는 채소와는 전혀 달랐다.

"대체 비결이 뭐예요?"

흐릿한 촛불에 어룽거리는 체리나무를 보며 물었다.

"내 마음속에 신이 살거든. 여기, 이거 받아."

노파가 작은 과일이 담긴 양동이를 건넸다.

"그 신은 이름이 뭐예요?"

"이름이 있진 않아."

"신들은 다 이름이 있던데요? 악마라는 이름도 있잖아요."

"우리가 붙인 것뿐이지. 그 신은 그렇게 불리길 좋아하니까. 그러는 넌 이름이 뭐냐?"

"레일라예요. 고래를 타는 레일라."

"이제 새 이름이 필요하겠구나."

"필요 없어요."

"그 이름은 널 표현하지 못 하잖니?"

"그래요? 노파도 화신이라고 불리지만, 사실 전혀 그렇게 보이지 않는걸요."

"이거 받으렴."

노파가 흙이 든 화분을 건넸다.

"왜 여기서 시간 낭비하고 있는지 모르겠어요."

나는 슬슬 짜증이 났다.

"머리가 돌아버릴 것 같다고요. 게다가 내 고래를 앗아간 녀석은 잠만 자고 있고…."

무언가가 내 손목에 닿았다. 나는 화분을 떨어뜨렸다. 산산조각 날 줄 알았던 화분은 멀쩡했다. 나무 바닥에 닿기 직전에 발에 걸렸다. 흙에서 구불구불하게 뻗어나온 나뭇가지가 내 팔을 감쌌다. 가지에서 단단한 잎눈을 뚫고 새싹이 나오고 있었다.

노파가 날 물끄러미 바라보았다.

"너도 여기 있는 게 어떠냐. 넌 부모도 형제자매도 이젠 고래마저 없잖아. 비록 내 속에 사는 신이 이 세계를 잃었지만 이 녀석과 함께라면 우리는…."

노파는 양가죽 양탄자 위에 널브러진 아이를 내려다보았다.

"다시 시작할 수 있을 거야. 새로운 세계를 만들 수 있어."

노파가 내 손목을 감싼 나뭇가지에 손을 얹었다. 눈부신 보라색 꽃망울에서 꽃이 피어났다.

구아노 실험

세스는 얀센의 배에서 일하기 위해 매일 이른 아침에 떡갈나무 여관을 나섰다. 엘리는 문 닫는 소리에 가끔 잠이 깼다. 그럴 때면 침대에서 기어 나와 투덜거렸다. 방이 너무 크고 고요했다.

어느 아침, 엘리는 몰워스를 찾아 일 층으로 터덜터덜 내려갔다. 몰워스는 바닥을 닦고 있었다. 퀴퀴한 맥주와 와인 냄새가 풍겼다. 바닥 여기저기 쏟긴 음료가 물웅덩이를 이뤘다. 어떻게 된 일인지 바이올린이 산산조각 나 있었다. 한 남자가 창가 테이블 위에 드러누워 있었다. 남자의 산만한 배가 부풀었다 꺼지기를 반복하며 해를 가렸다.

"내가 도와줄까?"

엘리가 물었다. 몰워스가 막대걸레 손잡이로 남자의 배를 쿡 찔렀다. 꺼억, 몰워스는 남자의 트림만 시켜주었을 뿐이었다.

"됐어. 그나저나 너는 일하러 안 가?"

몰워스가 주머니에서 포크를 꺼내 햇빛에 뾰족한 끝을 비춰보았다.

"글쎄. 할 일이 없어. 전에도 일은 안 했어."

엘리가 주머니 깊숙이 손을 찔러 넣었다.

"여왕에게 기도해. 여왕이 길을 열어 주실 거야. 그리고 한번쯤은 그 머리도 좀 어떻게 해봐."

몰워스는 남자의 배 위에서 포크를 꼭 쥐었다.

엘리가 끙 소리를 내며 여관 밖으로 나갔다. 닭과 갈매기가 꽥 소리를 지르며 흩어졌다.

세스가 바다로 나간 동안 할 일이 없는 엘리는 섬 이곳저곳을 쏘다녔다. 돌밭 근처에 대장간이 있었다. 털이 푸르스름한 마른 염소들이 이 바위에서 저 바위로 뛰어다녔다. 대장간 안은 후끈하고 연기가 자욱했다. 엘리는 작업실에 돌아온 것만 같았다. 안나가 문을 열고 들어오면 얼마나 좋을까. 엘리를 꽉 안으면서 팔을 찰싹 때리는 안나를 상상했다.

"뭐 필요한 거 있니?"

덩치가 큰 여자가 풀무 뒤에서 모습을 드러냈다. 불에 덴 흉터가 여기저기 보였다.

"일을 구하고 있어요."

"요리 할 줄 알아?"

"조금요? 실은…."

"수프만 끓이면 돼."

"저, 믿기 힘드시겠지만 저는 발명가예요."

"그럼 내 입맛에 꼭 맞는 수프를 발명해줘."

"이런 일은 어때요? 연장을 예리하게 가는 기계나 자욱한 연기를 걷어내는 장치를 만드는 거요. 대장간을 조금 더 번듯하게 고쳐드릴게요. 지금은 곧 무너질 것처럼 보이거든요."

"내 일터를 바꾸겠다고?"

"네, 훨씬 멋진 곳으로요. 일을 더 쉽게 하고 결과물은 더 멋지게 낼 수 있는 방법을 알려드릴게요."

"하지만 성가신 것은 딱 질색이야. 수프 끓여줄 사람만 있으면 돼."

"어떻게 안 될까요? 일을 꼭 구해야 하거든요."

대장장이가 눈을 이리저리 굴렸다.

"그럼 여왕에게 기도해. 여왕이 길을 열어 주실 거야. 이제 그만 나가봐."

엘리는 다시 길을 나섰다. 길은 아브라미 해안으로 이어졌다. 야자수 그늘 아래 나이든 사람들이 쉬고 있었다. 아이들은 얕은 물에 발을 참방거리며 몰려다녔다. 엘리는 약국으로 들어갔다. 선반마다 온갖 색깔의 가루가 꽉꽉 들어차서 숨이 턱 막혔다. 천장에는 말린 식물 다발이 백 개도 넘게 달려 있었다. 썩은 냄새가 훅 끼쳤다.

카운터 뒤편에서 비쩍 마른 남자가 신문을 골똘히 보고 있었다. 대문짝만하게 찍힌 머리기사가 보였다.

로렌이 극빈 지역 주민에게 곡식을 기부했다.
마을은 영웅의 출현에 축제 분위기였다.

"여왕을 찬미하라. 얘야, 무슨 일이냐?"

엘리를 본 남자가 놀란 얼굴로 눈을 크게 떴다.

"왜 이제야 약국에 왔니? 안색이 말이 아니구나. 골풀을 처방해야겠어."

남자는 보라색 꽃을 들고 왔다. 엘리가 미간을 찌푸렸다.

"배풍등 꽃이네요. 그거 독성 엄청 강해요."

"얘, 식물이라면 너보다 내가 훨씬 잘 알 거다. 이거 받아. 다리에도 효과가 있을 거야."

이번에는 작고 둥근 열매를 건넸다.

"이건 빨간 무잖아요. 이걸 치료약으로 파세요? 아무거나 처방하면 큰일 나요."

"아무거나? 도린 윌리스도 몇 년이나 먹었어. 사마귀까지 고쳤지."

"아저씨, 저도 식물에 관해 좀 알아요. 혹시 여기서 일할 수 있을까요?"

남자가 엘리를 위 아래로 훑어보았다. 그러고는 씩 웃었다.

"아니."

엘리는 양초 가게와 빵집, 옷 만드는 집을 둘러보았지만 엘리의 손이 필요한 곳은 한 군데도 없었다. 요리사는 아들을 돌봐주기를 바랐다. 나이 많은 시계 수리공은 엘리가 미심쩍다며 신고하겠다고 협박했다.

말수가 적은 구두닦이도 찾아갔다.

"구두를 자동으로 닦는 기계를 만들어드릴게요."

엘리가 들뜬 목소리로 말했다. 구두닦이는 한 손에 구둣솔을 들고 땀을 뻘뻘 흘렸다. 고급스러운 옷을 차려입은 상류층 남자들이 줄을 길게 늘어섰다. 줄이 좀처럼 줄어들지 않자 남자들은 조바심을 내며 투덜댔다.

"미안하지만 지금 이럴 때가 아닌 것 같구나. 어서 약국에 가서 골풀을 달라고 해."

구두닦이가 중얼거렸다.

"구두닦이 기계는 팔이 여덟 개나 돼요. 팔 여덟 개가 동시에 구두를 닦는다고 생각해보세요. 힘은 또 얼마나 좋은지 구두가 빛이 난다고요. 아저씨는 그저 등 기대고 앉아 쉬면 돼요."

"나는 구두를 닦는 게 좋아."

"어떻게 안 될까요. 저는 일이 필요해요."

남자가 엘리의 눈을 가만히 보았다.

"여왕에게 기도해. 그럼 여왕이…."

"길을 열어 주실 거라고요? 여왕이 어떤 길을 열어주었는지 알려 드릴까요?"

줄 서 있던 남자들이 우르르 몰려들었다. 마치 물고기를 본 갈매기 떼 같았다. 엘리는 재빨리 도망쳤다.

~

방문이 삐걱거렸다. 살짝 열린 틈으로 세스가 얼굴을 쑥 내밀었다.

"왜 문이 안 열려?"

세스는 녹초가 되어 있었다.

엘리가 문 앞에서 커다란 냄비를 분주하게 옮겼다. 안에는 알 수 없는 액체가 가득 들어 있었다.

"이게 다 뭐야?"

"몰워스에게 좀 빌렸어."

세스는 눈을 가늘게 뜨고 방 안을 둘러보았다.

냄비와 깡통, 도자기 그릇, 컵, 유리병, 얀센이 맥주를 부어 마시던 거북딱지가 바닥에 발 디딜 틈 없이 널려 있었다. 그릇에는 죄다 탁한 회색빛이 도는 초록색 액체가 넘칠 듯 담겨 있었다. 창문이 열려 있었지만 고약한 냄새가 진동했다. 세스의 침대에만 유일하게 아무것도 올려져 있지 않았다. 세스에 대한 엘리의 마지막 배려였다.

"저 안에 든 건 도대체 뭐야?"

"구아노야."

엘리가 자랑스럽게 말했다.

"구아노?"

"섬 북쪽에 구아노 광산이 있어. 구아노 천국이야."

"그러니까 구아노가 뭐냐고."

"아, 음⋯. 한마디로 새똥이야."

"새똥?"

세스가 한 손으로 입을 막았다.

"진짜야? 몰워스에게도 말했어? 냄비와 그릇에 무엇이 담기는지 몰워스도 알아?"

"그건 걱정 마."

"다행이네."

"말 안 했어."

"엘리!"

"말했으면 절대 안 빌려줬겠지."

"난 씻으러 간다."

세스가 고개를 절레절레 흔들며 욕실로 향했다.

"음…, 욕조는 못 쓸 거야. 뭔가가 가득 차 있거든."

"엘리, 우리 약속하지 않았니? 여기서 실험 같은 거 안 하기로 했잖아."

세스는 뒷목이 뻣뻣해졌다.

엘리가 눈에 힘을 가득 주고 반달 눈웃음을 지었다.

"새로운 계획이 생겨서 어쩔 수가 없었어."

세스는 툴툴거리며 냄비 사이를 지나 침대에 벌러덩 드러누웠다. 엘리가 기다란 나무 숟가락으로 우묵한 그릇을 저었다.

"뭐에 쓰는 건지 안 물어볼 거야?"

엘리가 숟가락을 들어 올렸다.

세스는 베개에 얼굴을 묻었다.

"구아노를 물에 풀어서 밤새 놓아두면 수정이 만들어져."

세스가 한숨을 내쉬었다.

"수정으로 뭐 만들게?"

엘리는 잠시 뜸을 들였다.

"화약."

"화약?"

세스는 침대 구석으로 몸을 굴렸다. 눈살을 찌푸리며 냄비를 주시했다.

"아직 시작도 안 했어. 숯과 유황을 섞어야 폭발력이 생겨."

"엘리, 우리는 최대한 눈에 띄지 말아야 해. 검은 배를 기억하라고. 네가 실수로 이 섬의 반을 날리기라도 하면 모두가 우릴 알게 될 거야."

세스가 눈을 꼭 감았다.

"우리 검은 배에 너무 집착하는 것 같아. 요즘은 주변에 이상한 조짐도 없었잖아. 그냥 선원이었을 거야. 도시에서부터 여기까지 따라올 수 있는 사람은 없어. 그리고 난 아무것도 날려버리지 않아. 화약이 제대로 작동하는지 확인하기 위해 작은 폭탄 하나만 만들 거야. 약속할게. 아무도 없는 곳에서 터뜨릴 거야."

"엘리."

"나머지는 폭죽 만드는 데 쓸 거야. 이 섬에는 폭죽이 없는 것 같아. 어쩌면 만드는 방법을 잊었을 지도 몰라."

세스는 세수하듯 얼굴을 거칠게 문질렀다.

"그래, 좋아. 당장 온 사방에 폭죽을 설치해. 아무도 모르겠지. 모르고말고."

"사실 한 사람은 알았으면 좋겠어."

"한 사람? 누구?"

엘리가 구아노를 저으며 생각에 잠겼다. 세스는 엘리의 손을 빤히 쳐다보았다.

"여왕을 말하는 건 아니길 바랄게."

엘리의 얼굴이 붉어졌다.

"여왕이 네 문제를 진짜 해결할 수 있을 거라 생각해?"

"적어도 악마를 상대하는 법은 알겠지. 그렇지 않으면 왜 악마가 여왕을 두려워하겠어?"

"엘리, 그 이야기는 전설 같은 걸지도 몰라. 선원들 몇몇은 월요일에 오징어 먹물로 세수를 하면 행운이 온다고 철석같이 믿던걸?"

"그 전설이 진실일 가능성이 조금이라도 있다면 알아보고 싶어. 여왕은 화신인데도 아무 문제없이 살아가잖아. 심지어 여왕으로. 어쩌면 나도 남들처럼 살 수 있도록 도와줄 수 있을지 몰라."

세스가 엘리에게 까치발을 들고 다가갔다.

"넌 지금도 아무 문제없어."

"그렇지 않아."

엘리가 냄비를 거칠게 저었다. 구아노를 푼 물이 냄비 밖으로 넘쳤다.

"이 섬에 도착하던 날에도 바다에서 악마를 보았어. 언제 다시 나타날지 몰라."

"엘리, 악마는 돌아오지 않을 거야. 넌 이미 네 힘으로 악마를 이겼어. 앞으로도 악마에게 부탁 같은 거 하지 않을 거잖아. 그럼 악마는 결코 힘을 얻을 수 없어. 여왕의 도움 같은 건 필요하지 않아."

세스가 나지막이 말했다.

"여왕이 우리가 모르는 걸 알 수도 있잖아? 넌 궁금하지 않아? 여왕의 마음속에 신이 산다고. 네 형제 중 하나."

엘리는 목소리가 높아졌다.

"말했잖아. 이제는 더 이상 신들의 일에 엮이고 싶지 않다고. 그저 고기나 잡으며 살고 싶어. 바다를 느끼는 게 진절머리나. 이상한 꿈도 꾸고 싶지 않아."

"무슨 꿈? 다른 네가 보이는 꿈?"

세스가 끄덕였다.

"계속 보여."

"언제?"

"난… 방주를 타고 있고 항해 중이야. 처음에는 범고래 안에 있었던 것 같아. 내가 범고래였을 수도 있고. 어쨌든 지금 보이는 나는 소년이야. 레일라라는 여자아이도 보여. 주술사 노파라고 불리는 할머니도."

"세스, 어쩌면 꿈이 아니라 네 기억인지도 몰라. 과거의… 삶? 뭐 그런 것. 범고래가 네 화신이었을 거야. 소년은 범고래 안에서 갖게 된 몸이겠지."

"나에게 있었던 일이라는 걸 알아. 하지만 나는 그런 게 싫어."

세스가 발끝을 내려다보았다.

엘리가 자리에서 일어섰다. 바닥에 흥건한 물기에 미끄러질 뻔했다.

"하지만 지금부터 꿈에 보이는 일들을 잘 기록해두면…."

"엘리, 난 아무것도 보고 싶지 않아. 아무 목소리도 듣고 싶지 않고. 내가 누구였든 관심 없어."

세스의 목소리가 흔들렸다.

"네 형제들은?"

엘리는 세스가 왜 형제들마저 기억하지 않으려는지 이해가 되지 않았다. 엘리는 하나뿐인 남동생을 잊지 않으려고 발버둥쳤다. 그 안간힘이 엘리를 살렸다.

"내 형제들은 저기에 있어."

세스가 창밖의 부두를 가리켰다.

"설마 선원들 말하는 거야?"

엘리가 눈을 가늘게 떴다.

"그래. 선원들은 나를 두려워하지도 무언가를 강요하지도 않아. 나를 있는 모습 그대로 봐줘."

"나도 네게 무언가가 되라고 강요하는 게 아냐. 진짜 네가 누구인지 알고 싶지 않니?"

엘리가 한 걸음 뒤로 물러섰다.

"난 내가 누구인지 알아."

"사실 난 이 섬에 오고 나서 내가 누군지 모르겠어. 아무 일도 하지 않고 있잖아."

엘리가 힘없이 말했다.

"그럼 나랑 같이 배에서 일하자. 재밌을 거야. 하루 종일 같이 있을 수도 있잖아."

엘리는 여관에 처음 왔던 날이 기억났다. 수군거리던 선원들 생각에 몸서리가 쳐졌다.

"내가 할 수 있을지 모르겠어."

"배에서 낚시를 하는 건 어렵지 않아."

"너는 어렵지 않겠지. 난 방해만 될 거야. 선원들도 싫어할 테고."

엘리가 세스의 말을 잘랐다. 갑자기 눈물이 핑 돌았다.

"안나가 함께 있다면 얼마나 좋을까."

입 밖으로 말이 나오자마자 엘리는 주워 담고 싶었다. 구아노의 역겨운 냄새처럼 엘리의 말이 방 안을 떠돌았다. 세스의 어깨가 처졌다.

"나랑 같이 있기 싫은 거야? 낚시 대신 배를 손볼 수도 있어."

"세스, 난 발명가야. 하루 종일 배를 고치고 있을 순 없어."

"엘리, 넌 네가 선원들보다 훌륭한 사람이라고 생각하니? 네가 얼마나 특별한 아이인지 보여주는 게 그렇게 중요해?"

세스의 목소리가 높아졌다.

"가르치려고 하지 마. 넌 내가 어떻게 살아왔는지 상상도 못 해."

세스가 대답하려고 입을 여는 순간 엘리가 세스를 노려보며 말을 이었다.

"아무에게도 말할 수 없는 무서운 비밀을 가슴 속에 품고 살았어. 그게 쉬울 것 같아? 난 그 시간을 지나왔어. 네 목숨도 구했어. 악마와 싸워서 이겼어."

엘리는 벌겋게 달아오른 얼굴로 세스에게 한 걸음 다가갔다. 발이 냄비에 빠졌다. 구아노를 푼 물이 양말을 적시고 발가락 사이사이 스며들었다. 엘리는 천천히 발을 꺼냈다. 바닥에 물이 뚝뚝 흘렀다.

"깨끗한 물 받아올게. 비누도."

세스가 문 쪽으로 향했다. 문 앞에서 엘리를 돌아보며 허리를 숙였다.

"엘리 여왕."

시장에서 만난 남자

다음날 아침, 세스가 일하러 가려고 일어났을 때 엘리는 잠든 척 눈을 뜨지 않았다. 등을 돌린 채 세스가 방문을 닫고 나갈 때까지 잠자코 누워 있었다.

일 층 펍에서 아침을 먹는 엘리를 몰워스가 미심쩍은 눈으로 보았다.

"아까 세스 표정이 어둡던데?"

몰워스는 빗자루에 몸을 기대며 물었다.

엘리가 무를 아작아작 씹었다.

"어젯밤에 다투는 소리 다 들었어."

"그 얘긴 별로 안 하고 싶다."

"세스랑 똑같이 말하네. 단짝 친구 없는 사람은 서러워서 살겠니?"

"단짝 친구가 아니라 남매야."

"아니, 너희 남매 아냐. 언제까지 속일 생각이야? 여기서 평생 사람들을 지켜봤다고. 친구랑 남매도 구별 못 할 것 같아?"

"너 겨우 열두 살이야."

몰워스가 엘리 가까이 얼굴을 갖다 댔다.

"우정은 그 무엇보다 소중한 거라고 했어. 세상에서 가장 현명하신 분이."

엘리는 몸을 뒤로 젖혔다.

"세스는 이제 선원들이랑 더 가까운걸. 하루 종일 시간을 같이 보내는 것도 그들이지. 나도 선원들과 친해지려고 말을 걸어보았지만, 사람 사귀는 데 소질이 없다는 것만 깨달았어."

"그런 것 같더라."

엘리가 몰워스를 쏘아보았다.

"너는 말을 좀 가려서 해야 친구가 생길 거야."

"솔직한 것뿐이야. 솔직함은 우정에 버금가게 중요한 거라고. 이 역시 세상에서 가장…."

"됐고, 사실 뭘 어떻게 해야 할지 모르겠어."

"화해의 의미로 선물을 준비하는 건 어때?"

"선물?"

"그래. 이제 그만 나가봐. 바이올린 연습을 해야 하거든. 누가 듣고 있으면 못 해."

엘리는 벌집촌에서 바다 방향으로 걸어 라파엘라 시장으로 향했다. 화려한 옷을 입은 사람들 수백 명이 악단의 북소리에 맞춰 춤을 추었다. 바람에 잔물결이 이는 야생화 들판 같았다. 여덟 번째 박자마다 한목소리로 '여왕을 찬미하라' 라고 외쳤다. 엘리는 시장 곳곳을 구경하며 자기도 모르게 흥얼거렸다. 보라색 크림으로 장식된 벌꿀 케이크를 보며 군침을 삼켰다. 앙증맞은 동물 조각상과 나뭇잎 모양 브로치가 진열된 가판대 앞에 섰다. 수정으로 만든 작은 혹등고래 조각상이 보였다. 몇 달 전 세스를 품고 있던 고래와 같은 고래였다. 세스에게 어울리는 선물이었다.

"외투가 더워 보이는 구나."

가판대 주인이 말했다. 엘리는 입을 꾹 다물고 주머니에서 돈을 찾아 건네고는 고래를 꼭 쥐고 벌집촌으로 향했다. 세스는 저녁에야 돌아오겠지만 떡갈나무가 보이자 가슴이 두근거렸다. 세스가 고래 조각상을 받고 어떤 표정을 지을까.

엘리는 오르막길을 걸으며 백합과 히비스커스가 소담스럽게 핀 정원을 내려다보았다. 엘리 또래의 아이들이 둥글게 모여 앉아 있었다.

무리 중에 세스가 보였다.

처음 보는 초록색 카디건을 입고 큰 소리로 웃고 있었다. 웃느라 숨을 못쉴 지경이었다. 엘리는 기분이 이상했다. 세스는 일을 마치고도 바로 돌아오지 않은 것이다. 엘리가 작게 손을 흔들자 세스는 엘리를 보며 눈을 깜빡거렸다. 분명 엘리를 본 것 같았지만 다음 순간 다른 농담에 귀를 기울였다.

엘리는 발이 떨어지지 않았다. 세스가 저렇게 환하게 웃는 모습은 처음 보았다. 엘리와 함께 있을 때도 본 적 없는 표정이었다. 오히려 엘리와 있을 때는 지쳐보였다. 엘리의 말과 행동을 못마땅하게 여기기 일쑤였다.

엘리는 다시 시장으로 향했다. 엘리의 지팡이가 지나가는 남자의 다리를 쳤다. 남자는 샌드위치를 떨어뜨리며 버럭 소리를 질렀다. 엘리는 가슴이 두근거려 사과하는 것도 잊었다. 이 끔찍한 섬에 온 것을 후회했다. 조용하고 작은 섬을 찾았다면 더 좋았을 거라고 생각했다. 세스를 빼앗아갈 선원도, 얼굴 한번 보기 어려운 여왕도 없는 섬을 찾았어야 했다.

시장 모퉁이 빵집을 돌았다. 엘리는 그 자리에 얼어붙었다.

"아닐 거야."

엘리가 분주히 오가는 사람들을 자세히 들여다보며 중얼거렸다. 광장 맞은편에서 검정 긴 코트를 입은 남자를 본 것 같았다. 죽마를 탄 여자가 진한 보라색 긴 코트를 입고 성큼성큼 걸어왔다. 아이들이 깔깔거리며 뒤를 따랐다. 얼핏 보면 검정색으로 보이는 코트였다. 엘리는 안도의 한숨을 쉬었다.

죽마를 탄 여자가 지나갔다.

여자 뒤에서 어깨가 떡 벌어진 남자가 나타났다. 얼굴은 송장처럼 핏기가 없고 눈동자가 이글거렸다. 눈 속에 여전히 고통과 분노가 들끓고 있었다.

눈은 엘리를 빤히 보았다.

하그레스였다.

사랑과 우정의 편지

"랭커스터!"

분노가 서린 굵은 목소리가 시장 광장을 흔들었다. 엘리는 그 자리에 쭈그리고 앉아 사람들 어깨 밑으로 몸을 숨겼다.

"말도 안 돼."

엘리는 고개를 마구 저었다. 많고 많은 재판관 중에서 하필이면 하그레스라니.

"랭커스터!"

건장한 몸에 어울리지 않게 목소리가 날카로웠다. 물살을 가르며 앞으로 나아가는 배처럼 하그레스가 인파를 헤치고 달려왔다. 엘리는 뛰기 시작했다. 시장에서 빠져나와 세 갈래 길 앞에 다다랐다. 연막탄을 힘껏 던졌다. 어느 길로 들어서는지 하그레스가 알 수 없도록 해야 했다. 엘리는 왼쪽 길을 택했다. 한참을 달리다 찌르듯이 아픈 다리를 부여잡고 고꾸라졌다.

95

발자국 소리가 들리는지 귀를 기울였지만 아무 소리도 들리지 않았다.

잠시 가만히 앉아 숨을 골랐다. 몸을 추스르며 눈을 감았다. 하그레스의 악령이 씐 듯한 눈동자가 보였다. 세스의 웃는 얼굴도 스쳤다. 온몸이 부서질 것 같았다. 길바닥에 핏자국이 보였다. 피 묻은 아이 발자국이 골목을 따라 달리고 있었다.

뒤를 힐끗 돌아보고는 발자국을 따라 나섰다. 양배추 더미 옆에서 쿵쿵거리는 돼지와 목소리를 높여 다투는 여자 둘을 지났다. 싸우느라 정신이 없어 핏빛 발자국이 바로 옆을 지나간 것도 모르는 눈치였다. 길은 돌집 사이 적막이 흐르는 골목으로 이어졌다. 나뭇가지를 빡빡하게 엮어 만든 둥근 지붕과 수천 장의 쪽지가 붙은 벽이 보였다. 종이가 오래되어 누렇게 떠 있었다.

사랑하는 당신에게

쪽지 한 장에 이렇게 써 있었다.

우리의 사랑은 영원할 겁니다.

다른 쪽지에는 이렇게 써 있었다.

고마워요, H. 인생의 가장 어려운 시기를 통과할 때 당신이 힘이 되어 주었어요.

또 다른 쪽지에는 이니셜도 있었다.

골목으로 부드러운 바람이 불어왔다. 벽에 붙은 쪽지들이 거대한 종이 물고기의 비늘처럼 파닥거리며 반짝였다. 엘리는 왜 상대에게 쪽지가 전달되지 않았는지 궁금했다. 더 이상 만날 수 없는 사람이어서 그랬을까.

엘리는 조심스럽게 쪽지를 한 장 뗐다.

엘리에게
우리 이제 더 이상 친구로 지내기 어렵겠어.
-세스

쪽지를 잡은 손이 떨렸다. 엘리는 눈을 비비며 다시 읽었다.

엘리스에게
우리가 친구로 지낼 수 있어 기뻐.
-세라

엘리는 고개를 절레절레 흔들었다. 골목길을 한번 살핀 다음 다시 쪽지를 벽에 붙이려 다가갔다. 벽 앞쪽 땅에 붉은 얼룩이 보였다. 손가락을 대보았다. 피가 끈적하게 묻어났다. 온기는 없었다. 하지만 눈 깜빡하는 사이 사라졌다.

엘리의 뒷목에 얼음물이 한 방울 떨어져 등뼈를 타고 흘렀다.

"가. 날 좀 내버려둬."

엘리가 중얼거렸다.

바람이 골목 사이로 휙 불어왔다. 쪽지들이 펄럭거렸다.

"외톨이."

목소리가 들렸다.

엘리는 몸이 떨리기 시작했다.

"네가 아니어도 충분히 힘들어."

엘리 바로 옆 벽에서 작은 무언가가 튀어나왔다. 공기 방울 같았다. 쪽지 아래에서 거품처럼 터져 나오는 방울을 손으로 꾹 눌렀다. 그러자 차가운 핏물이 쪽지와 엘리의 손가락을 적셨다. 엘리는 코트에 손을 닦았다. 하지만 핏자국은 남지 않았다.

쪽지에서 또 다시 핏방울이 스며 나왔다.

"외톨이."

쪽지들이 속삭였다.

"꺼져!"

엘리는 쪽지를 손으로 쳤다.

"외톨이 엘리. 외톨이 엘리. 외톨이 엘리."

쪽지들이 계속해서 속삭였다. 엘리는 쪽지를 찢었다. 종이처럼 느껴지지 않았다. 천이나 붕대처럼 더 질겼다.

"외톨이 엘리. 외톨이 엘리."

쪽지에서 스며 나온 핏방울들이 벽을 가득 채웠다. 엘리는 소리를 지르며 벽을 쳤다. 엘리의 손이 쪽지 안으로 휙 빨려 들어갔다. 손목이 보이지 않았다. 벽이 엘리의 코앞에 있었다. 쪽지 밑에서 눈매와 코가 보였다. 엘리는 비명을 질렀다. 벽에서 튕겨져 나와 뒤로 자빠졌다.

작고 부서질 것 같은 형체 하나가 벽에서 떨어져 나왔다. 아이였다. 머리에서 발끝까지 붕대를 감고 있었다. 목과 어깨, 턱과 입만 맨몸이 드러났다. 피부는 눈처럼 창백했다. 머리카락이 피로 얼룩진 붕대 사이로 삐져나왔다.

"안 돼."

엘리가 웅얼거렸다.

비틀거리며 다가가 아이를 벽으로 세게 밀었다. 아이는 벽에 부딪히지 않고 벽 안으로 빨려 들어갔다.

엘리는 돌아서서 거친 숨을 몰아쉬었다.

반대편 벽에서 아이가 다시 웃으며 튀어나왔다. 아이의 눈은 피로 얼룩진 붕대로 가려져 있었지만 엘리는 아이의 시선을 느낄 수 있었다.

"난 널 이겼어."

엘리가 말했다.

"날 없애지는 못 했지."

아이가 말했다. 아이의 목소리는 두 목소리가 섞여 있었다. 하나는 아이, 다른 하나는 나이를 가늠할 수 없는 굵고 깊은 목소리였다.

"난 절대 없어지지 않아. 네가 필요로 할 때 항상 이렇게 나타날 거야."

"난 네가 필요하지 않아."

"외롭잖아. 세스는 새로운 친구들과 어울리더군."

아이는 피식 웃으며 말을 이었다.

"세스에게 네가 아닌 다른 친구가 생긴 것이 달갑지는 않을 텐데?"

"꺼져."

엘리가 아이를 노려보았다.

아이의 목구멍에서 꼴꼴거리는 소리가 끓어올랐다. 사람의 웃음소리와는 완전히 달랐다.

"엘리, 네가 그리웠어. 얼마나 보고 싶었는지 몰라."

아이는 힘겹게 억지웃음을 지었다.

"뭐 하자는 거야?"

엘리는 울면서 소리치고 싶었지만 다시는 악마 앞에서 약한 모습을 보이고 싶지 않았다.

"넌 내게 슬픔을 숨길 수 없어."

아이는 엘리의 머리를 가리켰다.

"내가 네 머릿속에 살고 있으니까. 너에 대해 나보다 더 잘 아는 존재는 없어. 안나만이 조금 알 뿐이지. 하지만 넌 안나를 그 흉악한 섬에 남겨뒀어. 나는 데려왔으면서."

"반대로 할 수 있다면 어떻게 해서든 그렇게 했을 거야."

엘리가 눈을 부릅떴다.

"이 섬은 거의 낙원이지. 그리고 여왕 말이야. 너처럼 화신이라고 하던데."

엘리는 코트 주머니 속에서 주먹을 꼭 쥐었다.

"이 섬 사람들은 네가 여왕을 무서워한다는 걸 다 알고 있더군."

"헛소문이야. 넌 여왕이 네게서 날 없애줄 거라 믿고 싶겠지. 어쩌면 나를 파괴할 수도 있을 거라고 생각하겠지. 하지만 그럼 넌 완전히 혼자가 될 텐데? 세스? 세스는 이제 다른 친구들에게 가고 싶어 해. 아, 여왕? 여왕과 가까운 사이가 될 수 있을 거라고 믿는 거야? 여왕도 너처럼 똑똑하고 생각이 많은 사람일 거라고 생각해? 여왕이 네 가치를 알아보고 네 훌륭한 발명품들을 높이 평가할 거라고 믿어? 그래서 널 떠받들 거라고? 그게 네가 원하는 거야? 엘리를 찬미하라!"

"닥쳐."

아이가 웃었다. 피라냐처럼 작고 뾰족한 이가 드러났다.

"가엾어라. 이렇게 똑똑하고 빛나는 엘리가 엄마와 동생과 안나를 잃은 걸로 모자라 하나뿐인 친구까지 잃었으니. 이제 네가 얼마나 빛나는 아이인지 말해줄 사람이 아무도 없구나. 네 힘을 발휘하지 못 하면 넌 아무것도 아니야. 네가 아무것도 아닐 때 어떤 일이 일어나는지 잘 알지? 지난번에는 거의 죽을 뻔했지."

"날 그렇게 만든 게 너였잖아!"

엘리가 침을 뱉었다.

"자, 그럼 계속 그렇게 살아. 여왕이 널 도울 일은 없을 거야. 넌 고통을 없앨 수 없어. 절대 날 없앨 수 없어."

"제발 날 그냥 내버려 둬."

아이가 씩 웃었다.

"그 말이 그리웠는데. 꼭 우리 예전으로 돌아간 것 같잖아. 내가 하그레스를 바다에 던졌을 때 기억해? 넌 하그레스를 죽인 줄 알았지. 하지만 그는 죽지 않고 살아서 여기까지 널 잡으러 왔더군. 완전히 돌아버린 것 같아. 지금 이야말로 하그레스를 끝장내야 할 때 같은데?"

"더 이상 너에게 아무것도 부탁하지 않아. 나는 널 이겼어. 우리 관계는 끝났어."

"아니, 끝나지 않았어. 네겐 내가 필요해. 그러지 않으면 누군가는 목숨을 잃게 될 거야."

엘리가 아이를 노려보았다.

"넌 더 이상 누구도 죽일 수 없어. 내가 부탁하지 않을 테니까. 넌 아무런 힘도 쓸 수 없어."

"그래, 당장은 그렇겠지. 하지만 사람은 누구나 한번은 죽어. 이 사람은 곧 그럴 것 같군."

아이가 씩 웃으며 뾰족한 이를 드러냈다.

엘리의 심장이 쿵 내려앉았다.

"누구?"

"세스는 아냐. 광부. 땅속에 갇혔거든. 곧 불에 다 타버리게 생겼어."

엘리가 고개를 저었다.

"거짓말이야."

"그냥 죽게 놔두겠다? 참 너다운 선택이군."

"아무도 죽지 않아."

"내가 왜 거짓말을 하겠어? 광부가 위험에 처하지 않았다면 네가 부탁해도 난 그를 구할 수 없겠지. 그럼 나는 아무 힘도 얻지 못 해. 어떤 선택을 하든 네가 손해 볼 일은 없어."

"네게 도움을 요청해서 끝이 좋았던 적은 단 한 번도 없었어."

"세스를 제단 위에서 구해낸 게 누구지?"

"제발 날 그냥 내버려 둬!"

엘리가 소리쳤다.

"이 섬에 있는 그 누구도 널 돕지 못 해."

"그렇지 않아."

엘리는 아이의 눈이 있어야 할 자리를 노려보았다. 한 사람이 번뜩 떠올랐다.

"날 도와줄 사람이 있어. 늘 나와 함께 있는 사람."

아이의 표정이 굳어졌다.

"아니, 넌 내가 필요해. 나에게 도와달라고 해. 광부가 곧…."

아이가 엘리의 팔을 잡았다.

"핀."

동생에 대한 기억을 떠올리자 머리가 맑아졌다. 핀의 빛나는 초록 눈동자와 주근깨 가득한 얼굴, 다정한 미소. 함께 노를 젓던 따사로운 오후와 저녁 바다, 카드놀이를 하던 고아원에서의 기억이 손끝을 온기로 물들였다. 핀이 엘리의 목숨을 구했던 기억을 생각해내자 아이의 손아귀의 팽팽한 힘이 쪼그라들었다.

아이는 쉭 소리를 내며 앞으로 고꾸라졌다. 귀가 찢어질 듯한 비명과 포효를 동시에 내질렀다. 마치 눈사태가 일어나는 것 같은 굉음이었다. 아이의 몸은 동그랗게 말렸다. 몸은 단단하게 말려 줄어들고 또 줄어들더니 흔적도 없이 사라졌다.

엘리는 지팡이에 기댔다. 극도의 피로와 희열이 한꺼번에 밀려들었다. 마음이 온기를 조금 더 오래 품을 수 있도록 행복한 기억의 불씨를 그대로 두었다. 벽에 붙은 쪽지를 하릴없이 읽었다.

루이스에게

넌 세상에서 제일 짜증나고 제일 사랑스러운 동생일 거야.

-도라

엘리가 빙그레 웃었다.

병 하나가 엘리 쪽으로 달그락거리며 굴러왔다. 지나가던 남자가 자기도 모르게 발로 찬 빈 병이었다. 남자는 겁에 질린 듯이 얼굴이 창백했다. 옷과 머리에는 회색 먼지가 잔뜩 내려앉아 있었다.

엘리는 남자가 모퉁이를 돌아 사라질 때까지 지켜보았다. 그러고는 살금 살금 남자가 지나온 길로 걸어갔다. 사람들의 비명 소리가 들리기 시작했다.

"도와주세요! 도와주세요! 경비대장을 좀 불러주세요!"

엘리는 가슴이 조여들었다. 발걸음을 재촉했다.

은색 갑옷으로 무장한 경비대원들이 나타났다. 한 여자가 경비대원에게 달려갔다. 먼지를 허옇게 뒤집어 쓴 얼굴에 눈동자는 붉게 충혈 되어 있었 다.

"도와주세요!"

여자가 대원의 팔목을 잡았다.

"동생이 탄광에 갇혔어요. 탄광에서 빠져나오지 못 했는데 불이 났어요."

"동생…. 동생을 살려야 해."

엘리가 혼잣말을 내뱉었다.

종유석

엘리는 경비대장과 먼지를 뒤집어쓴 광부를 급히 쫓아갔다. 깨진 돌을 실은 마차와 울퉁불퉁한 돌이 나뒹구는 길 위로 높은 동굴 입구가 보였다. 담배 연기를 뿜듯 동굴에서 짙은 회색 연기가 펑펑 솟구쳤다. 가까이 다가가자 어둠속에서 울부짖는 소리가 들렸다.

엘리는 동굴 속으로 달려갔다. 입구는 좁았다. 경비대장의 갑옷이 벽에 긁혔다. 얼마 안 가 길은 점점 넓어졌다. 타오르는 횃불과 천장에 매달린 뾰족한 종유석이 보였다. 겁에 질린 광부들이 길을 막은 거대한 바위 곁에 옹송그리고 있었다. 바위와 동굴 벽 틈에서 연기가 뿜어져 나왔다.

"경비대장을 데려왔어요!"

여자가 소리쳤다.

"불을 피해 도망치는데 이 바위가 떨어졌어요."

광부가 기침을 간신히 참으며 경비대장에게 설명했다. 동굴에 매캐한 냄새가 진동했다. 엘리는 연기를 들이마시지 않으려 안간힘을 썼다.

"저 안에 동생이 갇혀 있어요."

여자가 소리쳤다.

경비대장이 바위를 살펴본 후 광부를 불렀다.

"곡괭이 있습니까?"

광부들은 멍하게 경비대장을 바라보았다.

"우리가 그 생각을 안 해봤겠습니까! 곡괭이로는 안 됩니다."

"내가 뭘 할 수 있겠습니까? 광부는 당신들이잖습니까! 당신들!"

엘리가 바위 쪽으로 달려갔다. 사람들이 이상하게 여기기 전에 빨리 움직여야 했다. 주머니에서 주먹만 한 덩어리 하나를 꺼냈다. 짧은 심지가 붙은 동그란 진흙 덩이였다. 세스의 탐탁지 않아 하는 목소리가 마음속에서 울렸다. 하지만 모른척했다. 성냥을 돌에 그어 심지에 불을 붙였다. 폭죽처럼 쉬익 하는 소리가 났다.

"너 지금 뭐 하는 거냐! 위험해!"

얼굴이 하얗게 질린 경비대장이 소리쳤다.

엘리가 진흙 덩어리를 바위 아랫부분 넓은 틈 사이에 끼웠다. 바위 너머에서 기침 소리가 희미하게 들려왔다. 경비대장이 엘리의 코트 소매를 잡았다. 엘리는 손을 뿌리치고 바위 앞에 무릎을 꿇었다.

"내 목소리 들려요?"

엘리가 소리쳤다.

"네?"

반대편에서 대답이 들렸다.

"뒤로 물러서세요!"

엘리가 힘껏 외쳤다. 엘리에게 향하던 광부들의 시선이 바위 틈 진흙덩어리로 향했다.

"저게 뭐냐?"

경비대장이 물었다.

"폭탄이요. 다들 몸을 숙이세요."

광부들은 황급히 뒷걸음질 쳤다.

"지금 제 정신이냐? 폭탄을 사용하는 건 신성모독이야. 여왕이 분명 도우실 거다."

엘리는 심지를 힐끗 보았다. 심지가 다 타려면 조금 시간이 있었다.

"모두 뒤로 물러서요!"

엘리가 소리치며 경비대장의 팔목을 잡고 뛰었다. 동굴 구석으로 피한 광부들 쪽으로 몸을 던졌다.

"동생이 다치진 않겠죠?"

여자의 목소리가 떨렸다.

"괜찮을 거예요. 폭발력이 강한 건 아니거든요. 그저 저 바위…."

귀가 찢어지는 굉음과 함께 눈이 멀 듯한 빛이 쏟아졌다.

엘리는 앞이 안 보이는 재와 먼지에 콜록거리며 자리에서 일어섰다. 바위 쪽으로 더듬거리며 걸어갔다. 바위가 폭발하며 막혔던 길이 뚫렸다.

동굴 안쪽에서 한 남자가 흐느적거리며 나왔다. 여자가 뛰어가 남자를 붙잡았다. 남자는 여자의 팔에 기대 푹 쓰러졌다. 두 사람은 부둥켜안고 눈물을 흘렸다. 엘리는 손끝이 따끔거렸다.

머리 위에서 삐걱거리는 소리가 들렸다. 먼지가 엘리의 어깨 위로 내려앉았다.

"조심해!"

여자가 소리쳤다.

천장에 매달린 거대한 종유석이 엘리 옆으로 떨어졌다. 엘리는 몸을 내던지며 누워서 헐떡거렸다.

"당장 여기서 나가야 해."

경비대장이 외쳤다.

또다시 삐걱거리는 소리가 들렸다. 엘리가 고개를 든 순간 종유석이 엘리의 왼팔에 정확히 떨어졌다.

처음에는 아무 감각이 없었다. 다음 순간, 엘리의 눈앞에 팔을 덮친 커다란 돌덩어리가 보였다. 엘리는 소리를 질렀다. 눈앞의 모든 것이 사라질 때까지.

레일라의 일기
-부활호, 4758일째 항해 중

노파는 하루 종일 소년만 들여다보았다. 정원의 식물들이 시들기 시작했다. 나는 속으로 노파를 욕하며 식물에 물을 주었다.

"노파를 못 믿겠어요. 빛이 없어도 식물이 자라는 정원은 만들면서 왜 이 아이는 깨우지 못 하는 거죠?"

"아이의 마음이 닫혀 있어. 소용돌이 속에서 날 거부하고 있어."

"무슨 말이에요?"

노파가 아이의 뺨을 쓰다듬었다.

"아이의 능력이 정점에 달했을 때, 아이는 바다를 다스렸어. 하지만 대홍수 이후 바다는 죽은 자들의 기억과 그들의 마지막 순간의 끔찍한 고통으로 가득 차버렸지. 아이는 바다야. 그리고 고통이지."

"몸을 막 쳐보면 어때요?"

"그 전에 부탁 하나 하자꾸나. 선장에게 희귀한 물약이 있어. 대홍수 전부터 전해 내려오는 유물이지. 나도 만들지 못 해. 그 약이면 아이의 괴로운 마음을 잠재울 수 있어. '오샤의 영혼'이라고 부르지. 선장에게 버드나무 껍질이 든 자루를 가져다주면서 그 약을 달라고 해. 어서 가거라. 이 아이는 신이야. 하지만 육체는 영원하지 않지. 우리가 아이를 깨우지 못 하면 탈수로 죽게 될 거야."

나는 커다란 자루를 안고 긴 복도를 지나 갑판 시장을 통과했다. 선장의 방으로 곧장 향하는 길이었다. 투덜거리면서도 아이가 괜찮기를 빌었다. 아이는 푸른눈이 남긴 유일한 것이었다.

경호원에게 용건을 말하자 선장실로 들여보내 주었다. 선장은 배를 조종하는 거대한 조타기 앞에 나무로 만든 전용 의자에 앉아 있었다. 경호원들이 나를 둘러쌌다. 검을 만지작거리며 나를 주시했다.

"고래를 타는 아이가 왔습니다."

한 경호원이 말했다. 근육이 우락부락하고 흉터 자국이 많은 남자였다.

"이제는 고래를 타는 아이가 아니지. 고래는 죽었으니까."

옆에 있던 일등항해사가 말했다. 경호원보다 더 근육질의 몸에 이가 듬성듬성 빠지고 다리는 의족이었다.

"노파가 '오샤의 영혼'을 이것과 바꿔오라고 했어요."

나는 자루를 선장의 발 옆에 버려놓았다.

일등항해사가 침을 뱉었다.

"뭐? 우리는 필요하면 노파가 가진 건 그냥 가져갈 수 있어."

나는 그에게 한 걸음 다가갔다.

"그런 생각으로 노파의 정원에 찾아왔다간 너가 그 의족을 빼서 죽을 때까지 팰 거야."

경호원들이 눈이 휘둥그레져서 날 보았다. 그러고는 서로 눈빛을 주고받았다. 선 장이 자리에서 일어났다. 그러고는 웃기 시작했다.

로렌

엘리의 머릿속은 온통 팔로 가득 찼다. 팔을 제외한 나머지 몸은 완전히 지워졌다. 눈앞이 깜깜하고 팔은 뜨거운 팬 위에서 지글지글 타고 있었다.

몸이 붕 떠올랐다. 눈을 떴을 때 희미하게 종유석이 보였다. 무엇 때문에 몸이 뜨는지 알 수 없었다. 주위가 서서히 밝아졌다. 몸은 다시 천천히 가라앉았다. 낯설지만 감미로운 향이 코끝을 스쳤다. 나무를 태우는 향과 산딸기를 졸이는 향 같았다.

"이게 진통제 역할을 할 거야."

맑고 청아한 목소리가 귓가에 울렸다. 팔에 차가운 무언가를 펴 바르는 부드러운 손길이 느껴졌다. 통증이 서서히 멎었다. 몸의 나머지 부분이 보이기 시작했다. 다리의 오래된 통증도 어깨와 손도 그제야 느껴졌다.

"제가 죽은 건가요?"

엘리는 낮은 목소리로 물었다.

"아니, 아니란다. 버드나무 껍질의 진액을 바르고 있었어. 잠시나마 고통을 잊을 수 있을 거야."

"로렌이 아이를 구했어! 로렌이 아이를 구했어!"

한 여자가 소리쳤다.

엘리의 눈에 부츠와 발목과 갖가지 색의 바지들이 어렴풋이 보였다. 고개를 들자 누군가 웃으며 엘리를 보고 있었다. 몇몇 사람들의 눈이 엘리를 향했다. 대부분의 시선은 엘리 옆에 무릎을 꿇고 앉은 남자에게 꽂혀 있었다. 남자의 길고 구불구불한 머리카락이 햇살에 빛났다. 구릿빛 얼굴은 잡티 없이 반들거렸다. 그는 반짝이는 푸른 눈으로 엘리를 보고 있었다. 이 세상에 존재하지 않을 것 같은 미소였다. 엘리는 악마의 새로운 얼굴은 아닐지 두렵기까지 했다.

다른 쪽에는 살이 통통한 남자가 숨을 쌕쌕거렸다. 무릎 위에는 두꺼운 책이 펼쳐져 있었다. 책이 무거워서 숨을 헐떡이는 것처럼 보였다. 머리는 군데군데 쥐어뜯은 것처럼 휑했다. 이 역시 책이 문제인 것 같았다.

"저기요, 혹시 이 남자가 누군지 아시나요?"

엘리가 말끝을 흐리며 통통한 남자에게 물었다.

남자는 눈을 몇 번 깜빡이더니 재빨리 책에 휘갈겨 썼다. 엘리는 거꾸로 글씨를 읽었다.

용감한 로렌이 죽을 뻔한 여자아이를 구했다. 아이는 비쩍 말라 병약해 보였다. 게다가 제정신이 아닌 것 같았다.

"저기요!"

엘리가 눈에 힘을 잔뜩 주었다.

필경사 뒤에 선 몸집이 자그마한 남자는 보라색 깃털이 달린 모자를 쓰고 류트라고 불리는 기타와 비슷한 악기를 안고 있었다. 남자가 노래를 부르기 시작했다.

"세상에서 가장 용감한 로렌이 죽기 직전의 소녀를 살렸다네.
소녀는 비쩍 마른 병약한 아이였네.
가엾게도 제정신이 아니었다네."

사람들이 환호하며 노래를 따라 불렀다. 음정은 하나도 맞지 않았다. 엘리를 치료하던 청순하게 생긴 남자가 자리에서 일어섰다.

"동지 여러분, 여러분의 지지는 영광이지만 오늘 우리가 칭송해야 할 사람은 바로 이 아이입니다. 아이의 빠른 판단과 기지 덕분에 우리 광부 한 사람이 목숨을 건졌습니다."

순식간에 숙연해진 사람들이 진지하게 고개를 끄덕였다. 필경사의 깃펜이 종이 위를 춤추듯 누볐다.

사람들이 로렌의 공로를 칭송하려하자 그는 겸손하게 모든 영광을 어린 소녀에게 돌렸다.

음유시인도 갑자기 자리에서 벌떡 일어섰다.

"여러분, 노래는 이쯤 해둡시다. 지금은 아이가 치료를 받도록 돕는 게 우선이에요. 모든 비용은 내가 부담하겠습니다."

로렌이 말했다.

박수갈채가 쏟아졌다. 그때 경비대장이 탄광에서 비틀거리며 나왔다. 그을음이 잔뜩 묻은 갑옷이 달가닥거렸다. 헬멧은 보이지도 않았다. 머리에서는 피가 흘렀다. 경비대장은 머리를 움켜쥔 채 엘리를 노려보았다. 버드나무 껍질 진액으로 간신히 진정시켜놓은 엘리의 팔을 잡았다. 엘리가 비명을 질렀다.

"지금 뭐하는 짓입니까! 이 아이는 우리의 영웅이에요."

로렌이 목소리를 높였다.

"영웅은 무슨. 우리 모두를 죽일 뻔했어! 바위를 터뜨리겠다고 신성을 모독하는 주술을 사용했어!"

경비대장이 눈을 이글거렸다.

"주술?"

로렌이 피식 웃었다. 양쪽 뺨에 보조개가 패였다. 그의 얼굴은 나이를 가늠하기 힘들었다. 스무 살 젊은이 같기도, 쉰 살 신사 같기도 했다.

"세상에 그런 건 없습니다."

"화약이었어요. 유황과 숯과 새똥을 섞어 만든 화약."

엘리가 목소리를 쥐어짜느라 안간힘을 썼다.

"놀랍구나. 직접 만든 거니? 그런 건 어디서 배웠니?"

114

로렌의 말에 엘리는 가슴이 뛰었다.

"책에서요."

엄마의 오래된 작업실에서 수년 전에 본 책의 내용을 아직 기억하고 있었다.

"놀라워. 똑똑한 아이구나. 어린 나이에 대단한걸. 부모님이 무척 자랑스러워하시겠구나."

로렌의 얼굴이 상기되었다.

"부모님은 안 계세요."

"분명 누군가는 널 자랑스러워할 거야. 나 역시."

엘리가 싱긋 웃었다. 팔이 아픈 것도 잠시 잊었다.

"자랑스러워? 저 애는 이 탄광을 무너뜨릴 수도 있었어요. 저 애가 가야할 곳은 병원이 아니라 감옥이라고."

경비대장이 소리를 질렀다.

사람들이 야유를 보냈다. 경비대장은 엘리의 팔을 움켜쥐었던 손을 풀었다.

"여러분, 경비대장은 의무를 충실하게 이행하는 것뿐이니 진정하시죠. 제가 해결하겠습니다. 여왕에게 아이의 공로를 보고하겠습니다. 왕실 소속 고문관으로서 이 일을 책임지죠."

로렌이 푸른 눈을 빛내며 사람들을 둘러보았다.

"꼬마 과학자, 네 이름이 뭐니?"

"음… 엘리예요. 엘리 스톤월."

"고문관 회의에서 널 변호하마. 조바심 낼 것 없어. 정의는 승리하는 법이니까. 여왕을 찬미하라!"

"찬미하라!"

사람들이 일제히 목소리를 높였다.

"동의하시지요?"

로렌이 경비대장에게 말했다. 경비대장의 얼굴이 벌겋게 달아올랐다. 칼자루를 만지작거리며 눈을 부라리고는 고개를 끄덕였다.

"엘리, 팔이 흔들리지 않아야 해. 괜찮다면 널 안고 가는 게 최선일 것 같구나."

엘리는 고개를 끄덕였다. 로렌이 엘리를 양팔로 들어올렸다. 산딸기 잼과 장작불 냄새가 엘리의 콧속으로 들이쳤다. 음유시인이 노래를 시작했다. 로렌과 엘리와 인상을 잔뜩 쓴 경비대장의 뒤를 따르며 사람들이 내지른 함성에 노랫소리는 금세 묻혔다. 필경사가 로렌을 바삐 좇으며 손을 부지런히 놀렸다. 엘리는 로렌의 어깨 너머로 글을 읽었다.

> 용감한 로렌이 병약한 영웅을 안고 인파를 헤치며 걸었다.
> 수많은 사람들이 그들 주위로 몰려들었다. 아이들이 한 목소리로 로렌의 이름을 연호했다. 사람들은 춤을 추며 서로 부둥켜안았다.
> 마치 신들이 죽음에서 돌아온 것 같았다.

하지만 아이들이 로렌의 이름을 한 목소리로 외치기는커녕 끝없는 돌림노래처럼 제각기 소리를 높였다. 춤을 추며 서로 껴안는 게 아니라 서로를 밀치며 로렌에게 앞다퉈 다가갔다. 가죽옷을 빼입은 건장한 남자들은 사람들을 끌어내느라 정신없었다.

"사리아! 할아버지 팔꿈치는 좀 어떠신가요? 제라늄 진액은 효과가 있었나요? 참, 말마가 아들이죠? 키가 쑥 컸더군요."

로렌은 사람들에게 안부를 물었다.

뒤를 따르는 무리의 숫자가 점점 불어났다. 집과 집 사이에 색지로 만든 고래와 공작과 문어가 걸렸다. 사람들은 발코니에서 꽃잎을 날렸다. 흰색과 보라색 꽃잎이 공중에서 반짝거렸다.

"고맙습니다. 고맙습니다."

로렌의 얼굴 위로 꽃잎이 내려앉았다. 로렌은 활짝 웃으며 외쳤다. 길은 화려한 마을로 이어졌다. 지푸라기로 지붕을 얹은 헛간과 벽에 선명한 벽화가 그려진 돌집이 보였다.

"궁으로 가는 건가요. 여왕을 정말 만날 건가요?"

엘리가 물었다.

"그럼."

로렌이 빙그레 웃었다. 엘리는 유리 위로 우박이라도 떨어진 것처럼 소름이 끼쳤다.

"엘리, 혹시 아직 일을 하지 않는다면 여왕을 도와 일하는 건 어떠니? 여왕이 널 감옥으로 던지지만 않는다면 네 재능은 여왕에게 큰 도움이 될 거야."

엘리가 어안이 벙벙한 얼굴로 로렌을 보았다.

"좋죠. 좋아요."

"나도 좋다!"

로렌이 환하게 웃었다. 궁전 앞 계시의 대로로 들어섰다. 눈앞에 궁이 보

117

였다. 한낮의 열기가 아지랑이처럼 길 위에서 아른거렸다. 엘리는 손에서 식은땀이 났다. 무리가 엘리를 향해 환호성을 질렀다. 엘리가 얼떨떨하게 손을 흔들었다. 얼굴이 장밋빛으로 달아올랐다.

"랭커스터!"

다친 황소가 울부짖는 듯한 소리가 들렸다. 사람들이 일제히 고개를 돌렸다. 엘리는 로렌의 손아귀 속에서 손을 꿈틀거렸다. 가슴이 철렁 내려앉았다.

하그레스가 사람들을 밀치며 달려왔다. 검정 코트가 뒤로 휘날렸다. 얼굴이 푸석하고 눈은 시뻘겋게 충혈 되었다. 밤새 한숨도 못 잔 사람 같았다.

"비키시오."

하그레스가 으르렁거렸다.

"무슨 짓이죠?"

갑작스러운 소동에 로렌의 얼굴이 어두워졌다.

"지나가겠다고 하지 않았소!"

그 사이 무리가 하그레스를 이리저리 밀쳤다.

"감히 내 몸에 손을 대? 나는…."

하그레스는 침을 한번 삼켰다.

악마의 도시에서 온 재판관이라는 정체를 밝히는 것이 썩 좋은 생각은 아니라는 것을 알고 있었다.

"당신은 지금 무슨 짓을 하고 있는지 몰라. 저 아이는 위험해!"

하그레스가 엘리를 노려보았다.

"이 아이는 우리의 영웅이야. 당신이나 꺼져, 이 괴물!"

한 여자가 악을 썼다.

하그레스는 격분하며 칼을 뽑았다. 비명이 터져 나왔다. 로렌이 웃었다.

"과격한 양반이군. 그레고리, 에이단. 저 자를 좀 처리해주겠나?"

가죽옷을 입은 건장한 남자 둘이 앞으로 나왔다.

"내가 처치하죠."

경비대장이 칼을 뽑았다. 로렌은 경비대장의 어깨에 손을 올렸다.

"대장은 이미 한 건 했어요. 내 부하들이 알아서 할 겁니다."

"당신 명령 따위는 필요 없어."

경비대장이 로렌의 손을 뿌리치며 침을 뱉었다. 로렌의 얼굴에 그림자가 드리웠다. 제복 소매로 얼굴을 두드리며 점잖게 웃었다. 그 사이 로렌의 수행원 두 명은 하그레스와 몸싸움을 벌였다.

로렌이 경비대장에게 몸을 가까이 대고 속삭였다. 경비대장이 더듬거리며 말했다.

"내 이름을 아시오?"

로렌은 다시 한번 귓속말을 했다.

경비대장의 얼굴이 하얗게 질렸다.

"저는… 음… 그러니까…."

로렌의 수행원들이 하그레스의 코트를 벗겼다. 사람들은 박수를 치며 환호했다. 하그레스의 허전한 왼쪽 몸통이 드러났다. 그는 수행원을 후려칠 듯 덤벼들어 옷을 빼앗아 달아났다. 수행원들이 당장 추격에 나섰다. 하그레스는 뒤로 힐끔 돌아보았다. 엘리와 눈을 마주치고는 모퉁이 너머로 사라졌다.

"소란이 잘 정리되어 다행이군. 세상에는 늘 어딘가 이상한 사람이 있기

마련이야. 그렇지, 엘리?"

로렌이 말했다.

엘리가 흘깃 고개를 들었다. 경비대장도 보이지 않았다.

"로렌! 로렌! 로렌!"

로렌이 엘리를 데리고 궁으로 가는 동안 로렌의 이름을 연호하는 소리는 더욱 커졌다. 우뚝 솟은 궁의 벽화 속 날개 달린 천사가 그들을 내려다보았다.

보초병이 엘리를 보고 씩 웃었다.

"다시 왔구나. 이번에는 신발도 신었네?"

로렌이 무리를 향해 손을 들었다.

"아쉽지만 여기서 해산해야겠군요. 이 아이는 반드시 합당한 포상을 받도록 하겠습니다. 믿어도 좋습니다."

로렌과 엘리가 문을 통과하자 무리는 함성을 질렀다. 엘리는 큰 문이 열리며 쏟아져 들어오는 빛에 눈을 가렸다.

마침내 엘리는 궁으로 들어갔다.

동물의 방

공기가 서늘했다. 로렌의 몸에서 풍기는 장작 때는 냄새와 산딸기 졸이는 냄새, 엘리의 땀 냄새 말고는 아무 냄새도 나지 않았다. 엘리는 먼지를 뒤집어 쓴 고깃덩어리 같은 모습으로 누군가에게 실려 궁에 들어갈 줄은 상상도 못 했다. 그동안 꿈꿔오던 순간과는 거리가 멀었다.

복도 벽에 수많은 초상화가 걸려 있었다. 그림 속 인물들은 하나같이 꽃으로 둘러싸인 채 개나 고양이나 깃털이 화려한 새를 무릎에 올려놓았다. 머리카락은 윤기가 흐르고 금빛 나뭇잎 모양의 후광이 머리를 둘렀다.

"선대왕과 여왕이야. 자, 이제 심호흡 한번 하렴. 곧 여왕을 만날 테니."

로렌은 중앙홀로 들어갔다. 엘리는 잠시 바깥으로 나온 줄 착각했다. 새하얀 빛이 공간을 가득 채우고 있었다.

천 개나 되는 둥근 창문은 해변의 하얀 모래처럼 빛났다. 벽도 새하얗고 머리 위로는 흰 대리석 계단이 끝도 없이 뻗어 있었다. 티 없이 환한 공간에서 엘리는 더욱 위축되었다. 꼭 새 종이에 튄 얼룩 같이 느껴졌다.

가벼운 발걸음 소리가 통통 울렸다. 차분한 첼로 연주도 들려왔다. 아이들이 흰 셔츠에 검정 바지를 입고 뛰어 들어와 계단을 오르내리고 문을 드나들었다. 엘리는 거인이나 원시 바다 생명체의 몸속에 들어와 있는 듯한 느낌이 들었다.

하인이 커다란 양문을 열었다. 어둠 속으로 또 다른 복도가 길게 나 있었다. 로렌이 엘리를 내려주었다. 엘리는 코트 깃을 여몄다.

"고문관 회의가 뭐죠?"

엘리가 물었다.

"겁먹을 것 없어. 섬에서 가장 존경받고 재력 있는 사람들이 여왕에게 자문을 하는 회의일 뿐이야."

"겁먹어야겠는걸요?"

로렌이 웃었다.

"괜찮아. 다 나와 가까운 사람들이야."

로렌과 엘리는 복도로 들어섰다. 거대한 문이 닫히자 어둠이 그들을 감쌌다.

흐릿한 주황색 불빛이 머리 위에서 어른거렸다. 사람 목소리가 들렸다. 엘리는 귀를 기울여보았지만 팔의 통증 때문에 집중하기 어려웠다.

"버드나무 껍질 진액 조금 더 있나요?"

엘리가 속삭였다. 로렌은 안쓰러운 표정으로 고개를 저었다.

"참, 무슨 일이 있어도 여왕의 눈을 보아선 안 돼."

로렌이 조심스럽게 일렀다.

두 사람은 촛불이 깜빡거리는 홀로 들어갔다. 까만 대리석 바닥에 천장이 높았다. 작은 초 하나가 홀 전체를 밝혔다. 코끼리와 말과 곰이 보였다. 의자에 누군가 앉아 있었다.

곰이 새까만 눈으로 엘리를 사납게 노려보았다.

엘리는 뒷걸음질 쳤다. 곰이 미동도 하지 않았다. 엘리가 숨을 깊게 들이쉬며 곰을 보았다. 그제야 곰이 살아있지 않다는 것을 깨달았다. 박제된 곰이었다. 홀 안에 수백 마리의 박제 동물이 있었다. 사람들도 보였다. 물론 그들은 살아 있었다.

"비트, 수확량 3퍼센트 하락."

어둠속에서 거친 목소리가 울렸다.

종잇장이 넘어가는 소리가 났다.

"가지, 수확량 20퍼센트 하락."

박제 동물 사이 사이 사람들이 앉아 있었다. 천장에는 다람쥐처럼 생긴 동물이 매달려 있었다. 팔과 다리 사이에 망토처럼 생긴 털가죽이 보였다. 한때는 날아다니는 다람쥐가 아니었을까 엘리는 추측해 보았다.

"양파, 수확량 31퍼센트 하락."

노인이 크고 쭈글쭈글한 거북 뒤에 앉아서 외쳤다. 구부정하게 허리를 숙이고 무릎 위에는 두껍고 낡은 책을 펼치고 있었다. 말할 때마다 입술을 끌어당기며 쩝 소리를 냈다.

엘리는 여왕을 찾으려 주변을 둘러보았다. 보라색 원피스를 입고 모여 있는 시녀들만 보일 뿐이었다.

"이제 어업으로 넘어가겠습니다. 고등어…."

노인이 웅얼거렸다. 시녀들은 기대에 찬 눈빛으로 숨죽였다.

"45퍼센트 하락."

시녀들의 입에서 낮은 탄성이 흘러나왔다.

"멸치…."

노인은 입술을 한번 끌어당겼다. 시녀들이 다시 숨을 죽였다.

"48퍼센트 하락."

시녀들은 또다시 끙 하고 한숨을 내쉬었다.

"참치…."

시녀들이 귀를 세웠다.

"87퍼센트 하락."

시녀들의 숨이 턱 막혔다.

"그만하세요."

엘리는 뒷목의 솜털이 쭈뼛 섰다. 처음 들어보는 위엄 있는 목소리가 공간을 울렸다.

로렌이 앞으로 걸어 나갔다.

"긴급하게 보고 드릴 문제가 있습니다, 폐하."

어둠속에서 무엇인가 획 지나갔다. 엘리는 시녀들 뒤로 어슴푸레하게 보이는 형체 하나를 알아챘다. 시녀들보다 키가 훨씬 컸다.

엘리가 마른침을 삼켰다.

"안드레 카트로스, 대책은 세웠나요?"

목소리는 로렌의 말을 들은 척도 하지 않았다. 그림자가 길게 끌리는 소매를 들어올렸다. 손가락에서 보석이 번쩍거렸다. 타조 옆에서 목을 길게 빼고 꼿꼿한 자세로 앉은 남자를 가리켰다.

카트로스가 목을 긁었다.

"아카데미에서 연구하는 중입니다, 폐하. 문제를 해결할 실마리는 발견한 상태입니다."

"그게 뭐죠?"

"아…."

카트로스는 무릎을 움켜쥐었다.

"동료들과 협의를 먼저 거친 후에 공식적으로 말씀드리겠습니다."

"실마리 하나에 절차가 꽤 복잡하군요."

목소리가 코웃음 쳤다.

엘리는 욱신거리는 팔을 쓰다듬었다. 숨이 막힐 듯한 분위기였다.

"폐하?"

로렌이 입을 열었다.

"정숙하십시오."

보석으로 치장한 손이 이를 드러낸 채 박제된 눈표범을 쓰다듬었다.

"인자하신 여왕이여."

덩치가 크고 사납게 생긴 남자가 코뿔소 옆에 서서 말했다.

"카솔, 말씀하세요."

남자가 자리에서 일어섰다.

"왜 이 문제를 이렇게 심각하게 다뤄야하는지 잘 모르겠습니다. 마지막 생명의 축제가 끝난 지 많은 시간이 흘렀어요. 물론 지금 수확량은 형편없죠. 하지만 다음 축제가 불과 몇 주 뒤예요. 그때 폐하께서 다시 섬을 회복시키실 것 아닌가요?"

그림자가 날카롭게 돌아섰다. 엘리는 숨죽인 채 시선을 낮췄다.

모든 것을 꿰뚫어볼 듯한 금빛 눈동자가 번쩍거렸다.

"물론 그렇습니다. 하지만 축제날이 오기 전에 기근이 오는 것은 막아야 하지 않겠어요?"

"폐하, 제안을 몇 가지 드려도 되겠습니까?"

로렌이 고개를 들지 않은 채 슬쩍 미소를 띠며 말했다.

"내 허락 없이 한번만 더 입을 열면 혀를 잘라버리겠습니다, 로렌 알렉산더."

목소리가 말했다.

"친애하는 여왕 폐하, 용서하십시오. 하지만 지금까지 제 조언이 도움이 된 것은 사실 아닙니까. 공공 정원을 채운 인공 식물들도 모두 제 장인들이 만들었죠."

엘리는 눈이 휘둥그레졌다. 공원을 몇 차례 거닐었지만 가짜 식물일 거라고는 생각해본 적 없었다.

"분수를 망각한 것 같군요. 당신은 부와 인기 덕분에 한 자리 차지한 것뿐이야. 당신의 도움은 필요 없습니다. 게다가 섬을 파괴하는 데 소질 있는 듯한 저 병든 여자아이는 전혀 필요 없어요."

황금빛 눈동자가 엘리를 보았다. 엘리는 식은땀이 났다. 로렌의 얼굴이 일그러졌다.

"그 소식이 벌써 전해졌나 봅니다."

"당신의 탄광에서 난 불이 섬 전체를 한 달 간 먹여 살릴 왕실의 비밀 곡물 창고까지 번졌다고 들었습니다. 문제는 지금….”

목소리가 잠시 말을 멈췄다.

“수확량 상황이 생각보다 더 심각하다는 겁니다.”

“폐하, 바깥 섬에 있는 제 곡물 창고에 비상 식량을 대량으로 저장해두었습니다. 며칠이면 우리 섬으로 실어올 수 있어요. 그럼….”

“저 아이는 처벌을 피할 수 없을 겁니다. 화약 제조법은 왕실 기밀이에요. 허락 없이 만드는 것은 신성모독이죠.”

목소리가 말했다.

“하지만 사람을 구할 수 있었어요!”

엘리는 자기 목소리가 미약하게 귓가에 울리자 심장이 쿵 떨어졌다. 죽은 동물마저 노려보는 것 같았다.

“여왕 폐하, 저는 발명가예요. 저도 제가 어리다는 것을 알아요. 하지만 그동안 많은 물건을 만들었어요. 음, 바깥 섬에 있을 때요. 사나운 야생 동물을 잡는 그물 덫과 물 아래로 가는 배를 만들었어요. 곡식에 대해서도 잘 알아요. 제가 도와드릴게요.”

엘리는 심장 뛰는 소리가 귀에 들릴 지경이었다. 손목에서 맥박이 뛸 때마다 팔이 욱신거렸다. 황금빛 눈동자가 엘리를 내려다보았다. 머릿속에 황금빛이 각인되었다.

“좋다. 감옥에서 네 말을 증명하도록 해. 결과물이 만족스럽지 않으면 처형을 피할 수 없을 거야.”

새로운 작업장

엘리는 난생 처음 감옥에 발을 들였다. 샹들리에나 발코니, 기둥이 있는 침대 따위가 감옥에 없다는 것은 알고 있었다. 마호가니 나무로 만든 옷장이나 금박 욕조, 머리보다 큰 과일이 가득한 과일 바구니가 있는 감옥 역시 상상해본 적 없었다.

하지만 이 모든 것이 있었다. 엘리는 다리를 절뚝거리며 주위를 둘러보았다. 레이스 베개를 보며 혀를 내둘렀다. 새까만 철로 만들어진 갑옷도 있었다. 손에는 창이 들렸고 보라색 망토를 두르고 있었다. 마네킹 얼굴처럼 표정 없는 철제 가면도 썼다. 손가락으로 가면을 건드려 보았다. 갑옷에 딸린 철제 장갑이 엘리의 손을 덥석 잡았다. 엘리는 소리를 지르며 뒤로 튕겨나갔다. 갑옷은 다시 창을 잡고 움직이지 않았다.

문이 활짝 열렸다. 키가 작고 거북처럼 생긴 남자가 나무로 만든 여행용 큰 가방을 질질 끌고 들어왔다.

"갑옷이 움직였어요!"

엘리가 남자에게 말했다.

"그야 갑옷 안에 사람이 있으니까 그렇지. 여왕을 지키기 위해서라면 목숨도 아끼지 않는 전설의 일곱 정예 수행기사 앞에 서 있는 걸 영광으로 알아."

엘리는 갑옷을 뚫어져라 보았다. 여왕 기사의 감시를 받는다는 사실에 이상하게 마음이 놓였다. 하그레스가 언제 다시 나타날지 모르기 때문이다.

"말은 하지 않나요?"

"수행기사는 침묵 서약을 해. 여왕의 비밀을 누설하면 안 되니까."

"철가면을 쓰고 어떻게 앞을 보죠?"

"이봐, 난 네 팔을 고쳐주러 온 거야. 바보 같은 질문에 대답하러 온 게 아니라고."

남자가 방석이 놓인 의자를 가리켰다.

엘리는 의자에 앉았다.

"골절일 거예요. 근육이 뼈 주변으로 쪼그라들었죠. 뼈를 다시 맞춰야 할 거예요. 그런 다음 부목을 대면 돼요."

"그런 건 어디서 배웠냐?"

남자가 짐 가방을 열면서 말했다.

엘리는 어깨를 으쓱했다.

"생쥐 해부를 많이 해봤거든요. 혹시 여왕이 날 보러 올까요?"

"아니."

남자가 안경 너머로 엘리를 흘깃 보았다. 너덜너덜한 옷과 먼지투성이 머리. 팔에 말라붙은 핏자국.

"여왕은 너에게 전혀 관심 없어. 치료나 빨리 끝내자. 너무 크게 소리 지르지만 말아줘. 귀가 예민해서."

~

한 시간 뒤, 엘리는 실크 붕대로 팔을 감은 채 감옥에서 나왔다. 경비대장이 엘리를 어두컴컴한 나선형 계단으로 안내했다. 축축하고 불쾌한 이끼 냄새가 나는 복도로 들어섰다. 엘리는 점점 불안해졌다. 빗자루와 양동이, 콧수염이 덧칠해진 빛바랜 남자 초상화만 덩그러니 보이는 텅 빈 복도였다. 경비대장이 문 하나를 열었다. 촛불이 흔들리는 널찍한 방이었다. 작업대 네 개와 책상 몇 개, 한쪽 구석에는 가마가 있었다.

"작업장이군요."

엘리가 입을 쩍 벌렸다. 곧 혼잣말이라는 걸 깨달았다. 등 뒤에서 쾅 하고 문 닫히는 소리가 들렸다.

엘리는 방 안을 둘러보았다. 서랍을 모조리 열어보았다. 서랍 속에 든 물건을 보며 전율이 일었다. 나사와 못, 철사, 동판, 톱과 스패너, 고정기 그리고 무슨 이유인지 도끼도 있었다. 엘리는 누가 이런 작업장을 만든 건지 궁금했다. 책상 위에 앵무새 깃털과 붉은 원석 덩어리와 솜에 둘러싸인 연한 초록색 새 알 세 개가 가지런히 놓여 있었다. 엘리는 한때 과학자가 쓰던 실험실이 아니었을까 생각하며 알을 하나 집어 들었다. 이 방의 주인이 처형장으로 끌려 나간 것만은 아니길 빌었다.

뒤에서 작은 기침 소리가 들렸다. 엘리는 알을 떨어뜨렸다. 알을 잡으려고

131

몸을 휘청거리다 그만 넘어졌다. 알이 허벅지에 깔려 으스러졌다.

키가 크고 피부가 까무잡잡하며 머리카락에 윤이 나는 여자아이가 엘리를 옆에서 지켜보고 있었다. 시녀들이 입는 보라색 원피스를 입고 있었다.

"케이트! 너 여기서 뭐하는 거야?"

엘리는 눈이 휘둥그레졌다.

"조수로 왔어."

케이트가 엘리를 일으켰다.

"멀쩡한 팔이 하나 더 필요할 거라나? 너 팔을 하나밖에 못 쓰잖아."

케이트는 말끔했다. 머리는 단정하고 골목길에서 보았던 은색 화장을 하고 있었다. 다만 시녀답지 않게 구부정한 자세만큼은 그대로였다. 엘리는 그날 연기 속에서 혼자 사라져버린 케이트가 떠올랐다. 서운한 마음이 울컥 솟았다.

"고맙지만 혼자서도 충분히 할 수 있어."

엘리는 팔짱을 끼려고 했지만 한 쪽 팔을 접을 수 없었다. 모양새가 영 어설펐다.

케이트의 입꼬리가 올라갔다. 주위를 흘끔 보더니 뚜껑이 단단히 잠긴 못이 든 병을 집었다.

"이거 열 수 있어? 열면 돌아갈게."

엘리가 멀쩡한 팔로 병을 낚아채 고정기에 끼웠다. 억지로 미소를 지으며 뚜껑을 열려고 팔에 힘을 주었다. 얼굴이 일그러졌다. 뚜껑은 열리지 않았다.

케이트가 병을 고정기에서 빼냈다. 한손으로 뚜껑을 열었다. 엘리는 케이트를 쏘아보았다.

"여왕 믿지 말라고 경고했지? 뭘 만들든 처형을 피하긴 어려울 거야."

"달갑지 않은 소식이네."

케이트가 작업대 위로 올라가 기도하듯 무릎을 꿇고 앉았다.

"참 대단해. 어린 여자 애가 하루 만에 로렌 알렉산더와 고문관들과 여왕의 주목을 받다니. 로렌이 만드는 말도 안 되는 신문의 일 면을 장식하겠구나."

케이트가 도끼를 들어 손바닥 위에서 뒤집었다.

"어린 여자 애 아니거든."

엘리가 도끼를 빼앗았다.

"너랑 나, 나이가 비슷할 거라고. 여왕은 날 처형하지 못 해. 왜냐? 엄청난 발명품을 내놓을 테니까. 놀라 자빠질걸."

"무슨?"

"아직은 공개할 수 없어."

케이트는 웃음이 터졌다.

"누구는 처형을 당하네 마네 하는데 웃음이 나오니? 넌 어째 그날보다 훨씬 기분이 좋아 보인다?"

엘리가 비꼬듯이 덧붙였다. 케이트가 웃음을 멈췄다.

"그나저나 염탐하던 그 사람들은 누구야?"

"알 것 없어. 왕실 일이야."

케이트의 미간이 찌푸려졌다. 엘리는 케이트의 신경이 날카로워지는 것을 느꼈다. 그럴수록 묘하게 케이트를 더 자극하고 싶어졌다.

"왕실 일? 여왕에게는 숙련된 스파이가 있을 텐데 너 같은 어린 애를 보낼 이유가 없잖아."

케이트의 눈에 힘이 들어갔다.

"시녀 자리에 어울리지도 않아. 내 조수로 온 것도 일종의 벌이 아닐까?"

엘리는 스패너를 가리키며 빈정거렸다.

"상상력이 뛰어나군. 바깥 섬의 엘리 랭커스터. 공상은 그만두고 어서 그 잘난 발명이나 하시지."

케이트가 능글맞게 웃으며 엘리를 똑바로 보았다.

"뭐, 처형도 두려워하는 것 같지는 않지만."

"전에도 비슷한 경험이 있었어."

엘리가 책상 위에 종이 한 장을 펼치고 깃펜을 잉크에 찍었다.

케이트가 눈을 동그랗게 뜨고 말없이 엘리를 보았다. 그러고는 작업대에서 훌쩍 뛰어내렸다.

"엘리, 여왕은 이미 초상화가 많아. 그것도 이름난 화가들이 그린 초상화."

"설계도를 그리려는 거야. 복잡하고 기발하고 놀라운 발명품을 구상할 거야."

케이트는 흔들리는 눈동자를 숨기지 못 했다. 기대에 찬 눈으로 빈 종이와 엘리를 번갈아 보았다.

"어서 시작해봐."

"옆에서 보고 있으면 못 해."

케이트가 피식 웃었다.

"그나저나 네 조수로 온 건 벌이 아냐. 여왕을 수행하는 온갖 지루한 일에

서 해방되는 거지. 평범한 사람들이 사는 얘기도 듣고….”

케이트가 엘리를 위 아래로 훑어보았다.

“그 코트는 좀 너무하다. 꼭 죽은 동물을 덮어쓴 것 같아.”

엘리는 주머니를 만지작거렸다.

“죽은 동물 맞아. 물개 가죽이야.”

“내 말은 죽은 지 얼마 안 된 동물 같다는 말이야.”

“그러는 너는… 너는… 음….”

엘리는 적당한 말을 찾지 못 한 채 짜증 섞인 한숨을 쉬었다.

“어서 그거나 그려봐. 나랑 싸울 생각 말고.”

케이트가 빈 종이를 흘깃 내려다보며 말을 이었다.

“그나저나 발명 같은 건 어떻게 하게 된 거야?”

엘리는 종이를 몸 쪽으로 끌어당겼다. 여왕이 더 도움 되는 조수를 보냈으면 좋았을 거라며 속으로 푸념했다.

“엄마가 발명가였어.”

엘리가 코트를 두 팔로 감쌌다.

“이 옷도 엄마가 입던 옷이야.”

케이트는 뒤로 한 걸음 물러섰다. 발치에 뒹굴던 드라이버가 데굴데굴 굴러갔다.

“아….”

케이트가 고개를 떨군 채 쉽사리 말을 잇지 했다.

“왜 그래?”

케이트의 볼이 벌겋게 달아올랐다.

"아까 한 말은 농담이었어. 네 어머니 옷인 줄 알았다면 절대 그렇게 말하지 않았을 거야."

"괜찮아. 다 해져서 누더기 같다는 거 나도 알아. 하지만 이 옷을 보면 엄마가 떠올라. 게다가 엄청 실용적이기도 하고."

"그러고보니 주머니가 정말 많네."

케이트가 엷은 미소를 지었다. 그러고는 마른침을 삼켰다.

"우리 엄마도 돌아가셨어. 엄마랑 나는 정말 사이가 좋았는데."

엘리가 바닥에서 드라이버를 주웠다.

"나도 엄마와 각별했지."

엘리와 케이트는 말없이 마주보았다. 케이트가 엘리에게 한 걸음 다가갔다.

"네 코트에 대해 이러쿵저러쿵 떠들어서 미안해. 태어나서 지금까지 궁 안에서만 살았어. 다른 사람에게 가끔 어떻게 말을 해야 하는지 잘 모를 때가 있어."

"괜찮아. 진짜야."

하지만 케이트는 엘리와 눈을 마주치지 못 했다. 애먼 손가락만 힘껏 잡아당겼다. 손가락이 제대로 붙어 있는지 확인이라도 하려는 것 같았다. 별난 버릇이었다. 케이트를 본 엘리에게 새로운 아이디어가 떠올랐다.

"뭘 만들어야 할지 알겠어."

엘리가 스케치를 하기 시작했다. 오른손이 익숙하지 않아 속도가 느렸다. 어깨 너머에 케이트가 내내 서 있었다. 케이트에게 비누와 라벤더 향이 풍겼다.

136

"그렇게 서 있지 말고 재료를 좀 찾아보는 게 어때?"

케이트의 숨소리가 귓가를 스칠 무렵 엘리가 말했다.

"뭐가 필요하니?"

엘리는 스케치를 하면서 재료를 하나씩 불렀다. 케이트는 돌아다니며 작업대와 선반과 서랍을 뒤졌다.

"동판!"

케이트는 발레리나처럼 작업대를 뛰어넘고 바닥을 굴렀다. 반들반들한 벽돌을 짚고 일어났다.

"동판, 여기."

케이트가 얼굴에 붙은 머리카락 한 가닥을 불어서 떼며 말했다.

"고마워, 그렇게 곡에 하듯 뛰어다닐 필요는 없어."

"그냥 재밌어서 하는 거야."

케이트가 어깨를 으쓱했다. 엘리는 케이트가 마음을 풀어주려고 그러는 걸 알았다.

엘리가 완성된 설계도를 들여다보았다. 실제 손처럼 움직일 수 있는 인공손이었다. 철사로 뼈대를 만들고 동판을 자르고 접어 피부처럼 감쌀 계획이었다.

엘리는 작업대 위에 종이를 펼쳤다. 붓과 까만색 물감으로 손의 윤곽선을 그렸다. 그림을 동판에 대고 오른손으로 서툴게 자르려다 가위를 떨어뜨렸다. 날이 발을 찌를 뻔했다.

"이리 줘. 내가 할게."

케이트가 손을 내밀었다. 케이트는 마치 숙련공처럼 집중해 한 번도 선을

137

넘지 않고 매끈하게 잘랐다. 엘리는 철사 뼈대에 동판을 작은 나사로 붙였다. 고개를 들었을 때 케이트의 뺨 위로 눈물이 흐르고 있었다.

"다쳤어?"

"뭐? 아니, 전혀. 이제 거의 다 끝났어."

케이트가 허둥지둥 얼굴을 문질렀다.

엘리는 이해가 되지 않았다. 케이트는 마치 마음속 어둠과 싸우는 사람처럼 눈빛에 초점이 없었다. 엘리는 그런 얼굴을 잘 알아차렸다.

엘리가 작은 볼트를 주워 케이트를 향해 던졌다.

케이트는 볼트가 이마 쪽으로 튀어 오르자 깜짝 놀라며 입을 쩍 벌렸다.

"야!"

케이트가 소리쳤다. 엘리는 또 다른 볼트를 던졌다. 케이트가 이번에는 잡았다. 한쪽 입꼬리를 씩 올리며 엘리에게 다시 던졌다. 볼트는 엘리의 어깨를 맞고 튕겨 나갔다. 둘은 마주보고 빙빙 돌며 계속해서 볼트를 주워서 던졌다. 케이트가 머리 위로 날아오는 볼트를 뛰어올라 잡았다. 엘리는 좀처럼 잡지 못 했다. 사실 하나도 잡지 못 했다.

"불공평해! 나는 한쪽 팔을 못 쓰잖아."

엘리가 눈을 흘겼다. 케이트는 엘리가 우스꽝스러운 자세로 볼트를 놓치는 것을 보며 천천히 볼트를 던졌다. 엘리가 온몸을 날렸다. 잠시 후 케이트가 작업대 위로 널브러졌다. 달아오른 얼굴로 키득거렸다.

"뭐가 그렇게 재밌니?"

엘리가 톡 쏘아붙였다.

"그게…."

138

케이트는 숨을 골랐다. 석상의 엄숙한 표정을 흉내 냈다.

"네가 표정은 엄청 진지한데 볼트만 던지면 놀란 토끼 같잖아. 손을 막 펄럭이면서."

케이트는 웃다가 작업대에서 굴러 떨어졌다. 엘리가 케이트를 노려보았다. 이상하게 기분이 나쁘지만은 않았다.

"야!"

케이트가 엘리가 던진 빈 성냥갑을 받으며 소리쳤다.

엘리는 시계를 흘긋 보았다.

"우리 이만하자. 사람들이 언제 다시 날 감옥으로 데려갈지 몰라."

"그래."

케이트의 눈동자에 연민이 스쳤다.

"감옥이 그렇게 나쁘지는 않아. 솔직히 엄청 좋아."

"감옥이 감옥이지 뭐. 이거나 마무리하자."

케이트가 씁쓸하게 웃었다.

엘리는 철사 뼈대를 잡고 케이트가 동판을 연결시켰다. 손가락처럼 움직이도록 손목에 철사를 감고 손가락 관절 부위와 이었다.

"완벽해."

케이트가 숨이 턱 막힌 듯 바라보았다.

문이 열리며 경비대장이 뛰어 들어왔다. 엘리의 왼팔을 붙잡았다. 엘리가 소리를 질렀다.

"조심해요!"

케이트가 경비대장의 손을 쳤다. 경비대장이 손에 힘을 풀었다.

"고마워."

엘리가 속삭였다. 경비대장이 엘리를 데리고 나갔다. 문이 닫히기 전에 엘리는 케이트를 슬쩍 보았다. 케이트는 넋을 잃고 인공 손을 살펴보고 있었다.

경비대장이 엘리를 다시 감옥으로 밀어 넣고 문을 잠갔다. 마호가니 나무 식탁에 수프 한 그릇과 빵이 놓여 있었다. 목욕물도 욕조에 가득 채워져 있었다. 공기 중에 장미향이 진하게 풍겼다. 갑옷 입은 남자는 보이지 않았다. 옷에는 숯검정이 여기저기 묻어 있었다. 케이트가 다 보고 있었을 걸 생각하니 얼굴이 화끈거렸다. 코트의 숯검정부터 씻어냈다. 그러고는 발코니에 널며 아래쪽을 힐끔 보았다.

다리가 후들거렸다. 석양 아래 섬이 한눈에 펼쳐졌다. 살아있는 지도를 보는 듯 했다. 파도의 포말과 하얀 모래의 경계가 흐릿했다. 까만 흙과 짙은 회색 바위로 눈앞 풍경이 점점 어두워지는 듯 하더니 산호초 같은 파랑과 빨강 주황 지붕으로 다시 환해졌다. 바다와 마을 사이에 야자수와 아담한 나무들이 우거져 있었다. 시장 광장에서는 사람들이 소용돌이치는 찻잎처럼 움직였다. 남쪽 해안에 화산도 보였다.

난파선이었던 궁의 기울어진 갑판에는 조각상이 빽빽하게 서 있었다. 마치 고래 등에 붙은 따개비 같았다. 수세기에 걸쳐 비바람에 닳아 얼굴에는 눈코입이 없었다.

문득 난간을 넘고 싶은 충동이 일었다. 날개를 달고 발아래 세상으로 급강하하고 싶었다. 엘리는 고개를 저으며 뒤로 한 걸음 물러났다. 두려운 마음에 식탁 위 수프를 게걸스럽게 먹어치웠다. 팔걸이 붕대를 적시지 않으려고 불편한 자세로 목욕을 했다. 옷장에 걸린 잠옷을 입었다. 으리으리한 침대에 누워 갈매기 떼가 파도의 리듬에 맞춰 합창하는 소리를 들었다.

삐걱거리는 소리에 잠에서 깼다. 살짝 열린 발코니 창 옆으로 그림자가 보였다. 엘리는 비명을 지르며 협탁 위 촛대를 잡았다. 하그레스만은 아니길 빌었다. 그림자가 엘리 쪽으로 세 걸음 다가왔다. 그러고는 바닥에 퍽 쓰러졌다.

엘리는 촛대를 꼭 쥐고 침대 너머를 유심히 보았다. 달빛이 웅크린 등을 비췄다. 엘리는 숨이 막혔다.

세스였다.

레일라의 일기
부활호, 4761일째 항해 중

노파는 기진맥진한 상태로 곯아떨어졌다. 나는 쉬이 잠이 오지 않아 아이를 가만히 바라보고 있었다. 내 마음대로 바루라는 이름을 붙였다. 아이들이 부르는 노래에서 따온 이름이었다. 노래 속 바루는 돌고래로 변한 아이였다. 몇 분에 한 번씩 약병의 뚜껑을 열어 바루의 코 밑에 갖다 댔다. 바루의 팔을 건드리지 않으려고 애썼다. 노파는 바루의 마음을 깨우는 데 에너지를 모두 소진했다. 바루가 원망스러웠다.

약병의 뚜껑을 열어 다시 갖다 대려는데 바루가 보이지 않았다. 약병이 떨어져 바닥에서 데굴데굴 굴렀다. 발자국 소리가 들렸다. 나는 몸을 일으켜 약병을 줍고 바루를 뒤쫓았다. 정원 방향이었다. 바루는 노파가 입힌 누더기 같은 바지만 입은 채 빠르게 달아났다.

복도를 따라 쫓아가며 내가 아는 가장 심한 욕을 내뱉었다. 한바탕 소동에 사람들이 방에서 나왔다. 갑판으로 연결된 곧 무너질 듯한 계단을 올랐다. 밤공기가 가슴을 가득 채웠다. 거센 파도 소리에 마음이 요동쳤다. 밤바다가 사나웠다.

바루는 소리를 지르며 주저앉아 머리를 쥐어뜯었다.

"목소리 낮춰."

나는 주변을 힐끔거리며 손가락을 입에 갖다 댔다. 갑판 위에 사람이 많지는 않았다. 몇몇 사람들이 둘러서서 와인을 홀짝거릴 뿐이었다. 하지만 우리를 수상한 눈길로 쳐다보았다. 배에 악마가 있다는 소문이 도는 마당에 의심받아 좋을 것 없었다.

"쉿! 내 말 좀 들어봐. 내 이름은 레일라야. 넌 바루."

"저 소리! 저 소리 좀 어떻게 해봐!"

바루의 얼굴이 일그러졌다.

"여기 바다잖아."

"온 사방에서 들려."

"사방이 바다니까 그렇지. 세상이 다 물에 잠겼다고. 제발 목소리 좀 낮춰. 아니면 내가 입을 억지로 다물게 해버릴 테니까."

바루가 배의 난간으로 뛰어갔다. 공포에 휩싸인 채 백 미터 아래 거대한 물결을 내려다보았다. 나는 바루의 등 뒤로 다가갔다. 바루가 갑자기 내 손목을 홱 낚아채 등 뒤로 꺾었다. 팔씨름으로 웬만한 남자애들을 다 이길 수 있지만 바루는 힘들었다.

"이거 놔!"

"비명 소리가 들려. 저 아래 사람이 있어. 사람들을 구해야 해."

142

"이미 늦었어. 모두 죽었어."

"안 돼."

바루가 중얼거렸다. 그 틈에 잽싸게 약병을 바루의 코 밑에 갖다 댔다. 숨을 들이쉰 바루는 눈이 핑 돌면서 휘청거렸다.

"너 팔을 비튼 대가야."

"잠깐…."

바루가 눈을 가늘게 뜨고 날 보았다.

"네 목소리 기억나. 우리는 같이 파도를 탔어. 물고기도 잡고."

나는 뒷걸음질 쳤다.

"아니, 그건 푸른눈이야."

"그게 네 이름이야. 우리는 파도 아래 숨은 바다표범과 상어를 잡은 적도 있지. 넌 인간치고 꽤 숨을 오래 참을 수 있었어. 우리는 좋은 친구였어."

눈물이 뺨을 타고 흘렀다.

"그들은 어디에 있어?"

바루가 주위를 둘러보았다.

"말했잖아. 모두 물에 빠져 죽었다고."

"아니. 사람들 말고. 네 형제들. 네 동생들…."

바루는 다시 쓰러져 잠이 들었다.

방주를 오른 소년

엘리가 한 팔로 세스를 힘껏 흔들었다.

"세스, 괜찮아? 여길 도대체 어떻게 온 거야?"

세스는 한쪽 눈을 어렴풋이 떴다.

"기어서."

"여기까지?"

엘리가 발코니를 보았다.

"삼십 층 높이야! 너 죽고 싶어서 그래?"

"안 그래도 올라올 때 조각상 하나를 박살냈어. 산산조각이 나버렸지."

엘리는 세스의 한쪽 손을 들어올렸다.

"세스."

엘리의 얼굴이 일그러졌다. 손바닥이 호랑이와 결투라도 한 것처럼 상처로 너덜너덜했다.

"올라오는 데 천 년은 걸린 것 같아. 나 혹시 노인처럼 보이지 않냐?"

세스는 눈을 지그시 감았다.

"그래, 폭삭 늙었어. 이 바보야. 상처가 곪을 거야. 가만 있어봐. 코트 주머니에 알코올이 있어."

"고마운데 술은 좀."

세스가 속삭였다.

"상처 치료용이야."

엘리는 발코니로 달려가 널어둔 코트 주머니를 뒤졌다. 난간에서 아래쪽으로 굴절된 달빛을 내려다보니 다리가 후들거렸다. 기울어진 갑판에 다리만 덩그러니 남은 조각상 잔해가 보였다. 세스가 조각상과 함께 떨어졌다면 아마 목숨을 건지기 힘들었을 것이다. 엘리는 세스를 도무지 이해할 수 없었다.

코트가 바람에 펄럭였다. 엘리의 입에서 낮은 탄식이 흘러나왔다. 세스는 발코니에서 휘날리는 엘리의 코트를 본 것이다. 엘리가 곤란한 상황에 처한 줄 알고 아찔한 높이를 기어서 올라온 것이다. 엘리의 가슴 속에 따뜻한 바람이 불었다. 온기가 손끝과 발끝까지 퍼졌다. 얼굴에는 미소가 번졌다. 세스는 여전히 웅크린 채 눈을 감고 있었다.

"세스?"

"레일라!"

세스가 벌떡 일어나 주위를 두리번거렸다.

"분명 여기 있었는데. 나와 이야기를 하고 있었는데."

세스는 뒤통수를 긁적였다.

"환상을 본 거 아냐? 뭘 본 거야?"

엘리가 알코올 병을 입에 물고 와 식탁 위 냅킨에 부었다.

"환상이 아니야. 실제로 있었던 일이 어렴풋이 떠오른 것 같아. 목소리도 들었어."

세스는 엘리가 알코올을 적신 냅킨으로 손바닥 상처를 두드리자 움찔했다.

"무슨 목소리?"

세스가 눈을 꼭 감았다. 다시 눈을 떴을 때는 물기가 어려 있었다.

"바다에서 들리는 목소리. 사람들이 있었어. 물에 빠져 죽어가는 사람들."

"대홍수가 있긴 했어. 칠백 년도 더 전에."

"그들은 너무 괴로워했어."

세스는 방을 골똘히 돌아보다 엘리의 붕대가 눈에 들어왔다.

"팔은 왜 그래?"

세스가 엘리의 팔을 쓰다듬었다. 알코올 섞인 피가 묻었다.

"왕실 사람들이 이렇게 만들었어? 가만두지 않을 거야. 그런데 이 방은 왜 이렇게… 좋아?"

"난 괜찮으니까 목소리나 낮춰."

엘리가 불안한 눈길로 문을 주시했다.

세스가 엘리의 손목을 잡고 발코니로 이끌었다.

"여기서 탈출해야 해. 너를 살려두지 않을 거야. 떡갈나무 사람들은 전부 그 이야기뿐이야. 이리 와서 등에 업혀. 업고 내려갈게."

"아니, 그럴 일 없어. 여왕과 협상을 했어. 여왕을 놀라게 할 발명품을 내놓으면 죽이지 않기로. 그리고 끝내주는 물건이 곧 탄생할 거야."

세스가 얼굴을 찌푸렸다.

"팔은 왜 그런 거야? 사람들이 때렸어?"

"아니."

"코는 또 왜 이래?"

엘리가 손가락을 입술에 갖다 댔다.

"내 코 원래 이렇잖아, 몰라? 팔도 누가 부러뜨린 게 아냐. 낮에 어쩌다 폭탄을 썼는데 거대한 종유석이 팔에 떨어졌어."

세스의 눈이 커졌다.

"탄광에서 있었던 폭발? 그거 네가 그런 거야?"

"대신 한 사람을 살렸어."

"네가 죽을 수도 있었어. 지금도 상황이 크게 다르진 않지만."

세스가 엘리의 손을 잡았다.

"어서 업혀. 여길 탈출해야 해."

"세스, 기어서 내려가는 건 불가능해."

엘리가 손을 뺐다.

"그냥 여기서 자. 침대 아래서 자면 들키지 않을 거야. 내일 동이 트면 네가 몰래 빠져나갈 방법을 찾아보자."

"우리가 빠져나갈 방법이지."

세스가 톡 쏘았다.

"세스…."

엘리는 긴 한숨을 쉬었다.

"난 안 가. 케이트에게 보여줘야 해."

엘리가 고개를 저었다. 왜 케이트의 이름이 나왔는지 알 수 없었다.

"여왕 말이야. 여왕에게 발명품을 보여줘야 해."

"케이트는 또 누구야?"

세스가 미심쩍은 눈초리를 보냈다.

"아무튼 난 여기 있는 게 마음이 편해. 실은… 하그레스를 보았어."

"하그레스?"

세스가 소리를 질렀다.

"쉿!"

엘리는 눈에 힘을 주었다.

"그래. 하그레스가 이 섬에 있어. 어쩌면 정체가 들통 났을 지도 몰라."

세스가 하그레스에게 맞서서 생긴 팔의 흉터를 쓸어내렸다.

"상황이 안 좋네."

"그래."

엘리는 마른침을 삼켰다.

"아무도 쫓아오지 않길 그렇게 빌었는데…."

붕대로 온몸을 감은 아이가 떠올랐다. 아픈 다리가 욱신거렸다.

"세스, 악마가 다시 힘이 세질까 겁나. 요즘 마음이 많이 외로웠거든. 얼마 전 악마가 나에게 말을 걸었어."

세스의 얼굴이 어두워졌다. 한참을 생각한 끝에 입을 열었다.

"악마가 뭐라고 지껄이든 네가 소원을 빌지 않으면 절대 힘을 얻지 못 해. 그러니 괜찮을 거야. 지금은 여길 벗어나야 해. 하그레스가 붙잡히기라도 하면 여왕에게 네 정체를 까발릴 거야. 여왕은 믿을 수 없어."

"세스, 여왕은 내 도움이 필요해. 이 섬은 곧 식량이 바닥나."

"엘리!"

"세스, 그리 오래 걸리지는 않을 거야."

"잠깐, 발걸음 소리가 들려."

세스가 엘리를 창문 쪽으로 끌어당겼다. 엘리는 세스를 밀쳤다.

"안 돼. 침대 밑으로 들어가."

엘리가 이를 꽉 물고 들릴 듯 말 듯 말했다. 빗장이 덜컹거리더니 손잡이가 돌아갔다. 세스가 바닥으로 몸을 날렸다. 엘리는 침대 위로 뛰어올랐다.

문이 열렸다.

"무슨 일이지?"

어둠속에서 날카로운 목소리가 들렸다.

"네? 무슨…?"

엘리는 잠에서 막 깬 척을 했다.

"분명 대화하는 소리가 들렸어."

"죄송하지만 제가 잠꼬대가 심해요."

"남자애 목소리였어."

엘리가 눈을 깜빡거렸다.

"꿈에서 가끔 남자가 되기도 해요."

한숨 소리가 들렸다. 거북을 닮은 안경 낀 얼굴이 희미하게 보였다. 엘리의 팔을 치료해준 남자였다.

"그래, 웬만하면 좀 조용히 자자. 귀가 예민한 사람들이 많아."

문이 닫혔다. 엘리는 복도를 울리는 발자국 소리가 잦아들 때까지 기다렸다. 베개와 담요를 침대 아래로 건넸다.

"여기."

세스가 콧김을 내뿜으며 휙 낚아챘다. 엘리는 침대에 똑바로 누웠다.

"세스."

침대 아래서 뒤척이던 소리가 잠잠해졌다.

"구하러 와줘서 고마워."

피식 웃는 소리가 들렸다. 세스의 손이 침대 위로 올라왔다. 손에는 구겨진 종이 봉투가 들려 있었다.

"이게 뭐야?"

"초콜릿. 너 아무것도 못 먹었을까봐. 평소에도 제대로 안 챙겨 먹잖아."

"고마워."

엘리는 봉투를 손에 꼭 쥐었다. 초콜릿을 먹지 않아도 배가 불렀다.

날개

안경을 낀 왜소한 남자가 빵과 치즈를 커다란 접시에 담아 아침식사로 가져왔다. 둘이 먹고도 남을 만큼 푸짐한 양이었다.

"빵 딱 하나만 더 먹고 싶어."

세스가 마지막 한 입을 먹으며 말했다. 손으로는 빵 부스러기를 긁어모았다.

"어젯밤에 여기까지 올라오느라 기진맥진했을 테니 그럴 만하지. 그래도 이제 네가 여기서 어떻게 빠져나갈지 계획을 짜야 해."

"나 아무데도 안 가. 여왕이 널 진짜 처형장으로 데려가기라도 하면 어떡해?"

세스는 짐짓 심각한 표정을 지었다.

"일하러 가야 하잖아."

"며칠 안 간다고 날 쫓아내지는 못 할 거야. 그동안 나 덕분에 다른 배랑은 비교도 안 되게 물고기를 많이 잡았거든."

세스가 어깨를 으쓱했다.

그때 누군가 문을 두드렸다. 엘리가 세스에게 눈으로 신호를 보냈다.

"거미 소굴에서 벗어난 지 얼마나 됐다고."

세스가 투덜거리며 침대 아래로 기어 들어갔다.

"거기 그대로 있어. 최대한 빨리 돌아올게."

세스와 달리 작업장으로 향하는 엘리의 발걸음은 가벼웠다. 케이트가 먼저 도착해 있었다. 예의 구부정한 자세로 수심이 가득한 표정을 짓고 있었다.

작업대 위 인공 손에 쪽지가 끼어 있었다. 엘리가 쪽지를 홱 낚아챘다.

실망이군. 이 손이 갈고리보다 유용하다고 말할 수 있어? 이것을 쓰려면 또 손이 필요한데 그러면 손을 하나밖에 못 쓰는 건 똑같잖아! 다음에는 더 분발하도록.

"분발이라…. 분발하라고?"

엘리의 목소리가 축 처졌다.

인공 손을 들고 이리저리 돌려보았다. 이해가 되지 않았다. 손은 아름답고 정교했다. 손가락은 실제 관절처럼 움직였다. 엘리는 지팡이를 꼭 쥐었다.

"엘리, 미안하지만 여왕 말이 맞아."

케이트가 어깨를 으쓱하며 말했다.

엘리는 천천히 케이트 쪽으로 고개를 돌렸다.

"뭐?"

"여왕에게는 이 손이 필요 없다는 얘기야. 여왕은 두 손이 다 멀쩡하잖아."

엘리가 눈을 깜빡거렸다.

"그럼 진작 말했어야지. 너도 나랑 같은 생각인지 알았어."

"완벽한 손이긴 해."

케이트가 엘리의 어깨를 두드렸다. 엘리는 고맙다고 말하려다 케이트의 손에 인공 손이 들린 것을 보았다. 눈이 마주치자 케이트가 싱긋 웃었다.

"지금 장난 할 때야? 여왕을 만족시키지 못 하면 내 목숨이 날아갈 지도 몰라."

엘리가 쏘아붙였다.

케이트는 헛기침을 했다.

"미안. 그럼 이제 어떡하지?"

"모르겠어. 넌 여왕을 옆에서 지켜보았잖아. 뭐 떠오르는 거 없어?"

"글쎄, 지금 섬에 기근이 들지도 모르는 상황이거든. 기근을 막을 수 있는 것?"

"오, 그거라면 이미 생각해둔 게 있어. 하지만 시간이 좀 걸릴 거야. 나에게 시간이 허락될까. 인상적이면서도 빨리 만들 수 있는 게 필요해."

엘리는 관자놀이를 문지르며 초조하게 작업장을 서성거렸다. 발아래 펼쳐진 섬을 바라보면서 '내가 여왕이라면….'을 되뇌었다. 평생 궁에 갇혀 산 여왕이 가장 원하는 것은 무엇일까.

"케이트."

엘리가 망설임 끝에 케이트를 불렀다.

"혹시… 여왕에게 날개는 없겠지?"

케이트가 눈을 깜빡거렸다.

"당연하지. 사람에게 어떻게 날개가 있겠어?"

"벽화에는 날개 달린 사람이 그려져 있던걸."

"그건 여왕이 아냐. 여왕 안에 사는 신이지."

"그럼 신은 날개가 있어?"

"그럼."

케이트가 미간을 찌푸리며 말을 이었다.

"바깥 섬에서는 이런 것도 가르치지 않니? 여왕이나 왕이 나이가 많이 들거나 쇠약해지면 '현시'라고 부르는 현상이 일어나. 여왕이나 왕은 죽고 그들의 영혼에 깃들어 있던 신이 날개 달린 형체로 나타나는 거지. 신은 몇 시간 동안 섬 위를 날아다니면서 모든 식물들의 꽃을 피우지. 날개 달린 사람처럼 보이기도 하고 거대한 새처럼 보이기도 해. 말보다 몸집이 큰 보라색새."

악마가 화신의 몸에 깃들어 살다가 그의 육체를 파괴시키는 이야기와 비슷했다.

"그 다음엔 어떻게 돼?"

"신은 새로운 화신을 찾아. 대개는 전 화신의 자식이지. 여왕이나 왕에게 자식이 없다면 새로운 사람이 선택되기도 해. 새 화신이 정해지면 성대한 계승 의식을 치르지. 그런데 정말 몰라서 묻는 거야? 바깥 섬의 학교들은 순 엉터리구나."

케이트가 미심쩍은 눈길로 엘리를 보았다.

"물고기 잡는 법만 죽어라 배웠어. 그래서 내가 이 섬에 온 거야. 어쨌든 여왕은 날지 못 한다는 거지? 만약….”

엘리가 입술을 지그시 깨물었다.

“여왕이 날 수 있게 된다면 어떨까?”

케이트는 눈을 빠르게 깜빡거렸다.

“그런 일은 없어.”

“그러니까 만약에.”

“엘리, 너 아무래도 머리가 어떻게 된 것 같아.”

“우리가 날개를 만드는 거야. 여왕이 날 수 있도록! 여왕은 원하는 건 뭐든지 다 가졌겠지만 나는 것만은 불가능했을 거야. 하지만 분명 날고 싶다는 생각을 해보지 않았을까? 모든 사람의 꿈이잖아.”

“사람은 날 수 없어.”

케이트가 잘라 말했다.

“새는 날잖아. 원리를 알면 가능할 거야.”

“새는 사람보다 훨씬 작은걸.”

“신은 말보다 몸집이 큰 새 같다며. 말보다 큰데 날잖아!”

“그야 신이니까.”

“아무리 신이라도 몸을 가진 이상 공통적으로 적용되는 원리가 있어. 떠오른 것은 반드시 떨어진다고.”

엘리가 전날 손에서 놓친 새알의 파편을 가리켰다.

“떨어지지 않으려면….”

이번에는 온전한 새알을 집었다.

“무게를 지탱할 힘을 아래에서 떠받쳐야 하지.”

155

케이트는 고개를 갸웃거렸다.

"물고기 잡는 법만 배웠다더니."

"가벼운 천 있을까? 크고 가운데가 텅 빈 관도. 새 뼈는 가운데가 비었거든. 여왕의 무게를 지탱할 큰 날개를 만들면 여왕은 날 수 있어."

엘리는 손에 든 새알을 깜빡하고 팔을 쫙 펼쳤다. 알이 천장에 부딪혀 깨지고 말았다.

끈적한 점액이 바닥에 떨어졌다. 케이트가 파편과 엘리를 번갈아 보았다. 슬며시 입꼬리가 올라갔다.

"넌 제정신이 아냐, 엘리 랭커스터. 그래, 한번 해보자."

~

엘리는 구리 조각을 구부려 관을 만들었다. 케이트가 어디론가 나가더니 삼십 분 뒤 값비싼 실크 드레스를 양팔에 안고 돌아왔다.

"어디서 난 거야?"

엘리가 물었다.

"이제 안 입는 옷들이야."

케이트는 드레스 더미를 가장 넓은 작업대 위에 펼쳐 놓으며 대수롭지 않다는 듯 말했다. 진주처럼 은은한 빛을 내는 연보라색 드레스였다. 거미줄처럼 투명할 정도로 얇고 끝단에는 레이스가 덧대어졌으며 조개껍데기로 만든 단추가 달려 있었다. 드레스의 길이가 긴 걸 보니 드레스 주인이 키가 큰 게 틀림없었다.

"혹시 여왕의 옷이야?"

케이트가 망설이다 고개를 끄덕였다.

엘리는 드레스를 손에 쥐고 만지작거렸다. 옷감이 버터처럼 보드라웠다. 가위를 대려니 죄책감이 들었다.

"엘리, 그런데 말야. 사람이 큰 날개를 단다고 날 수 있다면 벌써 모든 사람이 날아다니지 않을까?"

케이트가 거침없이 드레스를 자르며 물었다.

"그렇지. 사실 이 날개는 하늘을 난다기 보다는 공중에 뜨게 하는 정도일 거야. 큰 연을 몸에 단 것처럼. 네 말을 듣고 보니 엔진 같은 것을 등에 다는 것도 괜찮겠어. 기름을 태우면 에너지가 발생하거든. 그럼 어쩌면….."

한 시간이 흘렀다. 엘리와 케이트는 미친 듯이 불을 끄고 있었다.

"미안해! 바로 폭발할지는 몰랐어."

엘리가 양동이에 물을 한가득 퍼왔다.

케이트는 드레스를 솔기를 따라 찢어 잔불 위에 덮고 발로 밟았다.

"좋은 생각이야!"

엘리가 외쳤다.

그때 케이트의 손목에 불씨가 옮겨 붙었다. 케이트는 비명을 지르며 손목을 후려쳤다.

"오, 이런. 괜찮아?"

엘리가 달려왔다.

"찬물로 열기를 빼야 해. 가자."

"괜찮아. 조금 덴 것뿐이야."

케이트는 한 걸음 뒤로 물러났다.

"아니, 일단 찬물에 손을…."

엘리가 손을 뻗었다. 케이트의 손목에 물집이 부풀어 있었다.

"내 몸에 손대지 마!"

케이트가 엘리를 밀치며 노려보았다. 엘리는 그 자리에 얼어붙었다.

"케이트, 미안…."

"아니, 아니. 그러니까…."

케이트가 말을 더듬었다. 구부정하게 고개를 숙인 채 발끝을 내려다보았다.

"엘리, 미안해. 아파서 그랬어. 그뿐이야."

하지만 엘리는 케이트의 눈빛을 잊을 수 없었다. 그때 케이트의 손이 보였다. 흠 하나 없이 매끈한 손이 처음으로 눈에 들어왔다. 손가락마다 두꺼운 반지 흔적 같은 옅은 황갈색 자국이 있었다. 엘리는 자신의 손을 유심히 보았다. 손톱을 물어뜯어 손끝은 뭉툭하고 상처와 물집이 가득했다. 케이트는 손톱도 단정히 정돈되어 있었다. 팔의 살결이 매끄럽고 눈빛은 또렷했다. 머리부터 발끝까지 잘 관리된 몸이었다.

"똑바로 서봐."

엘리가 충동적으로 말했다.

케이트가 허리를 천천히 곧추 세웠다. 늘 구부정하던 허리를 곧게 펴자 큰 키가 드러났다. 엘리는 불에 타지 않은 드레스를 가져와 케이트 앞에 대보았다. 길이가 딱 맞았다.

엘리가 드레스를 바닥에 떨어뜨렸다.

케이트는 눈도 깜빡하지 않았다. 케이트의 앙증맞은 입술과 머리카락 사이로 살짝 드러난 귀가 보였다. 그리고 눈. 엘리를 뚫어질 듯 주시하는 케이트의 눈동자가 황금빛으로 빛났다. 엘리는 태양을 보는 것처럼 눈이 부셔서 케이트의 눈을 똑바로 바라볼 수 없었다.

"너… 너…."

엘리가 말을 더듬었다.

"그래, 내가 바로 여왕이야."

케이트가 말했다.

레일라의 일기
-부활호. 4762일째 항해 중

잠든 바루를 의자에 묶었다. 도망치는 아이를 잡으러 다니는 건 더 이상 하고 싶지 않았다. 바루는 다음 날이 되어서야 눈을 떴다.

"이거 마셔."

컵에 물을 따라 바루에게 버밀었다.

"여기가 어디야?"

바루는 횃불이 비치는 정원을 두리번거렸다. 방주가 삐걱거렸다.

"부활호라는 배야. 엄청나게 커다란 배."

바루는 머리를 움켜쥐려는 듯 두 손을 올리려고 낑낑댔다.

"밧줄을 풀어줄게. 하지만 또 도망치면 바다에 던져버릴 거야."

나는 바루 옆에 꿇어앉아 손목을 묶은 밧줄을 칼로 끊었다. 바루가 머리를 감쌌다.

"바다네. 온통 사방이 바다야."

"세상에 남은 게 바다밖에 없으니까. 이 배랑. 다른 배가 세 척 더 있었는데 대홍수 중에 뿔뿔이 흩어졌어. 그 배에 탄 사람들이 살았는지 죽었는지 아무도 몰라."

"대홍수?"

"오래 전, 네가 태어나기도 전에 큰 전쟁이 있었거든. 상상도 못 할 만큼 큰 전쟁. 전쟁을 일으킨 건 신들 중 하나였지만 싸우는 건 사람이었지. 전쟁은 점점 돌이킬 수 없는 비극으로 치달았어. 끝낼 수 있는 방법은 단 하나. 이 세상을 물로 싹 쓸어 버리는 거였지."

"신이 뭐야?"

바루가 눈을 깜빡였다.

"정말 아무것도 기억이 나지 않니? 신은…."

나는 신을 어떻게 설명해야 할지 막막했다.

"세상에서 가장 힘이 센 존재? 영혼의 상태로 공중을 떠다니다가 적당한 사람이나 동물을 찾으면 그의 내면에 깃들지. 고유한 형체를 얻을 때까지. 신은 늘 그런 식으로 존재했어."

"지금은 어디에 있어?"

난 뒤통수를 긁적였다.

"흠, 노파의 영혼 속에 그리고…."

바루에게 이 사실을 알리려니 마음이 무거웠다.

"노파의 말에 의하면 네 안에도…."

160

바루는 한참동안 말이 없었다.

"그럼 나머지는 어디에 있어? 네 형제들 말이야."

마침내 입을 연 바루는 차분해 보였지만 두 손으로 의자를 꼭 쥐고 있었다. 나는 목소리를 가라앉히려고 애썼다.

"바루, 걱정할 것 없어. 나랑 노파가 널 돌볼 테니까. 네 고래를 죽였다고 해도."

방주가 또다시 삐걱거렸다. 어느 때보다 요란한 소리였다. 바다가 노여워하는 것이 틀림없었다.

"네 형제들은 어디에 있냐고!"

바루의 눈빛이 사납게 이글거렸다.

"신들은 대홍수에서 살아남을 거라고 생각했지만 뭔가 잘못되었어."

나는 마른침을 삼키고 바루의 손을 잡았다.

"안타깝게도 그들은 모두 죽었어."

여왕

엘리는 그 자리에 얼어붙었다. 마치 으르렁거리는 늑대를 마주치기라도 한 것처럼 한 발자국도 떼지 못 했다.

"이… 이해가 안 돼. 왜 진작 말하지 않았어?"

엘리가 간신히 입을 열었다.

케이트는 씁쓸하게 웃었다.

"지금 네 반응을 봐. 날 겁내고 있잖아."

"날 처형하겠다고 했으니까."

"널 가까이 두려고 감옥에 가둔 거야. 네 발명품이 형편없다고 말한 것도 함께 할 시간을 벌기 위해서였지. 여왕은 믿을 만한 사람이 아니라고 했잖아."

엘리가 숨을 깊게 세 번 내쉬었다.

"그럼… 처형은 어떻게 되는 거야? 진짜 처형할 거야?"

"뭐?"

케이트는 눈을 동그랗게 떴다.

"엘리, 그런 일은 절대 없어. 단지 네가 왕실을 위해 진지하게 뭔가를 만들어주길 바란 것뿐이야."

엘리가 뭉툭한 손톱이 손바닥을 파고들 정도로 주먹을 힘껏 쥐었다.

"처형하겠다는 말은 정말 끔찍했어."

"궁에서는 강하게 보여야 해. 특히 로렌에게는. 로렌은 뱀 같은 사람이야. 안 그래도 오늘 모임 자리가 있어."

케이트가 시계를 흘깃 보고는 박수를 두 번 쳤다. 문이 열리며 보라색 원피스를 입은 시녀 여덟 명이 작업장으로 들어왔다.

"시녀들이 내내 밖에서 대기했던 거야?"

케이트는 고개를 끄덕였다.

"엘리, 넌 발명가치고 그다지 예리하지 않은 것 같아."

케이트가 두 팔을 들어올렸다.

시녀들이 케이트를 둘러싸고 머리 위로 드레스를 벗겼다. 속옷 차림의 몸이 드러났다. 엘리는 눈을 딴 데로 돌렸다. 정작 케이트는 아무렇지도 않아 보였다. 시녀들은 일사불란하게 케이트를 단장시켰다. 한 사람은 케이트의 손톱을 다듬고 한 사람은 얼굴을 하얀 분으로 톡톡 두드렸다. 한 사람은 쇄골을 따라 금색 선을 그리고 한 사람은 손목 물집과 무릎 상처에 갈색 연고를 발랐다. 또 다른 두 사람이 여왕이 앉은 의자 뒤에 서서 뼈로 만든 빗으로 머리를 빗어 내렸다. 머리카락은 어둠속에서도 윤기가 흘렀다.

"아, 너 침대 밑에 어떤 남자애를 가뒀더라. 그것도 꽤 끔찍한 것 같은데?"

케이트가 말했다.

"세스!"

엘리가 앞으로 튕겨져 나왔다.

"너 혹시 그 애에게 무슨 짓을 했니?"

"여왕님께 말씀하실 때는 '여왕 폐하'라고 하셔야 합니다."

시녀들이 핀잔을 주었다.

"아무 짓도 안 했어. 난 괴물이 아냐. 아마 그 자리에 그대로 있을 걸? 하인들이 청소하다 침대 아래서 잠든 아이를 발견했대. 그나저나 그 아이는 어떻게 들어온 거야?"

케이트가 무심하게 물었다.

"궁을 기어올랐어."

이번에는 케이트가 앞으로 튀어나왔다. 시녀가 손에 든 손톱 줄칼을 놓쳤다.

"거길 기어서 올라왔다고? 오래된 돌 조각상들은 잘못 건드리면 바로 깨져. 계속 부스러지고 있다고. 너무 무모한 짓이야."

"그렇지."

엘리가 옷깃을 여몄다.

시녀들은 케이트의 맨팔에 식물 뿌리 같이 소용돌이치는 빨강 무늬를 그리기 시작했다. 다른 시녀들은 머리카락을 다섯 갈래로 땋아 가느다란 금색 리본으로 묶었다. 케이트는 내내 엘리에게서 눈을 떼지 않았다.

"엘리, 이제 그만 기분 풀어."

"날 가지고 놀았잖아."

케이트가 눈을 이리저리 굴렸다.

"미안해. 사실 널 믿어도 될지 확신이 서지 않았어. 어쩌면 로렌의 스파이일 수도 있으니까. 가만 보니 너는 스파이가 되었으면 큰일 날 뻔했어."

"뭐야? 내가 이래 봬도 머리가 얼마나 팽팽 돌아가는데."

엘리가 눈을 흘겼다.

"온몸이 걸어 다니는 병원이잖아."

"그나저나 로렌이 왜 네게 스파이를 보내겠니? 좋은 사람 같던데. 자신감이 약간 과한 것 같긴 했지만."

"약간?"

"한결같이 자신감이 넘치긴 하더라. 사람들은 다들 생명의 축제에 대해 이야기해. 네가 들판에 꽃을 피우고 바다에 물고기를 불러올 거라고. 기근이 염려되면 축제를 앞당기는 건 어때?"

케이트가 고개를 획 돌렸다. 그 바람에 시녀가 케이트의 뺨에 빨간 연지를 길게 바르고 말았다. 마치 군인의 위장용 분장 같았다. 엘리를 노려보는 케이트의 얼굴은 악마의 군대에 속한 전사 같았다.

"나가."

케이트가 시녀들에게 나지막이 말했다.

"여왕 폐하, 아직 분장이 끝나지 않았…."

시녀 하나가 속삭였다.

"*나가!*"

시녀들은 비명을 지르며 작업장을 잰걸음으로 빠져나갔다. 문이 닫히자 또다시 엘리와 케이트만 남았다.

"미안해. 널 화나게 하려는 건 아니었어. 내가 도울게. 섬의 문제를 해결할 수 있는 물건을 만들 거야. 생명의 축제 이야기를 함부로 꺼내서 미안해."

엘리가 허둥지둥 말했다.

케이트는 주먹을 꽉 쥐고 엘리에게 천천히 다가갔다. 엘리가 슬금슬금 뒷걸음질 쳤다. 사실 케이트의 반응이 이해되지 않았다. 그때 문득 세스가 떠올랐다.

"너… 네 능력을 사용하는 법을 모르는 건 아니지?"

엘리의 말에 케이트가 엘리에게 한 걸음 더 다가갔다. 그러고는 숨을 깊이 들이쉬었다. 케이트의 얼굴에서 분노가 가시기 시작했다. 갑자기 주저앉아 두 손에 얼굴을 묻었다.

"케이트."

엘리가 케이트 옆에 쭈그리고 앉았다. 케이트의 손은 붉은색 연지로 얼룩져 있었다. 바닥에 붉은 눈물이 떨어졌다.

"울지 마. 모른대도 괜찮아. 내가 도와줄게."

"난 여왕이야, 엘리! 당연히 기적을 베푸는 법을 알아."

케이트가 엘리를 매섭게 노려보며 작업장을 박차고 나갔다. 문이 쾅 닫혔다.

엘리는 케이트를 쫓아가다 문 앞에 멈춰 섰다. 흐느끼는 소리가 복도에 울려 퍼지고 있었다.

수정 고래

토요일 아침, 엘리는 떡갈나무 여관 일 층 테이블에 앉아 궁에서 잔뜩 빌려온 책에 코를 박고 있었다. 테이블에 오렌지 주스 자국이 끈적하게 남아 조심해야 했다. 케이트와 관련된 일은 늘 긴장되었다. 케이트 덕분에 무사히 궁에서 벗어날 수 있었는데 웬만해선 심기를 건드리고 싶지 않았다.

몰워스가 바닥을 쓸며 시계를 힐끔거렸다. 밖에서 함성과 휘파람 소리가 들릴 때마다 움찔했다.

"무슨 일 있어?"

엘리가 물었다.

"열두 시에 주말 휴가를 보낼 무리가 오기로 했거든. 꽤… 까다로운 사람들이야."

몰워스가 빗자루를 얼마나 세게 쥐었는지 손가락 마디가 하얗게 변했다.

"혹시 여관을 팔 생각은 안 해 봤어? 조금 더 즐길 수 있는 일을 하는 게 어때?"

몰워스는 눈이 휘둥그레졌다. 마치 죽여 버리겠다는 협박이라도 당한 사람 같았다.

"내가 뭘 더 즐길 수 있을까?"

그 순간 문이 활짝 열렸다. 몰워스가 움찔하며 빗자루를 꽉 잡고 출입구를 주시했다. 세스와 비올라였다. 두 사람은 서로를 밀치며 깔깔거렸다. 비올라가 엘리의 테이블에 신문을 내려놓았다. 아치가 그 위를 어슬렁거리자 비올라는 아치를 구석으로 밀어냈다.

로렌이 억울하게 감옥에 갇힌 소녀를 구하다.

"너 유명인사 됐어."

비올라가 말했다.

엘리는 신문을 눈으로 재빠르게 훑었다.

"아무리 봐도 내 이름은 없는데?"

몰워스가 엘리의 턱 밑에 달랑거리는 오렌지 주스 방울을 닦으려 손을 뻗었다.

"저리 가."

엘리는 파리를 쫓듯 손을 팔랑거렸다. 엘리가 궁에서 돌아온 이후 몰워스는 여왕 조각상에 쏟는 정성에 버금갈 정도로 엘리를 극진히 대했다.

"여왕이 어떻게 생겼는지 한번만 더 말해주면 안 돼?"

"그만 좀 하시지?"

168

몰워스가 두 손을 가지런히 모으고 엘리를 보았다.

"다 우리 섬을 위해서야. 엘리, 오렌지 좀 줄까?"

"그거 잘 됐네."

비올라가 양 손을 비비며 다가왔다.

"섬이 그렇게 중요하면 나나 좀 도와줘. 여왕이 궁에 빼돌린 식량을 되찾아야 해. 혁명당에 합류해."

"그래, 궁이 아주 곡식으로 휘청하겠지. 넌 앞으로 영원히 여관 출입 금지야."

몰워스가 비올라의 코앞에 얼굴을 바짝 들이댔다.

비올라도 눈을 부릅뜨고 몰워스를 노려보았다.

"이 주 동안 금지."

몰워스는 움찔했다.

비올라가 손가락 마디를 뚝뚝 꺾었다.

"그래, 좋아. 이틀 동안 금지. 음, 오렌지 줄까?"

그때 문이 휙 열렸다. 얀센을 선두로 서른 명 정도 되는 선원들이 뛰어 들어왔다. 몰워스는 마른침을 삼켰다. 얀센이 몰워스를 번쩍 들어 한 팔로 안고 카운터 앞에 내려놓았다.

"맥주 한 잔씩 줘!"

얀센이 외쳤다.

비올라는 얀센에게 달려갔다. 세스가 엘리 옆에 놓인 해바라기를 집어 들었다.

"또 몰워스가 가져온 거야? 잠깐, 종이로 만든 것 같은데?"

세스는 고개를 갸웃거렸다.

"엄청 진짜 같지? 공원에 있는 꽃 중에 거의 절반은 가짜야. 자세히 보지 않으면 알아채기 힘들지. 로렌이 여왕을 도우려고 그런 거야."

"왜?"

세스가 시험 삼아 꽃에 코를 대고 킁킁거렸다.

"사람들을 안심시키려고? 섬에 자꾸 흉년이 드니까. 지금 여왕이 즉위한 이후로 수확량이 점점 줄어들고 있대."

엘리가 목소리를 낮추며 말을 이었다.

"아무래도 여왕은 자기 힘을 쓰는 법을 모르는 것 같아."

세스가 해바라기를 테이블 위에 놓았다.

"내가 환상에서 본 노파 말이야. 노파도 화신이었거든. 내 생각에 노파와 여왕의 신이 같은 것 같아."

"뭐? 그 이야길 왜 이제 하는 거야?"

엘리가 소리쳤다.

세스는 코를 찡긋했다.

"오늘 아침에야 든 생각이야. 환상이 보고 싶다고 아무 때나 볼 수 있는 것도 아니고."

"노파가 자기 능력을 사용하는 법에 대해 말한 적 있어?"

"아니. 지금껏 레일라하고만 거의 이야기했어. 마지막에 레일라가 대홍수에 대해 알려줬어."

세스가 창밖으로 눈을 돌렸다. 잠시 후 얼굴을 찌푸리며 고개를 저었다.

"엘리, 이번 주 내내 궁에 가 있었어? 얼굴 잊어버리겠다."

"궁에 엄청나게 멋진 도서관이 있거든. 거기서 별의별 것들을 다 알게 되었지. 너 하늘을 나는 다람쥐 알아? 이름이 하늘다람쥐래. 거의 100미터도 넘게 활공할 수 있어."

엘리의 눈이 반짝거렸다.

세스는 비올라와 다른 선원들을 둘러보며 작게 한숨을 쉬었다.

"그게 수확을 돕는 거랑 무슨 상관이야?"

엘리가 어깨를 으쓱했다.

"어쨌든 난 궁에 있는 게 더 안전해. 궁 밖에선 하그레스가 언제 와서 나에 대해 폭로할 지 모른다고."

세스가 문을 휙 쳐다보았다.

"어차피 다들 미치광이라고 생각할 텐데 뭘."

"날 공격할 지도 모르니까."

"지켜주는 사람 있잖아."

세스가 턱을 치켜들었다.

"그래, 여왕이 지켜주긴 할 거야."

"나 말한 거야!"

"아, 물론 너도 그렇지. 당연히."

엘리가 움찔했다.

"너, 너무 좋아하는 거 아니니? 여왕 말이야."

세스의 말에 엘리의 어깨가 축 처졌다.

"실은 여왕이 나한테 화가 난 이후로 통 못 봤어."

"아니, 그런 대접을 받으면서 왜 여왕을 돕겠다고 나서는 거야?"

"세스, 여왕이라는 자리가 보통 힘든 자리가 아니잖아. 이 섬을 다스린다고 생각해봐. 그게 쉽겠니?"

세스가 눈을 치켜떴다.

"엘리, 그래도 네 할 말은 해야 해."

"아참! 줄 거 있어."

엘리가 테이블 밑에서 파란색 포장지로 싼 작은 상자를 만지작거렸다. 수정 고래였다. 선물을 고르던 순간처럼 손에 땀이 났다. 세스가 좋아할까?

"세스!"

비올라가 달려와 세스의 어깨를 꽉 잡았다.

"헨리에게 그때 본 거대한 해파리에 대해서 말 좀 해줘. 날아다니는 해파리."

"그런 거 본 적 없는데?"

세스가 고개를 갸우뚱했다.

"아니, 적당히 꾸며내서 말해 달라고. 네가 봤다고 말했거든. 헨리한텐 네가 영웅이란 말이야."

세스는 얼떨결에 비올라를 따라 펍 중앙으로 향했다. 둘은 선원들 앞에서 해파리에 대한 터무니없는 무용담을 늘어놓았다. 세스는 엘리를 한 번도 돌아보지 않았다.

엘리는 수정 고래를 끌어안았다. 한참 후에야 테이블 맞은편에 다른 여자 아이가 앉아있다는 걸 알아차렸다. 빛바랜 푸른색 망토를 입은 아이였다. 망토에 달린 모자를 눈썹까지 당겨쓰고 양손은 테이블 위에 올려놓았다. 손가락 아래쪽 마디에 옅은 황갈색 반지 자국이 보였다. 손톱에는 보라색 매니큐어가 칠해져 있었다.

엘리가 의자를 뒤로 밀며 말했다.

"여기서 뭐하는 거야?"

"다시 만나니 좋은걸? 맥주 한 잔 마실 수 있으려나?"

케이트가 모자를 더 끌어당겼다.

"몰워스가 애들한테는 맥주 안 팔아. 사과파이 소동 이후로. 그나저나 여긴 어떻게 온 거야?"

"이렇게 입으니 아무도 날 못 알아보더라. 평범한 사람들은 주말을 어떻게 보내는지 궁금했어."

몰워스가 콧물을 소매에 닦으며 어기적어기적 걸어왔다.

"엘리, 화장실 좀 다녀올게. 혹시 누가 가게 물건 슬쩍하려고 하면 카운터 뒤에 커다란 칼 있으니 참고해."

"그래, 몰워스. 그리고 이쪽은… 이쪽은….."

"케이트라고 해."

케이트가 환하게 웃으며 손을 내밀었다.

"머리카락에 무당벌레 붙었거든."

몰워스가 얼굴을 찡그린 채 휙 뒤돌아 가버렸다.

케이트는 손가락으로 무당벌레를 공중에 날렸다.

"실은 사과하러 왔어."

엘리가 의자를 테이블 가까이 끌어당겼다. 어떻게 대답해야할지 머리를 굴리며 선물 상자를 테이블 구석에 놓았다.

"그거 내 거야?"

케이트가 상자를 보았다.

"뭐? 이거?"

엘리는 케이트를 흘깃 보았다. 케이트의 눈이 휘둥그레져 있었다. 그때 선원들에게 둘러싸인 세스가 보였다. 선원들은 함박웃음을 지으며 세스에게서 눈을 떼지 못 했다.

"응, 네 거야."

엘리가 케이트에게 상자를 건넸다. 케이트는 포장을 풀어 두 손으로 수정 고래를 들어올렸다. 황금빛 눈동자가 수정에 비쳤다.

"넌 정말…."

케이트가 말을 잇지 못 했다.

"정말 다정한 친구야. 고마워."

"세스 선물이네? 세스가 뭐래? 좋아해?"

몰워스가 어느새 돌아와 끼어들었다. 엘리는 지팡이로 몰워스를 한 대 치고 싶은 걸 간신히 참았다.

케이트가 눈을 깜빡거리며 몰워스와 수정 고래를 번갈아 보았다. 순식간에 표정이 싸늘해졌다. 펍 반대편에서는 비올라가 벽난로 선반 위에 고양이 아치를 올려놓고 목검 두 개를 꺼냈다. 결투를 신청하듯 선원들 코앞에서 칼을 휘둘렀다.

"몰워스, 무슨 소리야? 이거 케이트 주려고 산 거야."

엘리가 억지로 웃음을 짜냈다.

"아니잖아."

몰워스의 눈이 커졌다.

174

"맞다니까!"

옆에 있던 케이트의 표정이 굳어졌다.

"엘리."

엘리가 한숨을 내쉬었다.

"미안해. 아까 네 얼굴을 보고는 사실대로 말할 수 없었어."

비올라가 키 2미터의 가슴팍에는 상어 이빨 흉터가 있는 선원의 손에서 칼을 빼앗았다. 사람들이 함성을 질렀다.

"어쩌면 그게 더 다정한 것일 수 있겠다. 이건 다시 돌려줄게."

케이트가 웃었다.

"무슨 일이야? 얘는 누구?"

세스가 테이블로 돌아왔다.

"엘리가 너 주려고 샀던 걸 얘한테 줬어!"

몰워스가 해맑게 떠들었다.

"몰워스!"

엘리가 소리를 꽥 질렀다.

세스는 케이트의 손에 들린 혹등고래를 보았다.

"오해야. 내가 경솔하게 내 선물이라고 생각했어. 엘리는 그저 날 배려한 것뿐이야. 자, 받아."

케이트가 환하게 웃으며 고래를 세스에게 건넸다.

"나 주려고 샀다고?"

세스는 무덤덤하게 물었다.

"응."

엘리가 팔걸이 붕대를 만지작거렸다.

"그런데 넌 누구야?"

세스가 케이트를 물끄러미 보았다.

"케이트라고 해."

케이트가 세스에게 손을 내밀었다.

세스의 눈이 엘리와 케이트 사이를 오갔다.

"혹시…."

세스가 엘리를 보며 뒤로 한 걸음 물러났다.

"설마…."

이번에는 케이트를 보았다.

"궁에서 왔냐고? 그래, 얘 궁에서 일해."

엘리가 끼어들며 세스를 향해 의미심장한 눈빛을 보냈다.

"궁에서 왔어? 진작 말을 하지! 여왕은 밀가루에 손만 까딱해도 빵이 만들어진다는 게 사실이야?"

몰워스가 얼굴을 두 손으로 감싸며 소리를 질렀다.

"초콜릿 케이크만."

케이트는 한쪽 눈을 찡긋 감았다.

"나 놀리는 거지? 그래도 상관없어. 이리 와, 더 근사한 자리로 안내할게. 이 멍청한 녀석들이랑 한 테이블 쓰고 싶진 않을 거 아냐? 자, 이건 너 해."

얼굴이 벌겋게 달아오른 몰워스는 수정 고래를 케이트에게 내밀었다.

세스가 몰워스의 손에서 고래를 홱 낚아채며 케이트를 노려보았다. 몰워스는 슬금슬금 주방으로 들어갔다.

"넌 엘리를 처형하려고 했어."

세스가 목소리를 낮춰 말했다.

"그냥 쇼였을 뿐이야. 엘리를 다치게 할 생각은 추호도 없었어."

"그걸 어떻게 믿어? 넌 엘리에 대해 아무것도 몰라. 넌 네 것이 아닌 것을 절대 빼앗을 수 없어."

"세스."

엘리가 눈을 부릅떴다.

"자, 너희 중 다음 악당은 누구냐?"

비올라가 목검을 들고 거들먹거리며 다가왔다. 머리 위에 아치를 올린 채 가까스로 균형을 잡았다.

"세스, 나랑 한 판 붙자."

비올라는 목검의 끝으로 세스를 쿡 찔렀다.

"지금은 싫어."

세스가 퉁명스럽게 말했다.

"이번엔 또 뭐 때문에 저기압이냐? 엘리, 넌 해줄 거지?"

"글쎄? 난 별로 좋은 적수가 아닌 것 같은데?"

엘리가 팔걸이 붕대를 가리켰다.

술이 얼큰하게 취한 선원 둘이 비올라 뒤에서 외치기 시작했다.

"엘리! 엘리! 엘리!"

"아니, 진짜 안 돼. 나는….."

선원들의 함성은 점점 커져서 낮은 천장의 펍을 가득 울렸다.

"엘리! 엘리! 엘리!"

엘리는 얼굴이 화끈거렸다.

"내가 상대해주지."

케이트가 나지막이 말했다.

펍 안이 환호로 떠나갈 듯 했다.

"망토! 망토! 망토!"

비올라가 씩 웃으며 목검 하나를 던졌다. 케이트는 한 팔을 뻗어 단번에 잡았다. 선원들은 열광의 도가니에 빠졌다.

세스가 비올라의 손에서 목검을 빼앗았다. 눈은 케이트를 향했다.

"내가 할게."

"아까는 하기 싫다며?"

비올라가 얼굴을 찡그렸다.

"세스, 별로 좋은 생각 아닌 것 같아."

엘리는 세스를 불안하게 바라보았다.

"난 저 애보다 더 오랫동안 널 지켜왔어."

세스가 중얼거렸다.

"저 아름다운 애한테 은화 열 개 걸게요."

몰워스가 옆에 선 선원에게 말했다.

"저 아름다운 조각상의 이름은 세스란다."

선원은 몰워스의 황당한 표정에 아랑곳 않고 세스를 바라보았다.

"쟤 왜 저러는 지 알아?"

비올라가 엘리에게 속삭였다.

엘리는 고개를 떨군 채 수정 고래를 만지작거렸다.

178

선원들은 잽싸게 주변의 의자와 테이블을 치웠다. 세스와 케이트가 마주 보았다. 케이트는 한 치의 흔들림도 없이 두 손으로 검을 잡고 꼿꼿하게 섰다. 세스가 입을 꾹 다문 채 검을 크게 휘둘렀다. 얀센이 박수를 쳤다. 세스가 검을 머리 위로 쳐들고 케이트를 향해 돌진했다.

엘리가 그만하라고 소리쳤지만 함성 소리에 묻혔다. 엘리는 눈을 질끈 감았다. 목검이 서로 부딪치는 소리를 듣다가 다시 눈을 떴을 때 세스가 바닥에 널브러져 있었다. 케이트의 검이 세스의 코끝을 겨눴다.

펍 안에 정적이 감돌았다.

"야단났군."

몰워스가 중얼거렸다.

박수가 터져 나왔다. 케이트는 상기된 얼굴로 고개를 살짝 숙여 인사했다. 선원 세 사람이 달려와 세스를 일으키고 흙먼지를 털었다. 세스는 선원들을 거칠게 밀치며 문을 박차고 나갔다.

"그럼 나랑 붙어!"

비올라가 세스의 칼을 들고 케이트 앞에 섰다. 엘리는 절뚝거리며 문 쪽으로 향하다 나무뿌리에 걸려 넘어졌다. 비틀비틀 자리에서 일어서는데 경쾌한 목소리가 펍에 울렸다.

"분위기 좋군요!"

로렌이 모피가 안감으로 붙은 하늘색 코트를 입고 서 있었다. 음유시인과 필경사가 뒤에 바짝 붙어 있었다. 선원들은 숨을 죽였다.

"로렌 알렉산더야."

몰워스가 입을 쩍 벌렸다.

사람들이 하나 둘 로렌 주위로 몰려들었다. 로렌은 일일이 악수를 하며 몇몇 사람에게 구슬 목걸이와 황금빛 브로치를 건넸다. 로렌의 선물은 곧 뺏고 뺏기며 행방이 묘연해졌다.

"자, 진정들 하십시오. 소중한 친구 엘리 랭커스터 양을 만나러 왔습니다. 아, 저기 있군요."

로렌 앞에 서 있던 선원들이 양 옆으로 물러섰다. 그러고는 로렌과 엘리 주위에 둥그렇게 모여 귀를 쫑긋 세웠다.

"엘리, 잘 지냈니?"

"그럼요. 음, 잘 지내셨어요?"

"잘 지내다마다. 좋은 소식이 있더구나. 여왕이 널 궁에서 일하게 허락했다는 소식을 들었다. 그래서 말인데 한 가지 부탁을 해도 될까?"

"뭔데요?"

로렌이 옆에서 바짝 귀를 기울이고 있는 선원들을 둘러보았다.

"올리버, 노래 한 곡 하지."

음유시인이 류트로 에이 코드를 짚었다. 선원들이 곡조에 맞춰 '위대한 로렌' 시가를 우렁차게 부르기 시작했다.

로렌이 엘리 가까이 다가갔다.

"앞으로 궁에서 많은 것을 보게 될 거야. 가끔 여왕의 행적에 대해 나에게 전달해주면 큰 도움이 될 것 같구나."

엘리가 케이트를 슬쩍 보았다. 케이트는 비올라와 칼싸움을 하며 티 나지 않게 두 사람을 흘끔거렸다.

"흠…."

엘리가 목을 가다듬었다.

"글쎄요. 꼭 스파이 같잖아요."

"엘리, 여왕에게는 참모들의 조언이 필요해. 하지만 우리와 통 대화를 하려고 하지 않아. 게다가 여왕은… 정서가 불안정해. 널 처형하겠다고 협박하기도 했지."

"그땐 그럴 만한 이유가 있었겠죠. 죄송하지만 부탁은 들어드릴 수 없어요."

로렌의 얼굴이 일그러졌다.

"엘리, 그 정도는 할 수 있잖아. 내가 널 돕지 않았다면 넌 아직 감옥에 갇혀 있을 텐데? 빚은 갚아야지."

어디서 많이 들어본 싸늘한 말이었다. 엘리는 자세를 고쳐 앉았다.

"그래도 못 해요. 죄송해요."

로렌이 엘리를 물끄러미 보더니 씩 웃었다.

"좋다."

그러고는 엘리의 어깨를 두드렸다.

"여왕이 너처럼 재능 있고 영민하며 신념이 투철한 아이를 곁에 두어 기쁘구나. 앞으로 몇 주 후에 여왕은 총명한 사람들의 도움이 필요할 테니."

로렌이 가슴팍에서 신문을 꺼냈다.

잉크 냄새가 채 가시지 않은 기사가 눈에 띄었다.

여왕이 흉년의 징조를 감추기 위해

가짜 식물을 심은 것으로 드러났다.

선원들이 믿기지 않는다는 표정으로 중얼거렸다. 케이트가 로렌의 손에서 신문을 가로챘다. 기사를 읽는 케이트의 손이 떨렸다.

"실례지만 우리가 인사를 나눈 적 있던가요?"

로렌이 손을 내밀었다.

"로렌 알렉산더라고 합니다."

"알고 있어요."

케이트가 로렌과 눈을 마주치지 않은 채 말했다. 로렌은 케이트를 지그시 바라보더니 씩 웃었다.

"이름이 어떻게 되시죠?"

"케이트입니다."

로렌의 온 얼굴에 웃음이 퍼져나갔다. 눈에 주름이 지도록 껄껄 웃었다.

"대단하군요. 정말 대단합니다."

엘리는 가슴이 터질 것 같았다. 몰워스가 깃펜과 잉크병을 들고 나타났다. 잠시 후 조잡하기 짝이 없는 로렌의 초상화 더미를 슬그머니 테이블 위에 내려 놓았다. 로렌은 그림은 거들떠보지도 않은 채 차례로 서명을 했다.

"이런 기사를 쓰는 이유가 뭐죠?"

케이트의 목소리가 단호했다.

"아시다시피 기사를 쓰는 건 내가 아닙니다."

"왜 신문에 온통 당신을 찬양하는 기사로 도배가 되어 있냐고요."

"그들은 진실을 쓸 뿐이죠."

몰워스는 새로운 초상화를 더 가져왔다. 케이트가 잉크병을 들어 구석에 쾅 내리쳤다. 몰워스가 비명을 지르며 걸레를 가지러 뛰어갔다. 로렌은 차분하게 얼굴에 묻은 잉크를 닦았다.

"여왕이 모두를 속였다고? 애초에 가짜를 심자는 건 당신 머리에서 나온 생각이었어."

케이트가 목소리를 높였다.

펍 안의 공기가 얼어붙었다. 로렌이 음유시인을 향해 고개를 까딱하자 음유시인은 즉시 노래를 시작했다. 로렌은 케이트에게 몸을 가까이 붙였다. 테이블 위에 놓인 선물 상자에 손을 뻗었다.

"선물인가요?"

로렌이 고래를 집어 들었다.

"앙증맞군요."

"당장 내려놓으세요."

케이트가 으르렁거렸다.

로렌은 케이트를 빤히 쳐다보며 속삭였다.

"여왕은 궁 밖에서 날 협박할 만큼 어리석지 않습니다. 날 존중하지 않는다면 나도 똑같이 할 수밖에요. 여왕이 가장 소중하게 여기는 것이 뭐더라…."

로렌은 수정 고래를 손바닥 위에서 굴리다 주머니에 넣었다.

"지금 뭐 하는…."

케이트가 팔을 들어 올렸다.

"깜짝 놀랄 겁니다."

로렌은 옷매무새를 고치며 케이트의 말을 잘랐다.

"사람들에게 얼마나 비밀이 많은지. 저 꼬맹이 엘리에게도 비밀이 있죠."

로렌은 케이트와 엘리를 동시에 바라보며 킬킬거렸다. 얼음처럼 차가운 손이 엘리의 심장을 움켜쥐었다.

"날 용서하면 나도 그렇게 하죠. 생명의 축제에서 음악가를 고용하는 일을 맡게 되었어요. 이제 41일 밖에 남지 않았더군요. 여왕이 그때까지 온갖 흉흉한 소문을 가라앉힐 수 있길 바랍니다."

케이트의 입술이 하얗게 질렸다. 로렌은 씩 웃으며 주머니에서 보라색 장미를 꺼내 케이트의 손에 쥐어주었다.

"여왕을 찬미하라."

로렌이 속삭였다.

질문

난파선 섬의 서쪽은 농업 지역이었다. 북쪽 구아노 광산에서부터 남쪽 화산까지 밭이 조각보처럼 오밀조밀하게 구획되어 있었다. 일조량은 풍부했지만 땅은 잿빛이었다. 밀과 보리 더미가 드물게 보일 뿐이었다.

두 사람이 굳은 표정으로 밭에서 일하고 있었다. 맨 어깨에 땀이 번들거렸다. 엘리는 옆에서 밭가는 기계인 작은 트랙터를 시험하고 있었다. 트랙터가 다섯 번째 쓰러지자 엘리는 욕을 하고 싶어 입술이 들썩거렸다.

가까이 다가가 트랙터를 일으켜 세웠다. 기계는 털털거리며 다시 밭을 갈기 시작했다. 며칠 동안 케이트의 도움을 받아 발명한 기계였다. 엄마가 만든 굴 따기 기계에 비하면 훨씬 투박했다. 톱니가 그대로 드러나고 움직임도 매끄럽지 않았다. 신경이 예민한 거미 같았다. 트랙터가 또다시 쓰러졌을 때 주변에서 지켜보던 사람들이 한목소리로 탄식했다.

"어떡해요, 선생님?"

꼬마 세 명이 외쳤다. 엘리를 무서워하면서도 기계에 대한 호기심을 떨칠 수 없어 적당히 떨어져 구경하는 아이들이었다.

"가까이 와서 봐도 돼. 나 유령 아니야."

"유령 같은데요."

한 아이가 말했다.

"선생님이라고 부를 필요도 없어. 난 겨우 열세 살이니까."

"저건 뭐하는 기계예요, 선생님?"

"밭을 가는 기계야. 곡식이 잘 자라도록 돕지."

트랙터가 또 쓰러졌다.

"선생님, 우리 이제 2주밖에 못 산다는 게 사실이에요?"

여자아이가 물었다.

"아니, 도대체 누가 그런 말을 하니?"

"엄마가요. 그때쯤이면 식량이 바닥난대요."

"아니, 그게 사실이라고 해도 살 수 없는 건 아냐. 사람이 며칠 밥 못 먹는다고 바로 죽진 않아."

남자아이가 눈물을 글썽거렸다.

"새로운 친구를 사귄 거야?"

엘리는 두리번거리다 세스를 보고는 고개를 휙 돌렸다. 둘은 주말에 펍에서 일어난 소동 이후로 말을 하지 않았다.

"잠깐만! 들려줄 소식이 있어. 오늘 하루 종일 섬 주변을 배로 돌았는데 하그레스의 배가 사라졌더라. 까만 돛을 달았던 배 있잖아."

세스는 얼굴이 상기되어 있었다.

"사라졌다고? 어떻게?"

"사람들이 하그레스를 공격했다고 했잖아. 겁먹고 달아난 게 틀림없어."

"아니면 재판관을 더 데려오려고 돌아간 걸 수도 있지."

엘리가 턱을 쓰다듬었다.

"재판관들이 하그레스의 말을 믿을까? 거의 미치광이 취급을 받았잖아. 어쨌든 좋은 소식이지?"

엘리는 눈을 가늘게 뜨며 멀뚱히 세스를 보았다.

"나 아직 너한테 화 풀리지 않았어. 이런다고 그날 네 행동이 없었던 일이 되는 건 아니라고. 잠깐, 너 지금 뭐 하는 거야?"

세스가 엘리를 아래로 끌어당겼다.

"쉿! 저쪽에서 누가 우리를 계속 쳐다봐."

"여왕의 수행 기사 중 한 명이야. 하그레스와 이상한 사람들로부터 날 지켜주려는 거야."

엘리가 세스를 밀어내며 일어섰다.

"큰일이네. 널 쓰러뜨렸잖아."

"네가 그렇게 위협적으로 보이지는 않을 거야."

세스가 눈을 흘겼다. 아이들이 세스를 힐끔거리며 슬그머니 다가왔다.

"나 엄청나게 무서운 사람이야."

세스는 아이들을 향해 늑대 흉내를 냈다. 아이들이 웃음을 터뜨렸다. 세스는 그늘 아래 서 있는 기사를 흘깃 보았다. 망토가 달린 짙은 회색 갑옷을 입고 표정을 알 수 없는 철 가면을 쓰고 있었다.

"저 사람은 앞을 어떻게 볼까?"

세스가 물었다.

"마지막 도시에서 아티머스 아센홀메가 한쪽 방향으로만 볼 수 있는 유리 같은 것을 만들었어. 평범한 유리에 얇은 은막을 씌웠지. 재판관들은 범죄 용의자를 심문하는 방에 그 유리를 설치했어. 용의자는 누구와 말하는지 알 수 없었지."

"아티머스 아센홀메라니 웃긴 이름이군."

"엄마의 스승이야. 엄마가 훨씬 똑똑하긴 했지만. 요즘 그분이 자꾸 생각 나. 공기 중에서 질소만 따로 모으는 법을 알아냈거든."

엘리는 세스가 질소가 뭔지 물을 거라고 생각하며 기다렸다. 하지만 세스는 딴생각에 빠져 있었다.

"질소를 식물 비료로 이용할 수 있어. 지금 아센홀메의 비법을 알 수만 있다면…. 그가 정리해둔 노트를 챙겼는데 그만 잠수함에 두고 내렸어."

"저건 뭐야?"

세스가 밭 한가운데 있는 커다란 원통을 가리켰다. 펌프질을 할 수 있는 피스톤과 여섯 개의 분사구가 보였다. 옆면에는 다이얼이 세 개 있었다.

"비료를 뿌리는 기계야. 질소로 비료를 만들어서 넣었으면 더 좋았을 텐데."

"지금 들어 있는 건 뭐야?"

"새똥."

세스가 한숨을 쉬었다.

"어쨌든 엘리, 저 기계가 수확량을 늘리는 데 도움이 되겠지? 얀센 아저씨가 다음 달 말쯤에는 사람들이 서로 잡아먹게 될 거래."

엘리는 트랙터를 다시 손보려고 옆에 무릎을 꿇고 앉았다.

"당연히 도움이 되지. 제대로 작동하기만 한다면."

트랙터는 작은 원을 그리며 뱅글뱅글 돌더니 또다시 고꾸라졌다. 엘리가 거칠게 한숨을 내쉬었다.

"하지만 더 중요한 건 케이트의 능력에 문제가 생긴 건 아닌지 이야기를 나눠봐야 한다는 거야. 얘들아! 조용히 좀 해줄래?"

아이들은 비료 분사기를 둘러싸고 옹기종기 모여 있었다. 조금이라도 더 자세히 보려고 키득거리며 서로를 밀쳤다.

"나는 바다를 상대하고 나면 온몸에 힘이 빠져. 여왕도 비슷한 것 아닐까?"

세스가 팔을 어루만지며 말했다.

"그래. 잠깐! 어쩌면 네가 도울 수 있을지도 몰라!"

"내가?"

"네 능력을 조절하는 법을 알잖아. 여왕에게 가르쳐주면 어떨까?"

세스의 눈동자가 흔들렸다.

"여왕에게 내 정체를 순순히 드러낼 순 없어. 내 힘은 여왕의 힘과는 완전히 다를 거야. 힘을 조절하는 법도 다르겠지."

엘리는 머리를 쓸어넘기며 골똘히 생각에 잠겼다. 아이들은 여전히 킬킬거렸다.

"좋아. 그럼… 노파는? 노파와 케이트의 신이 같다고 했잖아. 노파가 우리에게 알려줄 수도 있지 않을까?"

"엘리, 노파는 칠백 년 전에 살았어. 지금은 죽고 없다고."

"알아. 하지만 네 얘기를 잘 들어보면 노파의 이야기가 단순히 과거의 일만은 아닌 것 같아. 너는 그 시기를 살고 있는 것 같았어. 어쩌면 노파에게 물어보고 답을 얻을 수 있을 지도 몰라."

세스가 눈을 깜빡거렸다.

"네 머릿속에서 나온 생각 중에 가장 미친 생각이다, 엘리. 뗏목을 물에 띄우려고 복어를 부풀렸을 때보다 더 최악이야."

"난 꿈에서 생각으로 꿈을 바꾸기도 해."

"엘리, 이건 과거에 실제로 일어났던 일이야. 꿈이 아니라고."

"그래도 시도는 해보자, 우리."

"우리가 아니라 내가 하는 거잖아. 그리고 난 그 환상이 괴로워."

"레일라를 만나는 게 싫어?"

"그건 아니지만 온 세상이 물에 가라앉는 소리를 듣는 게 고통스러워. 잠깐, 쟤네 뭐하는 거야?"

비료 분사기를 만지작거리던 아이들이 가장 큰 다이얼을 돌렸다.

"멈춰!"

엘리가 소리쳤을 때는 이미 피스톤이 세차게 펌프질을 하고 있었다. 분사구가 떨리기 시작했다.

"모두 피해!"

엘리의 말에 아이들이 소리를 지르며 흩어졌다. 하지만 아무 일도 일어나지 않았다. 기계가 덜컹거리기만 할 뿐 분사구는 잠잠했다.

"휴, 또 막혔나봐."

엘리는 주머니에서 드라이버를 꺼내며 일어섰다.

"엘리, 잠시만!"

세스가 엘리의 어깨를 잡았다. 기계가 조금 더 요란하게 덜컹덜컹 소리를 내기 시작했다. 마치 누군가 안에 갇힌 것처럼 거칠게 요동쳤다.

"저러다 곧…."

쾅! 크림을 벽에 던진 것 같은 퍽 소리가 연이어 들렸다. 엘리는 마음의 준비를 하고 옷을 닦았다. 새똥이 잔뜩 튀었을 거라는 예상과 달리 아무것도 묻어있지 않았다.

눈앞에 덩치가 산만 한 기사가 서 있었다. 칼을 높이 들고 분사기의 잔해를 뚫어져라 보고 있었다. 엘리는 파편들 사이로 기사를 빙 돌았다. 갑옷의 앞면이 새똥으로 범벅이 되어 있었다.

"괜… 찮아요?"

엘리가 물었다. 기사는 주위를 둘러보았다. 철가면에도 달걀 흰자에 검은 반점이 섞인 것 같은 새똥이 튀어 있었다. 철 장갑으로 새똥을 닦으려 했지만 잘 되지 않았다.

"여기요."

엘리가 주머니에서 손수건을 꺼내 건넸다.

"저 사람들은 왜 말을 안 해?"

세스가 물었다.

"여왕의 사생활에 대한 보안을 위해 침묵 서약을 하거든."

엘리는 세스에게 몸을 가까이 붙여 귓속말로 말을 이었다.

"솔직히 말하면, 저 사람들은 좀 섬뜩해. 사실 갑옷 안에 있는 게 사람인지도 의심스러워."

철가면을 쓴 얼굴이 엘리를 향해 날카롭게 고개를 돌렸다. 무표정한 가면으로 지을 수 있는 최대한의 불쾌한 표정을 지었다. 철 장갑을 낀 손으로 다른 손을 꽉 쥐어 장갑을 잡아당겼다. 장갑 속 근육질의 창백한 손이 드러났다.

"인간의 손을 가진 것 같긴 하네."

엘리가 중얼거렸다. 기사가 돌아서서 가는 동안 가면 안에서 씩씩거리는 소리가 들리는 것 같기도 했다. 고장난 비료 분사기는 마지막 새똥 한 방울까지 뿜었다.

"세스, 기계들이 계속 저모양이면 어떡하지? 그럼 케이트의 능력 말고는 방법이 없어. 제발 노파에게 물어봐주면 안 될까?"

세스가 미간을 찌푸렸다.

"알았어. 하지만 케이트가 아니라 모두를 위해서야. 난 아직 케이트를 못 믿겠어."

"고마워, 세스. 내가 뭐 도울 건⋯."

"없어. 그냥 좀 조용히 쉬고 싶어."

세스는 새똥 밭에 주저앉아 숨을 깊이 들이쉬었다.

그러고는 눈을 감았다.

레일라의 일기

부활호, 4783일째 항해 중

바루가 평소와 달랐다.

아침 먹을 시간이 한참 지났는데 난초 정원 옆 침낭에서 잠만 자고 있었다. 나는 감자밭에 물을 주고 거미줄을 걷어냈다. 노파에게 거미를 없애달라고 세 번이나 부탁했지만 들어주지 않았다.

날카로운 비명소리가 들렸다. 바루가 유령이라도 본 듯한 표정으로 날 보고 있었다.

"레… 레일라?"

"그럼 누구겠어?"

나는 바루를 향해 감자를 던졌다.

"무슨 일이냐?"

키가 큰 해바라기 사이에서 노파의 쉰 목소리가 들렸다.

"뭐… 뭔가가 보였어. 거대한 배였어."

바루는 눈이 풀린 채 횡설수설했다.

"네가 지금 타고 있는 게 거대한 배잖아. 멍청아."

"아니, 그 배는 섬의 한 가운데 있었어. 내가 거기 있었어."

바루가 고개를 저었다.

"꿈이겠지. 너처럼 잠을 많이 자는 사람은 익숙해져야 할 거야."

"아니, 꿈이 아니야. 너무나 생생했어. 어떤 여자아이와 이야길 했어. 그 애는 날 바루라고 부르지 않았어. 그 애가 뭔가를 물어봐 달라고 했어."

"나한테?"

"아니, 너 말고."

바루는 나에게 다시 감자를 던졌다. 그러고는 노파를 보았다.

193

"노파에게 힘을 사용하는 법을 물어봐 달라고 했어. 곡식이 자라게 하기 위해. 아픈 사람을 고치기 위해."

노파가 바루를 골똘히 보았다.

"믿을 만한 아이니?"

바루는 노파의 말이 끝나자마자 고개를 끄덕였다. 자기도 모르게 끄덕인 것 같았다. 바루 스스로도 놀랐다.

"누군가를 돕고 싶어 했어요. 아니, 모두를요."

"잠시만요. 설마 얘 말을 다 믿는 건 아니죠? 그냥 꿈일 뿐이에요."

나는 목소리를 높였다.

노파가 구부정한 허리를 펴며 자리에서 일어났다.

"네가 바다를 움직이는 것과 크게 다르지 않아."

"전 바다를 움직여본 적이 없는데요."

바루가 고개를 갸웃거렸다.

"이번 생에서 경험하지 않았을 뿐 넌 이미 바다를 움직였어. 앞으로도 그럴 거야."

노파가 바루의 어깨를 두드리며 말을 이었다.

"바다를 움직이려면 마음으로부터 바다와 하나가 되어야 해. 네 자신을 완전히 잊어야 하지. 네 생각이 파도가 되고 감정이 조류가 되는 거야. 물론 너는 다시 네 자신으로 돌아와야 해. 널 잃어버리면 네 마음은 아무것도 아닌 게 되거든. 그럼 결국 육체도 소멸하게 돼. 네가 쓰는 힘이 클수록 돌아오는 것이 어렵다는 것을 기억하렴."

바루가 눈을 깜빡였다.

"그래서 그렇게 말하라고요? 네가 곡식이 되었다 상상해야 한다고?"

옆에서 듣던 나는 코웃음 쳤다.

"그래. 한번은 운명을 받아들여야 해."

노파는 나를 무시하며 계속 말했다.

"모든 화신은 공통점이 있어. 자기 안에 사는 신의 힘을 빌릴 때마다 자신의 일부를 신에게 주어야 한다는 것. 어떤 화신에게는 경이로운 일이지. 점점 신과 하나가 되거든. 신성한 순환의 일부가 되어 영원히 그 안에 머물지. 어떤 화신에게는 비극이야. 신이 화신의 영혼을 갉아먹어 결국 파멸에 이르거든."

"악마."

버가 중얼거렸다. 바루와 노파가 동시에 나를 보았다.

"그게 악마가 존재하는 방식이에요. 엄마에게 들었어요."

"악마, 나도 들어본 적 있어."

바루의 얼굴이 일그러졌다.

"모두가 들어봤을 거야. 이 세상을 물에 잠기게 한 신이니까."

버가 말했다.

"악마가 한 짓이 아니야. 물론 어느 정도는 책임이 있지만."

노파가 고개를 저었다.

바루는 곰곰이 생각에 잠겼다.

"그 여자애도 악마를 알고 있었어요. 악마를 두려워했어요."

"그랬겠지."

노파가 고개를 끄덕였다.

바루는 심각한 얼굴로 노파를 보았다.

"여자애 안에 사는 신이 악마였어요. 악마 때문에…."

바루가 미간을 찡그리며 숨을 골랐다.

"그 애는 고통스러워했어요. 그 애를 도와줄 수 있는 사람은 없는 건가요?"

"아무나 도울 순 없어. 하지만 아예 없는 건 아냐. 악마는 신들 중 하나가 자신을 파괴할 수 있다는 걸 알고 모든 신을 없애기로 마음먹었어. 신들 중 누가 그 힘을 가졌는지 몰랐거든. 하지만 나는 알았지."

노파가 바루를 물끄러미 보았다. 그러고는 가슴을 툭 쳤다.

"바로 네 안에 사는 신."

파종 실험

엘리의 입이 쩍 벌어졌다. 눈앞이 환했다.

"여왕은 악마를 파괴할 수 있어."

세스가 고개를 끄덕였다.

"맞아. 노파와 케이트의 신이 같으니까."

"케이트가 악마를 물리칠 수 있어."

엘리의 마음이 벅차올랐다. 웃음을 터뜨리며 세스를 꽉 껴안았다.

"고마워, 세스!"

"난 아무것도 한 게 없는걸."

세스는 얼떨떨하게 엘리의 등을 두드렸다.

"아니, 한 게 왜 없어? 네 환상 속으로 들어가 과거의 너에게 물어봐 주었잖아."

엘리는 몸을 굽혀 지팡이를 주웠다.

"바로 가려고?"

"그럼. 낭비할 시간이 없어. 케이트가 자기 능력을 발휘할 수만 있다면 이 섬을 살릴 수 있어. 그리고 내 안에 사는 악마도 없앨 수 있어!"

잠시 후, 세스가 고개를 끄덕였다.

"좋아, 그럼 같이 가. 나도 도울게."

"아니, 나한테 맡겨. 케이트가 잘 모르는 사람과 이런 이야기 하는 것을 달가워하지 않을 거야. 그리고 음, 케이트에게 네 첫인상이 썩 좋은 편도 아니잖아?"

"그래. 하지만…."

"조심하라고? 약속할게!"

엘리는 눈을 반짝거리며 달려갔다. 시장을 지나 궁으로 쏜살같이 뛰어갔다.

"여왕을 만나야 해요!"

엘리가 문지기 보초병에게 외쳤다.

"음… 왕실과 관련한 급한 일이에요."

보초병이 미심쩍은 눈길로 엘리를 보더니 위쪽으로 따라오라고 손짓했다. 첫 번째 계단에 발을 올려놓기 무섭게 찌르는 듯한 통증이 느껴졌다. 열 번째 계단쯤 올랐을 때는 꽥 소리가 절로 났다. 하지만 주저앉을 수는 없었다. 중앙홀의 가장 높은 곳까지 올라갔다. 옛 방주 갑판의 뾰족한 가장자리 부분이었다. 마지막 계단에 오르자 커다란 황금빛 문이 보였다. 양 옆으로 문지기가 서 있었다.

문지기가 문을 열었다. 엘리는 눈을 가려야 했다. 강렬한 태양 아래 보석

상자가 열린 것처럼 눈이 부셨다. 방에 사람이 가득했다. 잠시 후 그들 중 한 사람만이 살아있는 사람이라는 것을 깨달았다.

모두 조각상이었다. 돌로 깎은 남자아이와 여자아이가 까만 나무 기둥 사이에서 몰래 훔쳐보고 있었다. 근엄한 표정의 남자가 번쩍거리는 금색 테두리 책장 꼭대기에 근엄한 표정으로 서 있었다. 늙은 여인은 은색 욕조에 몸을 기댄 채 유심히 방을 들여다보았다. 조각상들의 눈빛은 방의 한 가운데 홀로 선 소녀에게 향했다. 소녀가 발걸음을 떼면 대리석 눈동자도 따라 움직일 것만 같았다.

"오, 안녕 엘리?"

엘리가 주위를 두리번거리다 케이트와 닮은 키가 큰 여자 조각상을 알아보았다. 두 손을 움켜쥔 채 케이트를 애절하게 바라보고 있었다. 엘리는 케이트의 엄마일 거라고 확신했다.

"내 윗대 화신들이야."

케이트가 고개를 끄덕였다. 보라색 드레스를 입고 긴장한 듯 손가락을 잡아당겼다. 잠을 설쳤는지 눈이 퀭했다. 얼굴에는 화장 자국이 남아 있었다.

"괜찮아?"

"응, 그럼."

케이트가 콧물을 훌쩍이며 코를 만지작거렸다.

"괜찮아. 걱정 마. 진짜야."

케이트는 자리에서 일어섰다.

"그래···."

엘리가 천천히 대답했다.

방 안에 정적이 감돌았다. 엘리는 할 말을 찾으며 뒷목을 긁적였다. 슬쩍 고개를 들었을 때 예기치 못한 광경에 비명이 터져 나왔다.

거대한 새가 천장을 맴돌았다. 부리로 물어가기라도 하겠다는 듯 엘리를 향해 돌진했다. 말보다 몸집이 컸다. 날개는 조각배만 하고 부드럽게 곡선으로 구부러졌다. 깃털의 양쪽 끝이 서로 만나 둥글게 이어졌다. 날개 너머로 스테인드글라스로 장식된 원형 창문이 보였다. 창문 아래에는 황금 계단이 양쪽에서 떠받치는 둥근 단이 있었다. 단 위에 네 개의 기둥이 세워진 높은 침대가 놓여 있었다.

새의 깃털이 햇볕에 반짝거렸다. 자세히 보니 보석이었다. 새의 몸통과 깃털은 전부 자수정이었다. 칠흑같이 새까맣고 부리부리한 눈동자는 석탄이었다. 조각상처럼 새도 진짜가 아니었다.

"혹시 네 속에 사는 신이니? 다음 화신으로 옮겨가기 전의 모습인 거야?"

케이트가 천장을 바라보며 코를 찡긋했다.

"신의 새라고 해."

엘리는 목숨이 다하고 난 뒤의 모습을 보고 사는 것이 어쩐지 으스스했다.

"여기. 너 주려고 뭘 좀 싸왔어."

엘리가 어깨에 지고 있던 자루를 풀었다. 화분 세 개와 흙, 씨앗 봉투를 꺼냈다. 케이트는 고개를 갸웃거렸다.

"엘리, 고맙긴 하지만 수정 고래 때문이라면 이럴 필요 없어."

"아니, 이건 우리가 오늘 연습할 것들이야."

엘리는 명랑하게 말하려고 노력했다.

"무슨 연습?"

엘리가 손톱을 물어뜯었다. 그러고는 나지막이 말했다.

"네 능력을 쓰는 법."

케이트의 몸이 뻣뻣해졌다.

"네가 좋아하지 않을 거라고 예상은 했어. 하지만….."

엘리가 서둘러 덧붙였다.

"네가 나에 대해 뭘 안다고 그래?"

케이트가 쏘아붙였다.

"네 능력을 쓰고 싶은데 잘 안 되잖아. 그래서 생명의 축제가 다가오는 것을 두려워하고 있잖아."

케이트가 긴 한숨을 내쉬었다. 엘리는 뒤로 한 걸음 물러섰다.

"나가줘."

케이트가 말했다.

엘리는 마른침을 삼켰다.

"케이트, 그러지 말고 한번만 해보자. 연습한다고 손해 볼 것 없잖아."

"아니, 실패한다면 큰 상처를 입을 거야."

엘리가 화분 옆에 무릎을 꿇고 앉았다. 화분에 흙을 채우고 씨앗을 심었다. 손가락으로 흙을 다졌다.

"안 한다고 했잖아."

케이트가 팔짱을 끼고 엘리를 노려보았다.

"아차, 깜빡할 뻔했다."

엘리가 자루를 뒤적이더니 작은 철제 우리를 꺼냈다. 놀란 생쥐가 우리 안을 우당탕탕 뛰어다녔다. 케이트의 입꼬리가 슬쩍 올라갔다.

"귀엽네."

"생쥐를 고치는 것을 시도해볼 수도 있어."

생쥐는 케이트의 손가락에 코를 대고 킁킁거렸다. 케이트가 눈을 동그랗게 떴다.

"생쥐는 아무렇지도 않아 보이는데?"

"아직은 그렇지."

엘리가 어깨를 으쓱하며 주머니에서 펜치를 꺼냈다.

케이트는 생쥐 우리를 꽉 끌어안았다.

"엘리, 죄없는 생쥐의 털끝 하나라도 손대면 가만 안 둬. 아무리 실험을 위해서라도."

엘리는 생쥐와 케이트를 번갈아보며 펜치를 가지고 다가갔다.

"이건 실험이 아니라 연습이야. 그러니 씨앗으로 먼저 연습해보자. 이 작은 친구의 발목이 다치는 건 나도 싫어."

케이트가 엘리의 손에서 펜치를 확 빼앗았다.

"아니! 내 능력 같은 건 더 이상 필요 없어. 네가 기계를 만들 수 있잖아. 기계로 수확량을 늘릴 수 있어."

"아직 불안해. 기계가 말을 안 들을 경우를 대비해야 돼. 네 힘을 사용하는 법을 알게 되는 건 네게도 좋은 일이잖아."

케이트가 두 눈을 감았다. 엘리는 가슴이 따끔거렸다. 케이트의 뺨에 눈물이 흐르자 엘리의 마음은 두려움으로 바뀌었다. 케이트가 얼굴을 닦으며 손에 묻은 눈물을 노려보았다. 그러고는 황금빛 캐비닛으로 다가가 문을 열었다. 칸칸이 들어찬 유리병이 반짝거렸다.

케이트가 하나를 골라 마개를 뽑았다. 뺨에 대고 눈물을 병에 모았다. 엘리는 눈이 휘둥그레졌다.

"눈물 캐비닛이야. 이전 왕과 여왕들의 눈물이 보관되어 있지. 화신의 눈물에는 마법의 효능이 있다고 전해지거든."

케이트가 다른 유리병을 들고 흔들었다.

"하지만 나는 대부분 그냥 바닷물일 거라고 생각해."

"네 선조들에게 눈물을 흘릴 일이 없었을까. 누군가는 신의 능력을 빌리기 위해 애쓰며 눈물을 흘렸을 거야."

케이트가 조각상을 둘러보며 한숨을 쉬었다.

"글쎄. 할아버지의 할아버지까지는 아냐."

"그럼 너도 조금만 연습하면 네 능력을 발휘할 수 있지 않을까?"

엘리가 화분을 하나 들어 올렸다.

"마음을 비우고 네가 기르길 원하는 씨앗과 하나가 되었다고 상상해봐."

"너 어떻게 그걸 알아?"

"그건⋯."

엘리가 팔걸이 붕대를 만지작거렸다.

"바깥 섬에 전해 내려오는 전설 같은 거야."

케이트는 옆에 선 조각상의 손을 잡았다.

"엄마가 비슷한 말씀을 하신 적 있어. 하지만 그게 정말 가능해? 어떻게 내가 씨앗인 척을 하라는 거야?"

"넌 척하는 것 잘 하잖아. 여왕인 척도 완벽했지."

"난 진짜 여왕이야."

케이트가 톡 쏘아붙였다.

"알아. 내 말은 사람들 앞에서 여왕처럼 행동하는 것에 능숙하다는 거야. 서 있는 자세나 목소리 톤 같은 것. 깜짝 놀랐어."

케이트가 허리를 조금 곧추세웠다. 뺨이 핑크빛으로 물들었다.

"고마워."

"그러니까 연습 한번만 해보자. 넌 충분히 할 수 있어."

케이트가 엘리를 빤히 바라보았다. 그리고는 한숨을 내쉬었다.

"좋아, 해볼게. 하지만 분명히 말해두는데 불쌍한 생쥐를 위해서야."

엘리는 폴짝 뛰며 화분을 케이트의 발 앞에 내밀었다.

"그래, 그냥 한번 해봐. 당장 변화가 일어나지 않아도 아직 시간은 있어."

케이트는 깊은 숨을 들이쉬더니 화분에 시선을 고정했다.

엘리도 흙을 유심히 보았다. 케이트의 얼굴이 조금씩 일그러지기 시작했다. 코를 실룩거리더니 호흡이 거칠어졌다. 케이트는 두 눈을 질끈 감았다.

엘리는 온몸에 뜨거운 전율이 일었다. 세스가 바다를 움직일 때와 완전히 똑같은 표정이었다.

케이트의 손이 떨렸다. 이마의 핏줄이 불거져 나왔다. 잠시 후 눈을 번쩍 떴다.

"아무리 생각해도 이건 말이 안 돼. 어떻게 내가 씨앗이 되었다고 상상하라는 거야?"

케이트가 화분을 찼다. 화분은 방을 가로지르며 날아가 수염을 기른 키 큰 조각상의 얼굴에 부딪혔다. 사방에 흙이 떨어져 바닥은 난장판이 되었다.

"할아버지, 미안해요."

케이트가 중얼거리며 휙 돌아섰다.

"엘리, 도저히 못 하겠어."

"음, 작은 공 안에 몸을 웅크리고 있다고 상상해봐. 모든 가능성을 품고서. 넌 장차 크게 자랄 작은 존재지. 네가 상상한 건 뭐야?"

케이트가 입술을 삐죽거렸다.

"사람들 앞에 서 있는 나. 저 씨앗을 자라게 해보겠다는 나."

"좋아. 그런데 그것보다는…."

엘리는 생각에 잠겼다. 그때 이젤 위에 놓인 지도가 눈에 들어왔다. 땅 덩어리의 윤곽선이 익숙했다. 엘리는 지도 속 장소를 금세 알아보았다.

"악마의 도시야."

케이트가 엘리의 시선을 눈치 채고 입을 열었다.

엘리의 등줄기를 타고 얼음 같은 냉기가 기어 올라왔다. 지도는 기억에 의지해 그려진 듯 엉성했다. 하지만 몇몇 장소들은 바로 알아볼 수 있었다. 핀과 조각배를 타고 낚시를 하던 구원의 부두, 고아원 아이들과 진흙 속에서 보물찾기를 하던 저지대, 죽은 척하며 속임수를 썼던 바르톨로뮤 성당.

지도에 휘갈겨 쓴 글씨가 보였다. 작은 부두 바로 옆에 '취약 지점'이라고 쓰여 있었다.

"설마… 저 섬을 공격하려는 건 아니지?"

엘리의 손이 떨렸다.

"난 바보가 아냐. 악마의 섬은 거대한 배가 지키고 있어. 고래를 사냥하는 배지. 고래는 신성한데 말야. 스스로에게 고래의 왕인지 뭔지 매우 바보 같은 이름을 붙였지. 그들은 항해의 달인이야. 악마의 섬을 배로 공격하는 건 미친 짓이지."

"악마의 도시에 대해 어떻게 알아?"

엘리가 나지막이 물었다.

케이트는 생쥐를 보며 미소 지었다.

"과거에 그 섬으로 스파이를 보냈어. 그리 오래 전은 아냐. 마지막으로 보냈던 스파이 둘 중 하나는… 붙잡혀서 처형되었고, 다른 하나는 가까스로 탈출했지."

엘리의 손에 들린 씨앗 봉투가 파르르 떨렸다. 엘리가 하그레스를 떠올리며 간신히 목소리를 냈다.

"그럼… 악마의 도시에서 이 섬을 알까? 혹시 이 섬으로 쳐들어올까?"

"그렇지는 않을 거야. 악마의 섬은 항해술은 뛰어나지만 병력이 약하다고 했어. 우리는 훈련된 병사가 천 명에 특수 훈련을 받은 전설의 정예 기사가 일곱 명 있지. 전쟁은 양쪽 섬 모두에게 손해야."

손바닥 위 생쥐를 쓰다듬으며 전쟁 이야기를 하는 케이트가 낯설었다.

"지도를 좀 더 보고 싶니?"

케이트의 얼굴에 생기가 돌았다.

"아니, 우리 이제 연습해야지. 이번에는 걷어차지 마."

엘리가 또 다른 화분을 들었다.

두 번째 화분이 증조할머니 조각상의 얼굴을 맞히기까지 케이트의 표현에 의하면 무려 십오 분이나 걸렸다. 세 번째이자 마지막 화분을 내밀며 엘리는 다른 작전을 펼쳤다. 케이트가 집중을 하는 동안 일분마다 초콜릿을 하나씩 주었다. 집중이 흐트러지면 지팡이로 다리를 살짝 쳤다.

"아야! 내 몸에 함부로 손대면 처형인 거 몰라?"

케이트가 투덜거렸다.

"넌 생쥐 한 마리 다치게 하는 것도 싫어하잖아. 네가 누군가를 처형한다는 건 믿을 수 없어."

"지금까지 안 했다고 앞으로도 못 한다는 법은 없어."

케이트가 툴툴거렸다.

"쉿! 집중해."

엘리는 안대를 가지고 왔다. 볼 수 없는 것을 상상하기에는 앞이 보이지 않는 편이 나을 거라고 생각했다. 하지만 케이트는 안대를 하고서도 화분을 발로 차버렸다. 화분은 방을 가로지르며 날아가 점심 식사를 손에 든 하인 남자아이의 얼굴로 향했다. 아이는 잽싸게 몸을 수그렸고 다행히 수프 한 방울도 엎지르지 않았다.

"더 이상은 못 해, 엘리!"

케이트가 안대를 벗어던졌다. 하인 남자아이는 서둘러 방에서 나갔다.

"그럼 식물처럼 변장을 해보면 어때?"

엘리가 턱을 쓰다듬으며 말했다.

"식물로 변장? 태어나서 들어본 말 중에 제일 어처구니없는 말이야. 여기선 도저히 집중이 안 돼. 밖으로 나가자."

케이트가 씩씩거렸다.

"우리끼리 나갈 수 있어? 수행 기사가 따라붙을 텐데?"

"비밀 통로가 있어. 그리고 기사들은 내 말에 복종해야 해."

케이트가 훗 하고 웃으며 보라색 드레스를 벗고 대충 셔츠를 걸쳤다.

"아빠가 기사들을 그렇게 훈련시켰어."

"아빠?"

케이트는 서둘러 망토를 둘렀다.

"정예 수행 기사를 두는 것 자체가 아빠 생각이었어. 비록 기사들은 아빠보다 엄마를 훨씬 잘 따랐지만. 모두가 엄마를 사랑했으니까."

"기사들은 너도 사랑해. 내가 만난 섬 사람들 중에 널 사랑하지 않는 사람은 없었어."

"이제 가자, 이리 와."

케이트가 어깨를 으쓱하며 속삭였다.

두 사람은 축축한 나선형 계단을 서둘러 내려갔다. 계단은 어두컴컴한 땅굴로 이어졌다. 땅굴을 통과해 땅 위로 올라가자 성 밖의 버려진 도축장이었다. 거리는 황금빛 햇살로 환하고 공기는 후텁지근했다. 이글거리는 햇살에 돌이 달궈지는 냄새가 났다.

"그럼 연습할 만한 한적한 곳을 찾자."

엘리가 골목을 눈을 크게 뜨고 둘러보았다. 검은 돛을 단 배가 사라졌다는 게 세스의 착각일 수도 있었다. 하그레스가 섬 어딘가에 여전히 숨어 있을지도 몰랐다.

"이왕 나온 거 시장 구경 조금만 하면 안 돼? 아젤리아 시장에 가면 엄청난 곡예사들이 있어. 시장 최고의 볼거리라고."

엘리는 케이트를 따라가며 꿍 소리를 냈다. 시장은 흥정하는 소리로 왁자지껄했다. 사람들은 발코니에 나와 이웃과 수다를 떨었다.

"저기 있다!"

케이트가 들뜬 목소리로 외쳤다.

건물 사이로 두꺼운 밧줄이 보였다. 가터 훈장을 옷에 단 우락부락한 곡예사들이 밧줄 위에서 공중제비를 돌았다. 중력 법칙의 지배를 받지 않는 사람들 같았다.

케이트가 엘리의 손을 잡고 사람들 틈으로 파고들었다.

"앉을 데 찾아보자."

"우리 이럴 때가 아냐."

엘리의 핀잔에 케이트가 눈을 찡긋 감으며 웃었다. 둘은 광장 중앙의 분수대에 걸터앉았다.

"그래도 이건 꼭 봐야 해. 정말 놀랍지 않아?"

"우리 연습하러 나온 거잖아."

곡예사들의 그림자가 케이트의 얼굴에 드리웠다.

"아무래도 넌 머릿속이 톱니바퀴와 숫자로 가득 차서 예술을 즐기지 못 하나봐."

"아니! 내가 그림을 얼마나 많이 그렸는데."

엘리가 목소리를 높였다.

"설계도?"

엘리는 결국 픙 소리를 내며 곡예사들을 제대로 보기 시작했다. 자꾸 입이 벌어지려는 것을 애써 참았다.

"아무렇지 않은 척 안 해도 돼. 얼굴에 다 써 있으니까."

케이트가 능글맞게 웃었다.

"그래. 그럼 이제 가자."

엘리가 발끈하며 자리에서 일어섰다.

"특종이요! 특종!"

어디선가 들리는 외침에 광장이 일순간에 잠잠해졌다. 엘리는 주위를 두리번거렸다. 공중으로 솟아오른 신문 한 뭉치가 사람들 머리 위로 떨어졌다. 케이트가 펄쩍 뛰어 하나를 잡았다.

"심각한 기근이 올 것입니다! 살 수 있는 모든 것을 미리 사두세요!" 로렌이 긴급하게 당부했다.

"뭐하자는 거지? 아직 식량이 바닥난 것도 아닌데. 사람들의 불안만 불러 일으킬 거야."

케이트가 씩씩거렸다. 케이트의 말이 끝나기 무섭게 여기저기서 비명소리가 들렸다. 고래 사체에 몰려드는 갈매기 떼처럼 사람들은 가게로 뛰어 들어갔다. 거리는 밀가루와 으깨진 과일과 끈적한 꿀 병 파편과 뜨거운 돌 위에서 부글부글 끓는 터진 계란으로 난장판이 되었다. 놀란 곡예사들은 발을 삐끗해 가게의 천막 지붕을 찢으며 떨어졌다. 쓰러진 곡예사가 고개를 들자 엘리는 안도의 한숨을 쉬었다. 작은 여자아이가 사람들에게 떠밀려 넘어졌다. 아이는 신발들의 행렬에 일어나지 못 하고 엉엉 울었다.

케이트가 쏜살같이 달려가 여자아이를 안았다. 엘리는 우왕좌왕하는 사람들 틈에서 둘을 끌어냈다.

"메러디스!"

얼굴이 하얗게 질린 남자가 달려와 고맙다는 인사도 없이 아이를 껴안았다. 케이트는 미친 듯이 날뛰는 사람들을 가만히 바라보았다. 엘리는 케이트의 손을 잡았다. 손이 떨리고 있었다.

"케이트, 우리 연습이 성공하면 이런 소동은 금세 끝낼 수 있어."

케이트가 눈을 똑바로 뜨고 고개를 끄덕였다.

"가자."

둘은 거리를 달렸다. 엘리는 케이트를 따라가느라 숨이 찼다. 케이트가 한 양장점 앞에서 멈추자 엘리는 숨을 헐떡이며 가까스로 케이트를 따라잡았다. 케이트가 엘리의 팔을 잡고 골목 쪽으로 밀어 넣었다.

"왜 그래?"

케이트는 대답도 하지 않고 거리를 유심히 살폈다. 엘리는 까치발로 케이트의 어깨 너머를 힐끔거렸다.

익숙한 집이 보였다. 엘리가 케이트를 밖에서 처음 만난 날, 케이트가 몰래 지켜보던 집이었다. 현관 앞에서 엄마가 세 딸에게 책을 읽어주고 있었다. 오후 햇살이 아이들의 머리 위를 비췄다.

엄마가 여러 목소리를 흉내 내자 막내 아이는 놀라서 소리를 지르기도 하고 배를 잡고 구르기도 했다. 아이의 웃음소리에 케이트의 입꼬리도 올라갔다.

엘리는 엿보는 기분이 영 좋지 않았다. 케이트가 왜 그 가족을 몰래 지켜보는지 알 수 없었다.

"저 사람들 누구니?"

엘리가 속삭였다.

엄마는 책을 덮고 막내를 무릎에 앉혔다. 너무 웃는 바람에 흘린 눈물을 닦아주었다. 케이트가 머뭇거리며 손을 뺨에 대고 어루만졌다.

"글쎄, 나도 잘 몰라. 그냥, 보기가 좋아서."

골목을 따라 발걸음 소리가 들렸다. 아이들의 아빠였다. 시장에서 오는 길 같았다. 세 딸들이 달려 나가 아빠의 옆구리를 감쌌다. 아빠는 애써 미소를 지었지만 슬픈 눈빛을 감추지 못 했다. 텅 빈 장바구니를 내놓자 엄마의 어깨가 축 처졌다. 아빠는 막내딸을 품에 안았다. 가족들이 말없이 집 안으로 들어갔다.

"뭐든 해야 해."

케이트가 무겁게 한숨을 내쉬었다.

"그래, 너는 네 힘을 쓰는 법을 찾고 나는 기계를 제대로 만들면 돼."

엘리를 바라보는 케이트의 눈동자 속에 희미한 희망이 보였다. 엘리는 그 빛이 사라지지 않도록 뭐든지 하겠다고 결심했다.

"그럼 모든 게 괜찮아지겠지, 엘리? 다 정상으로 돌아가겠지?"

케이트의 목소리가 미세하게 떨렸다. 엘리는 고개를 끄덕였다.

"그럼, 당연하지."

케이트가 웃으며 집 가까이 다가갔다. 망토 주머니에서 보석이 박힌 금반지 네 개를 꺼냈다. 고개를 갸웃거리던 엘리는 이내 케이트가 무엇을 하려는지 깨닫고 주머니를 뒤져 끈으로 여미는 헝겊 주머니를 찾았다. 케이트는 주머니에 반지를 넣고 현관 앞에 놓았다. 그러고는 문을 세 번 두드렸다.

"가자, 이제 모든 것을 정상으로 되돌리자!"

케이트가 말했다. 두 사람은 손을 잡고 힘차게 달렸다.

악마의 상징

그날 밤 엘리는 어둑한 작업장에서 눈이 따끔할 때까지 밤새 기계와 씨름했다. 동이 틀 무렵 기계를 시험해보려고 들판으로 나갔다. 거리에는 이미 보초병이 나와 노점을 돌며 순찰을 하고 있었다. 엘리는 거미 모양의 미니 트랙터를 밭에 놓았다. 기계가 일직선으로 나아가자 박수를 쳤다. 비료 분사기도 밭에 고루 새똥 비료를 뿌렸다. 엘리는 탄성을 질렀다. 더 이상 새똥을 뒤집어쓰는 일은 일어나지 않았다.

다음날, 케이트가 대장장이들을 궁으로 불렀다. 엘리는 그들에게 새로 발명한 기계를 만드는 법을 가르쳤다. 하루 종일 트랙터 세 대와 비료 분사기 일곱 대를 만들었다. 이후 나흘간 더 만들었다.

곧 난파선 섬의 밭에는 기계 거미들이 달달 거리며 기어 다녔다. 비료 분사기도 새똥 비료를 온 밭에 뿌렸다. 안타깝게도 새똥 비료는 갈매기들이 원재료를 제공하는 속도보다 빠르게 소진되었다. 엘리는 작전을 바꿔 아티머스 아센홀메가 공기 중에서 질소만 따로 모은 비밀을 풀기로 했다. 몇 날 며칠 작업장에 틀어박혀 책을 파고들었다. 때로는 뭔가를 만지작거렸고 뭔가를 장작더미에 던졌다.

"이거야!"

엘리가 팔을 치켜들었다.

"아야!"

뒤에서 케이트가 눈을 문질렀다.

"미안. 거기 있는지 몰랐어."

"한참 서 있었어. 계속 불렀는데."

케이트가 한쪽 눈으로 엘리를 보며 말했다.

"생각 중이었어."

"침을 흘리던걸."

"케이트, 거의 다 됐어. 공기에서 질소를 어떻게 얻는지 드디어 알 것 같아!"

아티머스 아센홀메 이야기는 꺼내지 않았다. 아티머스가 최후의 도시 사람이기 때문이다.

"이 커다란 기계로 할 수 있어."

엘리가 온 이후 작업장은 완전히 달라졌다. 금속 파편과 산산조각난 기계가 아무렇게나 뒹굴었다. 화약과 숯과 화학 약품 냄새가 코를 찔렀다. 어수선한 작업장에서 엘리는 편안함을 느꼈다.

중앙 작업대 위에 실패작들이 천장까지 쌓여 있었다. 두들겨 편 동판과 파이프가 어지럽게 흩어져 있었다. 파이프 하나가 벽을 관통해 바깥 공기를 빨아들였다.

"기계 이름을 짓고 있었어. 내 머릿속에서 나온 이름은 고작 '비료 제작 기계'지만."

엘리는 웃음이 터지길 바랐지만 케이트는 고개만 끄덕였다.

"거의 두 번이나 폭발할 뻔했어."

여전히 케이트는 생각에 잠긴 채 고개만 끄덕였다. 케이트는 작업장에서 종종 혼자만의 생각에 빠져 있었다. 때로는 너무 조용해서 사람이 있는지도 모를 정도였다.

"그럼… 우리 연습이나 할까?"

엘리가 조심스럽게 말했다.

케이트가 얼굴을 찌푸렸다. 엘리의 작업은 빠른 속도로 진행되었지만 케이트의 연습은 속도가 더뎠다. 대부분은 화분이 박살나거나 하인이 깜짝 놀라 줄행랑치며 끝나기 일쑤였다.

"조금만 이따가."

"힘든 일인 건 알지만 계속 시도하는 게 중요해."

케이트는 여전히 미간을 찡그린 채 발끝만 내려다보았다. 엘리는 마음이 무거웠다. 케이트를 닦달하는 이유가 섬을 위해서인지 자신을 위해서인지 헷갈렸다. 케이트에게 악마를 파괴할 힘이 있다는 사실을 알게 되었을 때부터 밤마다 침대에 누워 악마가 완전히 사라지는 날을 상상했다. 다시 돌아와 엘리의 삶을 갈가리 찢어버릴까봐 끊임없이 두려워하지 않아도 되는 날.

"내 기계가 제대로 작동하지 않을 가능성도 있어."

"다 잘 되었다고 했잖아."

"기계는 언제든 고장날 수 있다고."

엘리가 비료 분사기를 불안한 눈으로 보았다.

"생명의 축제에 대해 여전히 걱정되는 게 있어. 사람들은 네 능력을 눈으로 보고 싶어 할 거야."

케이트는 아직도 바닥만 보고 있었다.

"따로 생각해둔 건 있어. 네가 생명의 축제 전까지 완전히 힘을 사용하는 법을 익히지 못 할 경우를 대비해서."

엘리는 나무 선반을 가리켰다. 연분홍색부터 형광초록색까지 색색의 가루가 든 유리병이 늘어서 있었다.

"세스랑 비올라를 바깥 섬으로 보내 희귀한 식물을 구해오라고 했어. 그중 몇 개는 아주 쓸만 했지."

케이트가 싱겁게 웃더니 작업대 뒤편에 천으로 덮인 짐 더미를 보았다. 케이트는 고약한 냄새에 코를 찡그렸다.

"이게 무슨 소리야? 혹시… 오, 엘리. 생쥐는 더 이상 안 돼."

엘리가 천을 걷어내자 작은 우리 스무 개에 솜털이 보송한 생쥐가 한 마리씩 들어 있었다.

"몰워스한테 얻었어. 걔는 생쥐들 이름을 하나하나 지었더라. 믿기니?"

케이트가 얼굴을 찡그렸다.

"이번에는 무슨 생각이야? 묻기가 겁난다."

"바깥 섬에서 채취한 식물을 먹였어."

"엘리!"

"식물을 약사발에 갈아 치즈와 섞었어. 그 덕분에 아주 특별한 식물을 발견했지. 저 생쥐를 봐."

엘리가 가장 왼편 우리를 가리켰다.

"발이 부러졌던 생쥐야."

"너 설마…"

케이트의 얼굴이 하얗게 질렸다.

"아니, 여기 데려올 때부터 그랬어. 자, 지금은 어떤지 봐!"

엘리가 연필로 생쥐를 쿡 찔렀다. 생쥐는 찍 소리를 내며 허둥지둥 우리 안을 달렸다. 엘리가 선반에서 선홍색 가루가 든 병을 가져왔다.

"이 식물이야."

엘리는 마개를 뽑았다.

"내 팔도 치료할 수 있을 거야. 어쩌면 다리도. 사람에게 효과가 있으면 생명 축제에서 나눠주고 네 능력이라고 선전하는 거지."

엘리가 치즈 덩어리를 가루에 찍어 입에 넣었다.

케이트는 소스라치게 놀랐다. 앞으로 튀어나와 엘리의 턱을 잡았다.

"삼키지 마!"

엘리가 얼굴을 붉히며 케이트를 보았다.

"괜찮아. 생쥐에게도 아무 문제 없었잖아."

엘리는 우물거리며 간신히 대답했다.

"사람은 생쥐가 아냐. 어떤 식물은 치명적인 독을 가지고 있다고."

"알아, 전에도 맛본 적 있으니 너무 걱정 마. 아무 일도 일어나지 않았어. 오히려 팔의 통증이 조금 줄었지. 케이트, 왜 그래?"

갑자기 케이트의 입술이 하얗게 질리고 눈동자가 커졌다.

"엘리, 당장 뱉어."

케이트는 넋 나간 사람 같았다.

"못 뱉어. 벌써 삼켰어."

"그럼 게워내기라도 해."

"왜 그래?"

케이트가 엘리를 거울 앞에 세웠다. 엘리는 아무 말도 하지 못 했다.

피부에 핏기가 하나도 없었다. 몇 달 전, 악마가 엘리의 몸을 뚫고 나가기 직전보다 더 창백했다. 그리고 눈은….

새빨갰다. 완전히 핏빛이었다.

"혹시 작업장에 소금 있니?"

케이트가 정신없이 작업장을 뒤졌다.

"소금물을 잔뜩 마시면 토할 수 있어. 잠깐! 방에서 눈물 병을 가져오는 게 낫겠어. 눈물이 소금물이니까. 실비아!"

케이트가 문을 향해 소리쳤다.

"실비아! 왕실 주치의를 데려와!"

문이 열리면서 비올라와 세스가 킥킥거리며 들어왔다. 낯선 식물이 잔뜩 든 바구니를 하나씩 들고 있었다. 비올라의 어깨 위에서 고양이 아치가 가르랑거렸다.

세스가 바구니를 집어 던지고 엘리에게 달려갔다.

"어떻게 된 거야?"

손으로 엘리의 얼굴을 감싸고 눈으로는 케이트를 노려보았다.

"엘리한테 무슨 짓을 한 거야?"

"아무 짓도 안 했어! 네가 가져온 식물 때문이야."

케이트는 엘리를 세스에게서 잡아당겼다.

"잠깐만. 얘들아, 나 정말 괜찮아."

엘리가 가까스로 고개를 들고 케이트와 세스를 번갈아 보았다.

문이 다시 휙 열렸다. 몰워스가 입이 귀에 걸린 채 식물 바구니를 들고 뛰어 들어왔다.

"악마야!"

몰워스가 바구니를 떨어뜨렸다. 달아나려 했지만 부서진 거미 기계에 발이 걸려 나동그라졌다.

엘리는 움찔하며 세스와 난처한 눈빛을 주고받았다.

"엘리는 악마가 아니야."

케이트가 나섰다.

"모두가 악마의 화신의 징후를 알아! 시뻘건 눈, 핏기 없는 피부, 주변에 벌레나 쥐떼가 출몰. 저기 봐!"

몰워스는 생쥐 우리를 가리켰다.

"쥐떼가 아니라 그냥 생쥐야."

비올라가 눈을 흘겼다.

"네가 기르던 생쥐."

세스가 덧붙였다.

"이상한 풀을 먹어서 그래. 그뿐이야."

엘리가 몰워스에게 다가갔다. 몰워스는 작업대 밑으로 기어들어갔다.

"호들갑 좀 떨지 마! 여왕이 언제 올지 모른다고. 그 밑에서 웅크린 모습을 보여주고 싶니?”

엘리가 톡 쏘아붙였다.

몰워스는 비틀거리며 나왔다.

“여왕이 진짜 올 수 있어? 좋은 옷 좀 입고 올걸!”

몰워스가 셔츠에 묻은 얼룩을 마구 비볐다.

“너 좋은 옷 없잖아.”

비올라가 아치를 어깨에 올리며 톡 쏘았다. 아치는 생쥐 우리를 호시탐탐 노렸다.

“그만 가자, 몰워스. 비밀 통로 찾는 것 좀 도와줘. 분명 궁 어딘가에 엄청난 크기의 금궤를 숨겨뒀을 거야. 사람들에게 돌려줘야 해.”

비올라가 케이트의 눈치를 살폈다.

“그러니까 내 말은 궁을 좀 둘러보고 싶다고. 예술 작품이 많더라.”

케이트는 엘리의 뺨을 손가락으로 꾹 눌렀다.

“흠, 이제야 혈색이 좀 돌아온 것 같네. 알아보긴 어렵겠지만. 그렇게 창백한 얼굴은 처음 보았어. 앞으로 모르는 풀은 절대 먹지 않겠다고 약속해.”

엘리가 뒤통수를 긁적였다.

문이 열렸다.

“여왕이야!”

몰워스가 비명을 질렀다.

거북처럼 얼굴이 쭈글쭈글한 노인 쿠엔틴이 들어왔다. 쿠엔틴은 안경을 고쳐 쓰면서 작업장을 유심히 살폈다. 엘리와 눈이 마주친 그는 들고 있던 두꺼운 책을 떨어뜨렸다.

"악마야. 악마가 나타났어."

쿠엔틴이 문틀을 잡고 비틀거렸다.

"진정하세요."

케이트가 차갑게 말했다.

"악마가 틀림없어. 창백한 피부와 시뻘건 눈은 악마의 상징이야!"

"용건이 뭐죠?"

쿠엔틴은 행색이 초라한 아이들을 둘러보았다.

"여왕이 여기 있다고 들었는데요."

"제가 여왕의 시녀예요. 저에게 말씀하시면 여왕께 전할게요."

케이트가 말했다.

쿠엔틴이 다시 책을 주워들었다.

"요즘 곡식이 빠르게 자라고 있습니다. 풍년의 조짐이 보여요."

쿠엔틴은 조심스럽게 웃었다.

케이트가 휘둥그레진 눈으로 엘리를 돌아보았다.

"기뻐하기는 일러. 조금 더 지켜봐야 해."

"네가 해냈어!"

케이트가 엘리를 꽉 껴안았다. 엘리도 케이트를 안았다. 케이트의 몸이 떨리고 있었다.

"고마워. 고마워."

케이트가 엘리의 어깨에 턱을 괸 채 속삭였다.

레일라의 일기

부활호, 4798일째 항해 중

정원에서 캔 푸른 난을 들고 방주를 거닐었다. 어둑한 시장 갑판에서 애런 사코가 버둥댕이쳐졌다. 그가 운영하는 빵집 앞이었다. 뒤에서 나무 의족을 한 덩치 큰 남자가 비틀거렸다. 일등항해사였다.

"당신이 악마의 화신이라는 소문이 있어."

항해사가 소리쳤다.

"뭐라고요? 전혀 사실이 아니에요."

겁에 질린 사코가 입술을 바르르 떨었다.

"내가 들은 것과 다른데? 당신이 악마와 이야기하는 걸 들은 사람이 있어."

항해사가 비웃었다.

"아닙니다. 사실이 아니에요."

애런은 무릎을 꿇었다.

"이렇게 하면 어떤가. 자네 가게와 식량을 나에게 넘겨. 그럼 없었던 일로 하지."

나는 당장 가게로 쳐들어가려고 소매를 걷어붙였다. 그때 선장이 어디선가 씩씩거리며 나타났다. 선장은 사코를 일으켜 세우고 항해사를 벽에 밀어붙였다.

"지금 뭐하는 건가?"

선장이 항해사를 노려보았다.

"식량이 바닥나서 어쩔 수 없었습니다."

항해사가 입술을 움찔거렸다.

"지금까지 해온 짓으로도 모자라 이제는 죄 없는 사람을 악마의 화신이라고 위협

223

하고 다녀?"

"고래 소녀예요."

항해사가 중얼거렸다.

선장이 뒤를 돌아 나를 보았다.

"레일라, 지나가거라."

선장의 이마에 혈관이 울긋불긋했다. 선장은 요즘 들어 해결할 일이 부쩍 늘었다. 나는 갑판 위로 달려갔다.

달빛이 버려앉은 바다가 은색으로 출렁거렸다. 바람은 귓가를 간지럽혔다. 난간을 꼭 잡고 갑판 바깥 계단을 천천히 버려갔다. 푸른눈이 숨을 거둔 나무 데크가 보였다. 배는 물살을 가르며 거침없이 나아갔다.

푸른 난을 물결 위에 놓았다. 준비한 말을 꺼낼 새도 없이 바다가 난을 삼켰다. 고개를 숙인 채 혼잣말을 중얼거렸다.

"보고 싶을 거야, 푸른눈. 너 없이 어떻게 살아야 할까. 당분간은 정원을 돌보려고 해. 그리고 어떤 아이도. 실은 무슨 도움을 줄 수 있을지 모르겠지만. 방주에서 일어나는 일들이 두려워. 모두가 서로를 버거워 해. 네가 살아 있을 때보다 모든 게 복잡해졌어. 난 이제 완전히 혼자가 된 것 같아."

수평선을 잠자코 바라보며 기다렸다. 무엇을 기다리는지는 나도 알 수 없었다. 푸른눈은 돌아오지 않는다. 바다와 이 지긋지긋한 배 말고는 아무것도 없었다.

물보라가 공중으로 높이 일었다.

짙은 회색 지느러미가 멀리서 파도를 가르며 모습을 드러냈다. 심장이 뛰었다. 또 하나의 지느러미가 보였다. 또 보였다. 숫자를 세기 시작했다. 열 마리, 스무 마리.

"어제 고래 떼가 푸른눈을 부르는 소리를 들었어."

하마터면 바다에 빠질 뻔했다. 바루가 옆에 서서 생글거리고 있었다. 요동치는 바다에 귀를 기울였다. 희미한 노랫소리가 들렸다. 끽끽거리기도 하고 웅웅거리기도 했다. 어렴풋이 기억이 났다.

"푸른눈."

"녀석의 가족일 거야."

바루가 고개를 끄덕였다.

"푸른눈에게 가족이 있었어? 내가 발견했을 때 녀석은 혼자였는데."

"아마 대홍수 때 헤어졌을 거야."

바루가 눈을 감았다. 피부에 옅은 푸른색 소용돌이가 일었다.

"아마 오랫동안 녀석을 찾아 헤맸을 거야."

물보라가 밤공기를 또다시 갈랐다. 고래의 노래는 감미로우면서도 서글펐다.

"슬픈가봐. 여기까지 왔는데 결국 만나지 못 했으니까."

"그렇지 않아. 여전히 살아있는 녀석의 일부를 발견했어."

나는 눈이 커졌다.

"너?"

"아니."

매끈한 까만색 형체들이 물 위로 높이 솟구쳤다가 떨어졌다. 노랫소리가 점점 커졌다. 나는 몸이 달달 떨리고 심장이 뜨거워졌다.

"고래들이 왜 이러는 거야? 무슨 말을 하려는 거야?"

"널 찬미하는 거야."

바루가 빙그레 웃었다.

생명의 신

"위대한 발명가 만세!"

"또 시작이군."

세스가 투덜거렸다.

엘리가 아젤리아 시장에 나타나자 상인들은 가판대에 물건을 놓다 말고 환호했다. 엘리는 입이 귀에 걸린 채 머리카락을 귀 뒤에 꽂았다. 세스가 눈을 흘겼다.

"이래서 돌아가는 길인데도 시장 쪽으로 가자고 했군."

"무슨 말도 안 되는 소리야?"

"저 많은 사람들을 뚫고 지나가야 한다고."

세스가 퉁명스럽게 말했다.

"부러워서 그러는 건 아니지?"

엘리가 한쪽 눈을 찡긋 감았다.

세스는 투덜거리면서도 아이들이 엘리에게 작은 꽃을 내밀자 웃음을 감추지 못 했다.

"고마워."

엘리의 말에 아이들은 수줍게 웃으며 도망갔다.

갈매기들이 깍깍거려 엘리가 고개를 들었다. 아침 햇살 사이로 희미하게 궁이 보였다. 갈매기들은 조각상에 둥지를 틀고 있었다. 엘리가 달려가자 보초병이 꾸벅 인사를 했다. 세스는 연장통을 양팔로 안고 엘리의 뒤를 따랐다.

궁에서 세스는 늘 꿔다 놓은 보릿자루 같았다. 그릇을 나르느라 바쁜 하인들만 멍하게 지켜보았다. 우묵한 그릇에는 커다란 따개비를 얹은 푸르스름한 수프가 담겨 있었다.

"고래 먹이야?"

세스가 눈을 찡그렸다.

"케이트가 특별히 신경 써서 준비하는 원로들 아침 식사야. 고래는 따개비 수프 안 먹어. 이상한 소년만 좋아하지."

엘리가 키득거렸다.

하인이 엘리의 얼굴을 살피며 다가왔다. 세스는 하인을 가리키며 엘리에게 손짓으로 신호를 보냈다.

"저, 랭커스터 양? 여왕께서 기다리십니다."

"감사해요."

엘리는 세스와 함께 궁의 가장 높은 곳으로 향하는 웅장한 계단을 올랐다. 경비병이 수상한 눈길로 세스를 주시했다.

"나도 같이 가도 되는 거 맞아?"

"그럼! 아, 그렇지 않을까? 사실 허가 같은 건 중요하지 않아. 나랑 같이 있으니까."

엘리는 의기양양하게 손으로 가슴을 툭 쳤다.

"잘난 척이 좀 심하군."

세스가 입을 삐죽거렸다.

엘리와 세스는 케이트의 방으로 들어갔다. 거대한 새가 날개를 펴고 둘을 맞았다. 세스는 그 자리에 얼어붙었다.

"진짜 새 아니야."

엘리가 피식 웃었다.

"나도 알거든."

세스는 몰래 가슴을 쓸어내렸다.

시녀들이 케이트를 치장하느라 한바탕 전쟁을 치른 모양이었다. 조각상에는 금색 분이 묻었고 대리석 바닥에는 깨진 틈으로 크림이 새어나온 도자기 통이 뒹굴었다. 케이트는 기분 좋게 웃으며 누워 있었다. 보라색 크림이 얼굴에 마구 발려 있었다. 검정색 긴 드레스를 입고 머리에는 보라색 깃털로 만든 장식을 썼다. 엘리를 보고 눈을 깜빡였다.

"왔구나!"

케이트가 명랑하게 외치다 세스를 발견하고는 일어나 목소리를 가다듬었다.

"들어와도 좋아."

"세스뿐이야. 여왕처럼 굴지 않아도 돼."

"세스뿐이다, 듣기 좋은데?"

세스가 엘리의 말을 따라 하며 웃었다.

엘리는 난장판이 된 방을 가리켰다.

"시녀들이 널 공격한 건 아니지?"

"성가시게 굴긴 했지. 펠리시티는 로렌이 잘 생겼다는 이야기만 늘어놓질 않나. 재스민은 생명의 축제가 기다려지지 않느냐고 호들갑이고. 그나저나 그렇게 푸르고 금빛으로 빛나는 밭은 지금껏 본 적 없어. 다 네 기계 덕분이야."

"그래, 사실 축제날 네 능력을 발휘하지 못 할 경우를 대비해서 이 기적을 어떻게 설명할지 고민 중이야. 네 소맷자락에서 꽃이 튀어나오게 하는 장치를 만들고 있어. 물을 안 주면 죽은 것처럼 보이다 물을 주면 바로 생생해지는 식물도 찾았어."

"훌륭해. 훌륭해."

케이트가 벅찬 표정으로 대답하다 늘어지게 하품을 했다. 눈이 부어 있었다.

"미안, 사실 어제는 설레서 잠을 설쳤어. 오랫동안 걱정에 시달렸는데 이제 마음이 편해. 이상할 정도로. 참 네 일 이야기가 나와서 말인데…."

케이트가 자리에서 벌떡 일어나 황금빛 계단을 올라 침대로 향했다.

"저기 바닷물이 있어."

세스가 눈물 캐비닛을 가리키며 미간을 찌푸렸다.

엘리는 눈을 깜빡거렸다.

"케이트의 윗대 왕들의 눈물을 모아둔 곳이야. 비록 케이트는 바닷물일 거라고 생각하지만. 잠깐, 너 혹시 느낄 수 있는 거야?"

"난 언제나 바다를 느껴."

세스가 팔을 문질렀다.

케이트는 연보라색 옷을 한 무더기 안고서 계단을 내려왔다.

"이것 좀 봐!"

케이트가 옷을 펼쳤다. 기다란 외투가 보였다. 시녀들의 드레스와 같은 색이었다.

"예… 예쁘네."

엘리가 목을 가다듬었다.

"네 어머니께 물려받은 외투는 무엇으로도 바꿀 수 없다는 거 알아. 하지만…."

케이트가 엘리의 눈치를 보며 낡은 코트를 물끄러미 보았다. 커다란 구멍이 숭숭 난데다 구멍은 날마다 더 커지고 있었다.

"구멍이 하나만 더 생기면 옷이 영영 망가질 것 같아서…. 이 코트도 네 옷만큼 주머니가 많아. 한번 볼래?"

케이트가 코트를 내밀었다. 엘리는 손가락으로 옷감을 쓸어보았다. 믿어지지 않을 만큼 보드라웠다.

"이거… 네가 만든 거야?"

케이트가 고개를 끄덕였다.

"한번 입어봐."

"응."

엘리는 어색하게 두 손으로 옷을 받았다.

230

"숙녀가 옷을 갈아입는데 옆에서 보는 건 예의가 아니지."

케이트가 세스를 흘겨보았다.

"그냥 코트일 뿐이야."

세스는 얼굴을 찌푸렸다.

"괜찮아, 케이트."

엘리가 입고 있던 코트의 단추를 한 손으로 풀었다. 다친 팔이 아프지 않게 조심스럽게 다른 팔을 뺐다. 세스와 케이트가 도와주러 다가왔다. 케이트가 먼저 엘리를 잡았다.

"팔이 빨리 나아야 할 텐데. 뼈는 다시 붙는 데 시간이 오래 걸리지?"

케이트가 코트를 벗겨주었다.

축축한 공기가 엘리의 몸으로 스며들었다. 기분이 이상했다. 금방이라도 부서질 것 같은 껍데기가 오래된 끔찍한 비밀을 감싸고 있는 것 같았다. 케이트가 무슨 말이라도 하길 기다리면서 불안한 눈빛으로 세스를 보았다. 케이트는 말없이 새 코트를 엘리의 어깨에 걸쳤다. 다친 팔을 건드리지 않도록 다른 팔을 소매에 살살 넣었다. 코트는 파도 거품처럼 가벼웠다. 움직일 때마다 팔랑거리며 시원한 바람을 일으켰다.

"비앙카 섬 누에가 생산한 실크로 만들었어."

케이트가 엘리를 위 아래로 훑어보며 자랑스럽게 말했다.

"완벽해. 진짜 완벽해."

케이트는 보조개가 쏙 들어갈 정도로 활짝 웃었다.

"예전 옷이 더 나은데."

세스가 구시렁거렸다. 케이트는 못 들었거나 못 들은 척 했다.

"그때 이 옷 입으면 되겠다…."

케이트는 말을 하다 말고 머뭇거렸다.

"생명의 축제 때…."

케이트의 눈빛이 흔들렸다. 입을 꾹 다물었다. 엘리와 세스는 눈빛을 주고받았다.

"케이트."

엘리가 조심스럽게 입을 뗐다.

"혹시 마음의 준비가 되지 않았다면 축제를 연기하는 게 어때? 넌 네 힘을 연습할 시간을 벌고 나는 가짜 기적을 조금 더 연구하고. 만약을 위해서."

케이트가 엘리를 보았다.

"생명의 축제를 연기해? 엘리, 이건 단순한 저녁 식사 초대 같은 게 아냐. 말 한마디로 간단히 바꿀 수 없다고. 로렌이 달려와 내가 약해빠졌기 때문이라고 비웃을걸."

"좋아. 아직 축제까지 14일 남았어. 네 힘을 연습할 시간은 충분해. 사실 내가 생각해본 것도 있고."

엘리는 세스가 가져온 연장통 옆에 앉았다.

"네가 식물처럼 꾸미는 것은 질색하는 걸 알지만…."

케이트가 고개를 창가 쪽으로 돌렸다.

"케이트, 피하는 게 능사는 아냐."

"조용히 좀!"

케이트가 손가락을 입에 댔다.

엘리도 귀를 기울였다.

"무슨 소리가 난다고 그래?"

"갈매기 소리 같은데? 아니면 누가… 우는 건가?"

세스가 끼어들었다.

케이트의 얼굴이 하얗게 질리기 시작했다.

"한 사람의 울음소리가 아냐."

케이트는 창문 앞으로 달려가 머리를 바짝 붙였다. 엘리도 아까보다 더욱 선명하게 울음소리를 들을 수 있었다. 마치 장례식에서 통곡하는 소리 같았다.

"농장 쪽이야."

케이트가 의자에서 망토를 집어 들었다. 드레스를 완벽히 감추고 망토에 달린 모자로 머리 장식도 가린 채 방에서 달려 나갔다. 엘리와 세스는 걱정스러운 눈빛을 주고받다가 케이트를 따라나섰다. 계단을 후다닥 내려가 궁밖으로 빠져나갔다.

거리로 나가자 울음소리는 더욱 커졌다. 건물 사이에서 다친 새 떼가 울부짖는 것 같은 소리가 들려왔다. 케이트가 쉬지 않고 달렸다. 엘리는 지팡이를 짚고 절뚝거리며 따라가느라 뒤로 처졌다. 골목에는 울음소리를 듣고 쏟아져 나온 사람들로 가득했다.

"내 쪽으로 가까이 붙어."

세스가 외쳤다. 사람들이 세스 앞에서 양쪽으로 갈라졌다. 엘리는 어깨 너머로 소리가 어디서 나는지 정신없이 살폈다. 눈앞에 섬의 서쪽 해안이 펼쳐졌다.

이전의 비옥하던 땅은 악취 나는 늪이 되어 있었다. 황금빛 들판이던 밀밭은 녹슨 쇠처럼 황량했다. 옥수수와 사탕수수의 초록빛은 고름처럼 누래졌다. 희뿌연 웅덩이 주변의 식물은 시들시들하게 늘어졌고 시큼한 냄새가 코를 찔렀다. 엘리는 구역질이 날 것 같아 입을 틀어막았다. 냄새 때문인지 충격 때문인지 알 수 없었다.

케이트가 그 자리에 주저앉았다. 망토가 진흙 범벅이 되었다. 곡을 하는 무리는 더욱 늘어 밭의 가장자리를 따라 길게 늘어섰다.

"살려주십시오."

남자가 울부짖었다.

"여왕이 도와주실 거야."

엘리 옆에서 한 여자가 끊임없이 웅얼거렸다. 농부들은 진흙 바닥에 황망한 얼굴로 무릎을 꿇고 있었다. 이웃들이 흙탕길을 걸어 들어가 농부들을 위로했다.

"엘리! 세스!"

비올라가 사람들 틈을 헤치고 달려왔다. 뒤에서 몰워스가 허둥지둥 따라왔다.

"오, 여왕님. 자비를 내려주소서."

몰워스는 들판을 보고 소리를 질렀다.

"이게 무슨…. 어떻게 이런 일이 일어날 수 있지?"

비올라가 아치를 품에 꼭 안았다.

엘리는 케이트를 부축해 일으켰다. 케이트의 손이 떨렸다.

비료 분사기가 푸르스름한 증기를 내뿜었다. 시큼한 냄새가 확 퍼졌다.

"내가 만든 비료가 아냐."

엘리가 쿵쿵거렸다.

"누군가 비료를 바꾼 거야. 대체 누가 이런 짓을 한 거지?"

케이트의 눈빛이 멍해졌다.

"그 사람이야."

"여러분!"

어디선가 트럼펫 소리처럼 쩌렁쩌렁한 목소리가 들렸다. 사람들 머리 위로 로렌이 보였다. 급히 만든 듯한 연단 위에 까만 가운을 입고 서 있었다. 정적이 감돌았다.

"비통한 마음을 금할 수 없군요. 우리 섬에 어찌 이런 끔찍한 비극이 닥칠 수 있단 말입니까. 겨우 살려놓은 곡식들이 모두 시들어 버렸습니다. 함께 애도합시다."

로렌은 그를 우러러보는 절망한 얼굴들과 하나하나 눈을 맞췄다. 통곡소리가 하늘을 찔렀다. 로렌의 뺨은 촉촉했지만 다른 이들과 달리 눈이 빨갛지는 않았다.

"여러분, 저는 두렵습니다. 이런 재앙이 생긴 이유를 알기 때문입니다. 운 좋게도 나는 여왕과 꽤 가까운 사이입니다. 사적인 자리에서 몇 차례 조언을 드렸으나…. 여왕은 섬의 미래가 달린 일에 검증되지 않은 발명가를 믿는 어리석음을 범했습니다. 그것도 아직 아이인 발명가를."

"그 아이를 데려온 건 당신이었어요."

케이트가 소리를 질렀다.

"어쨌건 고의인지 과실인지 몰라도 어린 발명가가 우리의 곡식에 독약을 뿌렸군요. 이제 우리 섬에는 희망이 없습니다."

엘리는 그 자리에 얼어붙었다. 케이트가 엘리를 거칠게 잡아당기며 새 코트를 벗겼다.

"뭐 하는 거야?"

"사람들이 널 알아봐선 안 돼."

케이트는 몰워스에게 코트를 던졌다.

"옷을 숨겨. 당장 여길 빠져나가야 해."

비올라가 사람들을 헤치며 길을 텄다.

"비켜요. 좀 지나갈게요. 젠킨스 아저씨, 덩치 큰 아들 좀 안아요."

엘리는 뒤를 따라가는 동안 아무와도 눈을 마주치지 않았다.

"하지만, 여러분!"

로렌이 계속 말을 이었다.

"여왕이 아무리 잘못된 판단을 했다고 해도 여왕에게서 돌아서서는 안 됩니다. 모든 게 우리 섬을 위한 결정이었음을 믿어야 합니다. 여왕을 찬미하라!"

"여왕을 찬미하라!"

무리가 일제히 따라 외쳤다.

"여왕 폐하의 충실한 종으로서 하나만 묻겠습니다. 여러분은 나를 믿습니까?"

로렌이 외쳤다.

"믿습니다!"

"그렇다면 이제 눈물을 닦으십시오. 내가 기근을 해결하겠습니다. 여왕에게 무모한 발명은 그만두라고 당부하겠습니다. 우리 섬으로 최대한 빠른 시

236

일 내로 곡식을 들여오겠습니다. 이제 우리 섬에 배고픈 사람은 아무도 없습니다."

우레와 같은 박수가 터져 나왔다. 무리는 로렌을 연호하기 시작했다. 로렌은 눈빛을 이글거리며 무리의 흥분이 가라앉을 때까지 기다렸다.

"마지막으로 여러분! 우리는 발명가 아이를 믿어서는 안 됩니다. 엘리 랭커스터를 믿어선 안 됩니다. 여왕의 안전을 위해 어렵게 꺼내는 말이니 모두 이해하기 바랍니다."

케이트와 엘리가 무리를 빠져 나오며 겁에 질린 눈빛을 주고받았다.

"서둘러."

케이트가 재촉했다. 엘리는 자기도 모르게 길가에 선 여자를 쳐다보았다. 여자가 눈을 가늘게 떴다.

"잠깐만…."

"빨리!"

케이트가 엘리를 향해 눈을 부릅떴다.

"그 아이야! 여기 발명가 아이가 있어요!"

여자가 소리쳤다.

"어서 가."

비올라가 여자 앞을 막아서며 케이트와 엘리에게 말했다.

"무슨 말씀 하시는 거예요? 그리젤다 아주머니, 또 오래된 테킬라 드셨어요?"

케이트와 엘리, 세스, 몰워스는 앞만 보고 달렸다. 하지만 무리 끄트머리에 있던 스무 명 남짓한 사람들이 아이들을 쫓아갔다.

"저쪽으로 가."

몰워스가 골목 하나를 가리켰다.

"그 길은 궁으로 가는 지름길이 아냐."

엘리가 멈췄다.

"그 입 좀 다물어, 생쥐 같은 녀석아. 날 믿어!"

몰워스는 엘리에게 코트를 다시 휙 던졌다.

아이들은 몰워스가 가리킨 골목으로 뛰어갔다. 엘리는 뒤를 돌아 몰워스가 사람들에게 둘러싸이는 것을 보았다.

"축제를 위해 새로운 안무를 짰는데 한번 보시겠어요?"

몰워스가 원을 그리며 펄쩍펄쩍 뛰었다.

"저리 안 비켜? 이 멍청아."

근육질의 남자가 소리쳤다.

"혹시 코가 좀 이상하게 생긴 새하얀 여자아이를 찾고 있나요? 로얄오크 쪽으로 가던데."

몰워스는 반대편 길을 가리켰다. 그러고는 천연덕스럽게 덧붙였다.

"거기 오렌지껍질파이 맛있어요. 가격도 비싸지 않고."

아이들은 궁을 향해 질주했다. 케이트는 모자와 망토도 벗어던졌다. 보라색 분이 섞인 눈물이 주르륵 흘러내렸다.

"괜찮아. 괜찮아. 그 사람 곡식 같은 건 필요 없어."

케이트가 혼잣말을 내뱉었다.

"케이트."

엘리의 눈가에도 물기가 어려 있었다.

"섬에 왕실 식량을 저장해두는 창고가 있어. 로렌 광산에서 불이 나면서 그 옆 창고는 불에 타버렸지만. 밭을 복구하는 동안 나머지 창고의 곡식으로 사람들을 먹이면 돼."

아이들이 비틀거리며 계단을 오르자 궁의 문이 활짝 열렸다. 정예 수행 기사 일곱 명이 갑옷을 달가닥거리며 다가왔다. 기사는 케이트가 다친 곳이 없는지 자세히 살폈다. 다른 기사가 세스에게 칼을 겨눴다.

"칼 집어넣으세요."

케이트가 낮은 목소리로 호통을 쳤다. 쿠엔틴이 절뚝거리며 다가왔다. 종이 뭉치를 들고 신경질적으로 안경을 고쳐 썼다.

"여왕 폐하…."

"당장 왕실 곡물 창고를 여세요."

케이트가 말을 잘랐다. 쿠엔틴의 얼굴이 창백해졌다.

"그 말씀을 드리려던 참이었습니다. 창고의 식량들이 모두 썩었어요. 건질 수 있는 것이 하나도 없습니다."

케이트는 그 자리에 주저앉아 미동도 하지 않았다.

"그리고… 조사 중에 치명적인 독성분이 발견되었습니다."

케이트의 손이 떨렸다.

"창고 위치는 왕실 기밀이야. 로렌은 몰라."

"케이트."

엘리가 입을 열었다.

"로렌 광산에 불이 난 건 단순한 사고가 아닌 것 같아. 불이 난 순간에 로렌은 그곳에 있었어. 덕분에 날 구한 거고. 어쩌면 로렌이 일부러 불을 냈을

지도 몰라.”

“그렇다면 누군가 로렌에게 창고 위치를 발설한 모양이군.”

케이트의 목소리가 얼음처럼 차가워졌다.

그때 문 밖에서 시녀들이 달려와 케이트의 발밑에 엎드려 안도의 눈물을 흘렸다. 7인의 수행 기사들이 케이트와 시녀들을 둘러쌌다.

“모두 썩 꺼져! 아무짝에도 쓸모없는 것들! 기사처럼 모두 말을 못 하게 했어야 하는데.”

“케이트, 너무 심하잖아.”

엘리는 깜짝 놀랐다.

“여왕께 말씀하실 때는 여왕 폐하라고 하셔야 합니다.”

시녀가 엘리를 향해 도끼눈을 떴다.

“뭐? 누가 그딴 거 신경이나 쓴대? 로렌이 날 죽이려고 한다고. 밭과 곡식 창고에 독약을 뿌렸어. 모든 것을 파괴하고 있어.”

케이트는 계단을 맹렬히 올라갔다. 기사와 시녀 들이 급히 따라갔다.

“꺼져! 한 발자국도 오지 마!”

시녀들은 비명을 지르며 계단 아래로 달아났다. 기사는 그 자리에 섰다. 케이트가 다섯 걸음을 더 걷다 갑자기 털썩 주저앉아 손가락을 잡아당겼다. 폭풍우 속 여린 나무처럼 몸이 떨렸다. 하인과 시녀와 기사 들은 두려운 나머지 케이트에게 다가가지 못 했다. 케이트의 흐느낌만이 방을 가득 메웠다.

엘리가 계단을 뛰어 올라갔다. 케이트를 부축해 일으키고는 계단을 같이 올랐다. 케이트는 뻣뻣하고 무거웠다. 엘리에게 완전히 매달리는 바람에 손톱이 엘리의 팔을 파고들었다. 케이트는 눈을 질끈 감았다. 이따금 악몽과 싸우는 사람처럼 끙끙거렸다.

엘리와 케이트는 절뚝거리며 침실로 향했다. 두 사람은 황금빛 계단 입구에 다다랐다. 케이트가 그 자리에 쓰러졌다. 엘리는 조심스럽게 머리 장식을 벗겼다. 안쪽에 핏방울이 배어 있었다. 머리 장식이 두피를 찌르고 있었던 것이다.

케이트가 엘리의 손목을 잡고 뜨거운 입김을 내뿜었다.

"천천히 호흡해봐."

엘리가 숨을 깊이 들이쉬고 천천히 내쉬었다. 케이트는 엘리를 따라 심호흡했다. 케이트가 마침내 일어서서 발코니 쪽으로 걸어가 창문을 열었다.

"로렌! 로렌! 로렌!"

사람들은 여전히 로렌의 이름을 외치고 있었다. 얼마나 목이 터져라 외치는지 엘리는 듣기만 해도 목이 따가울 지경이었다. 케이트가 멍한 얼굴로 거리를 내다보았다. 그러고는 발코니 문을 닫았다.

케이트의 입술에서 피가 얼어붙는 듯한 탄식이 흘러나왔다. 얼굴은 상대를 위협하는 고양이처럼 일그러지고 뺨은 붉게 물들었다. 온몸이 굳은 채로 그 자리에 쓰러졌다.

엘리가 달려가 케이트의 어깨를 잡았다.

"괜찮아?"

"전혀. 아무것도 괜찮지 않아. 이제 다 끝났어."

케이트가 무릎을 감쌌다.

"내가 얼마나 무능한지 모두가 알게 되었어. 로렌의 도움을 받는 것 말고는 선택의 여지가 없어. 사람들은 그를 더욱 따르겠지. 로렌의 본심은 섬을 다스리는 거야. 결국 모두가 나에게서 등을 돌리게 할 거야."

"케이트, 우리가 진실을 밝히자. 로렌이 어떤 사람인지, 그의 검은 속셈을 증명하면 돼. 우리는 할 수 있을 거야. 네 힘을 발휘할 수 있도록 계속 연습해. 생명의 축제날에 아무도 네가 한낱 약한 아이라고 생각하지 못 하도록. 네 능력을 보여주는 거야."

"여전히 얼마나 형편없는지 잘 알잖아."

"네 능력을 함부로 단정하지 마. 결국 해낼 거야."

케이트가 엘리를 말없이 바라보았다. 엘리의 손에 손을 포갰다.

"날 진심으로 믿는구나."

케이트는 슬픈 미소를 지었다.

"널 조금만 더 일찍 만났으면 좋았을 텐데. 그럼 지난 6년이 그렇게까지 고통스럽지는 않았을 거야."

케이트가 눈을 감았다. 눈물이 뺨을 타고 흘렀다.

"네 덕분에 나도 날 믿고 싶어졌어. 희망을 갖고 싶어졌어. 내 삶은 어딘가 고장나 있었거든. 모두가 바라는 그 능력이 내게 있다고 나도 믿을게."

엘리가 얼굴을 찌푸렸다.

"케이트, 네겐 분명 능력이 있어. 넌 화신이니까. 네 안에는 생명의 신이 살고 있다고."

케이트가 움찔하며 눈을 돌렸다.

"아니, 엘리. 난 화신이 아니야."

원정대

케이트는 흐느끼고 있었다. 참으려 안간힘을 쓰다가 눈물을 왈칵 쏟아냈다.

"그게 무슨 말이야? 넌 화신이잖아."

"엘리, 나는 단 한 순간도 화신이었던 적이 없어."

엘리가 케이트의 어깨에서 손을 내렸다.

"하지만…."

"지난 6년 동안 들킬까봐 늘 두려웠어. 나는 거짓말쟁이야. 이제 모두가 알게 될 거야."

엘리는 고개를 저으며 뒤로 물러났다. 케이트는 화신이었다. 화신이어야했다. 그 사실이 두 사람의 연결고리였다. 케이트는 힘이 있었다. 있어야만했다. 케이트는 악마를 파괴할 수 있어야 했다.

"바람을 좀 쐬고 싶어."

케이트가 중얼거리며 자리에서 일어섰다. 하지만 비틀거리다 금세 다시 쓰러졌다. 엘리가 달려가 부축했다. 두 사람은 발코니 앞으로 향했다. 엘리는 눈앞에 케이트를 부축하는 자신이 보였다. 마치 공중에 떠서 자신을 내려다보는 것 같았다.

"케이트, 하지만 어떻게 그걸 확신해?"

케이트가 난간을 꼭 잡았다. 보라색 화장이 얼굴에 번졌다.

"신은 날 한번도 찾아오지 않았어. 단 한번도 말을 걸지 않았어. 엄마는 늘 신과 대화했는데."

케이트가 희미하게 웃었다.

"섬은 엄마를 사랑했어. 농사를 지으면 언제나 풍년이었지."

"이해가 안 돼. 네 어머니가 화신이면 너도 화신이 되는 것 아니야?"

케이트는 이를 꽉 깨물었다.

"아니, 그러지 못 했어."

"혹시 이유를 알아?"

케이트는 손가락 관절이 새하얘질 정도로 세게 주먹을 쥐었다.

"아빠가 나타났어. 사실 아빠가 어디서 왔는지는 아무도 몰라. 아빠는 머리가 무척 좋아서 귀족들의 사랑을 한 몸에 받았어. 처음에는 엄마의 선생으로 궁에 들어왔는데 결국 남편이 되었지. 아빠도 발명가였어. 너랑은 많이 달랐어. 사람들을 돕는 데는 전혀 관심이 없었거든. 언제나 서재 아니면 작업실에 틀어박혀 살았지. 방해받는 것을 끔찍이 싫어했어. 내가 다섯 살 때, 내 강아지가 밤새 짖어대자 독약을 먹이에 타서 죽인 적도 있었어."

"너무 끔찍해."

엘리는 목소리조차 잘 나오지 않았다.

케이트가 고개를 끄덕였다.

"어느 날, 엄마가 아빠와 함께 몇 달 간 섬을 떠난다고 했어. 아빠는 중대한 탐험을 위해서라고 했지. 나는 믿을 수가 없었어. 사실 모두가 그랬지. 화신이 섬을 떠난 적은 단 한번도 없었거든. 그것도 몇 달이나. 하지만 결국 엄마는 아빠와 함께 떠났어. 아빠를 진심으로 사랑했던 거야. 배에 오르던 날, 수행 기사 일곱과 하인들 몇 명이 함께 탔어. 악마의 섬이 있는 북쪽을 향해 출발했지."

엘리는 등줄기가 서늘해졌다.

"난 궁에 홀로 남겨지는 게 싫어서 시녀를 속이고 궁을 빠져나갔어. 시끌벅적한 분위기를 틈타 몰래 배에 올랐어. 갑판 아래 아빠가 이상한 기계를 넣어두는 방에 몸을 숨겼어. 하루가 지나 거대한 황동 갑옷 옆에서 잠든 나를 아빠가 발견했지. 아빠가 그렇게 화를 내는 것은 처음 보았어. 하지만 뱃머리를 돌리라고 명령하진 못 했어. 그 항해는 아빠에게 너무 중요했으니까. 배는 몇 주 동안 쉬지 않고 나아갔어. 엄마에게 목적지가 어디냐고, 왜 가는 거냐고 매일 물었지만 섬을 위한 일이라는 대답만 들을 수 있었어.

마침내 우리는 바다 한 가운데에서 닻을 내렸어. 엄마 아빠는 황동 갑옷을 입고 물 아래로 내려갔어. 배와 연결된 관 두 개로 숨을 쉬었지. 아빠에게 엄마를 위험에 빠뜨리지 말라고 소리쳤어. 기사들이 붙잡는 바람에 엄마 아빠가 물속으로 사라지는 걸 지켜볼 수밖에 없었지. 다시 물 위로 올라오기까지 일곱 시간이 걸렸고 그 사이 나는 내내 울었어.

엄마는 겨우 숨만 쉬고 있었어. 새하얗게 질린 채로 쌕쌕거렸지. 온몸이 불덩이였어. 아빠는 '성공이다 성공이야'만 반복했어. 웃음을 감추지도 않았지. 엄마는 안중에도 없었어. 아빠에게 당장 궁으로 돌아가야 한다고 악을 썼어. 아빠는 할 일이 남아서 그럴 수 없대. 그때 엄마가 쓰러졌어. 그래도 배를 돌리지 않았어. 아빠는 엄마를 이용한 거야. 엄마는 아빠의 수단이었을 뿐이야."

케이트가 침을 꿀꺽 삼켰다.

"그리고… 아빠는 기사들에게 엄마와 나, 다른 하인들을 모두 바다에 집어던지라고 명령했어. 기사들은 거부했지. 그들도 나처럼 엄마를 사랑했거든. 아빠가 나에게 다가오자 기사들은 우리 대신 아빠를 바다에 집어던졌어."

케이트는 눈을 감았다. 숨소리가 떨렸다.

"우리는 섬으로 돌아왔어. 엄마는 그 해를 넘기지 못 하고 눈을 감았지. 그런데 엄마가 돌아가셨을 때 신의 새가 나타나지 않았어. 기도하고 울면서 애원했지만 엄마의 능력은 내게 전해지지 않았어. 그 바다 깊은 곳에서 무슨 일이 있었는지 몰라도 신은 엄마를 떠났어. 엄마의 능력이 사라진 거야. 다음해부터 흉년이 들기 시작했고, 매년 곡식 수확량이 줄어들다가 오늘에 이르고 말았지."

케이트가 고개를 떨구었다. 엘리는 가슴이 따끔거렸다. 케이트는 이 비밀을 오랫동안 마음속에 품고 있었다. 그 시간은 케이트의 영혼을 갉아먹었을 것이다. 엘리가 케이트의 어깨를 꼭 잡았다.

케이트는 꿈에서 막 깬 사람처럼 눈을 깜빡거렸다. 몸을 떨며 엘리의 손을 움켜쥐었다.

"들어가자. 너처럼 창백한 피부는 햇빛에 약해."

케이트가 엘리를 일으켜 함께 방으로 들어갔다.

케이트는 조각상들을 지나 어머니 조각상 옆에 앉았다. 엘리가 생각에 잠긴 채 지팡이를 멍하게 두드렸다.

"케이트⋯ 왜 그 바다에서 네 어머니의 능력이 사라진 걸까? 네 아버지가 그 능력을 빼앗으려고 했을까?"

"모르겠어. 아빠에게 엄마의 능력이 필요하진 않았어. 엄마는 아빠가 원하는 거라면 뭐든 다 했으니까. 가끔 아빠가 악마의 도시에서 온 스파이는 아닐까 의심스럽기도 했어."

엘리의 눈이 커졌다. 손끝이 저렸다. 머릿속에서 여러 생각이 스파크를 일으키며 꼬리를 물었다.

"일곱 수행기사가 네 아버지 아이디어라고 했지? 혹시 그들이 쓰는 가면도 아버지가 직접 만든 거야?"

"맞아. 그건 왜?"

"케이트, 혹시 아버지 이름이 뭐야?"

케이트가 입에 올리고 싶지 않다는 듯 재빨리 말했다.

"아티머스 아센홀메."

엘리는 무릎이 꺾였다. 조각상의 팔에 기대 겨우 몸을 가누었다. 조각상의 차가운 대리석 눈동자와 눈이 마주쳤다. 심장이 쿵 떨어졌다. 케이트의 아빠는 최후의 도시 사람이었다. 그는 엘리의 엄마의 스승이었다. 그리고 어떻게 된 일인지는 몰라도 케이트의 엄마의 신을 없애버렸다.

케이트가 몸을 웅크렸다.

"엘리, 이제 어떡하지? 사람들이 다 알게 될 텐데."

"이 모든 일의 진실을 밝혀야지. 반드시 그렇게 할 거야."

엘리는 주먹을 꽉 쥐었다.

"엘리."

케이트가 엘리를 물끄러미 보았다.

"언제나 문제를 해결하려고 노력했어. 하지만 아무리 애써도 풀 수 없는 문제가 있어."

엘리가 케이트의 옆에 무릎을 꿇고 앉았다.

"그럼 처음부터 네 문제가 아니었던 건지도 모르지."

"엘리, 넌 언제나… 나에게도 힘이 있다고 믿게 해. 마음속에서 나는 아무것도 할 수 없다고 소리치는 순간에도."

"케이트, 넌 분명 힘이 있어. 네 엄마와 같은 힘은 아닐지 몰라도 네게는 너만의 힘이 있어."

케이트는 말이 없었다. 햇살이 방으로 비쳐들었다.

"정말 그랬으면 좋겠어. 작은 힘이라도 있으면 내 백성에게 모두 다 주고 싶어."

케이트가 엘리의 무릎을 베고 누웠다. 엘리는 케이트의 머리카락을 쓸어넘겼다. 케이트의 마음이 나아질 수 있다면 무슨 말이든 해주고 싶었다. 하지만 아무것도 떠오르지 않았다. 가만히 시간이 흘렀다. 케이트의 눈이 감겼다. 곧 케이트의 가슴이 숨소리에 맞춰 조용히 오르내렸다. 뺨에는 눈물이 말라붙어 있었다. 잠자코 케이트의 얼굴을 내려다보았다. 여전히 할 말은 떠오르지 않았다.

조심스럽게 엘리는 케이트의 손에서 손을 뺐다. 새 코트를 둥글게 말아 케이트의 머리를 받쳤다. 침묵이 방을 감쌌다. 엘리는 문득 혼자 남은 기분이 들었다. 햇살에 긴 그림자를 드리운 케이트의 조상들의 조각상을 흘깃 보았다. 인자한 미소를 지은 덩치가 큰 여자, 어색하게 웃는 얼굴이 동그란 남자, 빼빼마른 몸에 얼굴이 뽀얀 아이 조각상이 엘리를 보고 있었다.

서늘한 바람이 일었다. 뒷목에 소름이 돋았다. 조각상은 모두 그대로였다. 작게 안도의 한숨을 쉬었다.

"저들이 여왕을 파괴할 거야. 오늘은 시작에 불과해."

목소리가 사방에서 울렸다.

엘리가 조심스럽게 일어섰다. 심장이 손바닥에서 뛰었다.

"네 짓이었어?"

날카로운 웃음소리가 귓가를 때렸다. 두 가지 목소리가 동시에 들렸다. 굵고 낮은 목소리와 가늘고 높은 아이의 목소리.

"엘리, 머리를 좀 써. 네가 부탁하지 않는 한 나는 아무것도 할 수 없잖아. 이런 시시한 이야기를 할 힘도 없다고."

엘리가 조각상의 그림자를 찾아 두리번거렸다. 빼빼마른 아이 조각상이 보이지 않았다.

"어떻게…. 원하는 게 뭐야?"

엘리는 목이 완전히 잠겼다.

"재밌어. 엄마의 빛나는 명성에 미치지 못 하는, 끔찍한 비밀을 수년간 숨긴 두 고아. 너희는 생각보다 공통점이 많아."

엘리의 눈 옆으로 무언가가 휙 움직였다. 아이 조각상이 세 걸음 앞에 서 있었다. 조각상은 눈이 없었다. 하지만 엘리를 비웃는 것은 확실했다.

엘리가 입술을 깨물었다.

"네가 케이트 어머니의 능력을 가져갔어? 아티머스 아센홀메가 네 화신이었어?"

"왜 불똥이 나한테 튀지?"

조각상의 얼굴에서 웃음기가 사라졌다.

"당연히 아니야. 물론 헤스터메이어가 아센홀메에 대해 이야기한 적은 있어. 두 사람이 각별한 사이는 아니었지만 그를 언급할 만한 이유는 충분했지. 그가 아내와 아이에게 한 짓을 생각하면."

"케이트는 이제 어떻게 되는 거야?"

방 안에 웃음소리가 가득 퍼졌다. 엘리는 가슴이 뜯겨나가는 것 같았다.

"저들이 아이를 갈기갈기 찢을 거야. 아무것도 남지 않을 때까지."

"섬 사람들은 케이트를 사랑해. 그렇게 내버려두지 않을 거야."

엘리가 이를 꽉 물었다.

"사랑했지. 오늘 아침 이후로도 그럴지는 모르겠군. 생명의 축제가 시작되면 아마 더 확실히 아이의 실체가 드러나겠지. 누군가의 도움이 없이는 이 위기를 이겨내지 못 할 거야. 진짜 화신이었던 사람. 몇 마디 말로 기적을 일으킬 수 있는 사람."

숨소리가 엘리의 귓가를 스쳤다. 고개를 돌리니 바로 옆에 아이 조각상이 서 있었다. 눈이 있어야 할 자리는 아무것도 없이 평평했지만 아이는 활짝 웃고 있었다. 그때 대리석이 마치 물감처럼 녹아내리기 시작했다. 조각상 안에 있던 생명체가 모습을 드러냈다. 새하얀 피부, 붕대를 감은 비쩍 마른 몸. 붕대는 눈과 코를 팽팽하게 감쌌다.

"네가 그 아이를 구할 수 있어. 나에게 도와달라고 해. 아이를 끝장내려는 사람들을 막아줄게."

엘리가 케이트를 내려다보았다. 케이트는 깊이 잠들지 못 한 채 이맛살을 찌푸렸다.

"친구를 돕고 싶지 않아? 너는 기적을 일으킬 수 있잖아. 그 아이는 자기 힘이라고 믿을 거야. 섬 전체가 그렇게 생각하겠지."

엘리는 입술이 떨렸다.

"네게 소원을 빌면 너 역시 네 소원을 하나 이루겠지. 결국 케이트를 더 큰 곤경에 몰아넣을 거야. 그게 네 방식이니까. 내가 소중히 여기는 사람을 다치게 하는 것."

엘리는 숨을 깊게 들이쉬었다. 케이트와 아이 사이에 섰다.

"네 도움 필요 없어. 내가 해결해. 내 힘으로 로렌을 막을 거야. 케이트가 화신이 아니라고 해도 내 기계로 어떻게든 화신처럼 보이게 할 거야."

아이의 손이 엘리의 뺨 주위를 맴돌았다.

"여전히 고집이 세군. 앞으로 닥칠 일을 알아. 날 믿어. 그들은 생각보다 강해. 붙어봐야 절대 못 이겨."

악마가 몸을 앞으로 숙이며 입 안에 가득한 날카로운 이를 드러냈다.

"사랑하는 엘리, 결국에는 나에게 싹싹 빌게 될 거야."

비밀

떡갈나무 여관은 정적이 감돌았다. 사람이 지나다닐 때마다 나무 바닥이 삐걱거리는 소리만 울렸다.

선원들은 엘리와 세스에게서 최대한 멀리 떨어진 구석에 옹기종기 모여 있었다. 자그마한 찻잔에 맥주를 따라놓고 엘리를 못마땅한 눈길로 쏘아보았다. 몰워스는 커다란 맥주잔을 모두 치우고 작은 찻잔을 꺼냈다. 그마저도 맥주를 한 잔 이상은 주지 않았다.

세스와 엘리는 창가 테이블에 앉았다. 저녁을 세 번 먹던 세스는 접시에 딸랑 하나 올라간 빨간 무를 보며 배를 움켜쥐었다. 무를 최대한 얇게 썰어 한 조각 입에 넣고 오래 씹으며 하품을 쩍 했다.

"앙증맞군. 점심도 그렇게 먹었어?"

엘리가 말했다.

"점심을 먹은 기억이 없어."

세스가 투덜거렸다.

"섬의 식량이 모두 바닥나면 어떡하지? 사람들이 정말 굶어죽게 될까?"

세스는 처량하게 찻잔을 홀짝이는 선원들을 흘깃 보았다.

"글쎄…. 나도 잘 모르겠어."

엘리는 뒤통수가 따가워서 선원들 쪽은 쳐다보지도 못 했다. 얀센이 엘리의 잘못이 아니라고 설명했지만 선원들은 화풀이할 대상을 찾고 있었다. 로렌의 곡식이 섬에 도착했다는 소문이 무성했지만 식량을 타왔다는 사람은 아무도 없었다. 선원들 역시 콩 한 쪽 구경도 못 했다. 반면에 빵 한 덩이 가격은 무섭게 치솟았다.

세스는 또 하품이 나오려는 것을 참았다.

"못 잤어?"

"환상이 보여서. 레일라에게 안 좋은 일이 생길까봐 걱정돼. 그리고 나에게도."

"그게 무슨 일이든 이미 일어났겠지."

세스가 엘리에게 살짝 눈을 흘겼다.

"미안. 아무짝에도 쓸모없는 말이었네."

"바다도 점점 더 생생히 느껴져. 이유를 모르겠어. 더 이상 내 힘을 쓰지도 않는데."

세스는 관자놀이를 꾹꾹 눌렀다.

"환상과 관계가 있을 거야. 과거의 삶이 여전히 네게 영향을 미치니까."

"과거가 제발 날 내버려두었으면 좋겠어."

엘리는 몸을 움찔했다.

"왜 그래?"

"실은 어제 악마를 보았어."

세스의 눈이 휘둥그레졌다.

"이 섬에 도착한 후로 두 번째야."

"이번에는 어떤 모습이었어?"

"약한 어린아이였어. 처음 본 건 너랑…."

엘리가 마른침을 삼켰다.

"크게 다투고 난 다음날이었어."

"너 괜찮아?"

엘리가 어깨를 으쓱했다.

"지금은 괜찮아. 어제는 좀 많이 외로웠어."

"아무래도 네가 마음이 힘들 때 악마가 나타나는 것 같아."

세스가 얼굴을 찌푸렸다.

"아마도."

엘리는 숨을 깊이 들이마셨다.

"하지만 내 마음을 어떻게 다뤄야 하는지 알아. 힘들 땐 친구들을 생각하는 게 도움이 돼."

엘리는 케이트를 떠올렸다. 아무에게도 말 못 할 비밀로 고통스러워하면서도 케이트가 엘리에게 어떤 믿음을 주었는지 생각했다. 화신은 아닐지 몰라도 여전히 친구인 것은 분명했다.

"넌 지금도 잘 하고 있어."

세스가 씩 웃었다.

"고마워."

그림자가 테이블 위로 드리웠다. 고개를 돌린 엘리는 입이 떡 벌어졌다.

"여기 있어서 다행이야."

케이트였다. 머리는 산발에 눈 밑은 시커멓게 그늘이 졌다.

"아, 미안. 여기서 널 만나면 늘 깜짝 놀라. 마치 늪에서 백조를 발견한 것 같다고나 할까."

"그거 칭찬이니?"

케이트가 미간을 찌푸렸다.

"내가 엘리한테 받아본 어떤 칭찬보다 큰 칭찬이야."

세스가 눈을 흘겼다.

"엘리한테 복수하고 싶으면 뭔가를 던져. 엘리는 진짜 물건을 못 받거든."

케이트의 말에 세스는 물개처럼 박수를 치며 웃었다.

"너희 둘 모처럼 사이가 좋아 보이네. 그런 의미에서 우리 같이 일 좀 하자."

엘리가 눈을 반짝거렸다.

"무슨 일?"

세스가 고개를 갸웃거렸다.

"아직 말 안 했어?"

"세스한테 뭘 조금이라도 먹이고. 그래야 투덜대지 않거든."

"그럼 말해봐."

세스가 냅킨으로 입을 닦았다.

"다들 살아있니?"

새로운 목소리가 끼어들었다. 비올라였다.

"우리 아빠한테 내 돈이 필요하다고 했다며? 내가 돈이 어디 있니?"

"네 도움이 필요하다고 했어."

엘리는 어깨를 으쓱 들어올렸다.

"아빠의 청력이 점점 떨어지고 있군."

비올라가 눈동자를 양옆으로 굴렸다.

"잠깐, 쟤도 같이 가는 거야? 위험할 수도 있어."

케이트가 눈을 크게 떴다.

비올라는 코웃음을 쳤다.

"난 무서운 게 없는 사람이야."

"케이트, 비올라는 우리 중 누구보다 이 섬에 대해 잘 알아."

"엘리, 이 섬에 대해 나보다 잘 아는 사람은 없어."

케이트가 톡 쏘아붙였다.

"비올라는 로렌이 실제로 머무는 곳을 알지도 몰라."

"나는 직접 가봤어."

케이트가 발끈했다.

"미안. 넌 평생 궁 안에서만 산 줄 알았어."

엘리가 머리를 긁적였다.

"모두가 그렇게 생각하지. 엘리, 너만이라도 그러지 마."

"그래서 우리 뭘 할 거냐고!"

펍 안의 모든 사람이 일제히 세스를 돌아보았다. 세스는 붉으락푸르락한 얼굴로 도끼눈을 떴다.

256

"로렌의 집에 쳐들어갈 거야."

케이트가 간단히 말했다.

"미친 생각이야."

세스는 머리를 테이블에 쿵 박았다.

아치가 비올라의 어깨에서 뛰어내려 세스의 귀를 핥았다.

"지금으로선 이게 최선이야. 밭에 독약을 뿌린 사람이 로렌이라는 증거를 찾아야 해. 검은 속셈을 밝힐 거야. 로렌을 끌어내릴 거야."

케이트는 테이블을 내리쳤다.

"그래, 가만히 앉아서 굶어죽을 순 없지."

세스가 말했다.

"그럼 너도 같이 가는 거지?"

엘리가 활짝 웃었다.

"잠깐만. 왜 다들 여왕을 위해 목숨을 내놓으려는 거야? 여왕은 손가락만 까딱해도 기근을 해결할 수 있는데 아무것도 하지 않고 있어. 너희도 알잖아. 여왕도 책임이 있어."

"비올라, 케이트가 여왕이야."

세스가 말했다.

"세스!"

엘리는 손가락을 입에 갖다 댔다.

"비올라도 누구를 위해 목숨을 거는 건지 알 자격이 있어."

비올라가 의자에서 천천히 일어났다. 케이트를 향해 눈을 크게 떴다.

"너… 네가?"

케이트는 고개를 끄덕였다.

"섬을 그냥 내버려둔 게 아니야. 할 수 있는 건 다 하려고 했어."

케이트의 목소리가 낮고 차분했다.

"하지만… 넌… 평범한 아이잖아."

비올라는 적당한 말을 찾으려 애썼다.

"그러니까 내 말은 여왕치고 너무 선해 보인다고."

"선하지. 이런 여왕이 다스리는 섬을 로렌이 망치고 있어."

엘리가 말했다.

"그럼 혁명은 어떻게 되는 거지…."

비올라가 의자에 털썩 주저앉았다.

"계속 해야지. 여왕이 아니라 로렌을 끌어내리기 위해. 로렌은 탐욕스럽고 교활해. 여왕을 곤경에 빠뜨리려고 밭에 독약을 뿌렸어. 여왕의 자리를 차지하려고 은밀하게 움직이고 있어. 로렌의 집에 몰래 들어갈 거야. 그의 계획을 알아내야 해. 로렌이 저지른 범죄의 증거를 찾아야 해. 로렌의 뜻대로 되지 못 하게 막을 거야. 너도 힘을 보태줘. 이 혁명을 할 수 있는 사람은 우리뿐이야."

엘리가 주먹을 불끈 쥐었다.

"하지만 목숨이 위험할 수도 있어."

케이트가 이를 꽉 물었다.

"실제로 예전에 로렌의 저택에 침입해 강도짓을 하려던 일당이 처형을 당한 적 있거든. 로렌은 오늘 밤 상인 조합의 만찬에 참석해. 아마 내일 아침에야 집으로 돌아올 거야. 만찬장에서 상인들을 뇌물로 매수해서 거짓말을 마구 퍼트리겠지. 로렌의 집 정문에는 문지기 두 명이 항상 보초를 서. 창문은 모두 잠겨 있고. 집으로 들어가는 방법은 정문을 통과하는 것밖에 없어."

"집 안은 어때? 경비병이 쫙 깔려 있거나 잘은 몰라도 훈련된 호랑이 같은 게 있진 않겠지?"

엘리가 진지하게 물었다.

"훈련된 호랑이?"

케이트는 입술을 실룩거리며 웃었다.

"잘 모르는 게 아니라 심하게 모르는군. 만약 훈련된 호랑이나 곰이나 검을 휘두르는 다람쥐 군단이 있다면 내 아이의 이름을 엘리로 지을게. 남자아이라도."

케이트의 말에 엘리도 피식 웃었다.

"정문은 네 수행 기사들을 동원해서 통과하는 게 어때?"

케이트가 고개를 저었다.

"기사들은 어딜 가든 눈에 띄어. 내가 무슨 일을 꾸민다는 사실이 금세 로렌의 귀에 들어갈 거야."

다들 생각에 잠겼다. 선원들은 구석에 서로 등을 대고 앉아 한숨을 쉬었다. 세스도 그들을 보며 긴 한숨을 내쉬었다.

"넌 뭐 떠오르는 거 없어?"

엘리가 물었다.

"실은 하나 있긴 해. 그런데 너희가 이 멍청한 작전을 진짜로 실행할까봐 겁나."

~

로렌의 집은 섬의 남쪽, 화산 기슭에 조성된 귀족들의 대저택 단지에 있었다. 귀족들은 어떻게든 다른 집과 다르게 보이려고 기를 썼다. 어떤 집은 공작새, 어떤 집은 방주를 본떠 만들었다. 웨딩 케이크처럼 층층이 쌓아 올린 집도 있었다.

그에 비하면 로렌의 집은 평범했다. 성 모양의 대저택은 달빛을 받으면 은색으로 빛났다. 담장은 예복을 입고 춤을 추는 남녀 조각으로 장식되었다. 계단 위로 정문이 있었고 문 양 옆으로 창을 든 문지기 두 명이 보였다.

케이트와 엘리, 세스, 비올라는 담장 구석의 커다란 야자수 뒤에서 웅크리고 있었다. 아이들은 검정 망토를 두르고 모자를 뒤집어썼다. 망토 안에 코트까지 입은 엘리는 땀을 뻘뻘 흘렸다. 사람들의 눈에 띄지 않으려고 지팡이를 여관에 두고 와서 다리가 아팠다.

"정말이지 남의 집에 몰래 침입하는 건 처음이야."

케이트가 손을 마주대고 비볐다.

"아, 나도 그래."

엘리는 세스와 몰래 눈을 찡긋하며 눈빛을 주고받았다.

"아마추어들."

비올라는 혀를 차며 고개를 저었다.

"비올라, 그거 칼이니?"

세스가 미간을 찌푸렸다.

"응. 로렌이 자기 집에 침입했다 들킨 사람들을 죽였다며."

"나도 하나 챙겨왔어."

케이트가 나지막이 말했다.

세스는 관자놀이를 주물렀다

"저기, 웬만하면 우리 칼싸움 같은 건 하지 말자. 아, 저기 봐. 누가 와."

엘리가 목소리를 낮췄다.

복면을 쓴 무리가 해변을 따라 달려오고 있었다. 우두머리는 덩치가 산만하고 어깨가 떡 벌어진 남자였다. 옆에서 왜소한 아이가 힘겹게 남자를 따라갔다.

"네 아빠랑 몰워스 아냐?"

세스가 눈을 크게 떴다.

"아빠한테 말한 게 실수였어."

비올라는 얼굴을 찡그렸다.

복면 쓴 선원들이 나타나자 문지기들은 당황한 눈치였다. 선원들은 돌멩이를 던지며 외쳤다.

"우리에게 약속한 곡식을 주십시오!"

"입에 풀칠은 하게 해 주십시오!"

"여관 주인 좀 살려줘요!"

문지기들이 방패를 높이 들었다.

"왜 저러는 거야? 왕실 경비병들이 쫓아오겠어."

엘리가 얼굴을 찌푸렸다.

케이트는 고개를 저었다.

"경비병들에게 오늘 이쪽 부근으로는 얼씬도 하지 말라고 미리 말해두었어.”

문지기들이 계단을 내려와 선원들 쪽으로 다가갔다. 선원들은 더 맹렬하게 돌을 던지며 슬금슬금 뒤로 물러났다. 문지기가 문을 떠나 선원들을 따라가자 엘리는 입술을 깨물었다.

“자, 지금이 기회야.”

케이트가 낮게 손을 들었다.

아이들은 계단을 쏜살같이 뛰어올랐다. 해변에서는 몰워스가 넘어져 뒹굴고 있었다. 얀센이 몰워스를 일으켜 어깨에 둘러멨다.

“사람들이 다치면 어떡하지?”

엘리가 말했다.

“괜찮을 거야. 걱정되는 건 우리지.”

케이트는 서둘러 계단을 마저 올랐다.

엘리가 정문의 열쇠 구멍 앞에 꿇어앉았다. 기다란 막대를 든 손이 떨렸다. 세스가 옆으로 다가왔다.

“넌 할 수 있어.”

“이런 건 안나 전문인데.”

엘리는 안나가 그리운 마음을 꾹 누르며 막대를 열쇠 구멍에 넣고 이리저리 돌렸다.

“서둘러, 엘리. 선원들에게 돌멩이가 얼마 남지 않았을 거야.”

비올라가 재촉했다.

“하고 있잖아!”

엘리는 막대를 덜거덕거리며 입술을 깨물었다.

"문지기가 선원들을 거의 따라잡았어!"

케이트가 얼굴을 찌푸렸다.

엘리는 한숨을 내쉬었다.

"시간이 걸려."

"그냥 문을 부수자. 자, 모여. 셋에 같이 들이받는 거야."

비올라가 문을 노려보았다.

"들이받는다고 열릴 문이 아냐. 엘리, 문지기가 언제 돌아올지 몰라."

케이트가 발을 동동거렸다.

딸깍.

문이 열리며 아이들이 저택 안으로 쓰러졌다.

중앙 홀은 거대했다. 횃불은 심지가 거의 다 사그라들어 오렌지 빛으로 어룽거렸다. 내부는 3층으로 이뤄졌고 대리석 기둥과 유리 천장이 보였다. 천장에서 별이 반짝거렸다. 발코니에는 붉은 벨벳 띠가 매달려 있었고 홀의 중앙에 돌고래가 놀 수도 있을 정도로 큰 욕조가 놓여 있었다. 욕조 바닥에는 마른 꽃잎이 깔려 있었다. 욕조 옆으로 거대한 황금 조각상이 서 있었다. 키가 거의 천장에 닿을 듯 하고 근육이 울룩불룩한 남자 조각상은 친숙한 미소를 짓고 있었다. 얼굴에는 보조개까지 패여 있었다.

"역겨워."

케이트가 눈살을 찌푸렸다.

"섬에 자기 조각상이 수두룩한 아이가 저런 말을 하네."

비올라가 톡 쏘아붙였다.

"나처럼 생기지도 않았거든."

"쉿."

세스가 불안한 표정으로 문을 돌아보았다. 아이들은 벽에 몸을 붙이고 홀을 천천히 돌았다. 머리 위에는 초상화 액자가 걸려 있었다. 로렌의 조상인지 가발을 쓴 로렌인지 분간하기 어려웠다.

액자와 액자 사이에서 엘리가 멈췄다. 고상한 필체로 짤막한 글귀가 적혀 있었다.

"승리는 덧없지만, 무명은 영원하다."
로렌 알렉산더

"저거… 로렌이 한 말 아니잖아."

엘리가 혀를 내둘렀다.

아이들은 책장 앞을 지나며 책등을 눈으로 훑었다. 지은이가 모두 로렌이었다. 엘리는 한 권을 뽑아 펼쳤다. 대부분 백지였다.

"로렌은 자기 자신에 도취된 사람이야. 그런 이유로 처형할 수는 없지만."

케이트가 수정으로 만든 로렌의 흉상 조각을 들어 올리며 말했다.

황금 조각상의 발 옆에 책상이 있었다. 책상 위에는 체스 세트가 있었는데 모든 말이 다 로렌이었다.

"이렇게도 체스를 할 수 있나?"

엘리가 얼굴을 찌푸렸다.

"못 하지."

케이트는 피식 웃었다. 체스 세트 옆에 깃펜과 잉크병, 두꺼운 노트가 놓여 있었다.

"손때가 많이 묻었어. 의자 가죽도 해진 걸 보니 로렌이 여기 앉아 시간을 많이 보내는 것 같아."

케이트가 노트를 펼쳤다. 안에는 이름이 빼곡히 적혀 있었다. 검정 잉크로 꾹꾹 눌러쓴 글씨였다.

머코 브룩 - 마리아 이스턴과 혼외자를 가졌다.

데지레 스미스 - 알레시오 카터의 와인에 치명적인 독을 타서 살해하였다.

셀레나 오르셀 - 재커리 트리스탄의 농장에서 우량 품종상을 받은 염소를 훔쳤다.

어떤 이름에는 옆에 X자가 적혀 있기도 했다. 엘리는 가슴이 두근거렸다.

"사람들의 비밀이야."

케이트가 믿기지 않는다는 표정으로 말했다. 엘리는 코트 깃을 여몄다. 자신의 이름을 보게 될까봐 두려웠다.

비올라가 케이트와 엘리 사이로 머리를 들이밀었다.

"나 이 사람 알아! 엘리아스 마르첼리노. 덴젤 아저씨 배 선원이야. '그는 카이든 광장의 여왕 조각상을 훼손했다'."

비올라는 몇 장을 더 넘겼다.

"이 사람은 로렌의 광산에서 일했어. 양배추 타투에 얽힌 엄청난 사건이 생각나네. 다음에 이야기해줄게. 어떤 이름 옆에는 왜 I가 붙었지? 무슨 의미일까?"

"모르겠어."

엘리가 고개를 갸웃거렸다.

"정보원을 뜻하는 I일 거야. 로렌의 스파이인 거지. 아마 로렌이 비밀을 빌미로 그들을 협박했을 거야. 사람들은 들통날까봐 시키는 대로 했겠지."

케이트가 말했다.

비올라는 몇 장을 더 넘겼다.

"노트를 가져가자."

"그래, 이 노트로 로렌을 압박할 수 있어."

케이트가 눈빛을 이글거렸다.

"모두를 위해!"

비올라가 덧붙였다.

"하지만 노트가 사라지면 로렌은 누군가 움직이고 있다는 걸 눈치 챌 거야."

엘리가 말했다. 코트 주머니에서 잉크 얼룩이 묻은 종이와 연필을 꺼냈다.

"비올라, 여기서 네가 아는 정보원의 이름을 불러봐."

비올라는 노트를 넘기며 이름을 훑었다.

"잠깐! 이 사람 내 하인이야. 로렌은 스파이를 심지 않은 곳이 없군."

케이트가 이름을 가리키며 미간을 찡그렸다.

"비올라, 혹시 정보원 중에 선원이 있는지도 살펴봐. 오늘 밤 우리의 작전에 동원된 선원."

세스가 아이들의 뜨거운 눈빛에 불이 붙을 것 같은 노트를 가리켰다.

이름을 빠르게 훑어 내려가던 비올라가 멈칫했다.

"있어."

아래쪽에서 쿵쾅거리는 소리가 들렸다. 누군가 황급히 저택 앞 계단을 올랐다.

"저리로 올라가자. 창문을 안에서 열고 탈출하자."

엘리가 위층을 가리켰다.

"그럴 시간이 없어!"

케이트가 엘리를 책장 뒤로 밀어 넣었다. 세스와 비올라는 흉측한 켄타우로스 조각상 뒤에 몸을 숨겼다. 하반신은 박제한 말, 상반신은 로렌의 흉상이었다.

엘리는 케이트와 맞잡은 손바닥에서 심장이 튀어나오는 것 같았다. 세스와 비올라는 조각상 뒤에서 문을 향해 기어가다 캐비닛 뒤로 사라졌다. 케이트와 엘리도 여기저기 놓인 마호가니 테이블 사이를 몸을 숙여 움직였다. 거대한 욕조 옆을 지날 때쯤 당장 눈앞에 그림자가 드리워도 이상하지 않을 정도로 발소리가 가까이 들렸다.

갑자기 발걸음이 멈췄다. 케이트는 책장과 책장 사이를 건너뛰었다. 엘리에게 따라오라고 손짓했다. 엘리는 책장 사이로 방을 흘깃 보았다. 세스가 천사상 옆에서 혼자 쭈그리고 앉아 있었다. 세스는 엘리에게 보이지 않는 쪽을 힐끔거리더니 엘리에게 오라고 손짓을 했다. 케이트가 고개를 세차게 흔들었다. 세스 쪽으로 기어가려는 엘리를 붙잡으려고 손을 뻗었다.

"*어이!*"

방 안의 정적이 깨졌다. 엘리는 고개를 들었다. 한 남자가 칼을 들고 엘리를 노려보고 있었다.

"오, 안 돼."

엘리가 중얼거리는 사이 케이트가 엘리의 팔을 잡고 문 쪽으로 쏜살같이 달렸다.

"잠깐만! 세스….."

엘리가 세스를 찾으려고 방을 휙 둘러보았다.

"나 여기 있어."

세스는 문 옆에서 비올라와 함께 튀어나왔다.

"너 아까 저쪽에서 나에게 오라고 손짓하지 않았어?"

엘리가 믿어지지 않는다는 듯 눈을 찡그렸다.

"여기 침입자가 있습니다!"

경비병이 소리쳤다.

문이 벌컥 열렸다. 허겁지겁 달려온 듯한 경비병 두 명이 입을 쩍 벌린 채서 있었다. 경비병 뒤로 별이 빼곡한 밤하늘이 보였다.

"아이들을 잡아! 대장님이 침입자는 죽여도 좋다고 하셨다. 절대 놓쳐선 안 돼!"

경비병 두 명이 자세를 낮췄다. 아이들을 향해 달려들려는 순간 엘리가 연막탄을 경비병의 발 아래로 힘껏 던졌다. 엘리는 케이트의 손을 잡았다. 세스는 비올라의 손을 잡았다. 아이들은 쉬익 소리를 내며 구름처럼 피어오르는 연기 사이로 부리나케 도망쳤다.

밤공기가 퍽 따뜻했다. 바다는 물고기 떼처럼 팔딱거리며 넘실댔다. 아이들이 해변으로 질주했다. 뒤에서 경비병 세 명이 쫓아왔다.

"누군가 다칠 거야, 엘리. 내가 도와줄게."

아이 목소리가 엘리의 귓가를 울렸다. 온몸에 붕대를 감은 아이가 야자수

268

에 달린 그네를 타고 있었다.

해안을 따라 멀리 보이는 창문들이 달빛에 반짝거렸다. 엘리는 다리에 찌르는 듯한 통증이 느껴져 비명을 질렀다.

"엘리, 내 등에 업혀!"

세스가 외쳤다. 엘리는 세스의 등에 올라 두 팔로 세스의 목을 감쌌다. 세스는 놀라운 속도로 달렸다. 옆에서 케이트와 비올라가 나란히 달렸다.

경비병들이 뒤를 바짝 쫓았다. 엘리는 연막탄을 주먹 가득 쥐고 던졌다. 하지만 발아래는 푹신한 모래사장이었다. 연막탄은 모래에 그대로 묻혀 터지지 않았다. 바다가 우르릉거리기 시작했다. 엘리는 얼굴에 소금물을 뒤집어썼다.

"세스, 나 때문에 너까지 잡히겠어! 내려줘!"

엘리가 소리쳤다.

"안 돼! 너희 셋은 계속 가. 내가 시간을 끌 테니."

케이트는 칼을 뽑았다.

"말도 안 돼. 우리는 무조건 함께야."

비올라가 고함쳤다.

"조용히 좀 해. 집중이 안 되잖아."

세스가 으르렁거렸다. 바다가 또다시 우르릉거렸다. 마치 세스의 말에 대답이라도 하는 것 같았다.

"거기 서, 이 도둑놈들아!"

경비병 하나가 바로 뒤까지 쫓아왔다.

"경비병이 창 길이만큼 가까워지면 말해줘."

세스의 숨이 거칠어졌다. 몸에서는 푸른색 공기방울이 소용돌이쳤다. 이마에서 땀이 뚝뚝 떨어졌다.

아이들은 해변을 따라 계속 달렸다. 얕은 바닷물을 참방대며 뛰었다. 엘리가 뒤를 힐끔 돌아보았다. 경비병의 창은 살짝만 스쳐도 살이 떨어질 정도로 날카로워 보였다. 경비병이 창을 높이 들었다.

"세스, 지금이야!"

엘리가 외쳤다.

경비병이 창을 앞으로 내리쳤다. 동시에 바다에서 커다란 산이 솟아올랐다. 달빛에 반짝거리는 까만 형체였다. 군데군데 하얀 얼룩이 보이고 입 속에는 무시무시한 이빨이 가득했다.

범고래였다.

고래는 경비병의 길을 막으며 그 앞에 굉음을 내며 떨어졌다. 창은 날아가고 경비병은 그 자리에서 졸도했다. 엘리는 놀라움에 헛웃음이 나왔다. 세스를 꽉 끌어안았다. 세스는 비틀거리다가 그만 무릎을 꿇고 주저앉았다.

"괜찮아? 하마터면 잡힐 뻔했어."

엘리가 등에서 내려오며 말했다.

"저 고래는 갑자기 어디서 나타난 거야?"

케이트가 외쳤다.

엘리와 비올라는 힘을 합쳐 세스를 일으켰다. 아이들은 다시 모래 위를 휘청거리며 달렸다. 젖은 발자국이 뒤로 길게 이어졌다. 범고래 뒤에서 경비병 두 명이 모습을 드러냈다. 고래는 모래밭에서 발버둥 쳤다. 경비병이 떨어진 창을 집었다. 아이들을 향해 던지려고 팔을 높이 들었다. 세스는 알아들을

수 없는 말을 외쳤다. 두 번째 범고래가 바다에서 솟구쳤다. 세 번째 고래까지 연달아 경비병 머리 위로 날아왔다. 엘리는 고개를 들었다. 범고래의 하얀 배가 보였다. 너무 가까워서 배에 난 흉터가 손에 닿을 것 같았다. 고래는 아이들과 경비병 사이에 떨어졌다. 세스가 그 자리에 쓰러졌다. 몸에 경련이 일었다. 온몸이 창백해지며 푸른 소용돌이가 퍼졌다. 어둠 속에서도 보일 정도로 소용돌이가 강렬했다. 엘리가 망토를 벗어 케이트와 비올라에게 보이지 않도록 세스의 몸을 덮었다.

하지만 비올라가 세스 옆에 무릎을 꿇고 앉았다.

"세스가 왜… 왜 이러는 거야?"

비올라의 목소리가 떨렸다. 이마를 손으로 짚다 화들짝 놀랐다.

"얼음장이야. 당장 병원에 데려가야 해!"

"세스는 괜찮아. 하지만 다른 사람에게 말하지는 마."

엘리는 거짓말을 했다. 눈으로는 케이트를 보았다.

케이트는 요동치는 고래 꼬리지느러미에 걸려 넘어진 경비병에게 달려들었다. 소리를 지르며 칼을 휘둘러 경비병의 창을 두 동강 냈다.

"레일라, 어디에 있니?"

세스가 중얼거렸다. 눈의 흰자위가 파랗게 변했다. 눈동자는 아예 보이지 않고 짙은 푸른색 안개만이 소용돌이쳤다.

"레일라는 여기 없어, 세스. 나야. 엘리야."

"그들이 몸부림치고 있어. 내가 고쳐야 해."

세스는 신음했다.

"오래 전 일이야. 다 괜찮을 거야."

272

다른 경비병들이 칼과 창을 들고 케이트를 향해 달려왔다. 비올라가 으르렁거리며 케이트의 옆에 섰다. 고래는 꿈틀대며 바다로 기어갔다.

"세스, 정신 차려. 우린 네 도움이 필요해."

엘리가 세스를 무릎 위에 눕혔다.

세스는 고통스럽게 신음하기만 했다.

"세스, 제발. 어디에 있든 당장 돌아와!"

엘리는 세스를 흔들었다.

"그들은 서로 상처주기를 멈추지 않을 거야. 내가 해결해야 해."

세스의 목소리가 점점 희미해졌다.

경비병이 케이트에게 칼을 휘둘렀다. 케이트가 칼로 막아냈다. 다른 경비병이 비올라를 향해 창을 던졌다. 비올라는 황급히 뒤로 물러났지만 팔에 상처를 입었다 .

"세스! 제발 돌아와."

엘리가 울먹였다.

"다 끝났어. 모든 게 끝나버렸어."

세스가 중얼거렸다.

"그렇지 않아. 나는 여기에 있어."

경비병이 케이트에게 창을 던졌다. 뒷걸음질 치던 케이트가 넘어졌다. 세스가 엘리의 무릎 위에서 꿈틀거리기 시작했다.

바닷물이 혜성처럼 솟아올라 해변을 덮쳤다. 강한 파도에 쓰러진 경비병들은 그대로 바다로 휩쓸려갔다. 소용돌이치는 어두운 바다 속으로 맥없이 끌려갔다.

세스가 자리에서 일어섰다. 양팔을 옆으로 벌렸다. 핏줄이 팔과 목에 불끈 솟아 있었다. 창백한 피부에는 푸른 안개가 빙글빙글 돌았다.

케이트와 비올라가 겁에 질린 채 경비병을 찾아 두리번거렸다.

"어떻게 된 거야? 다들 어디로 사라진 거야?"

케이트가 숨을 헐떡였다.

엘리는 세스를 보며 힘겹게 미소를 지었다. 세스의 몸에서 푸른 안개가 걷히고 있었다.

"괜찮아?"

엘리가 물었다.

세스는 모래사장에 그대로 주저앉았다.

레일라의 일기
-부활호, 4805일째 항해 중

바루는 시시때때로 멍했다.

"야, 네가 지금 말하고 있잖아! 물뿌리개 좀 갖다 달라니까!"

나는 소리를 팩 질렀다.

"레일라?"

바루가 날 보고 눈을 깜빡거렸다. 마치 내가 죽었다가 살아나기라도 한 것처럼 눈을 크게 떴다.

나는 눈을 흘겼다.

"기억이 없는 사람이 어떻게 머릿속에서 그렇게 오랜 시간을 보낼 수 있지?"

"그들을 또 보았어. 그 남자아이, 나 말이야. 그리고 여자애도. 우리를 아는 것 같았어."

"어쨌든 지금은 정원 일을 해야 해. 노파 혼자 이 많은 일을 할 수 없어. 너도 노파가 하는 말 들었지? 힘을 많이 쓸수록 죽을 날이 가까워진다잖아. 어쩌면 그래서 노파의 얼굴이 저렇게 팍 삭았는지도 몰라. 누가 그러는데 노파의 실제 나이는 나와 비슷하대."

"네가 좀 삭긴 했지."

뒤에서 쇳소리가 들렸다.

"자는 거 아니었어요?"

나는 펄쩍 뛰었다.

바루가 노파에게 다가갔다.

"네가 어떻게 또 다른 나를 볼 수 있죠? 또 다른 나는 어떻게 나를 볼 수 있죠?"

노파는 바루의 눈을 가만히 들여다보았다. 머릿속을 꿰뚫어보기라도 하려는 듯 한참 눈을 떼지 않았다.

"네 마음은 여러 조각으로 나뉘었어. 여러 시간대로 조각이 흩어졌지. 네 마음의 조각이 서로를 부르는 거야."

"마음이 조각나요?"

바루가 물었다. 온몸에 힘이 풀린 바루는 다리를 쭉 뻗었다. 나는 그만 바루의 발에 걸려 넘어졌다. 바루는 발로 내 몸을 누른 채 움직일 생각을 하지 않았다.

"발 치워!"

"누가 내 마음을 조각낸 거죠?"

"그건 나도 몰라. 하지만 그 때문에 네가 위험해졌던 건 사실이야. 네 기억이 거의 사라진 것도. 아마 그 일 이후로 넌 많이 약해졌을 거야."

"네, 아주 약해빠진 아이가 되었죠."

나는 바루의 말을 쳤다.

"네 힘을 컨트롤하기 힘들 거야. 네 마음 조각이 다 돌아올 때까지는."

노파가 말했다.

바루는 노파를 심각한 얼굴로 쳐다보았다.

"어떻게 해야 조각난 마음이 돌아오게 할 수 있죠?"

"나도 몰라."

노파가 말했다.

"만약 마음이 다 돌아오면 내 동생들을 기억해낼 수 있을까요? 저 바다에서 울부짖는 사람들을 잠잠하게 할 수 있을까요?"

노파가 깊은 숨을 들이마셨다.

"바루, 만약 네 마음이 완전히 회복되면 네 능력은 상상도 못 할 정도로 강해질 거야. 대홍수 사건 자체를 단번에 뒤엎을 수도 있어."

첫 번째 여왕

엘리는 어두운 골목길을 골똘히 바라보았다. 보이는 거라곤 빈 꿀단지를 쿵쿵거리는 비쩍 마른 생쥐 한 마리뿐이었다.

비올라와 케이트가 세스를 잡고 어깨 위로 들어 올렸다.

"아무도 세스를 공격하지 않았는데 왜 기절한 거지? 다친 흔적 있어?"

케이트가 세스의 머리를 옆으로 밀었다.

"아니, 어쨌든 하마터면 우리 다 죽을 뻔 했어. 경비병들은 침입자를 진짜로 죽일 생각이었던 것 같아."

엘리가 가슴을 쓸어내렸다.

"노트 때문이지. 모든 게 담겨 있으니까. 로렌의 스파이 짓과 로렌이 수집한 모든 비밀들이."

"자, 이제 이 이름으로 무엇부터 해야 할까."

엘리는 주머니에서 잉크로 얼룩진 종이를 꺼냈다.

"먼저 스파이들 동태를 살펴야지! 로렌의 다음 계획이 무엇인지는 그들의 움직임을 관찰하면 힌트를 얻을 수 있을 거야. 스파이들은 직접 밭에 독약을 뿌렸을지도 몰라. 이번에는 무슨 짓을 하든 현장에서 그들을 잡아야 해. 그나저나 얘는 왜 이렇게 무거워?"

케이트가 얼굴을 찡그렸다.

케이트와 비올라는 세스를 들고 계단 끝까지 어기적거리며 올라갔다. 엘리는 비올라가 걱정스러운 표정으로 세스를 힐끔거리는 것을 보았다. 머리 위로 떡갈나무 여관의 나뭇가지가 밤바람에 흔들렸다.

몰워스의 방 창문에서 작은 머리가 불쑥 튀어나왔다. 하얀 잠옷 모자가 눈썹 바로 위까지 내려와 있었다.

"도둑이야! 맥주 저장고는 꿈도 꾸지 마. 안 그러면 요강을 머리 위로 뒤집어 엎어버릴 테니까."

"우리야, 몰워스."

비올라가 세스를 몸 쪽으로 가까이 끌어당겨 문으로 들어갔다. 아치는 바닥으로 훌쩍 뛰어내렸다. 한바탕 바닥을 구르다 다시 비올라의 어깨 위로 단숨에 올라갔다.

"고래가 도대체 어디서 튀어나온 건지 이해가 안 돼."

케이트가 고개를 갸웃거렸다.

"그러게. 정말… 말도 안 되지…."

엘리가 비올라와 눈을 맞추며 얼버무렸다.

몰워스가 바 뒤편에서 나타났다.

"맥주 저장고는 꿈도 꾸지 마. 이건 진심이야."

278

몰워스는 수상쩍은 눈길로 세스를 바라보았다.

"얘 술 취한 거 아냐, 몰워스."

비올라가 말했다.

"이럴 땐 거머리가 최고야. 왕실 의사들이 언제나 추천하는 방법이지. 몰워스, 혹시 거머리 같은 것 좀 있어?"

"당연하지. 수백 마리 있지. 따라와, 왕실 친구."

케이트와 몰워스는 바 뒤편으로 들어갔다. 엘리와 비올라는 세스를 방으로 데려가 눕혔다. 엘리가 가쁜 숨을 내쉬며 침대 옆에 앉았다. 비올라는 땀한 방울 흘리지 않았다. 세스의 얼굴을 가만히 들여다보며 머리를 쓰다듬었다.

"여기 푸른 반점이 있어."

"비올라, 부탁 하나만 하자. 아무에게도 말하지 말아줘. 특히 케이트에게."

"세스가 고래를 부른 거지?"

엘리의 눈빛이 흔들렸다.

"엘리, 나 바보 아니야. 배에서 세스와 시간을 많이 보냈잖아. 바다와 세스는… 쌍둥이 같았어. 가끔 삐걱거리기도 하는 쌍둥이. 세스가 울적할 때는 파도도 심하게 출렁였어. 세스의 기분이 좋을 때는 배도 부드럽게 항해할 수 있었지. 물고기도 우리 주위로 모여들고. 세스는 바루를 닮았어."

"바루?"

비올라가 앉았다. 아치가 세스의 베개로 폴짝 뛰어내렸다.

"어렸을 때 엄마가 들려준 이야기에 나오는 소년. 바루는 바다를 움직였어. 고래로 변하기도 했지. 레일라의 친구였어. 우리 섬의 첫 번째 여왕."

엘리의 눈이 커졌다.

"레일라가 화신이었어?"

하지만 비올라는 생각이 딴 데 가 있는 표정으로 세스만 뚫어지게 쳐다보았다. 아치가 세스의 목 옆에서 몸을 웅크리고 가르랑거렸다.

"세스는 신이야. 살아있는 신."

비올라는 아치를 홱 들어올리며 속삭였다. 아치가 가냘프게 울었다.

"세스를 두려워하지 않아도 돼."

엘리가 비올라를 보았다.

"하지만 세스는 바다를 움직여 경비병들을 휩쓸려가게 했어. 장난감처럼…."

"우리를 지키기 위해서였어. 세스는 여전히 소년일 뿐이야. 여전히 네 친구야."

엘리와 비올라는 말없이 세스를 보았다. 세스의 입에서 쌕쌕 바람소리가 났다. 엘리는 생각에 잠겼다. 레일라는 세스를 알았다. 적어도 과거의 세스 중 한 사람은 알았다. 어쩌면 세스를 회복시킬 방법도 알 것이다.

"혹시… 그럴 리 없겠지만… 레일라가 자기 삶에 대한 기록 같은 것을 남겼니?"

비올라가 어깨를 으쓱했다.

"글쎄. 어쩌면 네 친구 연기를 열심히 하는 그 애의 도서관이라면 있을지도 모르지."

"케이트는 내 친구야."

"그 애는 여왕이야, 엘리. 여왕은 친구를 사귈 수 없어. 여왕은 사람이 아니니까."

비올라가 세스를 보았다.

"신도 사람이 아니지."

"비올라, 난 케이트를 믿어. 케이트는 섬을 진심으로 위해. 로렌은 그렇지 않아. 그래서 우리가 로렌을 막으려는 거야."

비올라가 아치의 머리를 쓰다듬으며 잠자코 생각에 잠겼다. 케이트의 발소리가 들렸다.

"어쨌든 케이트에게는 비밀이야. 사실 나도 이유는 잘 모르겠어. 케이트가 이해할 수 있을 것 같지 않아."

엘리는 사실 케이트가 세스의 능력을 질투할 거라고 생각했다.

"케이트를 믿는다면서 왜 말하지 않아?"

비올라가 물었다.

그 순간 문이 벌컥 열렸다.

"얘들아, 거머리 가져왔어!"

케이트가 유리병을 내밀었다.

"잠깐! 피클병이잖아!"

케이트는 겸연쩍은 미소를 지었다.

"케이트."

엘리가 아무렇지 않은 척 입을 열었다.

"혹시 레일라라는 사람 알아? 방주가 바다에 있을 때 방주에서 살았다고 하던데."

케이트는 흠칫 놀라며 자세를 고쳤다.

"당연히 알지. 우리 섬의 첫 번째 여왕이니까. 그건 왜?"

"아, 그게…. 몰워스가 언젠가 그 이름을 말한 적 있어. 몰워스가 원래 왕가에 관심이 지대하잖아."

케이트는 고개를 갸웃거렸다.

"바깥 섬에서는 정말 역사 교육을 하지 않나봐. 《레일라의 일기》는 왕실 도서관에서 가장 중요한 책 중 하나야."

"그럼 너도 당연히 읽어봤겠구나?"

"엘리, 지금 그것보다 더 중요한 일이 있지 않니?"

"레일라!"

세스가 침대에서 벌떡 일어났다. 숨이 몹시 차보였다.

"세스, 괜찮아?"

엘리가 안도의 한숨을 내쉬며 세스를 안았다. 세스의 몸은 온기가 조금 돌아와 있었다.

"세스가 방금 '레일라'라고 했어?"

케이트의 눈이 휘둥그레졌다.

"잠결에 너희 이야기를 들었나보지."

비올라가 엘리와 눈빛을 교환하며 둘러댔다.

세스가 통통 부은 눈으로 두리번거렸다.

"도대체 뭐가 어떻게 된 거지?"

"아무래도 쓰러지면서 머리를 다쳤나봐. 이제 정신이 좀 들어?"

엘리는 케이트가 더 묻기 전에 서둘러 화제를 돌렸다.

세스가 고개를 끄덕였다.

"다행이네. 우리 이러고 있을 시간이 없어. 로렌의 스파이를 찾아야지. 무슨 일을 꾸미는지 알아내야 해. 어떻게 하면 좋을까? 응, 위대한 발명가?"

케이트의 말에 엘리는 얼굴이 붉어졌다. 세스는 눈을 비비며 세수하듯 뺨을 문질렀다. 엘리가 세스를 물끄러미 보았다.

"이렇게 해보면 어떨까?"

엘리는 천천히 입을 열었다.

"비올라, 네 도움이 필요해. 모두를 위해서."

비올라가 떨떠름한 표정으로 엘리와 케이트를 번갈아 보았다.

"계획이 뭔데?"

"일단 칼싸움에서 좀 져야 해."

비올라는 어깨를 으쓱했다.

"져본 적은 없지만 한번 해볼게."

황금 팔찌

해가 저문 떡갈나무 여관에 긴장감이 감돌았다. 비올라는 상대와 마주보고 빙글빙글 돌았다. 이마에 땀방울이 맺혔다. 상대는 땀을 비 오듯 쏟아냈다. 비올라가 소리를 지르며 목검을 크게 휘둘렀다. 눈 깜짝할 새 사라진 상대는 어느 틈엔가 나타나 비올라의 허리춤에 목검을 겨누었다. 구경꾼들의 입이 떡 벌어졌다.

"비올라가 평소 같지 않네."

얀센이 투덜거리며 안대를 고쳐 썼다.

세스가 앓는 소리를 냈다.

"너는 또 얼굴이 왜 그 모양이냐?"

얀센이 세스의 볼을 두 손으로 꼬집었다.

"아무래도 저 녀석 악마에게 홀린 것 같아요. 지난번에는 엘리가 그러더니."

284

몰워스가 혀를 찼다.

"난 그런 적 없어."

엘리가 퉁명스럽게 대꾸했다.

"눈이 시뻘겋고 피부는 창백하고 마룻바닥에는 벌레와 쥐가 드글거렸는데도?"

몰워스가 턱을 치켜들며 목소리를 높였다.

"옛날이야기에 나오는 내용 그대로네!"

얀센의 눈이 툭 튀어나왔다. 슬그머니 엘리 반대편으로 의자를 뒤로 뺐다. 옆에서 잠자코 듣던 선원들은 아예 다른 테이블로 옮겼다.

"사실이 아니에요. 생쥐나 벌레 같은 것도 없었고요."

엘리는 목이 탔다.

"내가 다 봤는데."

몰워스가 툴툴거렸다.

비올라는 상대의 어깨를 툭 치며 상자 하나를 내밀었다. 반짝이는 수정이 박힌 황금 팔찌였다. 남자는 바로 팔찌를 차더니 팔을 내밀고 친구들 앞을 빙 돌았다.

비올라가 목검을 휘휘 저으며 테이블로 돌아왔다. 세스는 비올라의 의자를 빼주었지만 비올라는 못 본 척하며 얀센 옆에 앉았다. 세스가 고개를 푹 숙였다.

"애런 풀리스, 명단에서 지워."

비올라가 거들먹거리며 말했다.

아이들은 그날 하루 종일 섬에 있는 선술집을 다 찾아다녔다. '웃는 문어

285

바'부터 리올리 해변의 '왕과 고래'까지. 비올라는 모든 칼싸움에서 아슬아슬하게 져주었다.

엘리는 얼룩진 종이를 훑어보며 애런의 이름에 줄을 그었다. 고개를 돌리다 소리를 지르며 의자에서 떨어졌다.

"내가 그렇게 무섭게 생겼니?"

케이트가 입을 비쭉거리며 서 있었다.

"늘 인기척도 없이 나타나니까 그렇지."

엘리는 가슴을 쓸어내리며 살짝 눈을 흘겼다. 케이트와 세스가 엘리를 일으켰다.

"좋은 소식이 있어! 오늘 왕실 고문관 회의에서 로렌에게 상을 줬어. 섬을 위해 열심히 일한 대가로."

"그게 좋은 소식이야? 섬에 기근을 불러일으킨 장본인에게 왜 상을 줘? 지금쯤 더 심한 일을 꾸미고 있을지도 모르는데."

엘리는 믿을 수 없다는 듯이 고개를 저었다.

"글쎄."

케이트가 테이블 위에 상자를 올려놓았다. 상자 안에는 황금 팔찌가 들어 있었다.

"내가 로렌에게 부상으로 뭘 줬을 것 같아? 로렌은 내 앞에서 바로 팔찌를 차더라. 그나저나 이걸로 뭘 어쩌려는 거야?"

"아!"

엘리가 침을 꿀꺽 삼켰다.

"좀 복잡하긴 한데."

황금 팔찌에는 바닷물이 들어 있었다. 얇은 금관 안에 바닷물을 채웠다. 엘리는 세스가 케이트의 방에서 유리병 속 바닷물을 알아차린 것처럼 팔찌가 어디에 있든 알 수 있을 거라 기대했다. 비올라의 놀라운 연기로 팔찌는 로렌의 스파이 팔목에 하나하나 채워졌다.

그날 밤, 엘리와 세스는 망토를 두르고 복면을 쓴 채 섬을 돌았다.

"혹시 뭐 느껴지는 거 있어?"

엘리가 물었다. 세스는 파리를 쫓는 것처럼 공중에 손을 휘저었다. 세스는 바다에서 들리는 소리 때문에 괴로워했다.

"아니."

세스가 조개껍데기를 발로 찼다. 갈매기 떼가 흩어졌다.

"음… 괜찮아?"

"비올라가 나에 대해 다 알게 된 것 같아."

"아….."

엘리는 뒤통수를 긁적였다.

"비올라가 네 피부에 생긴 푸른색 반점을 봤어. 범고래를 부른 게 너란 걸 알아. 네가… 신이라는 것도. 그렇다고 비올라가 더 이상 너와 친구 아니, 친구 이상이 아닌 건 아냐. 너랑 비올라는 하루 종일 같이 있잖아."

"나한테 한 마디도 안 해. 평소와 너무 달라. 장난도 치지 않고. 아무래도 날 무서워하는 것 같아."

세스의 표정이 어두워졌다.

"충격을 받을 순 있겠지. 비올라에게 시간을 줘."

세스는 심각한 얼굴로 팔짱을 끼고 걸었다. 엘리가 뒤따라갔다.

"어쩌면… 네가 직접 비올라에게 설명하면 비올라가 좀 더 이해할 수 있지 않을까?"

세스가 길 한복판에 멈춰 섰다.

"왜 그래? 좀 그런가?"

"아니, 팔찌 두 개가 저 아래에 있어."

세스는 골목으로 쏜살같이 달려갔다.

"세스, 같이 가."

엘리가 속삭였다.

장정 두 명이 허름한 집에서 자루 두 개를 끌고 나왔다. 작은 개가 뒤에서 짖어댔다. 나이든 부인이 잠옷 차림으로 급히 쫓아 나왔다.

"아껴둔 곡식입니다. 그게 마지막이라고요!"

"나라를 위해 바친다고 생각해. 당신이 조금 배고프면 나랏일을 하는 분들이 더 열심히 섬을 돌볼 수 있어."

남자가 거들먹거렸다. 그는 일행의 팔목을 가리켰다.

"그거 어디서 났나?"

또 다른 남자가 씩 웃었다.

"칼싸움을 해서 이겼지. 키가 3미터에 팔뚝이 내 머리통보다 두꺼운 여자와 붙었지."

"자네도? 나도!"

남자는 팔을 들어 황금 팔찌를 보여주었다. 어둠 속에서 수정이 빛났다.

"아주 예쁘단 말이야."

"경비병을 부르겠어요!"

288

잠자코 있던 부인이 외쳤다.

남자가 작은 개 머리 위로 부츠를 들어 올렸다.

"그러시든지. 우리도 뒷일은 책임 못 지겠지만."

부인은 쭈그리고 앉아 개를 끌어안았다.

"그거 돌려줘."

세스가 말했다. 세스의 목소리는 이상할 만큼 아무 감정이 느껴지지 않았다.

남자가 가소롭다는 듯이 웃었다.

"좋은 말로 할 때 집에 가라, 얘야. 너 내가 누군지 알아?"

"로렌이 보냈죠? 로렌 믿고 대단한 힘이나 있는줄 착각하고 있을 테고요. 로렌이 나한테서까지 보호해주지는 못 할 텐데요."

두 남자는 눈빛을 주고받고는 자루를 던져두고 허리춤에서 칼을 뽑았다.

"세스!"

엘리가 절뚝거리며 주머니를 뒤적였다.

세스는 고개를 한쪽으로 휙 젖혔다.

갑자기 두 남자가 서로 멱살을 잡고 끌어당기기 시작했다. 알 수 없는 힘이 손목을 사로잡았다. 세스가 다시 고개를 젖혔다. 이번에는 두 남자가 같이 뒤로 자빠졌다. 쿵 소리가 날 정도로 머리가 바닥에 세게 부딪쳤다. 두 사람은 입이 벌어지고 눈은 반쯤 풀린 채 포개어 쓰러졌다. 엘리가 옆에 앉아 상태를 살폈다.

"괜찮을 거야. 바닷물을 통해 맥박이 느껴지니까."

세스가 곡식이 든 자루를 부인에게 건넸다.

"받으세요."

세스가 상냥하게 말했다.

개가 세스를 향해 으르렁거렸다. 부인은 세스의 손에서 자루를 낚아챘다.

"저리 가, 이 괴물!"

부인이 자루를 끌고 집으로 들어갔다.

세스와 엘리가 마주보았다. 세스의 몸에 푸른 안개가 소용돌이치고 있었다.

"놀라서 그러는 거야, 세스."

"알아."

세스의 목소리가 갈라졌다. 긴 한숨을 내쉬고는 쓰러진 남자들을 보았다.

"경비병을 찾아서 이 사람들을 맡기자. 잠깐만!"

세스가 눈을 감았다. 이마를 찌푸렸다 폈다를 반복했다.

"왜 그래?"

"그들이 느껴져."

세스는 머리를 한쪽으로 젖혔다. 푸른 안개가 팔에서 계속 피어올랐다.

"제발 조용히 해."

"아무 말도 안 했어."

"네가 아냐. 바다 소리도 아냐. 로렌의 부하들이 느껴져. 모두 로렌의 부하들이야."

"어디?"

엘리가 주위를 살피며 지팡이를 칼처럼 쳐들었다. 세스는 엘리의 팔꿈치를 잡았다.

"아니, 엘리."

세스가 아래쪽을 가리켰다.

"무슨 뜻이야? 우리 발밑에 있기라도 하다는 거야?"

"모르겠어. 하지만 모두 같은 방향으로 향하고 있어."

세스가 갑자기 눈을 번쩍 떴다.

"어디로 가는지 알겠어."

~

엘리가 테이블 위에 구깃구깃한 지도를 내려놓았다.

"세스랑 며칠 동안 로렌의 부하들을 쫓아다녔어."

엘리는 지도 위에 직접 그은 선을 가리켰다.

"이게 뭔지 알아? 로렌의 부하들은 갱도로 이동하고 있었어."

"무슨 갱도? 그쪽은 광산도 없는데."

케이트가 미심쩍은 눈으로 지도를 보았다.

"갱도가 땅굴처럼 섬의 곳곳을 연결하고 있어. 잘 들어봐. 이제부터가 아주 재밌어."

"왕실 신하들, 안녕하신가. 이게 뭐야? 지도?"

몰워스가 세스의 어깨 너머를 힐끔거렸다.

"몰워스, 향수 뿌렸니?"

세스는 코를 찡그렸다.

"절대 아니지. 내가 그런 짓을 왜 해?"

몰워스가 케이트에게 고개를 꾸벅 숙여서 인사했다.

"시녀님도 오셨군. 저녁은 먹었나? 오렌지 껍질파이 어때? 오렌지가 아주 귀하지만 그쪽을 위해서라면 기꺼이 내드리지."

"그래, 몰워스. 가서 좀 만들어와. 가능하면 아주 천천히."

엘리는 손을 휘저으며 쫓아내는 시늉을 했다. 그러고는 지도의 끄트머리를 짚었다.

"화산?"

케이트가 고개를 갸웃거렸다.

"로렌의 부하들이 어젯밤 거기서 모였어."

"화산에서?"

"지금은 활동하지 않는 화산이잖아. 섬의 모든 땅굴이 그곳으로 연결되더군. 로렌도 그 자리에 있었어. 스파이들에게 지령을 내렸지. 모임에서 로렌은 마치… 왕 같았어. 지금 그의 부하들은 곡식을 약탈하며 섬을 두려움에 떨게 하고 있어. 다음은 아마 너일 거야. 물론 널 죽이지는 못 하겠지. 하지만 네게 섬의 위기를 헤쳐나갈 힘이 없다는 걸 보여줄 일을 작당하고 있을 거야."

"엘리, 정말 대단해."

케이트의 말에 엘리는 뒤통수를 긁적였다.

"이제 우리가 할 일은 화산의 비밀 모임에 잠입하는 거야. 다음 계획을 엿들을 수 있다면 막을 방법도 찾을 수 있어."

"그런데 어떻게 가지? 날아서?"

케이트가 눈썹을 들어올렸다.

엘리는 생각에 잠긴 채 턱을 긁었다.

"우리가 나는 기계를 만드는 중이긴 하지."

"활공은 했잖아? 도토리를 잔뜩 물고 나는 다람쥐 같았지. 팔과 다리 사이의 가죽을 펼쳐서 나는 하늘다람쥐."

"땅굴을 이용하면 되잖아."

세스가 테이블을 쳤다. 케이트와 엘리는 눈빛을 주고받았다. 세스는 저녁 내내 기분이 안 좋아보였다.

"아무래도 그래야겠지? 자, 아무튼 다들 잘 들어. 이제부터가 진짜 재밌는 내용이야."

엘리가 눈을 반짝였다.

"파이에 시나몬 들어가는 거 괜찮아?"

"마음대로 해, 몰워스!"

엘리는 소리를 꽥 질렀다. 몰워스가 식식거리며 주방으로 돌아갔다. 엘리는 지도를 보며 연필을 들었다.

"여기 켈러맨 광산 옆 X로 표시된 곳 있잖아. 나의 특별한 발명품 황금 팔찌에 따르면, 누군가 계속 이곳에 머물러 있어. 땅속 깊은 곳에 단 한 사람이."

"그 사람이 로렌이라고 생각하는 거야?"

엘리는 고개를 끄덕였다.

"아마도. 네가 준 팔찌를 벗지 않았다면. 하지만 이유가 뭘까? 왜 그곳에 있는 걸까?"

케이트가 지도를 손에 말아 쥐고 자리에서 일어섰다.

"만약 로렌이 은신처로 삼고 있다면 분명 남의 눈에 띄어서는 안 될 범죄가 관련되어 있는 거야. 자, 가자."

"지금은 안 돼. 깊은 밤까지 기다려야 해. 너도 갈 거지, 세스?"

세스는 팔짱을 낀 채 고개를 끄덕였다.

"그리고… 비올라에게도 같이 가자고 말해줄 수 있어?"

"눈 좀 붙여야겠다. 이따 출발할 때 깨워줘."

세스가 일어났다. 대답도 하지 않고 구부정하게 걸어갔다.

"쟤 왜 저래?"

케이트가 눈을 가늘게 떴다.

"아무래도 세스랑 비올라의 사이가 어색해진 것 같아."

그때 문이 벌컥 열렸다. 만신창이가 된 남자 두 명이 들어왔다.

"지금 내 꼴이 왜 이러냐고 묻는다면 다 여왕 탓이라고 말해주지. 지금 온 섬에 도둑이 날뛰는데 여왕을 전혀 겁내지 않더군. 아마 남자가 섬을 다스렸다면 이 지경이 되지는 않았을 거야."

지도가 거칠게 찢기는 소리가 났다. 케이트의 손에 두 동강 난 지도가 들려 있었다.

"일단 한숨 자자. 우린 좀 자야 해."

엘리가 케이트의 팔을 쓰다듬었다. 케이트는 긴 한숨을 내쉬었다.

"그래. 그리고 이거, 머리맡에 두고 자기 전에 읽어봐. 재밌을 거야. 이따 새벽 세 시에 켈러맨 광산 입구에서 만나자."

케이트가 발밑에 놓아둔 가방을 내밀었다.

엘리는 케이트와 포옹을 하고 방으로 올라갔다. 세스가 코를 골며 자고 있었다. 엘리는 침대에 옆으로 누워 세스를 바라보았다. 세스가 아무런 꿈도 꾸지 않고 푹 잘 수 있기를 빌었다. 촛불을 켜고 케이트가 건넨 가방을 열었다.

가죽 표지의 누렇게 바랜 책이 한 권 들어 있었다. 엘리는 첫 페이지를 펼쳤다.

레일라의 일기
끔찍한 배에서 보낸 끔찍한 시간에 대해

레일라의 일기
-부활호, 4807일째 항해 중

밤이 깊으면 노파는 늘 방주를 한 바퀴 돌았다. 바루는 정원에서 쌔근쌔근 잠들었다. 나는 노파를 몰래 따라 나섰다. 갑판 위에 노파가 홀로 서 있었다. 거대한 하얀 달 아래 작고 쪼글쪼글한 뒷모습이 보였다.

"바루의 마음을 산산조각 낸 게 누군지 알죠? 고치는 방법도요. 노파는 바루에게 거짓말을 했어요."

노파가 어깨 너머로 나를 돌아보았다.

"보기보다 꽤 똑똑하구나."

"왜 사실대로 말하지 않아요?"

"때가 되지 않았으니까. 아이는 더 커야 해. 더 사랑받아야 하고. 아직은 진실을 감당할 수 없어."

노파는 끝없이 펼쳐진 고요한 바다를 바라보았다.

"소년은 천 번쯤 죽었어. 앞으로 천 번쯤 더 죽을 거야. 그 아이는 신이야. 신에게도 영혼이 있어. 마음이 부서지면 영혼도 힘을 잃지."

노파의 말을 듣고 있으니 머리가 지끈거렸다.

"어떻게 해야 마음이 회복되는데요?"

"진실을 기억해버야 해."

"진실이 바루를 다치게 할 거라고 했잖아요."

"그랬지."

나는 발끈했다.

"한번이라도 평범한 사람처럼 말할 순 없어요? 바루의 마음을 산산조각 낸 게 누구냐고요."

노파가 나를 물끄러미 보았다.

"바루를 진심으로 생각한다면 그에게 말하지 않겠다고 약속해라."

"약속할게요."

나는 이를 꽉 물었다.

노파가 시선을 바다로 돌렸다.

"바루의 마음을 깨뜨린 건 바루 자신이야."

"네?"

"진실을 받아들일 수 없었지."

나는 노파의 쭈글쭈글한 손목을 잡고 내 쪽으로 홱 돌렸다.

"진실이란 게 도대체 뭔데요?"

나는 으르렁거렸다.

노파가 다시 한번 나를 물끄러미 보았다. 그러고는 버 머리를 쓰다듬었다.

"전쟁은 바루에게 벅찼어. 고통도 죽음도 감당할 수 없었지. 결국 악마에게 속고 말았어. 바루는 능력을 컨트롤하는 방법을 잊어버렸어."

노파의 이마에 깊은 주름 골이 생겼다.

"대홍수를 일으킨 게 바루야."

대홍수

엘리는 책을 덮었다.

심장 박동이 귓가를 세차게 울렸다. 가슴에 손을 올리고 숨을 세 번 들이쉬었다.

세스였다.

엘리는 침대에서 비틀거리며 일어났다. 달빛 한 줄기가 세스의 얼굴에서 어른거렸다. 파도가 해안선을 쓰다듬는 박자에 맞춰 세스의 가슴이 오르내렸다. 벽이 사방에서 엘리의 가슴을 조여왔다. 당장 뛰쳐나가지 않으면 숨을 쉴 수 없을 것 같았다. 코트를 대충 걸치고 지팡이를 챙겨 계단을 내려왔다. 곧장 여관 밖으로 나갔다.

하늘에는 별이 총총했다. 수평선 끝까지 은색 별빛이 쏟아졌다. 잠든 고양이와 닭을 지나쳐 벌집촌을 발 가는 대로 쏘다녔다. 머리가 점점 무거워져 낮은 돌담 위에 털썩 주저앉았다.

대홍수를 일으킨 게 세스였다.

바다를 치솟게 해 온 세상을 망가프렸다.

세스, 엘리의 친구 세스.

엘리는 무릎을 감싸 안으며 몸을 웅크렸다. 또다시 피 흘리는 아이가 나타나 비웃을 거라고 생각했다. 하지만 들리는 건 파도 소리와 심장 뛰는 소리뿐이었다.

"아니, 노파는 분명 악마가 바루를 속였다고 했어. 악마의 잘못이야. 늘 그렇듯 악마가 잘못한 거야."

엘리가 혼잣말을 내뱉었다.

고개를 돌려 떡갈나무 여관을 보았다. 궁의 거대한 그림자 밖으로 여관의 뒤틀린 나뭇가지가 뻗어나갔다. 세스가 잠든 방은 여전히 불이 꺼져 있었다. 엘리의 머릿속에는 세스 생각만 가득했다.

엘리는 파도 소리에 귀를 기울였다. 잔뜩 엉킨 생각의 실타래를 풀고 싶었다. 세스는 누구일까. 여관 나무에 걸린 시계를 흘깃 보았다. 벌써 2시 45분이었다. 곧 케이트를 만날 시간이었다. 세스를 깨울 생각을 하니 땀이 났다. 심호흡을 크게 하고 왔던 길을 되돌아갔다.

세스는 이미 잠에서 깬 초록색 카디건을 입고 여관 앞에 서 있었다.

"벌써 나왔네!"

엘리가 짐짓 명랑한 척 목소리를 높였다.

"갈까? 내 주머니만 믿어."

엘리는 코트 주머니를 툭 쳤다.

세스가 어색하게 발끝을 내려다보았다.

"엘리, 생각해봤는데 가지 않는 게 좋겠어."

"뭐?"

"그냥 떠나자. 이 섬을 영원히 떠나자."

엘리가 뒤로 한 걸음 물러났다.

"이대로 떠날 순 없어. 네가 여기서 만난 친구들은 어떡해? 비올라는?"

세스는 손을 주머니에 깊숙이 찔러 넣었다.

"말했잖아. 비올라는 날 괴물 취급해."

"그렇지 않아."

세스가 등을 돌렸다. 어깨가 떨렸다.

"우리가 계속 머물면 상황은 점점 나빠지기만 할 거야. 떠나야 해."

"이 모든 문제를 케이트 혼자 해결하도록 내버려두자고? 우리가 힘을 합쳐야지. 밭에 독약을 뿌린 게 로렌이라는 걸 증명하면 해결할 수 있어. 내가만든 기계로 수확량도 늘릴 수 있어."

"네가 왜 그렇게 케이트를 도우려는 건지 모르겠어."

세스의 입술이 떨렸다. 엘리와 눈을 마주치지 못 했다.

"그게 무슨 말이야? 케이트가 아니라 이 섬을 살리려는 거야."

세스가 매서운 눈길로 돌아보았다.

"아니, 넌 오직 케이트를 위할 뿐이야. 솔직히 케이트를 못 믿겠어. 케이트가 너와 여왕 자리 중 하나를 선택해야 한다면 그 애는 조금도 주저하지 않을 거야."

엘리가 주먹을 쥐었다. 세스는 꿈과 환상을 오가며 살았다. 세스에게 섬은 중요하지 않았다. 엘리는 불 꺼진 창문을 바라보며 악마로부터 끝내 스스로를 지킨 순간을 떠올렸다. 옆에 있는 세스가 자꾸 낯설게 느껴졌다.

"케이트를 믿지 못 하는 건 믿고 싶지 않아서겠지."

엘리는 중얼거렸다. 그러고는 휙 돌아섰다.

"엘리?"

"가고 싶지 않으면 같이 가지 않아도 돼."

엘리는 벌집촌 방향으로 성큼성큼 걸었다. 켈러맨 광산 입구에 도착했을 때, 케이트는 길에 파란 망토를 펼치고 별빛 아래 앉아 지도를 유심히 보고 있었다. 엘리를 보자마자 자리에서 벌떡 일어났다.

"세스는?"

"안 가겠대."

"왜? 아직도 저기압이야?"

"모르겠어. 어서 가자."

케이트는 안쓰러운 얼굴로 엘리를 보았다. 지도를 들고 갱도의 입구로 앞장섰다. 엘리는 도시에서 가져온 고래 기름을 몽땅 램프에 붓고 불을 붙였다. 불빛이 깜빡거리며 울퉁불퉁한 바위벽을 노랗게 물들였다.

"참, 깜빡할 뻔 했네."

케이트가 황금 팔찌를 주머니에서 꺼내 엘리의 손목에 채웠다.

"우리 둘 다 팔찌를 차자. 만약 헤어질 경우를 대비해서. 팔찌로 어떻게 서로를 찾으면 되는지 알려줘."

"아, 좀 복잡한 기계가 있어야 하는데. 근처에 다른 팔찌가 나타나면 팔찌가 반응하게 하거든."

"대단해. 혹시 보여줄 수 있어?"

"음…."

엘리가 얼버무리며 주머니를 뒤적였다.

"이거."

"엘리, 이건 연필깎이 아냐?"

"그래? 아, 그러네."

"엘리, 너 정말 괜찮니?"

엘리는 울고 싶은 마음을 참으며 케이트의 팔짱을 꼈다. 케이트는 걱정스러운 눈길로 엘리를 보았다. 그러고는 엘리의 손을 꼭 잡았다.

"됐어, 엘리. 세스 없어도 돼. 우리끼리 해보자."

엘리와 케이트는 구불구불한 굴 속으로 들어갔다. 엘리는 종유석이 보이자 식은땀이 났다. 괜히 다친 팔이 욱신거렸다.

"어디로 가고 있는지 아는 거지?"

엘리가 물었다.

"그럼!"

케이트는 지도를 꺼내 펼쳤다. 엘리가 램프를 높이 들어서 세스가 그려둔 길을 비췄다. 케이트가 곡선으로 굽은 길을 가리켰다.

"네 지도의 표시된 부분에 광산 지도를 겹치면 로렌의 땅굴로 연결되는 길목을 알 수 있어."

"좋은 아이디어네."

엘리가 생각에 잠긴 채 고개를 끄덕였다. 케이트는 머리카락을 만지작거렸다.

"일단 가봐야 알겠지만. 이쪽이야."

두 사람은 광산으로 더 깊이 들어갔다. 금방이라도 무너질 듯한 나무 단을 따라 돌덩이가 든 수레와 연장이 뒹굴었다.

"만약 내 생각이 맞다면 광산 지도에는 안 나오지만 모퉁이에서 오른쪽으로 길이 나올 거야."

모퉁이 끝에 좁다란 길이 보였다. 케이트가 활짝 웃었다.

"로렌의 비밀 모임 장소에 점점 가까워지고 있는 것 같아."

케이트는 지도에 X자로 표시된 곳을 가리켰다.

길이 험하고 좁아서 엘리는 자기보다 큰 사람이 이 길을 지나갔다는 사실이 믿기지 않았다. 길은 계속해서 왼쪽 오른쪽으로 꺾였다. 엘리는 램프 기름이 충분하기를 빌었다. 바위는 벽돌로 바뀌었다.

"굉장하네. 로렌은 얼마나 오랫동안 이 땅굴을 팠을까? 그의 집안은 언제부터 이런 은신처를 만들었을까? 아, 여기서 오른쪽으로 가야 해."

케이트의 입김에 희미한 램프 불빛이 깜빡거렸다.

오른쪽 길 아래로 계단이 나 있었다. 계단을 내려가자 녹슨 철문이 나왔다. 케이트는 문을 열었다.

땀 냄새와 상한 우유 냄새가 뒤섞인 악취가 진동했다. 엘리가 램프를 높이 들었다. 한쪽 구석에 벽이 움푹 파여 있었다. 철창이 보였다. 철창 뒤 어둠 속에서 무언가 움직였다.

엘리는 소리를 질렀다. 곧바로 램프의 불을 껐다. 둘은 고꾸라지고 말았다.

"뭐 하는 거야? 왜 불을 꺼?"

케이트가 다그쳤다.

"저기… 저기…."

엘리는 말을 잇지 못 했다.

케이트가 더듬거리며 엘리의 손에서 램프를 낚아챘다.

"겁낼 것 없어. 철장에 누가 있든 갇힌 신세인데, 뭘."

딸깍 소리와 함께 노란 빛이 어룽거리며 케이트의 얼굴을 드러냈다. 엘리는 철장 속 형체와 눈이 마주쳤다. 머릿속에서 심장이 요동쳤다.

하그레스였다.

화산 법정

엘리는 손으로 입을 막았다. 지팡이가 바닥을 뒹굴고 램프가 다리를 비추었다. 불빛에 얼굴이 드러날까 어둠속으로 뒷걸음질 치다 돌벽에 부딪혔다. 엘리는 몸을 웅크렸다.

좁은 철창 안에 하그레스의 거대한 몸이 구겨져 있었다. 검정 제복 코트는 찢어지고 바지는 흙투성이에 셔츠에는 얼룩이 잔뜩 묻어 있었다. 눈이 눈곱으로 들러붙어 뜨려고 할 때마다 얼굴이 일그러졌다. 한쪽 팔로 팔이 없는 반대편 어깻죽지를 감싸고 있었다. 하그레스는 엘리가 기억하는 만큼 컸지만 속에서부터 썩은 나무처럼 껍데기만 남은 것 같았다.

케이트가 철창 앞으로 성큼성큼 걸어갔다.

"당신은 누구죠?"

위엄 있는 목소리가 돌벽을 울렸다. 여왕 케이트의 목소리였다.

하그레스는 무릎을 꿇은 채 철창에 머리를 기대고 있었다. 피부는 물고기처럼 끈적해 보였다. 엘리는 하그레스가 마치 물처럼 철창 사이를 뚫고 나올까봐 두려웠다. 그의 몸통을 울리던 쇳소리가 천둥처럼 입 밖으로 터져 나왔다.

"재판관이오. 킬리안 하그레스."

하그레스는 이름만이 그에게 남은 전부인양 한 자 한 자 힘주어 말했다.

"재판관? 악마의 도시에서 왔나 보군요."

케이트가 어깨를 꼿꼿하게 세웠다.

"악마의 도시라니 말조심하시오! 우리는 악마를 숭배하는 게 아니오. 악마는 우리의 적이야."

하그레스가 소리를 버럭 질렀다. 엘리는 하그레스가 철창을 부수고 케이트의 목을 비틀까봐 두려웠다.

케이트는 미동도 하지 않았다.

"로렌이 당신을 가둔 이유가 뭐죠?"

"그는 괴물이오. 완전히 미쳤어. 이 섬은 미친 섬이야. 나를 잡아가두지 말았어야 해. 이 섬에 누가 나타났는지 모를 거요. 곧 당신들을 파괴할 겁니다. 얼간이 미개인들 같으니."

케이트가 무릎을 굽혀 하그레스와 눈높이를 맞췄다.

"악마를 말하는 건가요?"

하그레스가 입술을 핥았다.

"말해줘도 못 믿을걸. 로렌도 그랬으니까. 약해 빠진 여자 애가 악마를 품고 활개를 치고 있어. 아무도 믿지 않았지만 난 분명히 말했어. 랭커스터는 살아있어. 밧줄을 끊고 탈출한 거야."

파리 한 마리가 하그레스의 얼굴을 기어 다녔다. 하지만 알아차리지 못 하는 것 같았다.

"악마가 바다에 목숨을 왜 던지겠어? 그 애의 시신은 왜 아직도 발견되지 않느냐고."

케이트가 엘리 쪽으로 고개를 슬쩍 돌렸다. 엘리는 이를 맞부딪치며 떨었다. 하그레스가 어둠 속에서 자신을 알아보지 않기만을 간절히 빌었다.

"남쪽 바다에서 그 애의 잠수함이 발견되었는데도 내 말을 믿지 않았어. 날 미치광이 취급했지. 하지만 내가 찾을 거야. 잡아서 끝장을 낼 거야. 그 미꾸라지 같은 녀석도!"

"랭커스터라고 했나요? 어떻게 생겼죠?"

케이트의 목소리에 아무런 감정이 느껴지지 않았다.

"키가 작고 얼굴이 창백해. 머리는 금발에 눈동자는 초록색. 코가 한쪽으로 휘었어. 마지막으로 봤을 때 지팡이를 짚고 있었어."

엘리가 두 손으로 입을 틀어막았다. 손등으로 눈물이 흘러내렸다. 케이트는 가면을 쓴 듯 동요하지 않았다.

"로렌에게도 말했나요?"

하그레스가 턱을 들고 멍과 찢긴 상처를 보여주었다.

"말했소."

케이트가 시선을 돌렸다. 엘리는 케이트의 눈길에 움츠러들며 고개를 저었다. 둘은 말없이 서로를 바라보았다.

케이트가 다시 하그레스 쪽으로 고개를 돌렸다.

"이런 취급을 받게 된 점은 유감이에요. 당신은 세상에서 악을 없애려고 한 것뿐인데 말이죠. 하지만 이제 눈 감고 자도 되겠어요. 랭커스터라는 여자 애는 죽었어요."

케이트가 단호하지만 부드럽게 말했다.

엘리는 쌕쌕거리며 얕은 숨을 내쉬었다. 하그레스가 두 눈을 한꺼번에 뜨려고 얼굴을 찡그렸다.

"정말입니까? 어떻게…."

"로렌의 짓이죠. 제 눈으로 똑똑히 봤고요. 그 아이는 세상에 없어요."

하그레스가 눈을 감았다. 눈물이 뺨을 타고 흘렀다.

"이제 여한이 없군요. 평화로다."

"아니요. 로렌을 처치하기 전까지 평화는 없습니다."

하그레스가 격렬하게 고개를 끄덕였다.

"그럼 나를 꺼내주시오. 그 자를 당장 해치울 테니. 나한테 한 짓을 후회하게 만들겠소."

"꺼내드리죠. 하지만 아직은 아니에요."

"뭐? 안 돼!"

하그레스가 케이트를 향해 철창 사이로 손을 쑥 내밀었다. 케이트는 날렵하게 옆으로 몸을 피했다.

"이것 봐요. 내가 당신을 믿을 수 있겠어요? 때가 되면 사람을 보내죠. 단, 그 사이에 로렌에게 누가 왔다는 이야기를 절대 해서는 안 됩니다. 약속할 수 있나요?"

케이트가 하그레스의 눈동자를 빤히 바라보았다. 하그레스도 케이트를 보았다. 뺨에 눈물 자국이 번들거렸다.

"내 얼굴 잘 기억해요. 다음에 다시 볼 때는 당신이 그토록 바라는 복수를 하게 해 줄 테니."

하그레스는 멀뚱히 케이트를 바라보며 인상을 찌푸렸다.

"당신은… 누구요?"

"여왕입니다."

케이트가 램프를 딸깍 하고 껐다. 모든 것이 어둠 속에 잠겼다.

"*안 돼, 안 돼. 가지 마시오. 나를 버려두지 마시오.*"

하그레스가 소리쳤다.

차가운 손가락이 엘리를 잡고 좁은 갱도로 끌어당겼다. 하그레스의 고함 소리가 점점 멀어졌다.

"케이트?"

엘리가 들릴 듯 말 듯 하게 속삭였다. 케이트는 다시 램프를 켰다. 케이트의 황금빛 눈동자가 엘리를 향했다.

"왜 얘기 안 했니? 악마의 도시에서 왔다는 거."

엘리는 숨이 턱 막혔다.

"이곳 사람들이 그 도시를 얼마나 끔찍하게 여기는지 아니까."

"그래, 거짓말을 좋아하진 않지만 어쩔 수 없을 때도 있지."

케이트가 어렴풋이 미소를 지었다.

"케이트, 저 남자가 한 말이 두렵지 않니?"

"두렵지. 네 안에 악마가 산다는데. 하지만 저 남자가 완전히 미친 것일 수도 있지."

엘리가 한숨을 내쉬더니 갑자기 울음을 터뜨렸다.

"엘리? 왜 그래?"

"네가 날 보지 않으려 할 줄 알았어."

케이트가 엘리의 손을 잡았다.

"말도 안 되는 소리. 자, 이제 화산 쪽으로 가보자. 로렌의 비밀회의의 증거를 찾아야지."

케이트는 램프를 들어올렸다. 좁은 통로를 간신히 빠져나가자 여러 방향으로 길이 뻗어 있었다.

"잠깐, 무슨 소리지?"

케이트가 멈췄다.

엘리도 귀를 기울였다. 어둠 속에서 희미한 음악 소리가 들렸다. 둘은 음악 소리를 따라갔다. 벽돌은 다시 거칠고 울퉁불퉁한 돌로 바뀌었다. 좁은 길은 축축한 냄새가 나는 넓은 통로로 이어졌다.

"조심해."

엘리가 뒤에서 케이트를 잡았다. 케이트는 램프를 떨어뜨렸다. 램프가 어두운 구덩이 속으로 굴러 떨어졌다.

"고마워."

케이트는 마른침을 삼키며 구덩이 앞에서 뒷걸음질 쳤다. 가파른 계단이 보였다. 음악 소리가 계단 위에서 울려 퍼졌다.

둘은 살금살금 계단을 올랐다. 조금씩 눈앞이 환해졌다. 계단을 끝까지 올랐을 때 머리 위로 작고 둥근 조각하늘이 보였다.

"우리 화산 안으로 들어온 것 같아."

엘리가 속삭였다.

나무로 만든 연단에 로렌이 앉아 있었다.

로렌은 은색 가운을 입고 은색 하프를 연주했다. 로렌과 하프는 마치 별처럼 영롱하게 빛났다. 끝이 뾰족한 모자를 덮어 쓴 무리가 로렌을 둘러싸고 앉아 연주를 들었다.

케이트와 엘리는 몸을 수그려 계단에 납작하게 누웠다. 로렌의 머리만 겨우 보였다.

"로렌, 이건 연주회입니까? 연주를 가만히 들으면 됩니까?"

굵은 목소리가 들렸다.

"잠깐, 저 목소리 나 알아. 에밀 카르소야. 왕실 의회 의원. 비열한 배신자!"

케이트가 속삭였다.

로렌은 대답도 하지 않은 채 연주만 했다. 눈을 감고 박자에 맞춰 고개를 끄덕였다.

"뭐 하는 거지?"

"기다리게 하는 거야. 자기에게 그럴 만한 힘이 있다는 걸 보여주려는 거야."

케이트가 눈을 가늘게 떴다.

마침내 로렌이 긴 숨을 내쉬더니 손을 하프에서 내렸다.

"동지 여러분, 친애하는 나의 동지여. 나의 지시를 성실히 수행해주어서 고맙습니다. 절도와 거짓말, 폭동. 나도 유감입니다. 우리의 섬을 형편없는 섬으로 만들었으니. 하지만 끝이 멀지 않았어요. 왕실의 충성파들이 과연 여왕에게 섬을 이끌 능력이 있는지 의심하고 있어요. 그들은 물밑에서 새로운

311

지도자를 찾고 있어요."

케이트의 몸이 떨렸다.

"더러운 배신자들."

"수행기사들을 데려 오자. 할 수 있는 한 많은 사람들을 데려 와서 저들의 속셈을 두 눈으로 똑똑히 보게 하자."

엘리가 케이트의 손을 잡았다. 케이트는 로렌에게서 분노의 시선을 거두지 않았다.

"이제 우리 섬은 강력한 지도자의 통치로 새롭게 태어날 겁니다. 여왕이 화신인지는 몰라도 지도자로서는 부적격이었어요. 동지들이여. 이제 때가 왔습니다."

"아니!"

케이트가 화산이 쩌렁쩌렁 울리도록 소리쳤다. 로렌이 몸을 돌렸다. 눈꺼풀이 살짝 떨리는가 싶더니 이내 웃음을 터뜨렸다.

"이런, 이런. 호랑이도 제 말하면 온다더니 여왕이 직접 행차하셨군."

"케이트!"

로렌을 향해 맹렬히 걸어가는 케이트의 뒤를 엘리가 절뚝거리며 따라갔다.

"밭에 독약을 뿌린 건 당신이야. 폭동을 주도한 것도. 내 백성들의 집을 약탈한 것도 당신이었군."

케이트가 주위를 둘러보았다.

"당신들 모두 대가를 치르게 될 거야."

모자를 쓴 무리가 슬금슬금 움직였다. 모자를 푹 눌러쓰며 도망치는 사람도 있었다. 로렌이 손을 흔들었다.

"동지들, 앉으시오. 앉아요. 모두 잠시 기다리시오. 자, 여왕은 이리 오시죠. 긴히 할 말이 있나보군요."

로렌이 다시 자리에 앉아 하프에 손을 올렸다. 케이트가 주먹을 쥐고 로렌에게 다가갔다. 엘리가 재빨리 뒤따라갔다.

"뭐라고요?"

케이트가 눈을 부라렸다.

로렌은 연주를 하며 속삭였다. 하프 소리에 목소리가 묻혔다.

"여왕, 이런 말을 하게 되어 유감입니다만 여기까지 찾아오다니 큰 실수를 하셨어요."

"저들이 당신의 비밀 노트에 대해 알고 있나요?"

로렌이 눈썹을 치켜 올렸다.

"아, 이제야 그 밤의 사건이 설명이 되는군요. 아는 사람도 있고 모르는 사람도 있습니다. 가장 숨기고 싶은 비밀을 알고 있다고 모두에게 말하면 내가 무사할 수 있겠습니까?"

"그럼 내가 말하면 어떨까요?"

"동지들 앞에서 날 난처하게 만드시겠다? 당신을 돕기 위해 수많은 일을 한 나를?"

로렌이 고개를 저었다.

"당신은 날 도운 적 없어."

로렌은 다시 눈을 감았다.

"여왕, 섬을 이끌어야 한다는 부담감이 당신을 망가뜨리고 있어요. 얼굴에

써 있어요. 이제 그만 족쇄를 벗는 게 어때요? 나에게 섬을 맡겨요."

"내가 죽어야만 가능한 이야기군요."

케이트가 서늘하게 웃었다.

로렌은 손을 저었다.

"아니, 날 후계자로 지명해요. 다음 화신으로. 당신은 옆에 서 있는 친구와 함께 어디 먼 섬에서 마음 편하게 살면 됩니다. 사람들에게는 여왕이 평화롭게 잠들었다고 말하죠. 요절은 안타깝지만. 발명가 친구의 기계로 섬은 이전의 영광을 되찾을 수 있을 겁니다. 여왕은 아무것도 걱정할 필요 없어요."

케이트의 몸이 뻣뻣해졌다. 하프를 걷어 찼다. 하프가 바닥에 뒹굴고 로렌의 손은 공중에서 굳었다.

"하프 연주가 마음에 들지 않았나 보군요."

"당신이 그동안 해온 짓들 다 까발릴 거야."

로렌이 어깨를 으쓱했다.

"사람들이 여왕의 말을 믿을까요? 백성들의 마음은 이미 나에게 넘어왔어요. 재미있는 이야기가 필요할 겁니다. 사람들의 마음을 사로잡을 이야기. 진실은 재미에 별로 기여를 못 해요. 늘 그런 건 아니지만."

로렌이 엘리를 가리켰다.

"여왕의 가장 가까운 조언자가 실은 악마의 도시에서 온 아이라는 사실은 재미있긴 하죠."

케이트는 말문이 막혔다. 로렌이 씩 웃었다.

"여왕은 몰랐나봐요?"

"그래서요? 이 아이가 악마인 것도 아닌데."

로렌이 엘리를 위 아래로 훑어보았다.

"물론 악마는 아니겠죠. 악마가 뭐 하러 이렇게 별 볼 일 없이 뼈만 앙상한 아이를 화신으로 삼겠어요. 어쨌든 악마의 섬에서 온 스파이가 여왕의 귀를 사로잡고 있다는 걸 알면 사람들이 뭐라고 할까요? 당장 스파이의 머리통을 내놓으라고 하겠죠?"

케이트가 마른침을 억지로 삼켰다. 목젖이 불룩 튀어나오는 것이 보일 정도였다.

로렌은 하프를 일으켜 깨진 부분을 손으로 쓰다듬었다.

"나흘 후 생명의 축제 날, 이 섬에서 가장 힘 있는 사람들 앞에서 날 다음 화신으로 지명하게 될 겁니다. 섬을 지배할 권한을 나에게 넘기는 거지."

"그런 일은 절대 없어."

로렌이 자리에서 일어났다. 케이트를 물끄러미 바라보며 턱을 두 손으로 쓰다듬었다.

"오랫동안 궁금했던 게 있어요. 터무니없는 생각인지도 모르지만 이왕 이렇게 된 것 한번 물어보지. 여왕의 어머니가 눈을 감은 후 왜 섬에 흉년이 든 걸까요? 왜 여왕은 이 상황을 막기 위해 아무것도 하지 않지? 혹시 그럴 능력이 없어서 못 하는 건가요? 설마 진짜 화신이 아니어서?"

로렌이 웃으며 케이트의 눈을 뚫어져라 보았다. 로렌을 노려보는 케이트의 숨소리가 거칠어졌다. 손이 떨리기 시작했다.

로렌은 여전히 음악 소리가 들린다는 듯 눈을 감고 고개를 끄덕였다.

"여왕, 아까 말했듯이 단지 내 생각일 뿐이에요. 보아하니 생각 이상인 것 같지만. 엘리의 비밀은 여왕의 것에 비하면 아무것도 아니겠군요."

316

로렌이 케이트의 뺨을 어루만졌다.

"더러운 손 치워."

케이트가 손을 들어 로렌의 뺨을 때렸다. 로렌이 케이트의 손목을 잡았다. 다른 손으로는 케이트의 머리채를 잡아 들어올렸다. 케이트가 비명을 질렀다.

"안 돼!"

엘리가 로렌에게 달려가 지팡이를 휘둘렀다. 로렌은 엘리의 손에서 지팡이를 빼앗아 공중에서 빙글 돌리더니 엘리의 배를 세게 쳤다. 엘리가 그 자리에서 고꾸라졌다. 숨이 턱 막힌 채로 헐떡거렸다.

"*엘리는 내버려둬!*"

케이트의 얼굴이 시뻘겋게 달아올랐다. 머리채를 쥔 로렌의 손을 할퀴었다.

"가만 두지 않을 거야. 당신의 이름을 완전히 없애버릴 거야."

로렌은 손의 관절이 하얗게 되도록 힘을 주었다. 케이트가 비명을 질렀다.

"아무것도 남지 않게 다 부숴버릴 거야."

"여왕답지 않게 입이 거칠군. 웬만하면 내 말대로 해요. 내가 그렇게 인정머리 없는 사람은 아니잖아. 생명의 축제에 배우들을 고용해서 여왕이 병을 고치는 것처럼 연기하도록 지시하지. 여왕의 끔찍한 비밀이 드러나지 않도록. 그게 싫다면 나도 진실을 밝히는 수밖에. 여왕은 화신이 아니고 여왕의 최측근은 악마의 섬에서 온 스파이라는 것을."

로렌이 케이트를 바닥에 내팽개쳤다. 케이트는 머리를 움켜쥐었다.

"케이트! 괜찮아?"

엘리가 케이트에게 기어갔다.

케이트는 고개를 끄덕였다. 아무 말도 하지 못 한 채 엘리의 손을 힘주어 잡았다.

"동지 여러분!"

로렌이 손을 번쩍 치켜들었다.

"기대보다 훨씬 일이 빨리 진행되었군요. 방금 여왕과 나는 뜻을 같이 했습니다. 여왕은 신성한 지혜로 나를 후계자로 지명하기로 했어요. 나는 생명의 신의 다음 화신이 될 것입니다."

케이트가 자리에서 벌떡 일어나 로렌을 뒤로 밀쳤다. 로렌은 웃으며 케이트의 두 손을 움켜쥐고 속삭였다.

"아직도 이해를 못 하겠어? 당신의 진실을 알고 있다니까. 이제 당신은 아무 힘도 없어."

그러고는 엘리에게 성큼성큼 다가갔다. 엘리의 다친 팔을 끌어당기며 주머니에서 칼을 뽑았다.

"안 돼! 당신 말대로 할게! 제발 엘리는 내버려둬!"

케이트가 엘리의 팔에 흐르는 피를 보며 소리를 질렀다.

로렌은 의미심장한 미소를 짓더니 엘리를 놓아주었다.

"썩 꺼져, 위대한 발명가."

"난 케이트 곁을 절대 떠나지 않아."

엘리가 케이트 옆에 다가서며 말했다.

"케이트도 같이 갈 거야. 여왕은 중요한 의식을 준비해야 하거든. 저쪽 통로로 나가면 해안가로 연결돼. 거기서 집을 찾아가도록 해."

엘리와 케이트는 팔짱을 끼고 절뚝거리며 계단을 내려갔다. 엘리의 귓가에 케이트의 거친 숨소리가 들렸다. 계단을 반쯤 내려갔을 때 로렌이 나지막이 말했다.

"케이트, 표정 관리 해. 웃어."

케이트가 이를 꽉 물고 숨을 깊이 내쉬었다. 무표정한 얼굴은 조금도 바뀌지 않았다. 케이트가 뒤를 돌아보았다.

로렌이 케이트를 향해 애틋한 미소를 지었다. 케이트의 입술에 경련이 일었다. 케이트는 다시 계단을 올라가 로렌에게 침을 뱉었다.

로렌이 고개를 저었다.

"동지 여러분, 여왕이 권력자긴 권력자인가 봅니다. 어떤 상황에서도 여왕에게 손끝 하나 대지 마시오. 그 옆에 있는 아이는 어떻게 하든 상관없습니다."

"엘리, 도망쳐!"

케이트가 엘리를 계단 아래로 이끌며 외쳤다. 모자를 뒤집어쓴 사람들이 쫓아왔다.

"연막탄을 줘."

좁은 갱도를 달리며 케이트가 말했다. 엘리는 주머니를 뒤적였다. 작은 돌멩이 크기의 구슬을 케이트에게 건넸다.

"엘리, 이건 그냥 돌이잖아."

케이트가 외쳤다. 하지만 일단 힘껏 던졌다. 바로 뒤에서 쫓아오던 남자의 머리를 정확히 맞췄다. 남자가 머리를 움켜쥐었다. 뒤에서 달려오던 남자가 웅크린 남자에 걸려 넘어졌다.

"엘리, 너 먼저 가. 난 시간을 끌게. 최대한 빨리 달려서 궁으로 가."

"그렇게는 못 해."

"들었잖아. 날 해치지 못 할 거야."

"하지만."

"엘리, 어서 가!"

케이트가 엘리를 힘껏 밀었다. 엘리는 굴을 따라 달렸다. 발을 내딛을 때마다 다리에 찌르는 듯한 통증이 느껴졌다. 뒤에서 케이트의 분노에 찬 목소리가 들렸다. 코끝에 소금과 미역 냄새가 닿았다. 멀리서 빛이 희미하게 보였다. 엘리는 멈추지 않고 달렸다. 마침내 신선한 공기가 콧속으로 밀려들었다. 바위투성이 해안이 눈앞에 펼쳐졌다. 생명체라곤 하나도 살지 않을 것 같은 시커먼 바다였다. 엘리는 바위를 조심조심 내려갔다. 굴 뒤쪽에서 쿵쿵대는 발소리가 들려왔다.

"결국 잡히고 말 거야."

이끼 낀 바위 위에 온몸에 붕대를 감은 아이가 발을 까딱거리며 앉아 있었다. 발바닥이 피로 젖어 있었다.

엘리는 못 본 척하며 계속 바위를 내려갔다. 아이는 팔에 느슨하게 풀린 붕대를 잡아당겼다.

"곧 굴 밖으로 로렌의 부하들이 튀어나올 거야. 나에게 부탁하면 해치워줄게. 로렌도 마찬가지야. 우리가 다시 잘 지낼 수만 있다면."

엘리는 커다란 바위에서 모래사장으로 뛰어내렸다. 다리가 꺾이면서 악소리가 절로 나왔다.

"이봐, 엘리. 날 너무 오랫동안 무시한 것 같지 않아?"

아이가 말했다.

굴에서 로렌 부하들의 목소리가 들렸다.

"시간이 없어."

아이가 입꼬리를 올리며 씩 웃었다. 붕대가 감긴 손을 내밀었다.

"이제 다시 친구로 지내자."

엘리는 다 포기하고 싶은 충동에 사로잡혔다. 무릎을 꿇고 앉아 머리를 바닷물에 담갔다. 코속으로 물이 들어오고 셔츠 깃이 젖었다. 엘리는 세스의 이름을 크게 외쳤다. 입에서 거품이 뿜어져 나왔다.

잠시 후 숨을 헐떡거리며 고개를 들었다.

아이가 웃었다.

"뭐하는 거야? 그 애가 들을 수 있을 거라고 생각해?"

로렌의 부하 두 명이 젖은 바위 위를 미끄러지듯 내려왔다. 엘리는 절뚝거리며 달리기 시작했다. 주머니에서 연막탄을 꺼내 자신의 가슴에 세게 던졌다. 엘리 뒤로 연기가 자욱하게 깔렸다. 어깨 너머로 연기가 폐에 들어간 것처럼 기침을 해대는 두 사람이 보였다.

"엘리, 이건 장난이 아니야. 저들이 널 죽일 거야."

아이가 발을 굴렀다.

엘리가 고개를 돌렸다. 왼쪽에 낮고 풀이 무성한 절벽이 보였다. 해가 떠오르면서 절벽이 핑크빛으로 물들었다. 절벽 위는 마을로 연결되는 길 같았다. 바위를 올랐다. 하지만 다리가 꺾이면서 뒤로 굴러 떨어졌다. 울퉁불퉁한 바위에 옷과 피부가 찢겼다. 로렌의 부하들이 칼을 뽑아들고 달려왔다. 아이가 엘리의 옆에 무릎을 꿇었다.

"이대로 다 끝낼 생각이야? 어서 나에게 부탁해."

아이의 젖은 목소리가 엘리의 귓가에 쟁쟁거렸다.

칼날이 햇살에 번쩍였다. 엘리는 입술이 덜덜 떨렸다.

"싫어. 내가 죽으면 이 세상에 악마도 없어져. 얼마동안만이라도."

엘리는 모래밭에 반듯하게 몸을 눕혔다. 쏟아지는 햇빛이 눈부셨다. 핀을 떠올렸다. 조각배에서 물고기를 찾아 바닷물에 코를 박고 있던 핀.

그리고 핀의 웃음.

발소리가 점점 가까워졌다. 엘리는 마음속에 그 웃음을 그렸다.

레일라의 일기

부활호, 4821일째 항해 중

바루는 상태가 오락가락했다. 오늘은 버버 누워있었다. 과일과 채소가 든 봉투를 바루 옆에 버려놓았다.

"일어나봐. 이거 나눠주러 가야 해."

"누구한테?"

"나도 몰라. 그냥 필요한 사람들."

우리는 음침한 복도를 무작정 걸었다. 배는 노쇠한 거인의 뼈처럼 삐걱거렸다. 어부와 농부 조합의 방을 지나 악취가 진동하는 가장 밑바닥 층으로 내려갔다. 굶주림에 찌든 절망적인 눈빛이 한꺼번에 우리에게 향했다. 나무토막 같은 사람들은 어둠 속에서 옹송그리고 있었다. 커다란 봉투를 보고 번득이는 눈빛이 모여들기 시작했다. 봉투는 금세 바닥났다.

"다들 엄청나게 굶주렸나봐. 선장과 부하들은 먹을 게 넘쳐나던데. 이건 공평하지 않아."

바루가 고개를 절레절레 흔들었다.

우리는 다시 맨 위층 갑판으로 올라갔다. 바루가 바다를 바라보고 섰다. 바람에 검은 머리칼이 헝클어졌다. 바루는 많이 걸었지만 피곤해 보이지 않았다.

"노파 말이 네게 바다를 가르는 능력이 있대. 대홍수 이후 처음으로 땅이 드러나게 할 수 있는 힘이지."

바루는 잠자코 먼 바다만 보았다. 역겨운 냄새가 나는 국이라도 보는 것처럼 미간을 찌푸렸다.

"바다 안에 네 마음을 놓아야 해. 죽은 목소리들이 아우성치는 저 곳에."

"네가 옆에 있을게. 도움이 된다면."

바루가 갑자기 눈을 크게 떴다.

"어쩌면 바다를 가를 필요가 없을 지도 모르겠어."

"왜?"

바루는 수평선을 가리켰다.

"저 너머에서 뭔가가 느껴져. 바다가 그것을 품고 있어. 마치 내어주고 싶지 않다는 듯이. 그러지 못 했지만."

"무슨 말이야?"

바루가 웃었다.

"저곳에 이미 땅이 있어."

바다의 신

발걸음 소리가 멈췄다.

엘리는 일어나 앉았다. 옆에 선 로렌의 부하들이 꼼짝도 하지 않았다. 시선이 엘리가 아니라 바다를 향했다.

"저게 뭐지?"

남자가 말했다.

바다가 부글부글 끓었다. 누군가 바다 깊은 곳에 불이라도 지핀 것처럼 공기 방울이 솟구쳤다. 바닷물은 어느새 집채보다 더 높이 솟았다. 로렌의 부하들이 뒷걸음질 쳤다.

"도대체 어떻게 된 거야?"

다른 남자가 소리쳤다.

엘리는 심장이 쿵쾅거렸다.

절벽 꼭대기에 세스가 서 있었다. 온몸이 푸른 안개로 둘러싸인 채 팔을 양 옆으로 뻗었다. 눈이 있어야 할 자리는 움푹 파여 있었다.

"아이를 죽이려고 했나?"

세스의 목소리가 해변에 울려 퍼졌다. 목소리에 다른 목소리가 겹쳐졌다. 엘리조차 떨게 만드는 바다에서 울리는 낮은 천둥소리였다. 바다의 물기둥은 더욱 높아졌다. 어두운 포말이 산처럼 솟아올라 해변에 긴 그림자를 드리웠다.

"아니, 그냥 겁을 주려는 것뿐이었어."

남자가 모자를 뒤로 젖혔다. 엘리는 그의 얼굴을 알아보았다. 비올라와 칼싸움을 했던 남자였다. 엘리보다 불과 몇 살이 많은 아이였다.

남자는 산처럼 치솟은 물기둥을 향해 외쳤다. 절벽 위 세스는 엘리 말고는 아무도 알아채지 못 했다. 푸른 안개 아래 세스의 피부는 핏기 하나 없었다. 엘리는 문득 세스가 더 창백해지면 어떻게 될지 겁이 났다. 엘리가 절벽을 향해 뛰었다.

"거짓말."

세스가 으르렁거렸다. 물이 따라 말했다. 엘리의 눈에 치솟은 수면 바로 밑에 뭔가가 보였다. 사람 열 명을 합한 높이의 거대하고 어두운 생명체였다.

로렌의 부하들이 하나씩 무릎을 꿇었다. 모자가 뒤로 젖혀지며 겁에 질린 얼굴이 드러났다.

"로렌이 시킨 일이야. 이 일을 성공하면 큰 부자로 만들어 준다고 했어."

부하들이 소리쳤다.

"세스!"

엘리는 다치지 않은 팔로 절벽을 기어오르며 외쳤다.

325

"이제 멈춰. 이만하면 됐어."

세스를 휘감은 푸른 소용돌이는 이제 팔과 목을 조르는 검은 핏줄처럼 보였다. 바다 속 생명체도 앞으로 돌진했다. 로렌의 부하들이 비명을 질렀다. 생명체를 품은 물기둥은 더욱 거대해져 섬 전체를 집어삼킬 것 같았다.

세스가 무릎을 꿇었다.

"서로에게 상처 주는 짓은 그만해."

세스는 고통스럽게 중얼거렸다. 바다는 천 배쯤 크게 울렸다.

"세스, 이제 됐어. 나는 괜찮아."

엘리가 해변에 얼어붙은 로렌의 부하들을 내려다보았다.

"거기 그렇게 서 있지 말고 어서 피해요!"

부하들은 정신을 차리고 해변 양쪽으로 도망쳤다. 엘리도 비틀거리며 절벽 꼭대기까지 올랐다. 마침내 세스의 발 앞으로 몸을 굴렸다. 세스의 손을 잡은 엘리는 움찔했다. 손이 얼음장이었다. 세스의 모습은 아무것도 찾을 수 없었다.

"*세스!*"

엘리가 소리쳤다.

"그들이… 고통 받고 있어. 내가 끝내야 해."

세스에게 무엇이 보이는지 몰라도 두려움으로 얼굴이 뒤틀렸다.

물기둥은 더욱 높아져 해를 가렸다. 걷잡을 수 없이 거세게 치솟은 물속에서 어두운 형체가 해변으로 더욱 가까이 다가왔다. 검은 발톱을 세우고 세스를 향했다.

"*안 돼! 물러가! 세스를 데려갈 수 없어.*"

엘리가 세스를 가까이 끌어당겼다.

"그는 나다."

세스와 바다가 동시에 같은 말을 뱉었다.

엘리는 두 손으로 세스의 얼굴을 꼭 붙잡았다. 검푸른 핏줄이 세스의 온몸을 휘감았다. 세스의 몸은 곧 사라질 것 같았다. 엘리는 레일라의 일기에서 노파가 한 말을 떠올렸다. 세스에게 말해야 했다. 세스에게 할 수 있는 말 중에 최악의 말이었지만 세스를 살릴 유일한 방법이었다.

"잘 들어, 세스. 노파는 네 마음이 부서졌다고 했어. 네 마음을 고치기 위해서는 네가 한 일을 기억해야 한다고 했어."

엘리가 심호흡을 했다.

"전쟁이 있었어. 네가 사랑하는 사람들이 고통을 당했어. 이런 말을 전해서 미안해, 세스. 네가 일부러 그랬다고는 생각하지 않아. 대홍수를 일으킨 게 너야."

물기둥이 움찔하며 우르릉거렸다. 세스는 엘리의 손 안에서 꿈틀거렸다. 검푸른 핏줄이 세스를 놔주고 스르르 사라졌다. 눈이 원래 자리로 돌아왔다. 눈동자가 겁에 질려 있었다. 세스는 물에 빠졌다 살아난 사람처럼 숨을 헐떡였다.

"아니야."

세스의 목소리는 슬픔이 밴 완전한 인간의 목소리였다.

바다가 물기둥을 삼켰다. 어두운 생명체도 더 이상 찾을 수 없었다.

"내가 대홍수를 일으켰다고?"

세스는 두려움에 휩싸여 엘리를 보았다. 입술에 경련이 일었다.

"그래, 정말 미안해."

엘리가 고개를 저었다.

세스는 손을 내려다보았다. 입을 멍하니 벌렸다 다물었다.

"아니, 그럴 리 없잖아."

세스가 주먹을 쥐고 소리쳤다. 바다가 우르릉거렸다.

"엘리, 내가 어떻게….."

세스는 흐느끼기 시작했다.

"악마가 널 속였다고 했어. 어떻게 된 일인지는 모르겠지만. 세스, 난 널 알아. 넌 절대 일부러 그런 일을 일으키지 않아."

텅 빈 해변에 세스의 울음소리가 울려 퍼졌다. 세스는 주저앉아 엘리의 어깨에 기댔다. 엘리가 세스를 끌어안았다.

"네 잘못이 아냐."

엘리는 말하고 또 말했다.

신성한 능력

얼마나 앉아있었는지 모르겠다는 생각이 들 무렵 새소리가 들리고 하늘이 환해졌다.

"이제 갈까?"

엘리가 입을 열었다.

세스는 코를 훌쩍이며 작게 고개를 끄덕였다.

"괜찮아, 세스?"

"아니."

엘리가 세스의 어깨를 꽉 쥐었다.

"오렌지 껍질파이를 먹으면 좀 나을까?"

세스는 빨갛게 충혈된 눈으로 엘리를 보았다.

"엘리, 넌 내가 두렵지 않니?"

엘리가 어깨를 으쓱했다.

"말했잖아. 내가 아는 너는 누구 하나 다치는 걸 원하지 않는 사람이라고."

"아니. 조금 전에도 로렌의 부하들을 죽이고 싶었어. 가끔은 모두를 끝장 내버리고 싶기도 해. 하지만 그건 내가 아냐."

세스는 털썩 주저앉아 몸을 웅크렸다. 엘리가 세스의 팔을 쓰다듬었다. 세스의 몸은 겨울 서리만큼 찼다.

"잠시만. 덮을 만한 게 있나 좀 찾아볼게."

엘리가 썰렁한 해변을 두리번거렸다.

"참, 케이트도 찾아야 해. 로렌이 케이트에게 손대지 말라고 명령했지만 난 그 사람을 믿지 않아. 맞다, 케이트는 팔찌를 꼈어."

엘리가 눈을 반짝였다. 하지만 세스는 지친 눈으로 응수할 뿐이었다.

"미안해. 지금 네 힘을 쓰고 싶지는 않을 거야."

세스가 눈을 감고 숨을 깊이 들이마셨다.

"저 위 거리에 팔찌 낀 사람이 있어. 정신없이 달려가고 있어."

엘리는 세스를 일으켰다. 둘은 바위 절벽을 기어올랐다. 세스의 말대로 케이트가 정신없이 거리를 달리고 있었다. 모퉁이 주변을 살피다 고개를 돌린 케이트와 엘리가 눈이 마주쳤다. 케이트는 무릎이 꺾이며 그 자리에 주저앉았다.

"오, 감사합니다. 다행이야, 정말 다행이야."

엘리는 달려가 케이트를 껴안았다. 케이트가 겁먹은 생쥐처럼 떨고 있었다.

"너 괜찮아?"

억지 미소를 짓던 케이트는 이내 고개를 저었다.

"아니. 로렌이 원하는 걸 주지 않으면 내가 화신이 아니라는 사실을 다 폭로할 거야."

"하지만 로렌에게는 네가 화신이 아니라는 증거가 없어. 어떻게든 그를 막아보자."

엘리가 케이트의 팔을 꽉 쥐었다.

"우리가 먼저 진실을 터뜨리자. 재판관을 가둔 것과 또…."

"그럼 아마 로렌은 네가 악마의 도시에서 온 스파이라고 까발릴 거야. 사람들은 두려움에 사로잡혀 널 살려두게 하지 않을걸. 그리고는 나에 대한 진실도 폭로하겠지. 다 끝이야, 엘리. 로렌의 말이 맞아. 로렌의 이야기가 우리 이야기보다 나아."

엘리는 케이트의 손을 꼭 잡았다. 뻣뻣하게 굳어 있었다. 엘리의 손을 쥐지도 못 했다.

"궁에 가고 싶어."

케이트가 말했다.

"그래, 그러자. 우리가 같이 가줄게."

엘리가 다른 한 손으로는 세스의 손을 잡았다.

섬이 잠에서 깨어나고 있었다. 고함과 울음, 가끔 무거운 것이 쿵 떨어지는 소리가 들렸다. 케이트는 앞만 보고 걸었다.

"저기."

엘리가 케이트를 불렀다.

"아직 사과하지 못 했어. 사실대로 말하지 못 해 미안해. 우리, 서로 숨긴게 있으니 비긴 걸로 할까?"

그때 유리잔이 쨍그랑 깨지는 소리가 들렸다.

"케이트. 우리는 로렌을 막을 수 있고 반드시 막아야 해. 로렌은 널 다른 섬에서 살 수 있도록 하겠다지만 난 그 말 믿지 않아. 로렌은 원하는 걸 얻자마자 널 살려두지 않을 거야."

엘리가 말했다. 케이트는 아무 말도 하지 않았다. 모퉁이를 돌자마자 손으로 입을 가린 채 그 자리에 얼어붙었다.

아이들 앞으로 난장판이 된 시장 거리가 펼쳐졌다. 상점의 물건은 뒤죽박죽이었고 가판대는 쓰러졌다. 사람들은 과일에 꼬이는 개미처럼 물건을 약탈하느라 정신없었다. 서로 밀치고 넘어지고 구르며 몸싸움을 했다. 다른 한쪽에서는 겁에 질린 얼굴들이 진땀을 흘리며 눈만 껌뻑거렸다.

한 남자가 여왕의 조각상으로 상점의 창문을 깼다. 깨진 창문 사이로 몸을 욱여넣은 남자는 귀리를 한 포대 끌고 나왔다. 곧 체구가 작은 가게 주인이 겉옷도 제대로 걸치지 못 한 채 쫓아왔다.

"안 돼, 거기 서. 마지막 남은 식량이야!"

남자가 주인을 밀쳤다. 주인은 발을 헛디디며 뒤로 자빠졌다. 여자 둘이 달려와 귀리 포대를 열었다. 두 손 가득 귀리를 퍼서 주머니에 담았다.

신문 한 장이 엘리의 신발 위로 내려 앉았다.

발명가는 실패했다. 로렌은 섬이 죽어가고 있다고 말했다.

위쪽 거리에서는 노점상 주인이 의자 밑에 숨겨둔 금고를 향해 덤벼드는 일당에게 속수무책으로 당하고 있었다. 한 사람이 주인을 붙잡고 나머지가 금고를 털었다. 주인을 붙잡은 자가 발치에 있는 양파 바구니를 발로 걷어차자 아이들이 몰려와 양파를 주워 도망갔다.

케이트가 달려갔다.

"멈춰요! 제발 그만둬요!"

케이트는 돈을 쓸어 담는 남자의 팔을 잡아당겼다. 남자가 으르렁거리며 케이트의 어깨를 밀쳤다. 케이트는 돌바닥을 뒹굴었다. 엘리가 세스를 벤치에 앉혀두고 케이트에게 달려갔다. 케이트의 바지 무릎이 거친 돌바닥에 쓸려 찢어졌다. 무릎에서 피가 흘렀다.

"괜찮아, 엘리."

케이트는 뒤를 돌아 소리 질렀다.

"여왕의 명령입니다. 당장 멈춰요!"

"케이트, 별로 도움이 되지 않을 거야."

엘리가 나지막이 속삭였다.

"그래도 가만히 보고만 있을 순 없어."

케이트가 사람들 사이로 한 걸음 더 다가갔다.

"여왕으로서 명합니다. 모두 멈추세요."

위엄 있는 목소리가 쩌렁쩌렁하게 울렸다. 하지만 사람들 눈에는 흙투성이 옷에 머리는 헝클어지고 찢어진 바지를 입은 여자아이가 보일 뿐이었다.

"*다들 멈추십시오!*"

엘리는 가슴이 철렁했다. 로렌이 비단처럼 고운 은색 가운을 입고 나타났다. 사방이 일순간에 조용해졌다. 사람들은 너도나도 로렌을 향해 손을 내밀었다. 로렌이 일일이 손을 잡아주었다.

"여러분의 두려움을 잘 압니다. 이해합니다. 황량한 밭을 보았을 때, 온 섬에 도둑이 들끓고 폭도가 날뛸 때 나조차도 겁이 났으니까요. 하지만 잘 들으십시오. 곧 모든 것이 해결될 것입니다. 우리의 존경스러운 여왕과 조금 전 머리를 맞대고 해결책을 찾았습니다. 곧 나의 기발한 발명품으로 기근은 사라지고 우리 섬은 과거의 영광을 회복할 것입니다."

사람들 사이에 안도의 웃음이 퍼져나갔다. 몸싸움을 벌이던 사람들은 서로의 등을 두드렸다.

"자, 이제 마음 단단히 먹고 들으십시오. 깜짝 소식이 있습니다. 지금 이 자리에서 처음으로 공개하는군요. 여러분은 운이 좋습니다. 나흘 후 생명의 축제에서 여왕은 나를 지명할 것입니다. 바로…."

로렌이 뜸을 들이며 숨을 길게 내쉬었다.

"왕실의 새로운 후계자로!"

정적이 흘렀다. 사람들은 믿을 수 없다는 듯이 눈만 깜빡거렸다. 잠시 뒤 로렌의 가장 가까운 곳에서부터 박수가 터져 나왔다. 곧 온 시장통으로 박수의 물결이 퍼졌다. 엘리는 귀에서 천둥이 치는 것 같았다. 로렌이 손을 들어 박수 소리를 잠재웠다.

"언젠가 안타깝게도 우리의 신성한 여왕이 눈을 감을 때 위대한 생명의 신의 다음 화신으로 내가 지목된 것입니다."

로렌의 얼굴이 불그스름하게 상기되었다.

"그날이 올 때까지 나는 공식적인 왕실의 일원으로서 사랑하는 섬의 문제를 바로 잡고자 발 벗고 나설 것입니다. 그리고 여길 보십시오!"

로렌의 눈이 케이트를 향했다.

"여러분은 오늘 정말 운이 좋군요."

로렌은 케이트에게 천천히 걸어가 어깨에 손을 올렸다. 사람들의 눈이 한 꺼번에 케이트에게 쏠렸다.

"케이트에게 손대지 마."

엘리가 로렌을 노려보았다. 로렌은 쉿 하며 손가락을 입에 갖다 댔다.

"여러분, 깜짝 소식을 또 하나 전해야겠군요. 충격적일 수도 있겠지만 결코 거짓이 아닙니다. 그동안 꽤 궁금했을 겁니다. 이렇게 힘든 시기에 왜 여왕은 궁에만 머무는지. 왜 도우러 나타나지 않는지. 하지만 여러분, 여왕은 늘 여러분 곁에 있었습니다. 이 난파선의 섬의 여왕, 자비로운 생명의 신의 화신은 지금 여러분의 눈앞에 있습니다."

로렌이 케이트의 어깨를 두드렸다.

"바로 이 아이입니다."

시장에는 갈매기 소리만 울렸다. 케이트는 죽은 듯이 서 있었다. 어리둥절한 눈빛으로 소곤거리는 소리가 조금씩 퍼져나갔다.

"믿기 어렵겠지만 사실입니다. 이 아이가 난파선의 섬의 21대 통치자예요. 우리의 여왕."

갑자기 한 여자가 무릎을 꿇고 두 손을 꼭 쥐며 외쳤다.

"여왕을 찬미하라."

사람들은 혼란스러운 눈빛만 주고받았다.

"모두 무릎을 꿇으시오."

조금 전 케이트를 밀쳤던 남자가 소리쳤다. 남자는 도끼눈을 뜨고 주위를 둘러보았다. 사람들이 하나 둘 무릎을 꿇었다.

"여왕을 찬미하라."

누군가 웅얼거렸다.

"너도 무릎 꿇어야지, 여왕의 충신."

로렌이 미소를 띠며 엘리에게 나긋하게 말했다.

엘리는 꼼짝도 하지 않고 서서 로렌을 노려보았다.

"얘야, 어서 무릎 꿇어. 여왕 앞에서 예의를 갖춰야지."

뒤에서 노부인이 소리쳤다.

옆에 선 남자는 울기 시작했다. 찢긴 소매로 입을 가리고 흐느꼈다. 엘리는 한쪽 무릎을 굽혔다.

"뭐 하는 겁니까?"

케이트가 손가락을 차례로 잡아당기며 로렌에게 말했다.

로렌은 한쪽 눈을 슬쩍 감았다.

"여왕 폐하, 기적을 베풀어 주십시오!"

무리 중 한 여자가 외쳤다.

케이트의 눈이 커졌다. 엘리는 마른침을 삼켰다. 둘은 흔들리는 눈빛으로 마주보았다. 사람들이 흥분한 듯 주먹을 입에 물고 중얼거렸다.

"맞아요! 식물이 자라는 걸 보여주세요."

소년이 소리쳤다.

케이트가 억지 미소를 띠며 로렌에게 속삭였다.

"당장 멈춰요. 당신이 원하는 대로 할 테니 제발 사람들을 진정시켜요."

로렌은 씩 웃고는 사람들을 향해 외쳤다.

"여러분, 좋은 생각입니다."

로렌이 길가의 바짝 마른 밭을 가리켰다.

"여왕이 바로 지금 죽은 땅에서 생명을 꽃 피우는 기적을 보이실 것입니다. 여왕을 찬미하라!"

사람들은 일어나 펄쩍펄쩍 뛰며 박수를 쳤다. 한 남자는 주먹을 머리 위로 치켜들었다.

"여왕을 찬미하라!"

"여왕을 찬미하라!"

로렌도 같이 외쳤다.

"여왕을 찬미하라! 우리의 위대한 화신인 여왕이 이전에 보지 못 한 엄청난 꽃과 열매를 가져올 것입니다."

로렌이 박수를 치기 시작했다. 사람들 사이에서 박수갈채가 쏟아졌다. 케이트는 열이 나는 것처럼 몸이 벌겋게 달아올랐다. 엘리는 케이트의 손을 잡아주고 싶은 마음이 굴뚝같았다.

"박수소리가 여왕의 성에 차지 않나 봅니다."

로렌이 능글맞게 웃었다.

"여러분, 그거 아십니까? 여왕은 가장 가까운 친구에게 케이트라는 이름으로 불리는 것을 좋아한다는 사실."

박수소리와 함성이 더욱 커졌다.

"케이트!"

"케이트!"

"케이트!"

로렌이 오케스트라 지휘자처럼 박수를 이끌었다. 방금 전까지 몸싸움을 벌이던 삼백 명의 악단이 열광적으로 케이트의 이름을 연호했다.

"*케이트!*"

"*케이트! 케이트! 케이트!*"

케이트가 쩍 갈라진 밭으로 발걸음을 옮겼다. 사람들은 숨을 죽인 채 기대에 찬 눈으로 여왕을 주시했다.

케이트는 마른 땅을 가만히 바라보았다. 눈물이 뺨을 타고 흘렀다.

"여왕도 컨디션이 안 좋은 날이 있나 봅니다."

로렌의 말에 사람들이 웃음을 터뜨렸다. 케이트는 눈물을 삼키며 돌아섰다. 궁을 향해 비틀거리며 걸어갔다. 그때 한 남자가 케이트의 앞을 가로막았다.

"다시 한번 해봐요. 굶어 죽을 지경이라고요."

케이트는 휘청거렸다. 쓰러지기 직전에 엘리가 튀어나가 케이트를 잡았다. 케이트는 절망스러운 눈으로 땅을 멍하게 응시했다.

"자, 여러분! 아무래도 여왕이 많이 지친 것 같군요. 궁으로 돌아가 쉬는 게 낫겠어요. 생각해야 할 게 많을 겁니다."

실망한 사람들이 투덜거렸다. 케이트는 누구와도 눈을 맞추지 않은 채 서둘러 자리를 떠났다.

"케이트! 케이트, 기다려!"

엘리가 절뚝거리며 케이트를 따라갔다.

케이트는 달리기 시작했다.

"케이트!"

"오지 마, 엘리!"

"내가 도와줄게. 날… 믿잖아."

케이트가 멈춰 서서 뒤를 돌아 엘리를 보았다. 그러고는 눈을 감았다. 눈물이 주르륵 흘렀다.

"아니, 엘리. 널 믿지 않아. 아무도 믿지 않아."

레일라의 일기

-부활호, 4822일째 항해 중

바루는 밤새 섬이 어디에 있는지 생각했다. 동 틀 무렵 배가 섬이 있는 방향으로 가지 않는다는 것을 확신했다.

"선장에게 가서 항로를 바꿔야 한다고 말하자."

버가 말했다.

우리는 정원에서 급히 달려 나갔다.

"조심해라."

뒤에서 노파가 소리쳤다. 선장실 앞에 경호원이 보이지 않았다. 우리는 선장실의 문을 활짝 열었다. 무슨 이유인지 일등항해사가 선장의 자리에 앉아 있었다.

"그분은 어디 계시죠?"

버가 물었다.

"누구?"

"선장님이요."

"버가 선장이야."

"아니요, 진짜 선장님이요."

일등항해사가 낄낄거렸다.

"영감탱이는 이제 할 만큼 했지. 고집만 세서 배에 악마가 있다고 경고해도 귓등으로도 듣지 않더군. 지금쯤 바다 저 밑에서 편히 쉬고 있을 거야."

나는 마른침을 삼켰다. 하지만 당황한 척하지 않으려고 눈에 힘을 주었다.

"당장 배의 방향을 동쪽으로 틀어야 해요. 동쪽에 섬이 있어요."

"뭐? 말도 안 되는 소리. 모든 땅이 다 물에 잠겼어. 어린애들 말을 듣고 이 거대한 배의 키를 돌릴 선장은 없어."

"아뇨. 해야 해요. 섬에 닿기만 하면 노파가…."

"노파 조심해라. 빛도 없는 데서 채소를 기르고 있지. 악마가 아니고서는 할 수 없는 일이야. 어이!"

일등항해사가 부하 셋을 가리켰다.

"노파를 데려와. 말을 듣지 않으면 바다에 집어던져도 좋다."

나는 바루의 손을 잡고 부리나케 선장실을 빠져나왔다. 부하들이 쿵쾅거리며 쫓아왔다.

"노파를 지켜야 해!"

"노파는 화신이야. 아무 일 없을 거야. 우리는 먼저 배의 방향을 틀어야 해."

바루가 말했다.

"하지만 배의 키는 선장실에 있어. 다시 갈 순 없잖아!"

"나는 키가 필요하지 않아."

바루는 계단을 올라 갑판 꼭대기로 갔다. 노는 아이들 사이로 달려가자 아이들이 소리를 꽥 질렀다. 바루가 뱃머리에 섰다. 팔을 양 옆으로 벌렸다. 심장이 뾰족한 것

340

에 찔린 것처럼 얼굴이 뒤틀렸다. 바다가 솟구치며 배를 사정없이 때렸다. 배는 요동치고 수백 개의 돛대가 흔들리지 않으려 신음하며 버텼다.

배가 방향을 틀기 시작했다.

나는 환호하며 박수를 쳤다. 그때 바루가 바닥에 쓰러졌다. 피부가 완전히 파랗고 얼음장처럼 몸이 찼다. 도저히 바루의 목소리 같지 않은 굵고 낮은 소리로 알 수 없는 말을 중얼거렸다.

배가 새로운 방향으로 황새치처럼 빠르게 물살을 갈랐다. 저 멀리 어렴풋이 무엇인가 보였다.

수평선 너머로 솟아오른 검은 산.

섬이었다.

더 나은 세상

시작은 궁중 요리사들이 수군거리는 소리였다. 이야기는 높이 날아 은행가와 법률가의 대저택의 담을 넘었다. 빨래가 걸린 작은 집 창문으로 들어갔다가 시장가로 흘러가 고기를 지글지글 굽는 냄새와 함께 퍼져나갔다. 아카데미 도서관에서는 숨을 죽이고 광산에서는 메아리쳤다. 벌집촌 가파른 오르막에서는 폭포처럼 쏟아졌다. 거리에서 거리로, 부두에서 먼 바다로 이야기가 퍼져나갔다.

로렌이 왕실 후계자가 된다는 소식이었다.

궁은 생명의 축제 준비로 북새통을 이뤘다. 축제는 케이트가 로렌에게 왕위를 넘기는 의식으로 시작될 예정이었다. 하인들은 난간부터 새장까지 구석구석 닦았다. 조각가들은 왕위 계승식이 이뤄질 연회장에 세울 로렌의 조각상을 만들었다. 재봉사들은 로렌 가문의 문장을 금색 실로 한 땀 한 땀 공들여 수놓았다.

예식 준비에 참여하지 않는 단 한 사람은 엘리였다. 평상시처럼 작업장에 틀어박혀 발명한 물건을 손봤다. 세스가 한쪽 구석에 멍하게 앉아 있었다.

"나가서 비올라를 만나는 건 어때? 바람 좀 쐬고 오라고."

엘리가 이마에 맺힌 땀을 훔치며 물었다.

세스는 답이 없었다.

"비올라랑 낚시하러 가. 낚시 좋아하잖아."

세스는 여전히 팔짱을 낀 채 심드렁하게 바닥만 볼 뿐이었다. 엘리가 과일 바구니에서 사과를 꺼내 세스 옆에 놓았다. 세스가 뭐라도 먹기를 바랐다.

문이 삐걱 소리를 내며 열렸다.

"안녕."

케이트가 문 주변에서 서성거리며 멋쩍게 인사했다.

"아, 안녕?"

엘리는 가슴이 울렁거렸다. 시장 소동 이후 케이트를 처음 만나는 것이었다.

"네가 올 거라고는… 아니 그러니까, 와줘서 고마워. 네 얼굴 보니 좋다."

엘리가 침을 꼴깍 삼켰다.

케이트는 희미하게 웃었다.

"다시 와도 되는 거지? 아, 세스도 있었네. 안녕? 혹시 어디 아프니?"

세스는 입술만 실룩거렸다.

"아니, 그냥 좀 피곤한가봐."

엘리가 적당히 둘러댔다.

케이트는 고개를 끄덕이며 작업장을 돌아보았다. 엘리는 괜히 가슴이 두근거렸다.

"이건 네 예전 코트잖아?"

케이트가 엘리의 회색 코트를 들었다.

"고쳐서 입으려고. 네가 준 코트가 마음에 안 들어서 그러는 건 아냐. 겨울날 때 필요할 것 같아서."

"이 섬은 겨울에도 춥지 않아. 네가 온 곳과 달라."

엘리는 가슴이 따끔거렸다.

"이건 뭐야?"

케이트가 코트에 붙은 기다란 비단 띠를 가리켰다. 팔에서 두 가닥이 휘날렸다.

"아, 안감이 해진 부분이 있어서."

하지만 사실이 아니었다. 진짜 이유는 쑥스러워서 말하지 못 했다.

"이리 와봐. 보여줄 게 있어."

엘리가 작업장 중앙으로 향했다. 기름 얼룩이 묻은 천으로 덮인 수레 만한 크기의 물건이었다. 엘리가 천을 획 벗겼다. 바다거북 모양의 발명품이 모습을 드러냈다. 지느러미발도 달려 있었다.

"이게 뭐야?"

케이트가 코를 찡긋했다.

"물 아래로 가는 배! 이 배만 있으면 아무도 모르게 섬을 빠져나갈 수 있어. 갈 곳도 정해놨어. 세스와 내가 이 섬에 오는 길에 하룻밤 머물렀던 섬이야. 다른 섬보다 늑대가 적어."

케이트는 배를 흘긋 볼 뿐이었다. 대신 생쥐 우리와 이국적인 식물 가루를 담은 병을 눈여겨보았다.

"케이트?"

"이건 이제 안 먹지?"

케이트가 선홍색 가루를 가리켰다.

"거의."

엘리는 뒤통수를 긁적였다.

"거의?"

"맛만 몇 번 더 봤어. 팔이 좀 나을까 해서. 예전처럼 눈이 조금 충혈 될 정도로 먹지는 않아. 그래, 시뻘겋게 될 정도로. 그나저나 저 배 말이야."

엘리가 팔걸이 붕대를 어색하게 만지작거렸다.

"이건 내가 가져갈게. 계속 먹다간 어떤 부작용이 일어날지 모르니까."

케이트가 유리병을 집었다. 엘리는 화가 났지만 막지는 않았다.

"이제 들어봐. 우리 오늘 밤에 떠나야 해. 비올라와 얀센 아저씨가 도와줄 거야."

"난 안 가, 엘리."

케이트는 유리병을 주머니에 넣었다.

엘리가 눈을 깜빡거렸다.

"아니, 가야 해. 내일 계승식을 마치면 로렌이 무슨 짓을 할 것 같니? 더 이상 이용할 가치가 없어진 네가 무사할 수 있을까? 아마 널 죽일 거야. 너도 알잖아. 네가 이겨낼 수 없는 문제야."

"내가 화신이 아니었다고 모두에게 폭로할 거야."

"케이트, 화신이 아닌 사실을 숨기는 게 네 목숨보다 중요한 문제야?"

케이트는 주먹을 쥐었다.

"난 이 섬을 떠나지 않아. 여왕은 백성을 버리지 않아. 절대로."

"하지만…."

"이 이야기는 그만 하자. 예전처럼 우리 같이 물건을 만들면 어때?"

엘리는 눈이 시큰거렸다.

"그럼 배 마무리 같이 해. 아무리 타고 싶지 않아도."

"배 말고는 없어? 너도 알다시피 내가 요리에 관심이 많잖아. 작은 화덕 같은 건 어때? 스위치를 딸깍해 불을 피울 수 있는 화덕."

엘리의 어깨가 축 처졌다.

"그래. 엄마도 비슷한 생각을 하셨지. 가스를 태워서 불을 피우는 화덕을 실제로 설계하셨어. 기억해낼 수 있을 거야."

"또 폭발하지만 않으면 돼."

케이트가 웃었다.

엘리도 따라 웃었다. 둘은 당장 작업을 시작했다. 철판을 잘라 볼트로 고정했다. 세스는 입도 뻥긋하지 않고 가만히 앉아 있었다. 이따금 케이트가 걱정스러운 눈길로 세스를 힐끔거리며 엘리에게 신호를 보냈다. 엘리는 어깨를 으쓱할 뿐이었다. 다섯 시쯤 엘리와 케이트는 가스 화덕을 만들었다. 다행히 폭발하지는 않았다. 먼지가 타는 듯한 이상한 냄새를 풍기긴 했지만.

케이트는 화덕으로 빵을 구웠다. 빵이 부풀자 고소한 냄새가 솔솔 풍겼다. 케이트와 엘리는 바닥에 나란히 앉아 빵에 무화과 잼을 발라 먹었다. 마지막 세 덩이는 세스 옆에 놓았다.

"기분이 좀 나아지길 바랄게."

엘리의 말에 세스가 작게 고개를 끄덕였다. 케이트는 화덕이 식기를 기다렸다가 양손으로 들고 문으로 향했다.

"잠시만."

엘리가 서둘러 달려갔다.

"조금만 더 있다가 가. 조금 더 놀아. 음… 저번처럼 물건 던지기 게임 같은 거 해."

케이트가 조용히 웃었다.

"엘리, 그건 여왕에게 진짜 안 어울리는 게임이야. 이제 가봐야 해. 내일 연회가 열리는 시간에 너는 여기 있어. 경비병들을 내려 보낼게. 로렌이 손끝 하나 못 건드리게 할 거야."

케이트가 문 쪽으로 돌아섰다.

"잠깐만."

엘리는 케이트를 따라갔다.

"부탁이야. 같이 떠나자. 네 목숨보다 중요한 것은 없어. 여긴 너무 위험해."

케이트는 엘리를 물끄러미 보았다.

"내 백성에게는 내가 필요해."

케이트가 유유히 사라졌다. 엘리는 세스 옆에 털썩 주저앉았다. 마음이 닻처럼 무겁게 가라앉았다.

"미안해."

세스가 나지막이 말했다.

둘은 침묵 속에 나란히 앉아 있었다. 시계가 째깍거리며 생명의 축제까지 남은 시간을 알렸다. 엘리는 세스를 흘깃 보았다. 세스의 마음이 파도처럼 부딪치고 부서지고 있다는 걸 알 것 같았다. 엘리가 세스의 손 위에 가만히 손을 올렸다.

"세스, 죄책감이 어떤 건지 알아. 내버려두면 널 집어삼킬지도 몰라."

세스는 엘리의 손에서 손을 뺐다.

"너랑은 달라. 네 동생의 죽음은 네 책임이 아니지만, 대홍수는 완전히 내 책임이야."

"그 일이 어떻게 일어났는지 우린 아직 몰라. 세상에는 우리가 이해할 수 없는 일이 많아. 네 능력이 대홍수를 일으켰다고 해서 네가 그 일을 원한 거라고 볼 수는 없어."

"내가 해변에서 어땠는지 봤잖아. 나는… 악마나 마찬가지야."

엘리는 불쑥 화가 치밀었다. 자리에서 일어서서 세스의 멍한 눈을 쏘아보았다.

"잘 들어. 너는 악마와 하나도 같지 않아."

세스가 눈을 깜박였다. 눈물이 뺨을 타고 흘렀다.

"엘리, 나는 이런 힘을 원한 적 없어. 나는… 신이 되고 싶지 않아."

"알아."

엘리가 다시 세스 옆에 앉았다.

"나도 화신이 되고 싶었던 적 없었으니까. 우리가 결정할 수 있는 일이 아니었을 거야."

엘리는 천장을 올려다보며 긴 한숨을 내쉬었다. 이번에는 세스가 엘리의 손 위에 손을 포갰다. 그리고 꼭 잡았다. 갑자기 세스가 몸을 떨면서 머리를 감싸 쥐었다. 숨을 거칠게 몰아쉬었다.

"세스, 왜 그래?"

"바루와 레일라야. 문제가 생겼어. 두 사람이···."

세스가 또다시 움찔했다.

"고통스러워 해."

"이미 오래 전에 일어난 일이야."

엘리가 나지막이 말했다.

세스는 이를 꽉 물었다.

"아니, 지금 일어나고 있어. 바다에서 그들을 느낄 수 있어. 사람들은 서로를 아프게 해. 그때나 지금이나. 계속해서 되풀이 해. 끝이 보이지 않아."

세스가 엘리를 보았다. 얼굴이 젖어 있었다.

"나 역시 마찬가지야."

세스가 말했다. 엘리는 세스를 잡아 당겨 끌어안았다.

"세스, 포기하면 안 돼. 우리에게 주어진 세상보다 더 나은 세상을 만들 수 있다고 믿어야 해."

"넌 이 섬을 더 좋게 만들려고 노력했지만 아무것도 변하지 않았잖아."

"그러니 계속 해야지. 나도 모든 걸 포기하려고 했어. 하지만 너와 안나가 보여주었어. 희망은 찾으려고만 하면 늘 그 자리에 있다고. 더 나은 세상은 반드시 있어."

"그런 세상이 도대체 어디에 있는데?"

"우리가 꿈꾸는 곳에. 세스, 꿈꾸기를 멈추지 않는다면 언젠가는 보게 될 거야."

세스가 고개를 저었다.

"모르겠어."

"내가 보여줄 거야."

엘리가 눈에 힘을 주었다.

세스는 여전히 아무것도 보이지 않았지만 고개를 끄덕였다. 그러고는 깊이 숨을 들이쉬었다. 긴장이 조금 풀리는 것 같았다. 둘은 한동안 그렇게 앉아 있었다. 세스의 가슴이 고르게 오르내렸다. 엘리는 세스의 숨소리에 귀를 기울였다.

"네 차례야."

엘리가 눈을 찡긋했다.

세스는 엘리를 보며 고개를 갸웃하다 이내 씩 웃었다. 깜빡거리는 촛불을 바라보며 잠시 생각에 잠겼다.

"내가 꿈꾸는 건… 새로운 작은 섬에 우리가 정착하는 거야. 네 작업장을 짓고 내 보트도 만들 거야. 바다에 나가 물고기를 잡아 우리가 함께 먹을 저녁을 요리할 거야. 안나와 고아원 동생들이 섬으로 와서 함께 살 거야. 우리는 아무에게도 쫓기지 않고 바다는 늘 잔잔해."

세스가 눈을 감았다.

"섬은 고요해서 밤이면 고래의 노랫소리가 들릴 거야."

엘리도 눈을 감았다. 보드라운 바람이 얼굴을 스치고 모래알갱이가 발가락을 간지럽혔다. 엘리는 주머니칼을 꺼내 작업대 옆에 S자를 새기고 그 아래 빗금을 하나 그었다.

"네가 이겼어."

세스가 웃었다.

둘은 밤이 올 때까지 시계가 째깍거리는 소리를 들으며 나란히 앉아 있었다. 세스가 주섬주섬 신발을 신었다.

"산책 좀 해야겠어. 바람 쐬고 싶어."

"같이 가줘?"

엘리가 물었다.

"아니, 이거면 충분해. 이따가 방에서 보자."

세스가 작업장을 나섰다. 엘리는 세스가 앉았던 빈자리를 물끄러미 보았다. 시선은 새로 만든 잠수함으로 이어졌다. 엘리는 케이트가 당연히 함께 섬을 떠날 거라고 생각했다. 케이트의 마음을 모르지 않지만 케이트만 두고 떠날 수는 없었다. 엘리는 긴 한숨을 내쉬었다.

발소리가 들렸다. 초록 카디건을 걸친 세스가 문을 열고 고개를 빼꼼 내밀었다.

"갑자기 떠오른 생각이 있어서."

세스가 기침을 참으며 말했다. 엘리는 차가운 작업장 바닥에 오래 앉아 있어 감기에 걸린 건 아닌지 걱정되었다.

"케이트에게 나에 대해 말하는 건 어때? 내가 할 수 있는 일에 대해. 케이트에게 도움이 되지 않을까?"

엘리는 곰곰이 생각하다 고개를 저었다.

"아니, 그러지 않는 게 좋겠어. 누구든 너에 대해 알게 되는 건 네게 안전하지 않아. 아무리 케이트라고 해도. 사람들은 이해하지 못 할 거야. 또다시 너는 악마로 몰릴 거야."

351

"설마. 아무튼 알았어."

세스가 고개를 끄덕이며 기침을 했다. 어깨를 으쓱하고는 다시 작업장 밖으로 발길을 돌렸다.

엘리는 작업장을 서성거리며 바닥에 뒹구는 잡동사니를 주웠다. 마음이 뒤죽박죽이었다. 어디선가 물방울이 똑똑 떨어지는 소리가 들렸다.

"더 나은 세상이라."

목소리 하나가 쉬익 하는 소리를 내며 말했다.

온몸에 붕대를 감은 아이가 작업대 위에 앉아 있었다. 팔을 감싼 붕대가 찢어져 그 틈으로 핏방울이 떨어졌다. 머리는 이상한 각도로 기울어져 있었다. 엘리는 고개를 휙 돌렸다. 아이를 못 본 척하며 바닥에 떨어진 스패너와 못이 든 유리병을 주웠다.

"너도 믿지 않잖아."

아이가 씩 웃었다. 이 사이로 고인 피가 보였다.

"이 섬이 더 나은 세상일 거라고 생각했지. 그런데 봐. 케이트를 보라고. 로렌의 애완견이나 다름없는 처지지. 케이트는 이제 아무것도 아냐."

아이의 말은 날카로운 칼이 되어 엘리의 가슴을 찔렀다. 아이는 입술을 핥으며 두 손을 머리에 올렸다. 다시 입을 열었을 때 목소리는 더욱 커져 있었다.

"곧 로렌은 케이트를 버리겠지. 케이트를 죽일 거야."

"내가 막을 거야. 내가…."

엘리가 더듬거렸다.

"아니."

아이는 작업대 위에서 미끄러지듯 내려와 엘리에게 다가갔다.

"넌 못 해. 막으려면 벌써 막았겠지. 내 힘을 빌지 않으면 케이트를 영원히 잃게 될 거야."

"핀."

엘리는 눈을 감았다. 마음속으로 동생을 떠올렸다.

아이가 소리를 질렀다. 붕대가 소용돌이쳤다. 아이는 휘청거리며 뒷걸음질 치다 사라졌다.

핀이 희미해지자 엘리의 마음도 얼어붙었다. 엘리는 못이 든 유리병을 집어던졌다. 유리병이 산산조각 나며 파편과 못이 바닥에 쏟아졌다. 엘리는 주먹을 쥐었다. 또다시 나타난 악마를 저주했다. 자신을 화신으로 삼아 자신과 친구들과 수많은 사람들을 고통에 빠뜨린 악마를 저주했다.

악마의 힘을 빌리는 것밖에 방법이 없는 현실을 저주했다.

생명의 축제

축제는 호화로운 식사로 시작되었다. 왕위 계승식을 기념하는 케이크를 포함한 다섯 개의 코스로 구성된 정찬이었다. 식사 후에는 케이트가 섬을 둘러보는 행사가 있을 예정이었다. 로렌이 비밀리에 섭외한 배우들과 섬 곳곳에서 병 고치는 연기를 할 계획이었다.

시계가 일곱 시를 가리켰다. 작업장에 있던 엘리는 머리를 묶고 흰 셔츠와 검정 스커트로 갈아입었다. 케이트가 준 보라색 코트 안에 베개를 넣은 후 바닥에 놓았다. 누런 지푸라기를 코트 깃에 몇 움큼 붙였다. 그러고는 섬광탄을 벽에 세게 던졌다. 섬광탄이 터지며 벽에 금이 갔다. 경비병이 문을 벌컥 열고 달려와 코트 옆에 무릎을 꿇고 앉았다.

"오, 이런. 엘리 양, 이게 무슨 일입니까?"

책장 뒤에 숨어 있던 엘리가 슬그머니 문을 빠져나갔다. 전날 밤에 미리 설치해둔 빗장으로 문을 밖에서 잠갔다. 경비병이 주먹으로 문을 치는 소리를 뒤로한 채 복도를 따라 달렸다.

연회장은 동그랗게 부푼 소매와 챙이 넓은 모자로 한껏 멋을 부린 귀족들로 북적였다. 귀족들은 바삐 돌아다니며 악수를 하고 미리 정해진 자리를 찾아 앉았다. 세 개의 기다란 마호가니 나무 테이블 위에 순백의 꽃송이와 붉은 꽃잎이 흩뿌려져 있었다. 자리마다 손을 씻을 작은 황금 물그릇이 놓였고, 높은 은촛대에는 벌써 촛농이 흘렀다. 세 테이블 앞에는 로렌과 케이트가 앉을 왕좌와 테이블이 준비되어 있었다.

엘리는 물병을 들고 다니는 하인들 틈에 서서 허리를 꼿꼿이 폈다. 다리가 불편한 티를 내지 않으려고 애썼다. 귀족 두 명이 연회장의 화려한 장식을 둘러보며 숨이 막히는 흉내를 냈다.

"실크 테이블보를 좀 보세요. 로렌은 정말 대단하죠? 이 꽃들도 로렌이 다 구했다고 들었어요."

"음식은 또 어떻고요? 로렌은 재앙 직전에서 우리를 구했어요."

왕위 계승식에는 귀족만 참석한 것이 아니었다. 섬 전체에 특별한 복권이 발행되어 당첨된 사람은 모두 초대되었다. 농부와 재봉사와 음악가와 여관 주인이 축제를 함께 즐겼다.

"이번이 세 번째 궁 방문이에요."

몰워스가 오른쪽에 앉은 귀족 부인에게 의기양양하게 말했다. 부인은 귀족도 아닌 어린애가 옆자리에 앉은 것이 영 마뜩잖아 보였다. 대꾸도 하지 않은 채 코웃음만 쳤다.

"몰워스."

엘리가 옆으로 다가와 몸을 수그렸다.

"엘리? 너 왜 하인들 복장을 하고 있어?"

"쉿! 목소리 낮춰. 지금부터는 그냥 못 본 척 해줘."

연회장의 자리가 금세 채워졌다. 악단이 첼로와 바이올린을 위풍당당하게 연주했다. 하인들은 첫 번째 요리를 나르기 시작했다. 식초에 절인 붉은 양배추 위에 오징어 먹물로 졸인 문어 다리였다. 연회장의 공기가 활기를 띠었다.

"아가씨, 그 아래서 뭐하는 거요?"

몰워스의 왼쪽에 앉은 노신사가 말했다.

"아, 청소 중이에요. 이 아이가 음식을 엄청 흘려놓았거든요."

사람들은 냅킨과 얼굴에 오징어 먹물을 묻혀가며 문어 요리를 요란하게 먹었다. 엘리는 주위를 두리번거렸다. 악마가 왜 아직 나타나지 않는지 의아했다.

7인의 수행기사가 거대한 양문 앞에 서서 발을 한 번 굴렀다. 하인들이 천천히 문을 열었다.

케이트와 로렌이 모습을 드러냈다.

로렌은 보라색 가운을 입고 황금빛 머리카락은 왕관 모양으로 땋아서 장식했다. 머리 위에는 보라색 유리로 만든 새가 걸터앉아 있었다. 로렌은 케이트의 손 쪽으로 팔을 뻗었지만 케이트는 등 뒤에서 두 손을 꼭 맞잡고 있었다.

케이트는 머리를 두 갈래로 땋아 올렸다. 마치 커다란 뿔 같았다. 은색왕관을 쓰고 흰색과 보라색으로 화장을 했다. 엘리는 이런 날에도 어깨를 쭉 펴고 당당하게 서 있는 케이트가 놀라웠다.

엘리는 케이트에게 당장이라도 달려가고 싶었다.

손님들이 모두 자리에서 일어섰다. 음악소리가 묻힐 정도로 열광적인 박수가 쏟아졌다. 케이트는 누구와도 눈을 맞추지 않은 채 유령처럼 테이블 사이를 유유히 이동했다.

"여왕이야! 여왕!"

몰워스가 두 손으로 입을 감싼 채 중얼거렸다. 눈물이 그렁그렁 맺혀 있었다. 엘리는 여왕을 보고 이토록 기뻐하는 사람을 본 적이 없었다.

"세상에, 몰골이 말이 아니군. 선대 여왕의 마지막 모습 같아. 상태가 더 나빠지기 전에 후계자를 정해서 다행이야."

엘리 옆의 노신사가 혀를 찼다.

로렌이 사람들 앞에 섰다. 얼굴이 찢어질 정도로 웃으며 사람들을 향해 양팔을 뻗었다. 두 뺨은 장밋빛으로 물들었다.

"여러분, 로렌입니다. 귀한 발걸음 해주셔서 감사합니다. 여러분이 오늘 증인이 되어 주시겠군요."

로렌이 두 손을 맞잡았다. 극적인 효과를 위해 잠시 뜸을 들였다.

"바로 저의 왕위 계승식에!"

우레와 같은 박수가 터져 나왔다. 신사들은 주먹을 번쩍 치켜들었다. 의자 위로 올라가 입으로 호각 소리를 내는 이들도 있었다.

로렌이 손을 흔들자 사람들은 다시 로렌에게 귀를 기울였다.

"긴 연설은 잠시 미루고 오늘 축제의 하이라이트 순서를 먼저 소개하겠습니다."

로렌이 고개를 숙이고 코끝을 만졌다.

"모두 기다리고 계시겠죠. 기념 케이크 의식입니다!"

연회장 곳곳에서 환호성이 들렸다. 케이트의 얼굴이 일그러졌다.

"왕이 되는데 케이크가 왜 필요해?"

엘리가 물었다.

"바깥 섬은 이래서 문제야. 케이크 없는 계승식은 없어. 전통이라고, 전통."

몰워스가 고개를 절레절레 흔들었다.

"네, 감사합니다. 오늘 이 자리에서 우리의 위대한 여왕에 의해 후계자로 지목된 일이 얼마나 영광스러운지 모릅니다. 사랑하는 여왕에게 무슨 일이 생기든 이 섬은 제가 왕으로서 끝까지 책임지겠습니다."

로렌이 케이트의 팔을 슬쩍 잡고 비틀었다. 케이트는 움찔했다.

"아, 여왕도 저에 대해 하실 말씀이 있나 보군요."

엘리는 다 해결했다고 입모양으로 말하며 케이트와 눈을 맞추려고 노력했다. 케이트는 고개를 숙인 채 테이블 아래서 손을 만지작거릴 뿐이었다. 떨리는 손을 소매 안으로 감추며 자리에서 일어났다.

"안녕하세요. 여러분을 보니 참… 좋습니다. 이렇게 기쁜 날을 맞이하여 행복하군요."

케이트가 가냘픈 목소리로 말하며 억지웃음을 지었다. 사람들은 박수를 치고 발을 굴렀다. 케이트는 자리에 앉았다. 웃음은 금세 걷혔다.

두 번째 요리가 테이블 위에 놓였다. 닭 머리가 올라간 초록색 수프였다. 몰워스가 얼굴을 찌푸렸다.

"부자들이 먹는 음식은 알다가도 모르겠어."

"이 맛을 모르다니."

옆자리 노신사가 닭 머리를 통째로 입에 넣었다.

"섬의 대부분이 굶주리는데 이런 걸 먹고 있으려니 기분이 이상하군."

몰워스가 턱을 천천히 쓰다듬었다.

곧 세 번째 요리와 네 번째 요리가 테이블에 올랐다. 케이트는 멍하게 앞만 보다가 한번씩 혼잣말을 뱉었다. 로렌은 케이트가 옆에 없다는 듯이 귀족들과 떠들었다. 이따금 경매에서 낙찰 받은 비싼 그림인양 케이트를 가리키면 귀족들이 케이트를 흘깃 보았다.

엘리는 입 안이 바짝 말랐다. 친구가 저런 대접을 당하는데 아무것도 못하는 자신을 참기 힘들었다.

"지금이야."

쉬익 하는 소리가 들렸다.

엘리가 고개를 들었다. 악단 중간에 아이가 피를 흘리며 앉아 다리를 달랑거렸다.

"어서 네 친구를 구해. 로렌을 없애줄게. 원한다면 죽이지는 않을 거야. 어쨌든 너랑 케이트가 다시 섬을 다스리게 해줄게. 섬에 다시 평화가 찾아올 거야. 한동안은."

엘리는 침을 꿀꺽 삼켰다. 바이올린이 환희가 넘치는 곡을 연주했다. 박자가 점점 빨라지자 사람들의 시선이 일제히 문을 향했다.

"오, 케이크야!"

노신사가 자리에서 벌떡 일어났다.

하인 두 명이 커다란 접시를 들고 들어왔다. 접시 위에는 6단 과일 케이크가 놓여 있었다. 접시 바닥에는 꽃잎이 흩뿌려졌고 딸기와 파인애플과 복숭아 조각이 케이크를 층층이 장식했다. 하인들이 케이크를 로렌 앞에 놓았다. 로렌은 활짝 웃으며 케이크 칼을 들었다.

"드디어 왔군요. 다 같이 노래합시다."

"우리의 새로운 왕을 위하여!"

뒤에서 귀족 한 사람이 외쳤다.

"감사합니다. 여왕께서 케이크를 잘라주시겠습니까."

로렌이 케이트에게 칼을 건넸다.

"로렌이 케이크를 베어 무는 순간, 공식적인 후계자가 되는 거야. 물론 여왕을 사랑하지만 통치자로서는 로렌이 나을 걸세."

몰워스 옆 자리 노신사가 들뜬 목소리로 속삭였다.

"여왕보다 나은 사람은 아무도 없어요."

케이트는 금테가 둘린 접시에 직접 자른 케이크 한 조각을 놓았다. 엘리의 손이 땀으로 흥건했다. 가슴이 작은 새처럼 콩닥거렸다. 악단을 힐끔 보았다. 피 흘리는 아이가 흥미진진한 표정으로 엘리를 지켜보고 있었다.

케이트가 로렌에게 접시를 내밀었다. 눈물인지 땀인지 모를 물방울이 케이트의 뺨 위로 흘렀다.

엘리는 숨을 크게 들이쉬고 피 흘리는 아이를 보았다.

그때였다. 문이 벌컥 열리며 경비대장이 허겁지겁 뛰어 들어왔다.

"이게 뭐하는 짓이에요!"

귀족 한 사람이 화가 나서 소리쳤다.

"신성모독입니다! 감히 왕위 계승식을 방해하다니!"

"폐하, 용서해 주십시오. 하지만 너무 급한 소식이라서."

로렌이 자리에서 일어섰다.

"대장, 신성한 의식을 방해해서는 안 됩니다. 무슨 일인지는 몰라도 끝나고 이야기합시다."

"여왕 폐하, 한 사내를 체포했습니다. 그는… 그는…."

"말씀하세요."

케이트의 목소리가 가라앉았다.

경비대장은 숨을 깊이 들이쉬었다.

"악마의 도시에서 온 자였습니다."

사방에서 비명이 터져 나왔다. 연회장은 삽시간에 아수라장이 되었다. 엘리는 목구멍으로 신물이 넘어오는 것 같았다.

"지하 감옥에 처넣어요."

귀족 한 사람이 소리쳤다.

"아니 당장 죽여요."

누군가가 울부짖었다.

"다들 자리에 앉으십시오. 궁에서 알아서 처리하겠습니다. 악마의 도시에서 온 첩자가 우리 여왕의 털끝 하나 건드릴 수 없도록 제가…."

"그를 데려오세요."

케이트의 목소리가 조금도 떨리지 않았다. 엘리는 입을 다물 수 없었다. 케이트는 미리 예상이라도 한 사람처럼 전혀 동요하지 않았다.

"여왕, 그다지 좋은 생각이 아닌 것 같습니다만."

로렌이 말을 더듬었다.

케이트는 자리에서 일어나며 부드러운 미소를 지었다.

"로렌이 우리의 새로운 왕이 될 자격이 충분하다는 것을 증명할 기회가 아닐까요. 로렌이 악마의 스파이에게서 우리를 지킬 수 있다고 믿으십니까."

"믿습니다!"

노신사가 목소리를 높여 화답했다.

"로렌! 로렌!"

연회장은 벽이 울릴 정도로 로렌을 연호하는 소리로 가득 찼다.

"네, 감사합니다. 저를 믿어주시는 여러분께 감사드립니다. 하지만⋯."

로렌은 연회장에 가득한 함성에 목소리가 묻히자 얼굴을 찌푸렸다. 케이트에게 귓속말을 했다. 케이트는 여전히 웃고 있을 뿐이었다.

곧 경비병 두 명이 한 남자를 끌고 들어왔다. 귀족들은 조금이라도 더 자세히 보려고 의자에 올라갔다. 엘리는 사람들 틈에 숨어 몰래 훔쳐보았다.

하그레스는 로렌의 감옥에서 봤을 때보다 더욱 상태가 안 좋아 보였다. 살가죽이 뼈에 붙어 해골 모양이 드러났다. 코트 무게를 이기지 못 해 휘청거렸다. 하그레스는 자신을 둘러싼 얼굴들을 노려보았다. 귀족들은 연극에 나오는 악당을 보듯 저주하며 야유를 보냈다.

경비대장이 하그레스를 로렌과 케이트 앞에 세웠다. 수행기사가 여왕 앞에 일렬로 섰다. 연회장에 정적이 흘렀다.

로렌이 허리를 꼿꼿이 펴고 하그레스를 내려다보았다.

"악마의 도시에서 온 첩자에게 처형을 명한다. 수행기사, 당장 지하 감옥에 가두시오."

수행기사들은 꼼짝도 하지 않았다. 케이트는 하그레스를 향해 눈을 가늘게 떴다.

"우리 섬에 온 이유가 뭔가? 악마가 왜 당신을 이곳으로 보냈지?"

"악마의 명으로 온 것이 아닙니다. 나는 신성한 종교 재판소의 재판관입니다. 악마의 화신을 잡아들이는 게 나의 사명입니다."

하그레스의 목소리는 으르렁거리는 소리와 울먹이는 소리가 섞여 기묘했다.

연회장이 술렁였다.

"그만하면 됐습니다. 자, 어서 저자를 데려가시오. 제정신이 아닌 게 틀림없어."

로렌의 얼굴이 벌겋게 달아올랐다.

귀족 부인이 얼굴이 하얗게 질린 채 자리에서 일어섰다.

"악마의 화신을 잡는다면서 왜 우리 섬으로 온 거죠?"

"자, 자. 진정하세요. 악마의 도시에서 온 자가 진실을 말할 리 없습니다. 악마는 속임수의 달인임을 모두가 알지 않습니까."

로렌이 두 손을 번쩍 들었다.

케이트가 하그레스를 향해 한 걸음 다가갔다.

"질문에 대답하라. 섬에 온 이유가 뭐지?"

하그레스의 입술이 뒤틀렸다.

"악마의 화신을 따라왔습니다."

귀족들은 말문이 막힌 듯 눈만 껌뻑거렸다. 하지만 곧 수백 가지 비명이 튀어나왔다. 엘리는 몰워스의 의자 뒤로 몸을 수그렸다. 옷이 식은땀으로 축축했다. 하그레스가 엘리의 정체를 까발릴까. 케이트는 가만히 두고 볼 생각일까. 엘리는 가슴이 터질 것 같았다.

"화신을 잡았는가?"

"누군가가 나를 잡아 가뒀습니다. 악마의 화신이 이 섬에서 활개를 치고 있는데도 잡을 수 없었죠."

하그레스의 얼굴이 일그러졌다. 무거운 침묵이 연회장을 삼켰다. 모든 눈이 하그레스를 향했다.

"자, 이만하면 됐습니다. 미치광이의 헛소리를 언제까지 참아줄 겁니까."

여기저기서 쉿 하는 소리가 들렸다. 로렌은 조용히 하라는 말을 처음 듣는 사람처럼 비틀거렸다.

"당신을 가둔 사람이 누군가요?"

한 여자가 소리쳤다.

하그레스가 머리를 쳐들었다. 빨갛게 충혈된 눈동자를 가늘게 떴다. 팔을 번쩍 들어 로렌을 가리켰다.

사람들 틈에서 낮은 탄식이 흘러나왔다.

로렌이 손을 들었다.

"자, 여러분. 여러분."

"사실입니까, 로렌?"

신사가 자리에서 벌떡 일어났다. 급히 일어나는 바람에 가발이 홀러덩 벗겨졌다.

"당연히 아닙니다. 악마의 도시에서 온 첩자는 만난 적도 없습니다. 왕실 재판소로 바로 넘기겠습니다. 저자는 제정신이 아닙니다. 어쩌면 날 모함하는 대가로 돈을 받고 연기하는 배우인지도 모르겠군요. 내가 잘 되니 배가 아파 못 견디는 자들이 도처에 깔렸거든요."

하지만 귀족들의 얼굴은 못마땅한 기색으로 굳어져 갔다. 수군거리는 소리가 점점 커졌다. 케이트가 손가락 하나를 들어올렸다. 연회장은 다시 침묵이 흘렀다.

"로렌이 당신을 가둔 이유가 뭔가? 로렌이 원한 게 뭐지?"

하그레스는 눈을 이글거리며 로렌을 향해 고개를 흔들었다.

"악마의 화신이 누구인지 알고 싶어 했습니다."

삐 소리가 날카롭게 엘리의 귀를 파고들었다. 눈앞이 흐려졌지만 하그레스에게서 눈을 뗄 수 없었다. 입술이 덜덜 떨렸다. 하그레스가 언제 엘리의 이름을 입에 올릴지 알 수 없었다.

"이유는?"

"화신을 죽이려고 했겠죠. 그리고 죽였고요."

"죽어? 아니, 죽지 않았어. 그 애는…."

로렌이 그 자리에 얼어붙었다. 화신의 생사를 안다는 것은 하그레스를 만난 사실을 인정하는 것이었다.

"좋습니다. 내가 이 사람을 이용했어요. 인정합니다. 우리 섬의 안전을 위해 그럴 수밖에 없었어요. 화신과 맨손으로 싸워 악마를 처치했다는 것도 말씀드려야겠군요. 드러내지 않고 조용히 넘어가려고 했습니다. 제 이름을 높이는 데는 관심이 없으니까요. 우리 섬은 이제 안전하다는 것만 알아주십시오."

케이트가 로렌을 보았다.

"당신은 악마를 죽일 수 없어. 그의 화신을 상대한 것뿐. 악마를 처단할 힘을 가진 존재는 이 세상에 단 하나뿐이야. 바로 나."

케이트의 시선은 사람들을 향했다.

"여러분, 악마의 속성에 대해 잘 아실 겁니다. 다른 모든 신처럼 악마 역시 화신이 파괴되면 새로운 화신을 찾습니다. 로렌이 화신을 죽였으니 악마는 우리 섬 어딘가를 떠돌고 있을 겁니다. 그러다 입맛에 맞는 누군가를 화신으로 삼아 우리 섬을 위협하겠죠. 로렌은 섬을 안전하게 하기는커녕 심각한 위험에 빠뜨렸어요."

연회장의 공기가 싸늘하게 얼어붙었다. 한 신사가 일어서서 야유했다.

"여러분, 잠시만. 잠시만요."

로렌이 입술을 깨물며 말을 더듬었다. 목소리가 갈라졌다.

엘리는 케이트를 흘깃 보았다. 케이트는 과장된 몸짓으로 실망스럽다는 듯이 고개를 저었다. 야유 소리는 점점 커졌다. 엘리는 케이트가 로렌의 잔 위에서 오른손을 재빨리 꺼냈다 다시 소매 속으로 넣는 것을 보았다.

"우리 섬에 악마가 있다니!"

한 남자가 머리를 쥐어뜯으며 울부짖었다.

"여러분."

케이트가 양 팔을 들어 올렸다.

"얼마나 두려울지 잘 압니다. 로렌은 어리석게도 되돌릴 수 없는 실수를 저질렀어요. 하지만 기억하십시오. 악마가 어디에 도사리고 있든 반드시 화신을 찾아낼 겁니다. 나는 여왕이니까요. 내가 당신들을 지킬 겁니다."

얼어붙은 공기가 조금씩 풀리기 시작했다. 연회장의 모든 눈이 케이트를 향했다. 한 신사가 의자에서 일어서서 외쳤다.

"여왕을 찬미하라!"

"여왕을 찬미하라!"

다른 누군가가 따라 외쳤다.

"여왕을 찬미하라!"

몰워스는 목이 터져라 소리를 질렀다.

엘리는 턱이 떨렸다. 케이트는 지금 무슨 일을 하는지 모르고 있었다. 악마에 대한 두려움이 섬을 휩쓰는 게 얼마나 끔찍한 일인지 모르는 게 분명했다.

"감사합니다, 여러분. 한 가지 당부하고 싶군요. 로렌이 어리석었던 것은 분명하지만 너무 가혹하게 비난하지는 말았으면 합니다. 섬을 지키려는 열망이 지나쳤던 것뿐이니까요."

케이트가 로렌의 어깨에 손을 올렸다.

"하지만 왕위 계승식은 미루는 게 좋겠군요. 로렌에게는 시간이 조금 더 필요할 듯 합니다. 그렇죠, 로렌?"

"그건… 그건…."

로렌이 말을 잇지 못 했다.

"왕실에 또 할 일이 잔뜩 생겼네요. 생명의 축제가 끝나는 대로 화신 소탕 작전부터 세우겠어요."

케이트가 명랑하게 말했다. 그리고는 하그레스를 가리켰다.

"악마의 도시의 첩자긴 하지만 우리 섬을 위해 세운 공도 있으니 식당으로 데려가 일단 좀 먹이세요. 자, 그럼 건배할까요?"

케이트가 한 손으로 잔을 높이 들었다. 나머지 한 손은 테이블 아래를 더

들었다.

"섬의 평화를 위해, 건배!"

사람들은 떠들썩하게 화답하며 여왕의 이름을 연호했다. 로렌이 어색하게 고개를 끄덕였다. 황금빛 머리칼이 헝클어졌다.

"섬의 평화를 위하여."

로렌이 쉰 목소리로 중얼거리며 잔을 단숨에 들이켠 후 자리에 주저앉았다.

케이트는 함박미소를 지었다. 여왕의 얼굴이 아닌 소녀의 얼굴이었다. 뺨은 기쁨으로 달아올랐다. 엘리는 어디선가 먼지 타는 냄새 같은 이상한 냄새를 맡았다.

"자, 이제 좀 즐겨볼까요?"

케이트가 6단 케이크 위에서 박수를 쳤다.

그때 케이크에서 작게 팡 하는 소리가 났다. 케이크의 가장 윗면을 장식한 산딸기와 아몬드 조각이 바닥으로 떨어졌다.

갈색 머리가 케이크를 뚫고 튀어 올랐다. 작은 얼굴에 새까만 눈동자가 빛났다. 사람들은 눈이 휘둥그레졌다.

"설마… 쥐야?"

몰워스가 말했다.

팡.

두 번째 쥐가 케이크를 뚫었다. 세 번째, 네 번째, 열 번째 쥐까지 우르르 따라 나왔다. 케이크의 맨 윗 단이 반으로 갈라졌다. 딸기와 오렌지와 핑크빛 작은 코와 꼬리가 화산 폭발하듯 튀어 올랐다. 쥐는 케이크 옆으로 굴러 떨어지며 테이블 위를 뛰어다녔다. 한 남자가 의자에 앉은 채로 자빠졌다.

쥐가 테이블에 흩뿌려진 설탕 조각을 정신없이 먹어치우는 사이 촛불은 아랫단 케이크 구멍에서 꿈틀대는 연보라색 덩어리를 비추었다. 통통하게 살이 오른 지렁이였다.

케이크에서 탈출하듯 줄줄이 기어 나오는 지렁이 행렬을 보며 케이트가 얼굴을 찌푸린 채 뒷걸음질 쳤다.

연회장은 공기마저 후텁해졌다.

"이게 도대체 어떻게 된 일입니까?"

로렌이 두리번거리며 소리쳤다.

"로렌, 오 이런. 안 돼. 안 돼. 이럴 순 없어."

케이트가 한 손으로 입을 가리며 다른 손으로 로렌을 가리켰다.

"악마의 화신을 죽인 이유를 알겠군요. 자기 힘으로 새로운 화신이 되기 위해서였어."

사람들은 비명을 지르며 옷가지를 챙겨 연회장 구석으로 몰려갔다.

로렌의 얼굴이 눈처럼 창백했다. 두 눈은 핏빛으로 물들었다.

"더 이상은 참아줄 수 없군. 감히 내 이름에 악마를 붙이다니. 여러분, 여왕에 관한 진실을…."

"악마야! 악마가 나타났어!"

몰워스가 의자 위로 뛰어올라가 외쳤다.

"악마가 틀림없어요. 악마의 화신!"

신사가 소리쳤다.

"*당장 악마를 잡아요!*"

"여왕을 보호해요!"

갑옷을 철컹거리며 수행기사가 테이블을 뛰어넘었다. 기사들은 단박에 로렌의 목덜미를 잡아 높이 들었다. 로렌이 발버둥 치며 갑옷을 마구 발로 찼다. 주변에 선 귀족들이 그에게 닿지 않도록 소매로 손을 감싼 채 로렌의 팔과 다리를 잡았다.

곧 로렌은 바닥에 내팽개쳐졌다. 몰려든 사람들에게 포위되어 꼼짝도 할수 없었다. 몰워스는 주머니에서 커다란 오렌지를 꺼내 로렌의 입에 재갈을 물렸다.

케이트가 테이블 위로 올라가 로렌을 노려보았다. 엘리는 몸이 떨리며 배가 아팠다. 기분이 이상했지만 정확히 어떤 기분인지 알 수 없었다. 케이트가 입을 열자 그 마음이 두려움이라는 것을 깨달았다. 엘리는 처음으로 케이트가 두려웠다.

"악마의 화신을 지하 감옥에 던져버리세요. 내일 아침 해가 떠오를 때 모두가 보는 앞에서 처형할 것입니다. 여왕의 신성한 능력으로 악마를 완전히 처단하겠어요. 우리 섬은 영원히 안전할 것입니다."

사람들은 열광했다. 케이트가 손을 가슴에 올렸다.

"무거운 마음으로 이 말씀도 드려야겠군요. 악마를 처단하고 나면 생명의 축제를 수행할 힘까지 모두 소진될 거예요. 하나를 선택하시기 바랍니다. 생명의 축제를 원하십니까. 천년 동안 인간을 고통에 빠뜨린 사악한 신을 없애길 원하십니까."

"악마! 악마를 없애요!"

간수들이 로렌을 연회장에서 끌고 나갔다. 사람들이 모두 그들을 쫓아 따라 나갔다. 문이 닫히고 텅 빈 연회장에 엘리와 케이트만 남았다. 쥐가 케이크 부스러기를 갉아먹었다. 지렁이는 테이블보 밖으로 기어갔다. 케이트가 테이블 아래를 더듬었고 곧 딸깍 하며 화덕이 꺼지는 소리가 들렸다.

케이트가 자리에 앉았다. 다리를 쭉 뻗고 안도의 한숨을 길게 내쉬었다. 엘리는 긴장이 가시지 않은 채 케이트를 보았다.

"로렌의 이야기보다 훨씬 재미있었지?"

케이트가 웃었다.

레일라의 일기
부활호, 4822일째 항해중

방주는 바다를 헤치며 거침없이 나아갔다. 거대한 파도가 하늘에 닿을 듯이 솟구쳤다.

"바루, 속도를 낮춰!"

이대로 가다간 섬에 충돌해 배가 산산조각날 것 같았다.

바루는 대답하지 않았다. 눈은 파랗고 입에서는 알 수 없는 목소리가 흘러나왔다. 노파의 말이 생각났다. 바루의 마음이 바다에 갇히면 목숨을 잃을 수도 있었다. 바루를 흔들어 보았지만 소용없었다.

갑판 위 사람들이 겁에 질린 채 바루를 곁눈질했다.

"악마야!"

"아니에요! 저길 봐요. 바루는 우릴 섬으로 데려가고 있어요. 우리는 이제 살았다

372

고요."

수평선 끝에서 섬이 점점 모습을 드러냈다. 사람들은 입을 쩍 벌렸다. 몇몇은 환호성을 지르기도 했다. 그때 일등항해사가 커다란 칼을 휘두르며 사람들 사이를 뚫고 나왔다. 얼굴이 시뻘겋게 달아올라 있었다.

"악마는 죽어야 해!"

나는 바루 앞을 막아섰다. 항해사가 날 거칠게 떠밀었다. 난 옆으로 굴렀다. 별이 눈앞에서 춤을 췄다. 고개를 들었을 때 큰 칼이 바닥으로 떨어졌다.

누군가 항해사에게 넝마를 던졌고 넝마가 그의 팔을 휘감았다. 항해사는 이를 드러내며 주먹을 높이 들었다. 노파가 뛰어들어 항해사의 팔을 잡았다. 그렇게 강한 힘이 어디에서 나오는지 알 수 없었다. 바루는 고통스러워하며 신음했다. 바루를 도와주기 위해 일어서려고 했지만 방주가 흔들렸다. 모두가 자리에서 쓰러졌다.

일등항해사가 재빨리 일어나 바루의 멱살을 잡고 난간까지 끌고 갔다. 나는 비명을 지르며 달려갔다. 그때 귀가 멀 정도로 크게 우지끈 하는 소리가 났다. 세상이 멸망하는 것 같은 소리였다. 나는 또다시 넘어지고 말았다. 온 사방에 나무 조각이 떨어졌고 사람들은 마주보며 비명을 질렀다.

항해사는 여전히 바루를 잡고 있었다. 금방이라도 배 밖으로 던져버릴 것만 같았다. 그때 퍽 하는 소리와 함께 항해사가 바루를 잡은 손을 놓쳤다. 눈알이 불거지고 마치 꼬리를 찾는 개처럼 어깨 너머로 고개가 돌아갔다. 등에 큰 칼이 꽂혀 있었다.

노파의 눈이 증오로 불타올랐다. 수천 개의 주름이 얼굴을 얽어맸다. 노파는 항해사의 양 팔을 잡았다. 항해사가 날카로운 비명을 지르며 노파를 밀쳤다. 두 사람은 한 번, 두 번 서로를 붙잡고 휘청거리다 방주 밖으로 함께 굴러 떨어졌다.

373

새로운 악마

"모든 게 다 계획된 거였니? 왜 나한테 한 마디도 하지 않았어?"

엘리의 떨리는 목소리가 텅 빈 연회장에 울렸다.

케이트는 테이블 위 케이크 부스러기를 손으로 눌렀다. 접시 옆에서 꿈틀 대는 지렁이를 보고도 개의치 않았다.

"일을 성공시켜야 한다는 생각뿐이었어."

"내가 도울 수도 있었잖아."

"엘리, 우리가 로렌을 이겼어. 중요한 건 그거야. 이제 밭을 살리는 데 집중 하자. 섬을 다시 세워야지."

케이트가 씩 웃었다.

엘리는 조심스럽게 케이트에게 다가갔다. 어쩐지 케이트는 더 이상 가까 이 다가가도 괜찮은 사람이 아닌 것 같았다.

"로렌을 진짜로 처형할 생각은 아니지?"

케이트가 왕좌에 등을 기대고 앉아 다리를 달랑거렸다. 케이트는 눈을 감았다.

"내일이면 알게 되겠지."

"아무도 죽이지 마, 제발."

케이트가 한쪽 눈을 떴다.

"네가 정 원한다면, 뭐. 어쨌든 정말 멋지지 않았니? 재판관과 로렌의 붉은 눈과 케이크까지. 화덕을 넣을 수 있도록 테이블 아래에 톱질까지 했어."

"멋지다는 표현을 써도 될지 모르겠어. 영리했던 건 분명하지만. 나에게 귀띔이라도 해주었으면 좋았을 텐데."

"네가 악마의 도시에서 왔다는 사실을 말하지 않은 것처럼?"

엘리는 마른침을 삼켰다.

"우린 서로에게 비밀이 있었구나."

"그래, 엘리. 나도 어쩔 수 없었어. 여왕이니까. 난 백성을 지키기 위해서라면 무슨 일이든 할 거야."

엘리는 바닥을 내려다보았다.

"하그레스가 내 이름을 말할 줄 알았어. 그것도 네가 꾸민 일일 수도 있을 거라고 생각했어."

케이트의 표정이 부드러워졌다.

"널 다치게 하는 일은 절대 안 해."

생쥐가 엘리의 발목에 코를 대고 킁킁거렸다. 다른 두 마리는 테이블 아래서 서로를 쫓아다녔다.

"정말이니?"

"그럼, 엘리. 내 백성을 보호하는 건 내 의무야."

엘리는 케이트의 말이 가시처럼 목에 걸렸다.

백성.

엘리는 케이트에게 더 이상 친구가 아니라 백성이었다.

"케이트, 우리 아직 섬을 떠날 수 있다는 거 알아? 어디로든 가서 다시는 돌아오지 않을 수 있어."

케이트의 눈이 커졌다.

"뭐? 문제가 다 해결되었잖아. 왜 그런 이야기를 하는 거야?"

"왜냐하면, 겁이 나."

엘리가 중얼거렸다.

"괜찮을 거야. 내 걱정은 할 것 없어. 이제 다 끝났어. 지난 일은 잊고 새롭게 시작하면 돼. 난 네가 필요해. 내 옆에 있어줘."

케이트가 다리를 꼬았다.

엘리는 입술을 깨물었다.

"정말 내가 네 옆에 있길 원하니?"

"당연하지. 그러니 이제 인상 좀 펴. 다 잘 됐잖아."

케이트가 엘리의 손을 잡고 엘리의 어깨에 머리를 비볐다. 케이트의 머리 카락에서 달콤한 향기가 났다. 목 뒤에서 케이트의 웃는 얼굴이 느껴졌다.

엘리는 가슴이 텅 빈 것 같았다.

우두커니 폐허가 된 케이크를 바라보았다. 아름다운 케이크의 벌레가 우글거리던 썩은 속을.

~

그날 밤 엘리는 침대에 누워 내내 뒤척였다. 결국 동이 틀 때까지 한숨도 자지 못 했다. 로렌은 잡히고 더 이상 케이트에게 위협이 되지 못 했다. 기뻐해야 할 일이지만 케이트의 말이 자꾸 떠올랐다.

백성을 지키기 위해서라면 무슨 일이든 할 거야.

"그래, 아무리 그래도 죽이지는 않겠지."

엘리는 혼잣말을 내뱉었다.

"너 괜찮아?"

창가에 붙은 세스의 침대에서 나지막한 목소리가 들렸다.

"미안, 나 때문에 깼구나."

세스가 엘리 쪽으로 몸을 돌렸다.

"아까부터 깨어 있었어. 무슨 일이야?"

"케이트가 걱정돼. 아직 진짜로 끝난 게 아닌 것 같아."

멀리서 종소리가 들렸다. 여관의 나무 가지들이 떨렸다.

"뭐지?"

세스가 말했다.

엘리는 주섬주섬 코트를 입기 시작했다. 도시에서 재판관에게 쫓길 때 머리 위로 울리던 종소리가 뇌리를 스쳤다. 머리털이 쭈뼛 섰다. 신발에 발을 욱여넣고 지팡이를 챙겨 문으로 향했다.

"잠시만. 같이 가. 위험할 지도 몰라."

세스가 일어섰다.

"아니, 괜찮을 거야. 케이트가 섬 전체에 로렌에 대한 소식을 알릴 거라고 미리 말했어. 로렌을 진짜 처형하지 않는지 지켜보러 가는 거야."

문 밖에서 나뭇가지가 삐걱거리는 소리가 들렸다. 비올라가 문을 벌컥 열고 뛰어 들어왔다. 아치가 비올라의 품 안에서 덜덜 떨고 있었다.

"이 종소리 뭐야?"

비올라가 외쳤다.

"지금 궁에 가서 알아보려고."

세스가 서둘러 신발을 신었다.

"아니, 나 혼자 간다니까."

엘리가 세스를 막아섰다.

"하지만."

"세스, 엘리는 어린 애가 아냐."

비올라가 세스를 흘겨보았다.

"넌 끼어들지 마."

"나한테 이래라 저래라 하지 마. 뭐 타고난 것 같긴 하지만."

"내가 뭘 타고났는데?"

세스도 비올라를 노려보았다.

"사람들을 다스리고 싶어 하잖아."

"난 아무도 다스리고 싶지 않아. 도대체 나한테 왜 그러는 거야?"

"귀띔이라도 해줬으면 좋았잖아. 너와 꽤 가깝다고 생각했는데 너에 대해 난 아무것도 몰랐어."

비올라의 얼굴이 달아올랐다.

"언제부턴가 나하고 눈도 안 마주치는데 무슨 말을 어떻게 해?"

"둘 다 그만 좀 해!"

엘리가 소리를 질렀다. 방 안에 정적이 흘렀다. 아치는 세스의 침대 밑으로 숨었다.

"바보 같아. 너희 둘 제일 친한 친구였잖아. 그런데 지금 뭐하는 거야? 비올라, 세스는 아무것도 달라진 것 없어. 평범한 소년인 척 연기하는 게 아냐. 진짜 그냥 남자애라고. 너한테 자기에 대해서 설명도 못 하는 덜떨어진 남자애. 진짜 엄청난데 진짜 바보 같은."

엘리는 자기도 모르게 흐르는 눈물에 흠칫 놀랐다.

"엘리, 괜찮아?"

비올라가 말했다. 비올라와 세스는 얼빠진 얼굴로 엘리를 보았다.

엘리가 눈물을 닦았다.

"너희 우정을 포기하지 마. 절대 그러지 마."

"그래. 하지만 가끔 다투는 것도 괜찮아. 속마음을 털어놓게 되니까."

비올라가 엘리의 손을 잡았다.

"그냥 서로 섭섭해서 그러는 거야. 걱정 마."

세스가 엘리를 물끄러미 보았다.

엘리는 의자를 가져왔다.

"너희 둘은 여기 앉아서 이 문제를 확실히 풀어. 내가 돌아올 때쯤에는 웃으며 장난치는 소리도 들리면 좋겠어."

둘은 엘리를 보며 여전히 고개를 갸우뚱거렸다. 엘리는 문을 닫고 나왔다. 문 앞에 서서 잠시 기다렸다. 세스와 비올라의 목소리가 들렸다. 툴툴댔지만 싸우는 것 같지는 않았다. 엘리는 조금 가벼워진 발걸음으로 여관을 나섰다.

아침 햇살이 벌집촌을 옅은 파란색으로 물들였다. 한 남자가 길 위에 대자로 뻗어 있었다. 한 손에는 빈 와인병이 들려 있었다. 남자가 혀 꼬부라진 소리로 말했다.

"저거… 축제 시작하는 종인가요?"

바로 앞 현관에서 아주머니가 외쳤다.

"축제는 취소되었어, 이 주정뱅이야. 아직 못 들었어? 로렌이 악마의 화신이라고 하는군."

남자의 눈이 불쑥 튀어나왔다.

"악마요? 우리 섬에 악마가 있어요? 오, 여왕이시여 우리를 구하소서."

"벌써 구했어. 여왕이 로렌을 지하 감옥에 처넣었으니까."

아주머니가 자랑스럽게 말했다.

남자는 안도의 한숨을 내쉬었다.

"어느 쪽이든 술이 더 필요한 상황이군요."

엘리는 궁을 향해 구불구불한 길을 서둘러 달려갔다. 한 젊은 남자가 잠옷 바람으로 가족을 이끌고 골목으로 뛰어 들었다.

"방금 궁에서 온 소식이에요! 그가 탈출했대요. 로렌이 도망쳤다고요!"

사람들이 소리를 지르며 날뛰었다. 부인은 아기를 가슴팍에 꼭 안았다.

"악마가 풀려났다!"

엘리는 심장이 쿵 떨어졌다. 로렌이 무슨 짓을 할지 몰랐다. 필사적으로 도망친 로렌은 상상도 못 할 일을 저지를 수도 있었다. 엘리는 다리를 절뚝거리며 쉬지 않고 달렸다. 보초병이 아무것도 묻지 않고 문을 열어 주었다.

"여왕은 어디에 있죠?"

엘리는 첫 번째 지나가는 경비병에게 물었다.

그때 케이트의 머리가 난간 위로 쑥 올라왔다. 무슨 이유인지 밝은 얼굴로 생글거리고 있었다. 연회장에서 입었던 옷을 그대로 입은 채 손을 높이 흔들었다.

"어서 올라와!"

엘리는 케이트를 따라 박제 동물이 있는 방으로 올라갔다. 문 앞을 지키는 수행기사 둘을 빼고는 아무도 마주치지 못 했다.

"너 왜 이렇게 차분해? 로렌이 도망쳤다며!"

엘리가 침을 꼴깍 삼켰다.

케이트는 씩 웃었다.

"아니, 로렌은 지하 감옥에 그대로 있어."

"그럼 왜 다들 도망쳤다고 난리인 거야?"

케이트는 짓궂은 장난을 치다 들킨 아이처럼 입술을 잘근잘근 씹었다.

"내가 소문을 퍼뜨렸거든."

케이트는 눈표범 옆 커다란 기계 쪽으로 걸어갔다. 인쇄기였다. 케이트가 종이 한 장을 뽑아 자랑스럽게 내밀었다.

악마 로렌이 달아났다.
여왕은 가족과 함께 당분간 집에 머물 것을 당부했다.

엘리는 날다람쥐 아래 의자에 앉았다. 계단을 올라올 때부터 아프던 다리에 힘이 풀렸다. 케이트는 기대에 찬 얼굴로 엘리를 보았다.

"케이트, 사실… 이해가 안 돼. 왜 그런 짓을 하는 거야?"

"생각해봐. 악마가 섬 어딘가에 숨어들었다면 사람들은 누군가 보호해주길 바라지 않겠어? 신의 능력을 가진 여왕보다 나은 존재가 있을까?"

엘리는 가슴 깊은 곳이 얼어붙는 것 같았다. 자리에서 일어났다.

"아니."

"아니?"

케이트가 얼굴을 찌푸렸다.

"너는 악마에 대한 두려움이 어떤 일을 불러오는지 몰라. 악마만큼이나 끔찍하지. 사람들은 서로에게 등을 돌릴 거야. 의심과 폭력과 증오가 사람들 사이를 가른다고."

"아?"

케이트가 턱을 쓰다듬으며 실망스럽다는 표정을 지었다.

"하지만 모르겠어? 백성들이 내 보호를 원할 때 내 힘도 강해져. 그렇지 않으면 로렌 같은 사람이 내 자리를 빼앗으려고 또 다시 일어날 거야."

"네 힘을 위해 두려움을 이용하지 마."

"진짜로 악마를 푸는 게 아냐."

케이트가 코웃음을 쳤다.

"그런 말이 아니잖아. 공포를 심는 순간 사람들은 고통스러워져."

"이미 모두가 고통을 겪고 있어. 로렌이 왕좌에 앉았다면 더욱 고통스러워졌을 거야."

엘리가 케이트의 손을 잡았다.

"부탁이야. 제발 그만둬. 우리는 더 좋은 방법을 찾을 수 있어. 너와 나 힘을 합치면."

케이트가 방을 조심히 둘러보며 목소리를 낮췄다.

"엘리, 너는 진실을 알잖아. 나는 진짜 화신이 아니야. 아무런 힘도 능력도 없다고. 이게 내가 할 수 있는 최선이야. 너야말로 제발 가만히 있어."

"아니, 난 그럴 수 없어. 네 행동이 얼마나 어리석은지 정말 모르겠니?"

엘리가 주먹을 쥐었다.

케이트는 자세를 고쳤다.

"엘리, 제발. 나도 옳지 않다는 걸 알아. 하지만 섬을 안정시키고 평화를 지키려면 이 방법밖에 없어."

엘리는 눈을 감았다. 케이트를 설득할 방법을 찾아야 했다. 문득 이틀 전 세스가 초록색 카디건을 입고 작업장에 다시 나타나 건넨 말이 떠올랐다.

케이트에게 나에 대해 말하는 건 어때? 내가 할 수 있는 일에 대해. 케이트에게 도움이 되지 않을까?

엘리가 케이트에게 한 걸음 다가갔다.

"넌 힘도 능력도 없지 않아."

"엘리."

"세스가 너에게 힘과 능력을 줄 수 있어."

케이트가 눈을 가늘게 떴다.

"무슨 말이야?"

"세스는 신이야."

케이트가 무슨 말을 하려고 입을 열었다 다시 다물었다.

"화신이 아니라 진짜 신. 자기 몸을 가진 신. 레일라의 일기에 나오는 바루와 같은 신이라고. 세스가 옆에서 널 도우면 신성한 능력을 펼칠 수 있어. 아무도 네 능력을 의심하지 않을 거야. 악마에 대한 헛소문을 퍼뜨리지 않아도 모두가 널 믿을 거야."

엘리는 주먹을 너무 세게 쥔 나머지 손바닥에 손톱자국이 났다. 친구가 된 세스와 케이트가 머릿속에 떠올랐다. 둘은 진짜든 아니든 힘을 가졌다는 공통점이 있었다. 궁 정원의 테이블에 셋이 앉아 떠드는 날을 상상했다. 부드러운 바람이 꽃과 풀을 간질이는 날에 비올라와 몰워스 그리고 안나가 찾아올 지도 모른다. 그럼 케이트가 화덕에 빵을 구워 내올 것이다. 엘리는 마음속에 따뜻하고 포근한 기운이 피어올랐다.

진짜 케이트는 천장만 바라볼 뿐 말이 없었다. 박제 날다람쥐 뒤로 자수정으로 만든 보라색 새가 있었다. 케이트의 침실에 있는 신의 새의 모형이었다. 케이트가 보라색 새 조각상을 보고 얼굴을 찌푸렸다.

"최근에 바다가 이상하게 치솟았다는 말이 사실이었구나. 로렌의 부하에게서 도망칠 때 고래를 불러온 것도 세스였어. 세스가… 바루니?"

케이트의 눈빛이 이글거리기 시작했다. 엘리는 케이트가 그리는 미래가 엘리가 꿈꾸는 행복과 다르다는 걸 어렴풋이 깨달았다.

"사실 확신할 수는 없어. 어쩌면 아닐 지도 몰라. 그러니까 내 말은, 세스는…"

"엘리, 세스를 궁으로 데리고 오도록 해."

엘리는 뒷덜미의 솜털이 쭈뼛 섰다. 케이트의 목소리는 낮고 깊은 여왕의 목소리였다.

엘리가 문 쪽으로 뒷걸음질 쳤다.

"세스를 끌어들이는 게 세스에게도 좋은 생각인지 잘 모르겠어. 미안해. 내가 한 말은 그냥 잊어줘. 세스는 낚시하는 걸 제일 좋아하는 아이일 뿐이야."

"세스를 데려와. 세스의 힘을 어떻게 쓸지 이야기는 해봐야지. 우리 섬을 위해서."

케이트가 입을 꾹 다문 채 웃었다.

엘리와 케이트는 말없이 서로 마주보았다.

"엘리, 세스를 위험에 빠뜨리는 일은 없을 거야."

케이트가 이번에는 진짜 목소리로 부드럽게 말했다.

"그래. 지금 나가서 세스를 데리고 올게. 최대한 빨리 돌아올게."

엘리가 담담한 척 서둘러 대답했다.

케이트가 활짝 웃었다. 엘리는 손을 흔들며 방을 빠져나갔다. 문이 닫히자 다리가 허락하는 만큼 최대한 빠르게 계단을 뛰어 내려갔다.

세스

엘리는 어깨 너머로 수행기사가 따라오는지 세 번째 돌아보았다. 하인들 숙소와 짐이 가득 쌓인 비좁은 복도를 재빨리 지났다. 작업장 앞에 멈춰 시간이 얼마나 있는지 생각해보고 서둘러 작업장으로 들어갔다. 보라색 코트를 벗었다. 너무 가벼워서 벗은 것 같지도 않았다.

코트를 한쪽 구석에 던져두고 작업대 위에 놓인 엄마의 오래된 코트를 들었다. 새로 덧댄 안감을 손으로 쓸었다. 어깨에 걸치자 적당한 무게가 엘리를 감쌌다. 주머니에 연막탄과 섬광탄을 채워 넣고 몰워스의 생쥐들을 풀어주었다. 바닥에 무화과 잼 얼룩이 보였다. 케이트와 빵을 먹다가 흘린 자국이었다. 엘리는 가슴이 따끔거렸다. 작업장에서 나가 하인들의 계단으로 궁을 빠져나갔다. 햇살이 눈부셨다.

"엘리!"

기침을 참는 소리가 들렸다. 초록 카디건을 입은 세스가 골목 모퉁이에서

386

걱정스러운 얼굴로 서 있었다.

"세스!"

엘리가 크게 외쳤다. 꽉 조였던 마음에 숨통이 트였다. 궁을 힐끔 돌아보았다.

"우리 떠나야 해. 섬을 벗어나야 해. 지금 당장."

엘리는 왈칵 눈물이 났다. 이를 꽉 물었다.

"따라 와!"

둘은 텅 빈 거리를 달렸다. 알록달록한 창 덧문들이 굳게 닫혀 있었다. 빨 랫줄이 풀려 마른 옷가지들이 구석에 처박혔다. 사람들이 급히 떠나버린 시 장은 을씨년스러웠다. 갈매기가 진주 목걸이를 쪼고 고양이는 길에 달라붙 은 치즈를 핥았다. 들리는 소리라곤 개 짖는 소리밖에 없었다. 그리고 종소 리. 멈추지 않는 종소리.

"완전히 최후의 도시랑 똑같아."

세스가 말했다. 엘리도 가쁜 숨을 내쉬며 얼굴을 찡그렸다. 저 멀리 지붕과 지붕 사이로 바다가 보였다. 청록색 파도가 넘실거리며 아이들을 불렀다.

"세스, 내가 어리석었어. 네가 좋은 의도로 한 말이었어도 더 깊이 생각해 야 했어. 케이트가 어떻게 나올지 예상해야 했어."

"무슨 말이야? 좋은 의도?"

"케이트에게 너에 대해 말하는 것 말이야. 케이트가 너의 능력을 간절히 원해. 하지만 네가 다칠까봐 겁나. 시간이 지나 네 영혼이 자기에게 옮겨갔 다고 믿고 널 없앨까봐 두려워."

"그래."

세스가 작게 말했다.

"최대한 빨리 이 섬을 떠나자. 넌 부두로 가서 얀센 아저씨와 비올라에게 사정을 설명해. 바로 떠나게 되었다고."

"넌?"

"여관에 가서 물건을 챙겨올게."

엘리는 벽난로 위 선반에 둔 핀의 그림을 떠올렸다.

"여관에 챙길 만한 게 있나?"

세스가 기침을 참으며 물었다.

"핀의 그림. 핀과 나와 안나를 그린 그림. 그걸 두고 갈 수는 없어."

세스의 기침이 터져 나왔다. 목이 쉴 정도로 연거푸 몸을 들썩였다.

"괜찮아?"

엘리가 세스의 얼굴을 살폈다.

"괜찮아. 하지만 들를 시간이 없지 않아?"

"어차피 부두로 가는 길이야."

엘리는 조금 언짢아졌다.

"세스, 그 그림이 나에게 얼마나 소중한지 알잖아. 핀이 남긴 유일한 물건이라고."

세스가 무릎이 꺾일 정도로 심하게 기침을 했다. 세스는 입을 닦았다. 손을 내렸을 때 엘리는 숨이 턱 막혔다.

세스의 뺨이 종이처럼 벗겨져 달랑거렸다.

"세… 세스?"

엘리는 세스에게 한 걸음 다가갔다. 벗겨진 살갗 아래에 핏줄도 없이 멀건 붕대가 보였다.

엘리는 몸이 뻣뻣해졌다.

"말도 안 돼."

세스는 어색하게 웃으며 벗겨진 피부를 뺨에 찰싹 쳐서 붙였다.

"걱정 마. 어서 가야지."

엘리가 지팡이를 짚고 비틀거렸다. 당장이라도 쓰러질 것 같았다.

"너였어. 그날 밤에 세스가 돌아가고 나서 다시 작업장에 나타난 건 너였어. 케이트에게 세스에 대해 말하라고 한 건 너였어."

"엘리, 무슨 소릴 하는 거야?"

"말도 안 돼! 어떻게 아무런 의심도 안 할 수 있지? 잠깐…."

엘리가 머리를 세게 쳤다. 지나간 일들이 빠르게 스쳐갔다. 눈앞이 빙빙 돌았다. 퍼즐 조각이 하나씩 맞춰졌다.

"세스가 나 없이도 깔깔대며 즐겁게 노는 걸 처음 봤던 날. 나는 목적지도 없이 방황하다 광산에 가게 되었어. 광산에 불이 나서 연막탄을 터뜨렸고 그래서 궁에 잡혀갔지. 그건 세스가 아니었어. 너였어."

"엘리, 도대체 무슨 소릴 하는 거야? 그 자리에 있었던 건 나였어. 세스."

"로렌의 집에 같이 가지 않겠다고 한 것도 너였어. 내가 싸운 건 세스가 아니라 너야."

엘리는 숨이 가빠왔다.

"다 너였어. 세스가 나에게 더 이상 관심이 없다고 느끼게 만든 것도, 날 케이트에게 이끈 것도 너였어. 케이트를 궁 밖에서 처음 만난 것도 네 피 묻은 발자국을 따라 가던 길이었지. 너는 내가 케이트와 친구가 되길 바란 거야."

389

"너는 지금 거의 망상에 사로잡힌 것 같아."

엘리는 분노가 핏줄을 타고 솟구치는 것 같았다. 세스가 암사슴 같은 눈망울로 엘리를 골똘히 보았다. 뺨에는 여전히 살갗이 덜렁거렸다.

"핀."

엘리가 나지막이 핀의 이름을 불렀다.

세스의 피부가 더 많이 벗겨지기 시작했다. 살갗이 부스러기처럼 길에 떨어졌다. 벗겨진 피부 사이로 해진 붕대가 드러났다. 핏방울이 스며 나왔다. 세스는 얼굴을 움켜쥐었다.

"핀!"

엘리는 마음 가득 동생을 떠올리며 소리쳤다.

악마가 쉬익 소리를 냈다. 피부의 마지막 조각까지 떨어지자 붕대를 감은 아이가 드러났다. 아이는 온몸을 비틀며 흉측한 춤을 추었다. 뒤틀리고 접히다 쓰러졌다. 엘리의 무거운 숨소리 말고는 아무것도 남지 않았다.

엘리는 구역질이 났다. 악마의 힘이 약해져서 더 이상 자신을 해치지 못할 거라고 믿었다. 하지만 악마는 방법을 찾았다. 눈물이 흘렀다. 아무리 닦아도 쉴 새 없이 흘렀다. 끔찍한 퍼즐이 완성되자 견디기 힘들었다. 벌집촌을 멍하게 바라보았다. 떡갈나무 여관이 번뜩 눈에 들어왔다.

"세스!"

엘리는 뛰기 시작했다.

"제발 아무 일 없길! 제발 아무 일도 없길!"

발이 깨진 돌부리에 걸렸다. 다친 다리의 발이 접질리며 넘어지고 말았다. 엘리는 비명을 지르며 뒹굴었다.

"엘리!"

비올라와 몰워스가 비탈길을 달려오고 있었다. 엘리는 심장이 터질 것만 같았다. 비올라가 엘리를 일으키고 지팡이를 주웠다.

"세스는? 다들 괜찮아?"

엘리가 울먹거렸다. 비올라 뺨에 보랏빛 멍이 보였다. 아치가 비올라의 어깨에서 떨었다.

비올라의 입술이 하얗게 질려 있었다.

"수행기사들이 여관에 들이닥쳤어."

"뭐?"

"여왕의 수행기사가 아냐!"

몰워스가 떨면서 목걸이에 달린 여왕 얼굴을 움켜쥐었다.

"몰워스, 너도 봤으면서 왜 그래?"

"그럴 리가 없어. 수행기사를 사칭하는 자들이야. 여왕이 그런 짓을 할 리 없어."

몰워스는 격렬하게 고개를 저었다.

"정신 차려. 여왕은 네가 생각하는 그런 사람이 아냐."

비올라가 쏘아붙였다.

"아니야. 여왕이 그럴 리 없어."

몰워스는 목걸이를 쓰다듬었다.

엘리가 한 손으로 얼굴을 감쌌다. 심장이 너무 빨리 뛰었다.

"여왕이 명령했을 거야. 내가 무슨 짓을 한 거지?"

"엘리, 여왕이 세스를 왜 데려가?"

비올라가 물었다.

엘리의 손가락 사이로 뜨거운 눈물이 흘렀다.

"다 알게 됐어. 세스가 바루라는 걸. 세스를 가만히 두지 않을 거야. 세스의 목숨이 위험할 지도 몰라."

"여왕은 절대 그럴 사람이 아냐. 여왕은 신이야. 선한 신이라고."

몰워스가 눈을 부라렸다.

"케이트가 여왕이야. 세스가 잡혀가는 걸 네 눈으로 봤잖아."

비올라도 목소리를 높였다.

"뭔가 오해가 있을 거야. 케이트는 여왕이 아냐. 나의 여왕이 아냐."

몰워스가 눈을 감고 중얼거렸다.

"몰워스, 케이트가 여왕이야."

비올라가 말했다. 몰워스는 눈을 감은 채 뒤로 돌았다. 손으로 목걸이를 움켜쥐고 혼잣말을 내뱉었다.

"그럴 리 없어. 그럴 리 없어. 나의 여왕은 선한 신이야."

"아직 배가 바다로 나가지 않았을 거야. 아빠에게 선원들을 모아달라고 해서 궁으로 세스를 구하러 가자."

비올라가 궁을 올려다보았다.

"안 돼. 사람들이 다칠 거야."

"엘리, 우리가 아무것도 하지 않으면 세스가 다쳐. 자, 부두로 가자."

엘리는 다리를 어루만지며 고개를 저었다.

"내가 같이 가면 시간이 지체될 거야. 나는 궁으로 바로 갈게. 케이트가 정신을 차릴 수 있도록 이야기해볼게."

"좋아. 그럼 나는 최대한 선원들을 많이 모을게."

"경비병이나 수행기사와 부딪치는 상황은 최대한 피해. 레오나 거리에 버려진 도축장이 있어. 도축장 안으로 들어가면 궁으로 연결된 비밀 통로가 있어. 몰워스를 데려가. 몰워스는 궁을 훤히 꿰고 있잖아."

비올라가 담장 위에 앉아 눈을 비비는 몰워스를 힐끔 보았다.

"알았어. 이야기해볼게. 몸조심해, 엘리."

비올라는 엘리를 꽉 안았다.

"너도."

엘리는 절뚝거리며 걸어가다 뒤를 돌아보았다. 비올라가 몰워스의 손바닥에 아치를 내려놓으며 옆에 앉았다. 그러고는 몰워스를 끌어안았다. 몰워스는 아치의 귀를 쓰다듬으며 희미하게 웃었다.

~

엘리는 궁으로 돌아가는 길이 멀게만 느껴졌다. 거리는 텅 비었고 고양이 몇 마리와 창문 뒤에서 불안한 표정으로 힐끔거리는 얼굴이 이따금 보일 뿐이었다. 신문 한 장이 길가에 뒹굴었다.

악마 로렌이 달아났다.

여왕은 가족과 함께 당분간 집에 머물 것을 당부했다.

서늘한 그림자가 엘리를 덮었다. 거대한 궁이 보였다. 언젠가 케이트와 간식을 사 먹었던 가게 앞을 지났다. 자꾸만 떠오르는 기억을 뒤로 한 채 달렸다. 경비병이 엘리를 보고 고개를 끄덕하며 문을 열어주었다. 중앙홀은 아침 햇살로 환했다. 수많은 창문으로 빛이 쏟아졌다. 눈에 보이는 건 공중에 떠다니는 티끌 같은 먼지뿐이었다. 엘리의 심장이 뛰는 소리 말고는 아무 소리도 들리지 않았다.

엘리는 계단을 올라갔다. 다리의 통증이 점점 심해졌다. 케이트와의 행복했던 추억이 가슴을 찔렀다. 케이트 방의 양문 앞까지 다다랐다. 엘리는 깊은 숨을 들이쉬었다. 오른쪽으로 고개를 돌렸을 때 얼핏 핀의 얼굴이 보였다. 연한 금발에 초록색 눈, 사랑스러운 미소.

엘리는 뺨에 흐르는 눈물을 닦으며 고맙다는 듯이 고개를 끄덕였다.

손을 뻗어 황금 문의 손잡이를 잡았다.

레일라의 일기
새로운 섬에서 0일째

방주는 섬에 거의 수직으로 곤두박질쳤다. 나는 돛대에 간신히 매달렸다. 돛대를 잡지 못 했다면 떨어져서 목숨을 건지지 못 했을 것이다. 갑판 여기저기서 신음소리가 들렸다. 사람들은 부서진 배를 붙잡거나 서로를 부둥켜안고 있었다. 나는 노파를 생각하며 하염없이 눈물을 흘리고 싶었지만 일단 바루를 찾아야 했다.

밧줄을 몸과 돛대에 묶고 갑판을 벼려갔다. 바루의 이름을 불렀다. 목에서 쇳소리가 났다. 다리 상처가 쓰라렸지만 들여다 볼 여유가 없었다.

394

다른 돛대에 미역처럼 힘없이 걸린 바루를 발견했다. 눈이 감겨 있었다. 피부는 더 이상 파랗지 않았다.

"바루!"

나는 바루를 돛대에서 들어 올려 품에 안았다. 피를 흘리지 않았고 팔다리도 멀쩡했다.

"바루? 바루! 눈 좀 떠봐. 네가 해냈어. 배가 새로운 섬에 닿았어. 네가 모두를 살렸어. 이제 땅에서 곡식도 기르고 집도 지을 수 있어. 모두가 행복해 질 거야. 우리 다른 범고래를 훈련시킬까. 다시 바다로 나가서 물고기를 잡자. 이제 살았어. 네가 해냈어, 바루. 네가…."

왜 말하고 또 말했는지 모르겠다. 어쩌면 이미 알고 있었기 때문일 것이다. 바루가 죽었다는 것을. 눈물 때문에 바루의 얼굴이 보이지 않았지만 나는 계속 말했다. 내 머리를 바루의 가슴에 얹었다. 모두를 살리고 바루는 죽었다. 믿고 싶지 않았다.

또 다른 울음소리가 들렸다. 듣자마자 사람의 소리가 아니라는 걸 알았다. 훨씬 크고 강한 전율이 일었다. 그때 돛대 사이로 얼핏 보라색이 반짝거리는 것이 보였다. 깃털 같기도 했다. 다시 울음소리가 들리더니 세상 어디에서도 본 적 없는 아름다운 새가 날개를 크게 펼쳐 배의 이쪽 끝에서 저쪽 끝으로 날았다. 사람들이 고개를 들어 새를 보았다. 고통에 신음하던 소리가 잦아들었다. 갑판 여기저기에서 오색찬란한 꽃이 피어났다. 내 다리의 상처도 깨끗해졌다.

나는 희망과 기대에 부풀어 바루를 보았다. 새가 지나간 자리마다 생명이 싹텄다. 그렇다면…. 그렇다면.

"바루? 바루! 일어나. 일어나봐."

나는 바루를 흔들었다.

거대한 새가 돛대 위에 날개를 접고 앉아 나를 보았다. 소용돌이치는 듯한 까만 눈 속으로 빨려들 것 같았다.

"바루를 살려줘요. 바루를 돌려놔요."

나는 새에게 소리쳤다.

목소리가 들렸다. 마치 귓가에 대고 하는 말 같았다. 하지만 곧 머릿속에 울리는 말이라는 걸 깨달았다.

돌려놓을 수 없어.

"왜요? 바루를 이대로 보낼 순 없어요."

나는 소리쳤다.

바다가 그 애를 데려갔어. 그 애의 영혼은 아직 회복되지 않았어. 힘을 사용할 준비도 되지 않았지. 하지만 울지 마. 언젠가 때가 되면 그 애는 돌아올 거야.

"바루가 안됐어요. 모두를 살리고 죽었다고요. 이건 공평하지 않잖아요. 우리는 바루를 도와야 해요."

나는 흐느꼈다.

지금은 이해할 수 없겠지. 하지만 느껴져. 언젠가 바루를 살릴 수 있는 사람이 올 거야. 바루에게 희망을 줄 수 있는 사람. 그러니 바루에게 일어난 일에 대해 너무 마음 아파하지 마. 용감한 레일라, 이제 우리는 스스로를 돌봐야 해. 새 날이 밝으면 우리는 함께 보게 될 거야.

"함께… 라니요?"

새의 눈이 내 마음을 꽉 채웠다.

나에게는 새로운 화신이 필요하니까.

위대한 발명가

케이트는 황금빛 나선 계단 사이에 서 있었다. 머리 위로 신의 새가 빛났다. 검정 드레스를 입고 보라색 화장을 하고 땋은 머리는 여전히 두 개의 뿔처럼 올라가 있었다. 갑옷을 입은 일곱 수행기사가 케이트를 둘러쌌다. 케이트는 그들처럼 미동도 없이 무심히 엘리를 내려다보았다.

세스가 케이트의 발아래 무릎을 꿇고 있었다. 두 손이 묶인 채 숨을 헐떡였다. 이마가 찢어지고 한쪽 뺨이 붉게 멍들었다. 케이트는 칼을 세스의 목에 겨누고 있었다.

"엘리, 도망가."

세스가 쉰 목소리로 외쳤다.

엘리는 한 걸음 가까이 다가갔다. 뒤에서 철 장갑을 낀 손이 엘리의 어깨를 잡았다. 엘리는 뒤를 돌아보았다. 수행기사 중 하나가 바로 뒤에 서 있었다.

"케이트, 어떻게 이럴 수 있어?"

엘리가 말했다.

케이트의 눈동자에 슬픈 기색이 스쳤다.

"미안해, 엘리. 나도 어쩔 수 없었어. 세스가 아무것도 하지 않으려고 해. 나는 세스의 힘이 필요해."

엘리는 움찔했다. 기사가 엘리의 어깨를 잡은 손에 힘을 주었다. 엘리가 비명을 지르며 쓰러졌다.

"안 돼! 엘리에게서 손 떼!"

세스가 소리쳤다.

"엘리가 다치지 않길 바란다면 내 말대로 해줘."

케이트의 목소리가 살짝 떨렸다.

기사가 엘리의 어깨에서 손을 뗐다. 엘리는 눈물을 참으며 어깨를 문질렀다.

"케이트, 부탁이야. 이러지 마."

엘리는 조금 전 보았던 케이트의 눈동자 속 슬픔을 찾으려 애썼다.

케이트가 허리를 곧추 세우고 가면을 쓴 것처럼 무표정한 얼굴로 말했다.

"그럼 내가 어떻게 해야 해?"

침묵이 흘렀다. 케이트는 머리 위 신의 새를 가만히 바라보았다. 그러고는 다시 엘리에게 시선을 옮겼다.

"세스가 바다를 가를 거야. 우리 섬에서 악마의 도시까지."

세스의 눈동자가 두려움에 떨렸다.

"뭐? 도대체 왜?"

엘리가 말했다.

케이트는 숨을 깊이 들이쉬었다.

"엄마가 바다 속으로 끌려들어간 곳이 그 사이에 있어. 엄마의 신성한 능력이 숨겨진 곳. 그곳을 찾을 거야. 그리고 내 힘으로 정정당당히 신성을 되찾을 거야."

엘리는 눈앞에 가느다란 빛이 보였다.

"내가 데려다줄게. 내 잠수함으로 갈 수 있어."

"아니, 난 세스가 필요해."

케이트가 망설이며 입술을 깨물었다.

"바다가 있는 한 악마의 도시는 위험해. 그들의 함대는 무시무시하니까. 바다를 가른다면 우리 섬에 위협이 되지 못 할 거야. 악마의 섬은 우릴 이겨내지 못 할 거야."

엘리는 가슴이 요동쳤다.

"이겨내지 못 한다니 무슨 뜻이야?"

케이트가 칼자루를 꼭 쥐었다.

"엘리, 문득 그런 생각이 들었어. 내가 악마의 도시까지 다스리게 된다면 아무도 날 무시 못 하지 않을까."

"안 돼."

엘리가 중얼거렸다. 안나의 얼굴이 떠올랐다. 고아원 거리가 피로 물드는 게 보이는 것 같았다.

"절대 안 돼!"

엘리가 소리쳤다. 케이트에게 한 걸음 다가가려 했지만 기사에게 붙잡혔다.

"그러지 마. 더 이상 네 힘을 증명할 필요 없어. 사람들은 너를 사랑해. 이 섬의 모두가 널 사랑한다고."

케이트는 쓸쓸한 표정으로 바닥을 응시했다. 칼을 세스의 목에서 거두고 엘리를 보았다. 엘리의 눈은 둘이 함께 한 시간을 생각하라고 외치고 있었다.

케이트가 고개를 한쪽으로 돌려 끄덕였다.

기사가 엘리에게 다가가 엘리의 팔을 꽉 잡았다. 엘리는 뼈가 으스러지는 것 같았다. 눈앞이 흐려졌다.

"멈춰! 당장 엘리에게서 손 떼!"

"그럼 내 말대로 해. 엘리를 더 이상 고통스럽게 하지 않으려면 제발 날 도와줘!"

"멈추라고!"

세스가 고함을 질렀다.

엘리의 팔을 잡은 손이 힘을 풀었다. 엘리는 소리도 내지 못 한 채 흐느꼈다.

"할게."

세스가 눈물이 고인 눈으로 엘리를 보았다.

"세스, 안 돼."

세스는 엘리를 물끄러미 보았다. 그러고는 눈을 감았다.

견디기 힘든 침묵이 흘렀다. 케이트는 칼끝으로 바닥을 두드리며 창문 밖을 뚫어지게 보았다. 세스가 이마를 찌푸리며 집중했다. 엘리는 죄책감에 몸서리쳤다. 익숙한 감정이었다.

케이트가 기사에게 세스를 잡으라고 손짓한 후 발코니로 나갔다.

"왜 바다에 아무 일도 일어나지 않지?"

"제발 그만 둬. 세스의 힘이 남아나지 않을 거야. 목숨을 잃을 지도 몰라."

세스는 눈꺼풀이 파르르 떨렸다. 입을 꾹 다물고 끙끙거렸다. 손과 목에 푸른 거품이 소용돌이쳤다.

창밖을 바라보던 케이트의 눈이 커졌다.

"바다에 소용돌이가 일고 있어. 능력이 나타나기 시작한 건가?"

엘리는 두려움에 휩싸여 세스를 보았다. 푸른 거품이 세스의 온몸에 퍼졌다. 소리 없는 폭죽이 터지는 것 같았다.

"바다가 점점 낮아지고 있어."

케이트가 말했다.

"바다가 갈라져! 갈라지고 있어!"

엘리는 고개를 들어서 보려고 했지만 기사가 어깨를 눌러 일어날 수 없었다. 케이트가 놀라움에 눈을 깜빡이며 펄쩍 뛰었다.

"잠깐…."

케이트가 천천히 발코니의 난간을 잡았다.

"바다가 다시 솟구쳐. 이게 뭐지?"

창문이 덜컹거리고 조각상들이 흔들렸다. 세스의 입에서 믿을 수 없을 만큼 굵은 목소리가 흘러나왔다. 세스가 눈을 번쩍 떴다. 하지만 아무것도 볼 수 없었다. 눈알 전체가 검푸른 색이었다.

방이 어둑해졌다. 섬 아래에서 희미한 비명소리가 들렸다. 엘리의 팔을 잡은 손아귀의 힘이 약해졌다. 엘리는 자리에서 일어나 창밖을 보았다.

"무슨 일이 일어나고 있는 거지?"

케이트가 중얼거렸다.

바다는 하늘에 닿을 듯이 높게 검푸른 벽을 세웠다. 궁보다도 높은 거대한 물기둥이었다. 세스를 잡고 있던 기사가 세스의 목에 칼을 겨눈 채 케이트의 명령을 기다렸다.

"안 돼! 만약 세스를 죽이면 바다가 섬을 덮칠 거야. 세스는 지금 힘을 통제하지 못 하고 있어. 세스와 이야기할 수 있게 해줘."

케이트는 세스를 보았다. 세스와 창밖을 번갈아보며 눈을 깜빡거리더니 마침내 고개를 끄덕였다. 기사가 엘리 뒤로 물러났다. 엘리는 절뚝거리며 세스 옆으로 다가갔다. 축 늘어진 세스 옆에 무릎을 꿇고 앉았다. 세스의 입에서는 뼈가 떨릴 정도로 기괴한 목소리가 흘러나왔다. 엘리는 세스를 들어 무릎 위에 눕히고 손을 뺨에 댔다. 시퍼런 피부가 얼음처럼 차가웠다.

"세스. 세스, 나야. 엘리야."

세스의 고개를 위로 향하게 돌렸다. 엘리는 입을 뗄 때마다 두려움으로 이가 딱딱 맞부딪쳤다.

검푸른 세스의 눈은 어딜 보는지 알 수 없었다.

"제발, 세스. 나야. 나야."

엘리가 세스의 손을 잡고 차가운 손등을 쓰다듬었다.

"세스, 가지 마. 여기 있어. 떠나지 마."

방은 점점 더 어두워졌다.

"여기 있어. 제발. 나와 같이 있어줘."

402

사방에서 우르릉거리는 소리가 거세졌다. 세스의 몸이 엘리의 품에서 미끄러졌다. 엘리는 세스의 양 팔을 움켜쥐었다.

"세스, 제발 떠나지 마. 가지 마."

희미한 숨소리가 들렸다. 세스가 가냘픈 숨을 내쉬며 속삭였다.

"느껴져, 엘리. 그들의 고통이 느껴져."

"알아, 세스. 하지만 세상에는 고통만 있는 게 아냐."

세스의 얼굴이 뒤틀리며 겨우 숨을 내쉬었다.

"나는… 모르겠는걸."

"그래, 세스. 몰라도 괜찮아. 나랑 같이 있어줘. 우리가 같이 찾자. 제발, 세스."

엘리가 세스의 뺨에 손을 얹었다.

세스의 눈 속에서 깊이를 알 수 없는 검푸른 소용돌이가 조금 걷혔다. 세스는 엘리를 아주 오랫동안 보았다. 그러고는 엷은 미소를 지었다.

"그래, 그러자."

엘리도 입꼬리가 움찔했다. 방이 조금씩 환해지기 시작했다. 엘리는 세스의 얼굴에서 눈을 떼지 않았다. 검푸른 소용돌이는 천천히 옅어지다 사라졌다. 세스의 눈이 감겼다. 고개가 뒤로 젖혀졌다. 엘리는 세스의 손목을 잡고 기다렸다. 아직 맥박이 뛰었다.

케이트는 멍하게 서 있었다. 부츠 소리가 들리더니 문이 벌컥 열렸다. 밖이 소란스러웠다. 갑옷을 입은 경비대장이 가쁜 숨을 내쉬며 문 앞에서 진땀을 흘렸다.

"바다를 보셨습니까!"

경비대장이 외쳤다.

"네, 알고 있어요. 이 소리는 다 뭐죠?"

"궁에 수백 명의 선원들이 몰려왔습니다. 어떻게 침입했는지는 아직 파악을 못 했습니다."

케이트가 수행기사에게 고개를 까딱했다.

"내려가서 당장 처리하세요. 당신은 여기서 감시해요."

엘리를 붙잡고 있는 기사를 가리켰다.

케이트는 여섯 기사 뒤를 따라 나갔다. 기사가 세스를 안고 있는 엘리를 붙잡았다. 아래층에서 분노에 가득 찬 함성이 들렸다.

"혁명이다!"

케이트는 나가다 말고 문 옆에 멈춰 서서 엘리를 보았다. 무슨 말인가를 하려고 입을 열었다. 하지만 그 순간 세스가 번쩍 눈을 떴다. 눈물 병이 든 캐비닛을 향해 손을 뻗었다.

유리병이 부딪치는 소리가 나더니 캐비닛 문이 벌컥 열렸다. 수백 개의 가짜 눈물 병들이 쓰러졌다. 눈물 병은 바닷물처럼 위로 솟구치더니 위 아래로 소용돌이치듯 뱅글뱅글 돌았다. 케이트는 날아오는 유리병에 머리를 맞고 소리를 질렀다. 수백 개의 유리병이 기사를 향해 새 떼처럼 돌진했다. 엘리는 유리 조각을 피해 머리를 감쌌다. 기사가 항복의 뜻으로 두 손을 들었다.

"엘리, 뛰어."

세스가 말했다.

엘리는 정신없이 지팡이를 짚고 비틀거리며 나선형 계단을 올랐다. 눈물 병에서 쏟아진 바닷물은 다시 합쳐져 물방울 모양으로 바뀌었다. 기사의 목

404

에 달라붙어 옥죄기 시작했다. 기사는 바닥을 뒹굴었다. 숨이 넘어가는 소리가 엘리의 귀를 파고들었다.

엘리가 세스를 돌아보았다. 둘의 눈이 마주치자마자 세스는 몸이 뒤로 넘어가며 눈이 감겼다.

"세스!"

엘리는 당장 세스에게 달려가고 싶었지만 케이트가 칼을 들고 계단을 뛰어 올라오고 있었다. 엘리는 신음하며 발코니 문을 열고 나가 난간을 기어올랐다.

아래는 궁이 되기 전 방주의 갑판이었다. 얼굴이 다 닳아 뭉툭한 조각상들 사이로 뛰어내렸다. 이를 꽉 물고 조각상 사이로 조심히 내려갔다. 조각상 너머로 바다가 보였다. 엘리는 숨이 멎는 것 같았다.

바다가 다시 갈라지고 있었다.

거대한 검푸른 물기둥 두 개가 마주보았다. 물기둥 안에는 물살이 번개처럼 번쩍이며 들끓었다. 두 물기둥 사이로 적갈색 뭍이 드러났다. 축축한 이끼와 미역이 줄무늬처럼 빛나고 여기저기에 안개가 뿌옇게 피어올랐다. 뭍은 북쪽 수평선까지 닿을 것처럼 계속해서 속살을 드러냈다.

삐걱거리는 소리에 엘리는 위를 쳐다보았다. 케이트가 발코니로 나오고 있었다. 케이트는 눈이 휘둥그레진 채 그 자리에 멈춰 섰다.

"세스가 진짜 해냈어."

케이트가 엘리를 보고 씩 웃었다.

엘리는 갑자기 머릿속이 하얘졌다. 조금 전까지 무슨 일이 있었는지 기억이 나지 않았다. 케이트가 예전처럼 친구로 느껴졌다. 가슴이 터질 듯이 답답했다. 엘리는 눈앞이 핑 돌아 지팡이에 의지해 겨우 몸을 가눴다.

다시 고개를 들었다. 케이트의 서늘한 얼굴을 마주하자 정신이 들었다.

"꼭 이래야만 했어?"

엘리가 케이트를 향해 소리를 질렀다. 눈물이 흐르기 시작했다.

"우리는 이 섬을 훨씬 좋은 곳으로 만들 수 있었어. 그런데 네가 모든 걸 망쳤어."

케이트가 놀란 표정으로 엘리를 향해 손짓했다.

"엘리, 진정하고 어서 올라와. 거긴 너무 위험해."

케이트는 깨진 조각상과 파편을 가리켰다.

엘리는 한 걸음 더 아래로 내려갔다.

"넌 세스를 다치게 했어. 세스는 죽었을 지도 몰라."

케이트가 피식 웃었다. 엘리의 가슴이 미친 듯이 뛰었다.

"세스 때문에 나한테 이러는 거야? 세스는 죽지 않았어. 나도 세스가 없으면 안 돼. 바다가 계속 갈라져 있으려면 세스가 살아있어야 할 것 아냐?"

"세스는 네 목적을 이룰 수단이 아니야."

케이트가 눈을 부라리며 발코니를 넘어 조각상 사이로 조심스럽게 뛰어내렸다. 엘리는 뒤로 한 걸음 더 물러났다.

"나도 너에게 그런 존재였겠지. 네 힘을 지키기 위한 수단."

엘리가 케이트를 노려보았다.

"엘리, 말도 안 되는 소리 그만해. 네가 나에게 얼마나 소중한 친구였는지 알잖아."

케이트는 엘리를 향해 조각상 사이를 한 걸음씩 걸어 내려갔다.

"그럼 세스에게도 그러지 말았어야 해."

"엘리, 알았어. 일단 올라가서 이야기 해."

케이트가 이를 꽉 물었다.

"그 칼이나 버려."

엘리는 번뜩이는 날을 쏘아보았다.

"네가 제 정신이 아닌 것 같아서 못 버려."

엘리가 비틀거리며 가파른 내리막길을 내려갔다. 엘리와 케이트 사이에는 조각상이 더 많아졌다.

"너는…."

엘리는 눈물이 흘렀다. 입이 떨어지지 않았다. 말이 목구멍 속에서 맴돌았다. 엘리는 심호흡을 한 후 다시 입을 뗐다.

"내 소중한 친구였어."

케이트는 눈을 크게 뜨고 깜빡거리다 질끈 감았다.

"로렌 같은 사람이 없었더라면. 아니, 네가 여왕이 아니었더라면."

"엘리."

케이트가 한숨을 쉬었다.

"내가 여왕이 아니라면 나는 아무것도 아니야."

"아니, 널 사랑하는 사람들이 곁에 남았을 거야."

엘리가 흐느꼈다.

"엘리, 너는…."

케이트가 아래로 한 발을 내딛었다. 발 옆에 있던 조각상이 무너지면서 파편에 발이 걸렸다. 케이트는 가파른 경사를 굴렀다. 빼곡한 조각상에 차례로 부딪쳤다. 조각상이 무너지며 돌덩어리가 사방으로 날아다녔다. 케이트는 방주 밖으로 튕겨져 나갔다.

"안 돼!"

엘리가 자리에 주저앉았다. 속으로 셋을 세고 나서 주먹을 꼭 쥐었다. 엘리는 눈을 감았다.

"케이트를 구해."

비명이 멈췄다.

케이트는 처음 넘어진 곳에 멍하게 누워 눈만 깜빡거렸다.

"어떻게 된 거야? 나는… 떨어지고 있었어. 그런데 왜 이 자리에 그대로 있는 거지?"

엘리의 이마에서 진땀이 흘렀다.

"있을 수 없는 일이야."

케이트가 천천히 몸을 일으켰다. 그러고는 엘리를 보았다. 케이트의 눈동자가 흔들렸다.

"너야. 네가 한 거야. 네가 날 구했어."

"나는…."

"재판관의 말이 사실이었어. 넌…. 네가 똑똑한 것도 그래서야? 발명품도 악마의 힘을 빌려서 만든 거야?"

케이트가 눈이 풀린 채 횡설수설했다.

엘리는 입 안에 소금을 한 움큼 문 것 같았다.

"넌 진짜 악마의 화신이었어."

케이트의 말에 엘리는 힘없이 고개를 저었다. 아니라고 말하고 싶었지만 눈물이 목구멍을 막았다.

케이트가 주위를 돌아보았다. 바닥에 떨어진 칼이 보였다. 허리를 굽혀 칼을 주웠다.

"케이트, 나는… 나는 위험하지 않아. 널 해치는 일은 절대 없어."

엘리가 간신히 고개를 들었다.

"나도 알아, 엘리."

하지만 케이트의 칼끝은 엘리의 심장을 겨누었다. 케이트의 손이 떨렸다.

"내가 악마의 능력을 가진다면 무엇을 할 수 있을지 상상할 뿐이야."

엘리는 그 자리에 얼어붙었다.

"케이트, 제발. 그건 네가 원하는 삶과 전혀 달라. 악마의 화신으로 사는 건 네가 무엇을 상상하든 훨씬 더 끔찍해. 넌 결국 파멸할 거야."

"너는 파멸하지 않았잖아."

케이트가 텅 빈 표정으로 말했다.

"아니, 넌 몰라. 네 모든 수치심과 의심과 후회를 이용해서 널 차츰 망쳐놓을 거야."

엘리의 눈에 눈물이 고였다.

"그만해, 엘리."

케이트가 칼을 휘둘렀다.

칼은 엘리의 팔 옆을 비껴갔다. 둘은 무슨 일이 일어나고 있는지 믿을 수 없는 표정으로 마주보고 섰다.

엘리가 깊은 한숨을 내쉬었다.

"날 사랑한 적은 있니?"

케이트의 눈썹에 매달린 눈물이 반짝거렸다.

"모르겠어, 엘리. 정말 미안해. 아무것도 모르겠어."

케이트가 칼을 내렸다. 엘리는 어깨가 축 처진 케이트에게 천천히 다가갔다.

"하지만 난 힘이 필요해."

케이트가 눈을 부릅떴다. 눈동자가 빨갰다.

케이트는 다시 칼을 휘둘렀다. 엘리가 지팡이를 들어 칼을 막았다. 케이트는 칼을 휘두르고 또 휘둘렀다. 지팡이가 두 동강이 났다. 엘리가 구석으로 절뚝거리며 도망쳤다. 케이트는 엘리에게서 눈을 떼지 않은 채 따라가다 조각상에 발이 걸려 넘어졌다. 다시 일어났을 때 엘리는 다섯 걸음을 더 달아났다. 그리고 연막탄을 케이트를 향해 던졌다.

케이트는 연막탄을 손으로 잡았다. 연막탄은 터지지 않았다.

"엘리, 더 이상 달아날 곳은 없어. 넌 나와 싸울 수도 없잖아. 나도 그러고 싶지 않아. 그냥 날 도와주면 안 되겠니?"

엘리가 코트 밑단에 있는 두 개의 고리에 발을 끼웠다.

"나도 도와주고 싶었어."

엘리는 목에 건 팔 붕대의 매듭을 풀었다. 붕대가 바람에 펄럭였다. 다쳤던 팔을 펼쳤다. 신선한 공기가 팔을 휘감았다.

케이트의 눈이 휘둥그레졌다.

"설마 그 가루가 효과가 있었어?"

엘리는 고개를 끄덕였다.

"네가 날 믿었다면 우린 더 좋은 일을 할 수 있었을 텐데."

엘리가 돌아섰다. 멈추지 않고 빠른 걸음으로 방주를 타고 내려갔다. 그러고는 저 아래쪽으로 뛰어내렸다.

거센 바람에 머리카락이 목을 때렸다. 벌집촌의 지붕이 보였다. 엘리는 두 팔과 두 다리를 쭉 펴고 코트 소매에서 밧줄을 잡아당겼다.

팔과 다리 사이에 두 개의 비단이 팽팽하게 펴졌다. 비단은 솟아오르는 공기를 가두었다. 날개와는 달랐지만 비슷했다. 날다람쥐를 보지 못 했다면 꿈에서도 생각 못 했을 그 무엇이었다.

발아래 난파선의 섬이 펼쳐졌다. 세스가 만들어낸 물기둥이 아우성쳤다. 물기둥 사이 진흙투성이 뭍이 보일 때쯤 오른쪽 비단이 찢겨졌다. 바람이 발목을 잡고 비틀었다. 엘리는 균형을 잃고 휘청거리며 손목에 묶인 밧줄과 씨름했다. 있는 힘을 다해 밧줄을 잡아당기자 머리 위로 낙하산이 펼쳐졌다. 공기를 빨아들인 낙하산은 갑자기 하늘 위로 솟구쳤다. 그러고는 다시 유유히 가라앉았다. 미역과 옅은 핑크색 산호로 뒤덮인 커다란 바위의 그림자 속으로 내려앉았다.

엘리는 눈앞이 빙빙 돌았다. 아프지 않은 다리는 뻘이 땅인 양 빠르게 내달렸고 아픈 다리는 뻘에 반은 빠진 채 끌려왔다. 얼마 가지 못 해 결국 고꾸라졌다. 엘리는 낙하산을 매단 코트를 벗었다.

입술이 떨리며 흐느끼는 소리가 자기도 모르게 새어나왔다. 엘리는 깊은 숨을 들이쉬었다.

그림자 하나가 눈앞을 스쳤다. 엘리는 고개를 들며 손으로 해를 가렸다. 바위 위에 선 실루엣이 보였다. 해진 붕대가 펄럭거렸다.

"꺼져."

엘리는 으르렁거릴 힘도 없었다.

"엘리, 네가 자랑스러워. 해냈구나. 결국 해냈어."

"제발 날 그냥 내버려둬."

"넌 케이트를 구했어. 케이트는 널 죽이려고 했는데. 그리고 날… 다시 강하게 만들었어."

해 아래 구름이 지나갔다. 엘리를 향해 웃고 있는 아이가 선명히 보였다. 아이는 더 이상 피를 흘리지 않았다. 붕대도 깨끗했다. 입술은 생기가 있었고 머리카락은 더 이상 엉겨 붙지 않은 채 깔끔하게 리본으로 묶여 있었다.

"핀."

엘리는 아이에게 두 걸음 다가가며 소리쳤다.

아이는 움찔하며 자기 몸을 들여다보았다.

"재밌군."

"핀! 핀! 핀!"

엘리는 동생과 함께 한 행복한 순간을 떠올리려 애썼다.

하지만 생각나는 것은 케이트뿐이었다.

아이가 깔깔 대며 웃었다. 피 흘리던 아이의 귀 따가운 웃음소리가 아니었다. 핀의 명랑한 웃음소리도 아니었다. 하지만 엘리에게는 그 소리가 이상할 정도로 익숙했다.

"보여줄 게 있어."

악마가 말했다.

"너는 고통을 이길 수 있다고 생각했지. 이 섬과 여왕을 구할 수 있을 거라고 생각했어. 하지만 봐. 네가 온 이후로 이 섬은 최후의 도시만큼이나 끔찍해졌어. 다 너 때문이야."

악마는 귀 옆에 해진 붕대를 잡아당겼다. 붕대가 풀리기 시작했다. 창백하고 주근깨 가득한 뺨이 드러났다. 주근깨투성이 마른 팔과 어깨까지 자란 지푸라기 같은 곱슬머리가 보였다. 초록 눈 하나, 또 하나. 자그마한 입술과 한쪽 뺨의 보조개. 한쪽으로 살짝 휜 코.

악마가 다정하게 웃으며 엘리를 보았다. 사랑스럽다는 듯 자기 어깨를 부드럽게 안았다.

"다 너 때문이야. 바로 너."

악마가 입을 열었다. 엘리의 목소리였다.

엘리는 숨이 막힌 채 뒷걸음질 쳤다. 헝클어진 진흙투성이 머리를 두 손으로 감쌌다. 악마도 자신의 빛나는 곱슬머리를 쓰다듬었다. 엘리는 코를 만졌다. 악마도 따라했다.

악마가 바위에서 훌쩍 뛰어내려 엘리 옆에 섰다. 엘리는 눈만 껌뻑였다. 악마가 엘리의 뺨에 손을 갖다 댔다. 이상하게 손이 따뜻하게 느껴졌다.

"넌 늘 나와 싸우려고 했지. 하지만 기억해. 네게 일어난 나쁜 일은 모두 네 탓이야."

"그렇지 않아."

"그럼 우리 탓이라고 해두지."

악마가 엘리의 초록 눈을 바라보았다.

엘리는 핀을 다시 떠올리려고 애썼다. 옅은 황금빛 머리카락과 따뜻한 미소와 함께 탔던 작은 조각배. 하지만 아무리 고개를 돌려도 케이트만 보였다. 작업장에서 볼트와 너트를 집어던지며 놀던 두 사람이 떠올랐다. 엘리가 안아주었을 때 울음을 터뜨리던 케이트와 궁의 가파른 갑판을 좇아오던 케이트, 세스의 목에 칼을 겨누던 케이트가 머리를 떠나지 않았다.

그리고 세스.

엘리의 품에 안겨 축 늘어지던 세스.

엘리와 눈을 맞추며 희미한 미소를 짓던 세스.

엘리는 악마를 보았다. 악마가 웃으며 고개를 갸웃거렸다. 악마는 행복하고 건강해 보였다. 고통이라곤 모르는 엘리의 모습이었다.

"넌 모든 걸 잃었어."

악마가 이죽거렸다.

"아니, 바다가 아직 갈라져 있어. 세스가 살아있다는 뜻이야. 그리고 누군가는 최후의 도시로 가서 케이트가 공격할 거라는 사실을 알려야 해."

"내가 그렇게 하게 둘 것 같아? 잊지 마. 나에게 쓸 수 있는 소원이 하나 있다는 걸."

"상관없어."

"엘리, 아직도 이해를 못 했나본데."

엘리가 악마의 목을 잡았다. 악마는 엘리의 손을 치며 발버둥쳤다. 악마의 손등 주근깨 모양이 엘리와 똑같았다. 야위었지만 강단 있는 손가락도 복제품 같았다. 하지만 악마의 눈에 서린 두려움은 악마의 것이었다.

"아니, 정확히 알아. 케이트의 엄마도 화신이었어. 바다 속 어디론가 끌려들어 갔을 때 더 이상 화신이 아니게 되었지. 신이 사라졌거든. 그게 무슨 의미인지 알아?"

악마는 목이 여전히 엘리에게 붙잡힌 채 웃었다.

415

"엘리, 그걸 믿어? 한낱 공상일 뿐이야."

"공상이 아니야. 지켜봐. 걸어서 바다 속으로 들어가 그곳에 갈 거야."

"그래봤자 아무것도 찾지 못 할걸."

악마가 쉬익 거렸다.

엘리는 악마를 밀치고 진흙투성이 코트에서 낙하산 줄을 풀었다.

그러고는 수평선을 바라보았다.

"아티머스 아센홀메가 거기서 뭔가를 발견했어. 신조차 죽을 수 있는 곳. 내가 그곳을 찾을 거야."

엘리는 너덜너덜한 코트를 입었다. 물기둥의 일렁이는 그림자 속으로 북쪽을 향해 첫 발을 내딛었다. 악마가 엘리의 뒤를 따랐다.

"고통을 없애지는 못 하겠지. 하지만 너는 없앨 거야."

엘리가 말했다.

Q & A

독자의 질문에 답하다.

『난파선의 섬』에 영감을 준 이야기와 작가 스트루언 머레이에 관해

더 알고 싶으면 계속 읽으세요.

1. 전작 『바다 도시의 아이들』과 비교했을 때 『난파선의 섬』의 집필 과정은 어땠나요?

두 책의 과정은 완전히 달랐어요. 『바다 도시의 아이들』은 5년에 걸쳐 썼어요. 이야기에서 한 걸음 뒤로 물러나 무엇이 말이 되고 되지 않는지를 따져보는 데 시간을 많이 할애했죠. 하지만 말 그대로 어느 방향으로든 이야기를 펼쳐나갈 수 있었기 때문에 때로 두렵기도 했어요. 『난파선의 섬』은 이미 주요 인물이 있고 플롯의 많은 부분이 첫 번째 책에서 비롯하기 때문에 새롭게 만들 수 있는 영역은 많이 줄었어요. 하지만 쓸 수 있는 시간이 1년밖에 없었고, 기한 내에 이야기를 완성시키기 위해 롤러코스터를 타는 듯한 과정을 겪었답니다.

2. 『난파선의 섬』을 쓰는 데 영감을 받은 것이 있다면요?

『바다 도시의 아이들』을 쓰고 나서 신을 두려워하기보다 사랑하는 세계를 그려보고 싶었어요. 활기차고 생동감 넘치며 생명과 음악으로 가득 찬, 최후의 도시와 완벽히 반대인 세계를 상상했어요. 지중해의 섬들이 큰 영감을 주었죠. 특별히 몰타 같은 섬이요. 몰타의 분위기와 거리 풍경을 많이 떠올렸어요. 여왕과 귀족 회의는 태양왕 루이 14세 이야기에서 영감을 얻었어요. 베르사유 궁을 지은 루이 14세는 상상도 할 수 없을 만큼 복잡한 궁정 에티켓을 만든 것으로도 유명하죠. 또 새의 분변을 채굴하는 것이 인류 역사에서 주요한 산업이었다는 사실도 참고했어요.

3. 엘리 캐릭터를 사랑하는 팬입니다. 엘리는 실제 인물에서 영감을 받아 만들어졌나요?

엘리는 사실 젊은 레오나르도 다 빈치에 관한 이야기를 쓰려고 준비하는 과정에서 탄생한 인물이에요. 하지만 엘리는 빠르게 엘리 그 자체가 되었죠. 머릿속에 새로운 생각이 가득 찬, 그러나 어두운 비밀에 맞서 싸우는 괴짜 천재 아이라는 아이디어가 마음에 들었어요. 엘리에게는 제 모습도 조금 들어갔어요. 엘리가 굉장히 정리를 못 하죠…. 외모에도 거의 신경을 쓰지 않고요. 그리고 똑똑한 걸 자랑하고 싶어해요. 그래서 문제가 생기더라도…. 하하하.

4. 글은 주로 어디에서 쓰나요?

펍과 도서관에서 글 쓰는 걸 정말로 좋아해요. 사람들 틈에서 적당한 소음이 있는 환경이 편안하거든요. 하지만 『난파선의 섬』의 상당 부분은 2020년 록다운 상황에서 썼어요. 그래서 임시로 작업할 공간을 찾아야 했죠. 여름에 햇살 좋은 날에는 나무 아래서 쓰기도 했어요. 생각보다 썩 좋은 환경은 아니었지만. 무자비한 벌레들은 작가를 조금도 배려해주지 않더라고요.

5. 만약 난파선의 섬에서 세 가지 물건만 가지고 갇힌다면, 무엇을 갖고 있고 싶나요.

일단 확실한 것은 자외선 차단제요. 주근깨가 많고 머리색이 빨갛기 때문에 11월의 구름 낀 날에도 밖에 오래 있으면 피부가 타거든요. 그리고 노트요. 내 머리를 멈추지 않게 하려면 그림을 그리거나 글을 써야 하니까요. 그리고 연막탄? 재판관으로부터 도망쳐야 할 경우를 대비해….

6. 『바다 도시의 아이들』과 『난파선의 섬』 둘 다에서 고래가 중요한 역할을 하는데요. 실제로 고래를 본 적 있나요?

아니요. 고래를 보는 것은 늘 저의 가장 큰 꿈이었어요. 그 꿈이 실제로 이뤄지면 기절할 지도 모르겠어요. 일본의 한 아쿠아리움에서 12미터짜리 고래상어를 본 적은 있어요. 나는 세 시간 동안 그 자리에 있었어요. (과장이 아니에요) 입을 떡 벌린 채 같이 간 친구가 제발 좀 가자고 화를 낼 때까지 떠나지 못 했죠.

7. 작가가 되길 원한다는 것을 처음으로 깨달은 것은 언제인가요?

학교 다닐 때 늘 그림을 그리고 시답잖은 이야기를 썼어요. 포켓몬 카드를 사기 위해 말하는 동물이 등장하는 만화를 그려 20펜스에 팔기도 했죠. 몇 년 후 삼촌을 위해 탐정 시리즈를 썼어요. 삼촌은 과장되게 거친 이야기라는 이유로 그 책을 아주 좋아하는 것 같았죠. 누군가 내가 쓴 이야기를 좋아해주는 건 굉장히 기분 좋은 경험이었어요. 그리고 계속 글을 써야한다는 것을 깨달았죠.

8. 『난파선의 섬』에서 가장 좋아하는 새로운 캐릭터는 누구인가요.

놀랍게도 몰워스가 가장 마음에 들어요. 『바다 도시의 아이들』의 안나처럼 몰워스는 이야기가 진행되면서 점점 생명력을 얻게 된 캐릭터예요. 원래 몰워스는 괴팍하고 냉소적이지만 타고난 마음씨는 선한 노인으로 설정했어요. 하지만 이러한 성정의 열두 살 소년이라면 훨씬 재밌을 것 같았죠. 어떤 이유로 자기 여관까지 소유한 소년이라면 더욱이요.

9. 『난파선의 섬』에서 가장 쓰기 힘들었던 장면은 무엇인가요.

케이트가 꽤 복잡한 캐릭터였어요. 이중적인 면이 있었죠. 외롭고 위축된 소녀와 피도 눈물도 없을 것 같은 여왕. 균형을 잡는 게 힘들었어요. 케이트가 엘리에게 맞서는 장면은 특히 힘들었어요. 왜냐하면 케이트가 신의 능력을 갖기 위해 끔찍이 아끼는 친구를 버리는 상황이기 때문에 확실히 설득할 수 있어야 했어요.

10. 『난파선의 섬』은 손에 땀을 쥐는 상황에서 끝납니다. 다음 편에서 엘리에게 무슨 일이 일어나는지 힌트 좀 주세요.

이제 엘리의 임무는 케이트의 아버지 아티머스 아센홀메가 케이트 어머니의 신을 파괴한 미스터리한 장소를 찾는 거예요. 그곳에 가면 악마를 없앨 수 있을 지도 모르니까요. 하지만 케이트는 여왕으로서의 힘을 증명하고자 최후의 도시를 공격하려고 하죠. 악마 역시 무슨 수를 써서라도 엘리를 막으려는 나름의 계획을 세워요. 다행히 엘리에게는 최후의 도시와 난파선의 섬에서 만난 친구들이 있어요. 특별히 싸우는 것을 좋아하는 빨간 머리 소녀를 다시 만날 수 있을 지도 모르겠네요.

옮긴이 허 진

중앙대학교 법학과를 졸업하고 기자로 일했습니다. 〈한겨레어린이청소년책 번역가그룹〉에서 공부했으며, 〈한겨레 아동문학 작가학교〉를 수료했습니다. 옮긴 책으로는 『에비와 동물 친구들』 『임파서블 보이』 『바다 도시의 아이들』이 있습니다. 어린 시절 만난 책 속 주인공과 어른이 된 후에도 종종 만납니다. 독자들이 평생 함께 할 만한 멋진 친구를 찾아 기획하고 번역하는 전문 번역가로 활동 중입니다.

바다 도시의 아이들2
난파선의 섬

2021년 10월 15일 1판 1쇄 발행

글쓴이 | 스트루언 머레이
그린이 | 마누엘 숨베라츠
옮긴이 | 허 진

발행인 | 지준섭
책임편집 | 구미진

출판등록 | 2018년 10월 25일 제25100-2018-000071호
주소 | 서울시 노원구 마들로5길 25, 102동 105호
전화 | 010-5342-4466 팩스 | 02-933-4456

ISBN 979-11-90618-21-2 43840

잘못된 책은 구입하신 곳에서 바꾸어 드립니다. 책값은 뒤표지에 있습니다.